COLLECTION FOLIO

Nicola Lagioia

La Féroce

Traduit de l'italien
par Simonetta Greggio
et Renaud Temperini

Flammarion

Titre original :
LA FEROCIA

Éditeur original : Einaudi

Nicola Lagioia est né à Bari en 1973. *Case départ*, son premier roman traduit en français aux Éditions Arléa (2014), a remporté le prix Viareggio. En 2015, son roman *La Féroce* (Flammarion, 2017) est récompensé par le prestigieux prix Strega, l'équivalent du prix Goncourt en Italie.

Prédire est un exercice très difficile,
surtout en ce qui concerne l'avenir.

NIELS BOHR

Première partie

Ceux qui parlent ne savent pas, ceux qui savent se taisent

Trois quartiers d'une lune pâle éclairaient la nationale à deux heures du matin. Cette route reliait la province de Tarente à celle de Bari, et à cette heure-ci, habituellement, elle était déserte. En filant vers le nord, la chaussée suivait un axe imaginaire dont elle déviait parfois, laissant derrière elle des oliviers, des vignobles et de courtes rangées de bâtiments industriels semblables à des hangars d'aviation. Au trente-huitième kilomètre, il y avait une station-service – la seule sur ce périmètre – où depuis peu on trouvait, en plus d'un self-service, des distributeurs automatiques de café et de plats froids. Pour signaler cette nouveauté, le propriétaire avait fait installer un *skydancer* sur le toit du garage, une espèce de marionnette de cinq mètres de haut animée par un système de soufflerie.

Ce VRP gonflable ondoyait dans le vide et continuerait à le faire jusqu'aux premières lueurs de l'aube. Il donnait surtout l'impression d'être une âme en peine.

Au-delà de cette étrange apparition, le paysage continuait, plat et uniforme, sur des kilomètres. On avait presque le sentiment d'avancer dans le désert. Plus loin, un diadème crépitant de lumière annonçait la ville, mais de l'autre côté de la rambarde de sécurité, il n'y avait que des terrains en friche, des arbres fruitiers et quelques villas bien cachées derrière des haies. C'était là que vivaient les animaux nocturnes.

Les hulottes traçaient de longues lignes obliques dans l'air. Elles planaient un long moment, avant d'aller battre des ailes près du sol pour que les insectes, terrifiés par la tempête d'arbustes et de feuilles mortes, sortent à découvert, signant ainsi leur arrêt de mort. Un grillon remuait ses antennes sur une feuille de jasmin. Et tout autour, fuyante comme une grande marée suspendue dans le vide, une flottille de phalènes palpitait dans la lumière polarisée de la voûte céleste.

Semblables à elles-mêmes depuis des millions d'années, ces créatures aux ailes poilues ne faisaient qu'un avec l'équation qui garantissait la stabilité de leur vol. Accrochées au fil invisible de la lune, elles patrouillaient sur le territoire par milliers, ondoyant d'un côté à un autre pour éviter les attaques des rapaces. Puis, comme chaque nuit depuis une vingtaine d'années, quelques centaines d'entre elles coupèrent le contact avec le ciel. Persuadées d'avoir encore affaire à la lune, elles mirent le cap sur les spots d'un petit groupe de villas. À mesure qu'elles se rapprochaient des lumières artificielles, l'inclinaison dorée de leur vol se brisait. Leur mouvement prenait alors la forme d'une danse circulaire obsessionnelle que seule la mort pouvait interrompre.

Un tas noirâtre de ces insectes gisait dans la véranda de la première de ces habitations.

Il s'agissait d'une villa avec piscine, une construction sur deux niveaux aux lignes régulières. Chaque soir, avant d'aller se coucher, les propriétaires laissaient toutes leurs lumières extérieures allumées. Ils étaient convaincus qu'un jardin bien éclairé découragerait les voleurs. Des lampes murales dans la véranda. De grands ovales en thermoplastique au pied des rosiers. Une série de pâles diffuseurs verticaux traçait le parcours jusqu'à la piscine.

Ce dispositif maintenait le cycle des phalènes dans un état d'immanence : des carcasses dans la véranda, d'autres agonisant sur le plastique bouillant, certaines voletant entre les rosiers buissons. À quelques mètres de là, comme la nuit d'avant et la précédente, un jeune chat de gouttière se promenait, circonspect, sur la pelouse à l'anglaise. Il comptait sur la présence d'une autre poubelle oubliée dehors. Sous les frondaisons des rhododendrons, un aspic ouvrait sa mâchoire pour essayer d'avaler un rat encore vivant.

La lourde barrière de feuilles qui séparait la villa de sa voisine commença à s'agiter. Le chat tendit l'oreille, leva la patte. Seules les phalènes continuaient, imperturbables, leur danse dans l'air printanier.

C'est sur l'arrière-plan de cet impalpable amas de nuages vert-de-gris que la jeune femme entra dans le jardin. Elle était nue, pâle et couverte de sang. Elle avait les ongles des pieds vernis de rouge, de belles chevilles d'où s'élançaient des jambes fines, mais pas sèches. Des hanches souples. Des seins fermes et pleins. Elle avançait pas à pas – lente, titubante, elle traversait la pelouse.

Elle avait à peine dépassé la trentaine, mais elle ne pouvait pas non plus avoir moins de vingt-cinq ans, cela se voyait à l'imperceptible relâchement des tissus qui transforme la minceur de certaines adolescentes en perfection absolue. Son teint clair soulignait les traînées sombres le long de ses jambes, tandis que les bleus sur ses hanches, ses bras et ses fesses, comme des taches de Rorschach, semblaient exprimer toute une vie intérieure enfouie sous sa peau. Son visage était enflé, ses lèvres fendues d'une profonde coupure verticale.

Rien d'étonnant à ce que les animaux se soient mis sur leurs gardes. Bien plus étrange, en revanche, qu'ils ne soient pas restés en état d'alerte. L'aspic se concentra de nouveau sur sa proie. Les grillons se remirent à striduler. La jeune femme avait cessé de les inquiéter. Plus que son innocuité, les animaux semblaient sentir qu'elle approchait de ce moment fatal qui effaçait les différences entre les espèces. La jeune femme piétina la surface herbeuse, entourée par cette sorte d'indifférence atavique. Le chatoiement de la piscine glissa sur son corps de la même manière qu'il miroitait sur les murs de la maison. Elle laissa derrière elle un vélo, abandonné dans l'allée. Puis elle sortit de ce minuscule coin de monde comme elle y était apparue. Elle traversa la haie, de l'autre côté, et s'égara dans la broussaille.

Maintenant, elle avançait dans les champs sous les rayons de la lune. Elle avait un regard absent, et pourtant relié au fuseau qui la poussait à suivre en sens inverse le trajet des phalènes : un pas après l'autre, elle se blessait lorsque ses pieds écrasaient des branches et des cailloux pointus. Cela dura plusieurs minutes.

Les broussailles devinrent une étendue farineuse. À moins de cent mètres, la piste se rétrécit. Une couche noire, beaucoup plus compacte. Si la communication avec ses centres nerveux n'avait pas été coupée, la jeune femme aurait senti ses mollets se durcir au fur et à mesure qu'elle montait la pente, un vent libre cinglant sa peau. Elle dépassa la route parallèle à la nationale, sans même percevoir la froide puissance métallique de cinq cents watts qui révéla de nouveau l'évasement de ses hanches.

Cinq minutes plus tard, elle marchait sur l'asphalte, en plein milieu de la nationale. Les réverbères étaient derrière elle. Si elle avait levé les yeux, elle aurait vu, au-delà des virages, l'enseigne de la station-service et la silhouette pathétique du *skydancer* élancée vers le ciel. Elle suivit la chaussée qui tournait vers la droite. La route redevint rectiligne. C'est ainsi – pâle figure à mi-chemin entre les glissières de sécurité – qu'elle dut se refléter dans les pupilles de l'animal.

Un énorme rat d'égout était arrivé jusque-là, et maintenant la regardait.

Il avait le poil hirsute, une tête carrée. Ses incisives jaunâtres l'obligeaient à garder sa bouche entrouverte. Il pesait plus de quatre kilos et ne provenait pas de la campagne voisine. Il était remonté des puits putrides d'où partaient les galeries souterraines qui atteignaient les premières zones urbaines. La jeune femme, qui continuait d'avancer, ne l'effrayait pas. Il jetait au contraire sur elle un regard empreint de curiosité, ses moustaches tendues sur son museau en épingle. On aurait presque dit qu'il était à l'arrêt.

Puis l'animal perçut une vibration dans l'asphalte et se figea. Le silence se remplit du vrombissement d'un moteur qui se rapprochait de plus en plus. Deux phares blancs illuminèrent la silhouette féminine, et les yeux de la jeune femme se réfléchirent enfin dans le regard effrayé d'un autre être humain.

Sous la chape étouffante de la nuit, il s'obstinait à raconter l'histoire de l'accident.

« Un truc vraiment dégueulasse. Tu fais ton boulot, mais ce jour-là, le Christ en croix refuse de poser les yeux sur toi. S'il te laisse tomber, rien à faire. Je vous le dis, moi : la journée avait très mal commencé, dès le matin. »

Il l'avait racontée au printemps, et même avant, quand le vieux radiateur monotube avait tant de mal à combattre le froid du centre récréatif que même lui, Orazio Basile, cinquante-six ans, ancien routier et invalide civil, était obligé de renifler sans cesse. Il était courbé sur sa chaise, ses béquilles croisées sur la machine à sous, le regard torve, écœuré. Et son public – des chômeurs, des métallurgistes aux plèvres dévastées – le suivait à chaque fois avec une attention soutenue, même si son récit ne changeait jamais d'une virgule.

Le cercle se situait dans l'ancien bourg de Tarente, une sorte d'îlot en forme de haricot relié au reste de la ville par les bras d'un pont tournant. Un lieu charmant, à condition de ne pas y habiter. Des immeubles aux façades rongées par le temps et l'incurie, des arrière-cours vides envahies de mauvaises herbes. Au-delà de la porte d'entrée du cercle, une esplanade servait de parking à des poids lourds garés pour la nuit. Entre deux véhicules, on apercevait des bateaux de pêche flottant sur les eaux du môle désert. Plus loin, de grandes langues rouges fourchues. La mer traversée par les reflets des usines pétrochimiques.

« Cette ville de merde. »

Orazio le disait en écarquillant les yeux. Il parlait et ne se référait pas à Tarente. Les autres tendaient l'oreille avant même qu'il ait ouvert la bouche. Ils avaient appris, à force de l'observer, que le métronome précédait la musique – le pantalon d'Orazio, recousu à la hauteur du genou, commençait à s'agiter. Le moignon bougeait de haut en bas, de plus en plus rapide et nerveux.

Ce matin-là, un léger brouillard bleu pâle recouvrait les champs entre Incisa et Montevarchi. Lui, au volant depuis des heures, conduisait son fourgon sur l'autoroute A1. Son passager bavardait sans arrêt. Orazio regrettait de l'avoir pris à son bord.

Il était parti de Tarente l'après-midi précédent, et avait passé la nuit sur une aire de service du Mugello, bercé par le ronronnement des camions réfrigérés remplis de denrées alimentaires. À huit heures et demie, il était déjà dans la banlieue de Gênes. Il errait dans la zone commerciale, au milieu d'artères signalées par d'improbables points cardinaux qui prenaient la forme de panneaux publicitaires pour de l'électronique, des jouets, des équipements domestiques... Il dépassait les uns après les autres les entrepôts des grossistes. Des vêtements. Là, il avait ralenti, fouillé ses poches, trouvé une feuille de papier froissée. Il était déjà venu quelques mois auparavant, mais il craignait de se tromper. Lorsque les lettres de l'enseigne avaient correspondu à ce qui était écrit sur sa feuille, il s'était garé.

Il avait laissé les manutentionnaires décharger la cargaison. Cinq cents jeans fabriqués dans les Pouilles et destinés aux détaillants du Nord-Ouest. Pendant que les ouvriers s'occupaient des vêtements, le patron était sorti par la porte vitrée d'un petit bureau.

« Content de vous revoir », s'exclama-t-il en souriant.

C'était un sexagénaire en gilet, dont le costume à rayures fripé suggérait moins l'avarice que la pratique superstitieuse. Ses affaires avaient dû prospérer depuis pas mal d'années, assez en tout cas pour user les poignets de sa veste.

« Venez, on va boire un café. »

Le grossiste arborait l'expression des gens convaincus de ne pas avoir encore franchi la limite qui divise par deux l'espérance de vie, et de ne même pas courir ce risque à l'avenir. Orazio ayant au moins douze heures de route à faire, pour revenir de l'entrepôt à Tarente, chaque minute était précieuse. Il cherchait donc une excuse, quand le type lui avait posé une main sur l'épaule. Il s'était laissé faire. Ça avait été sa première erreur.

À leur retour du bar, il avait suivi le grossiste dans son bureau pour signer les documents de transport. C'est seulement alors qu'il avait remarqué le jeune représentant en téléphones mobiles, assis derrière la table de travail et occupé à lire son journal.

« Le fils d'un vieil ami », avait dit le patron.

Le jeune homme s'était levé pour se présenter. Costume tiré à quatre épingles, chaussures noires. Autant le patron se la coulait douce, autant ce trentenaire-là était incapable de garder ses deux pieds au sol plus de trois secondes d'affilée. Sans bouger la tête, Orazio avait scruté le ciel livide à travers la fenêtre. Pressé de repartir, il éprouvait ce même agacement qui, le samedi soir, après deux verres au centre récréatif, le poussait à chercher la bagarre.

« Un miraculé », avait dit le grossiste.

Le représentant avait eu un accident avec son Alfa 159 la veille, dans l'après-midi, à la hauteur de Savone. Un virage mal négocié. Il cherchait quelqu'un pour le ramener chez lui.

« Lui aussi vient des Pouilles », avait ajouté le patron.

Cette phrase avait tiré Orazio de sa distraction. « D'où ? » avait-il demandé.

Le jeune homme le lui avait dit. Le grossiste avait hoché la tête d'un air satisfait. Un accident en appelle un autre, avait songé Orazio. Mais il s'était dit qu'en tout cas raccompagner le type n'allongerait pas son trajet. Il n'avait qu'à le faire descendre juste après le péage, puis lui-même continuerait jusqu'à Tarente. C'était plus facile d'accepter que de refuser. Pourtant, il aurait encore pu dire non. Restait le problème du patron : la bulle de gaieté où il semblait flotter était un bon moyen de présumer, jusqu'à l'imposer, une parfaite entente entre Orazio et le représentant. Cet entrain n'était susceptible de se muer en ce qu'il était vraiment – du soupçon et de l'arrogance – que si la bulle explosait. Mais cela ne s'était pas produit ; en conséquence, comme la dernière fois, le patron s'abstiendrait de faire compter les jeans avant de les voir s'empiler sur les autres tas de pantalons de son entrepôt, tous pareils, tous de la même marque. Le routier avait misé sur cette attitude pour son second voyage. Il avait donc pris le jeune homme avec lui.

Sa deuxième erreur avait consisté à le laisser raconter toutes ces âneries.

Son passager s'était tenu tranquille jusqu'à l'aire de restauration de Sestri. En d'autres termes, tout au long des neuf cents kilomètres restants, il n'avait pas arrêté une seconde de parler.

« D'abord, il y a le panorama de la Riviera du Ponant, tu vois ce que je veux dire. Des pins et des plantations d'agrumes à deux pas de la mer. Et puis il y a moi, *Paf !*, assis sur l'asphalte sans la moindre égratignure. Nom de Dieu, tu ne peux pas comprendre. Je n'ai rien compris non plus, remarque. C'était une 159 toute neuve. Avant, j'avais une Variant. »

Il avait éclaté de rire sans raison. « Une Variant », avait-il répété.

Il avait la précision accélérée de quelqu'un qui continuera à avoir trente ans même quand il en aura cinquante. D'ailleurs, il provenait du chef-lieu de la région. Il parlait avec légèreté du danger auquel il avait échappé… Quand Sa griffe t'effleure sans autres conséquences qu'une grosse trouille, mieux vaut la fermer et aller de l'avant.

Orazio avait continué à conduire, en feignant de l'ignorer. Mais il avait été obligé de reconnaître son incontestable présence lorsque, à la hauteur du péage de Caianello, il n'avait pas pu s'arrêter à la station-service. C'était là qu'il aurait dû, s'il avait été seul, rencontrer le receleur et lui livrer les quarante jeans soustraits à la cargaison.

Une partie de cet argent aurait rejoint la cagnotte qu'il mettait de côté chaque mois, une fois le loyer payé. Une somme qui aurait pu se révéler utile, s'il s'était disputé avec quelqu'un au centre récréatif. Comme souvent par le passé, il aurait préféré partir plutôt que d'en venir aux mains. Il aurait alors traversé la banlieue de Tarente jusqu'au moment où les lumières des industries pétrochimiques auraient de moins en moins éclairé les limites de la ville. Un essaim d'étincelles aurait ponctué l'obscurité au bout d'un chemin en terre battue. Les putes. Il serait allé à leur rencontre, remerciant le sort qui avait laissé à la rue toutes ces femmes qu'il n'était pas obligé d'épouser.

Au lieu de ça, il s'était vu contraint de continuer tout droit, laissant ainsi au représentant la possibilité de prendre l'initiative, peu après :

« Et si on s'arrêtait pour pisser ? J'offre le café. »

Ils étaient repartis après une brève pause. Orazio était énervé. Il ressassait le manque à gagner de tout à l'heure. Derrière son volant, il s'était plongé dans des spéculations financières tandis que le crépuscule estompait l'Irpinie. Une soirée de fin avril vide, noire et métallique, descendait sur les plaines des Pouilles.

À la hauteur de Candela, d'énormes éoliennes en file indienne les avaient escortés un moment le long des champs illuminés par la lune. Elles faisaient penser à un paysage trop longtemps piégé dans l'imagination. Des voitures à la place des chevaux. Des tiges mécaniques à la place des moulins à vent. Dix minutes plus tard, elles avaient disparu, et l'horizon était devenu plat.

Le jeune homme aurait dû descendre au péage de Bari Sud. Mais, juste avant d'y arriver, il avait dit : « Maintenant, s'il te plaît, j'aimerais payer ma dette. »

Il avait parlé d'un restaurant du centre-ville. Un endroit élégant, selon lui. Il s'était mis à faire la liste des plats et des vins au menu, et avant même qu'il ait fini de parler, Orazio avait acquiescé. Troisième erreur. Ce n'était pas l'avidité, mais la fatigue, qui l'avait convaincu d'accepter l'invitation. Somme toute, si le jeune homme lui offrait le dîner, Orazio serait en partie dédommagé de sa perte.

Ils avaient franchi le péage de Bari Sud et s'étaient dirigés vers la mer.

« *Quidde paise de mmerd'*, ce pays de merde ! »

À ce moment de son récit, la plupart du temps, Orazio était déjà debout. Il s'était dressé en serrant très fort l'accoudoir de son siège d'une main tandis que, de l'autre, il harponnait les béquilles. L'effort le remplissait d'une énergie rageuse qui faisait trembler le zinc et les bouteilles sur les étagères, qui se propageait jusqu'à son auditoire. Le public approuvait, indigné, car leur ville résultait, en effet, d'une interminable série de désastres et d'infamies. Mais Bari était encore pire.

Entrer à Tarente par la nationale qui longe la mer Ionienne est source de trouble pour tout individu sensé. La douce promesse de la mer côtière s'y brise sur les tours de la cimenterie, sur les cheminées de la raffinerie, sur les laminoirs et les parcs à minerai du gigantesque complexe industriel qui enserre la ville dans ses griffes. De temps à autre, un chef d'équipe disparaît dans une ambulance après la brutale crise de démence d'une meule à métaux. Un ouvrier se retrouve avec un cubitus décharné par l'explosion d'une broyeuse. Les machines sont programmées de manière à nuire aux hommes, selon une équation coûts-bénéfices conçue par d'autres hommes, dans des bureaux où l'on optimise les perversions les plus extrêmes. Les conseils régionaux les ratifient et les tribunaux acquittent les coupables à tour de bras, après des empoignades juridiques dont la presse locale fait ses choux gras. Tarente n'est ainsi qu'une ville de hauts-fourneaux. Bari, en revanche, demeure une ville de bureaux, de tribunaux, de journalistes et de clubs sportifs. À Tarente, un carcinome urothélial jugé ailleurs « hautement improbable chez un adolescent » est imputable à une présence de dioxine dans l'air égale à quatre-vingt-dix pour cent de la totalité de la production nationale. Mais à Bari, le dimanche après-midi, un vieux magistrat à la cour d'appel peut se vautrer sur le canapé de son salon et mater sa petite-nièce qui danse le *hula hoop*, sans rien d'autre sur elle qu'une vieille paire de tennis dégueulasses. La scène avait été décrite par un ouvrier de la cimenterie dont la fille travaillait comme domestique dans le chef-lieu régional.

Voilà pourquoi Orazio n'aurait jamais dû accepter l'invitation du représentant. Quelle importance si, en fin de compte, il avait fini par gagner une maison bien à lui dans toute cette histoire ? Quatre pièces refaites à neuf, dans les beaux quartiers de Tarente.

À Bari, après le dîner, il avait abandonné le représentant à son destin.

Mais à peine avait-il eu le temps de se réjouir de sa solitude que, déjà, il était paumé. Il avait tourné à gauche, à droite et encore à droite, et s'était retrouvé de nouveau sous le hibou clignotant de l'opticien. Il avait poussé des jurons, en contre-braquant. Un panneau coulissant était passé de la publicité rayonnante pour un dentifrice à une autre, veloutée, pour une boutique de mode. C'est à ce moment-là qu'Orazio avait pensé aux jeans toujours dissimulés au fond de son camion.

Après avoir erré une demi-heure de plus, il s'était engagé sur le pont qui séparait le centre des quartiers résidentiels. Dix minutes plus tard, il avait aperçu au loin le magasin Ikea, ce qui l'avait tranquillisé. Il avait compris qu'il était revenu sur la nationale avant même qu'une barrière en ciment ne sépare la chaussée en deux.

Ce même homme, quelque temps après, devait faire un effort immense pour soulever une béquille à hauteur d'épaule. Le regard affolé, il indiquait un point dans la nuit au-delà de la jetée, sa manière de dire que même le fils de Dieu marchant sur les eaux n'aurait pas pu éviter l'accident. Les erreurs s'étaient accumulées dans l'espace primordial et vide où les biographies sont déjà écrites, avant même que l'encre pâle des événements ne les rende réelles et compréhensibles.

Il avait parcouru la nationale déserte le pied sur l'accélérateur. La route grimpait de telle sorte que le paysage de vignobles se montrait à perte de vue. La lune serait pleine dans un ou deux jours, et ce soir-là elle donnait l'impression de pouvoir grossir, encore et encore. Plus loin, au-delà d'un deuxième virage, Orazio avait vu l'homme gonflable, qui s'agitait au-dessus du garage. Sa danse avait quelque chose de ridicule. Orazio fronça les sourcils sans quitter la route des yeux : il y avait un bout de chaussée mal éclairé, où cependant il ne détecta pas de danger. Même au cas où il aurait croisé une voiture tous feux éteints, il aurait eu le temps de réagir. Mais ce qui s'était passé était impossible à éviter.

Une femme, ou peut-être une jeune fille. Elle marchait en plein milieu de la chaussée, nue et couverte de sang.

Orazio avait violemment braqué à droite. C'était stupide, le véhicule avait été projeté à l'opposé. La jeune femme était maintenant derrière lui. Le camion avait heurté la bordure de sécurité et s'était mis à patiner jusqu'au moment où il s'était écrasé sur l'autre côté de la barrière, puis il s'était renversé, avait fait un tonneau et s'était couché sur le flanc ;

Orazio avait ainsi eu tout le temps de contempler le mur de fer qui se précipitait vers lui.

Il s'était réveillé à la polyclinique de Bari, dans une pièce dépouillée, aux côtés d'un vieillard qui se plaignait sans arrêt de sa fracture au fémur.

À travers la fenêtre, la matinée s'annonçait ensoleillée. Abruti par les antalgiques, Orazio avait tendu une main vers la table de nuit, tâté son autre bras, saisi une bouteille, bu une longue gorgée qui lui avait fait du bien – ses pensées s'étaient alignées sur un arc de lumière, mais elles s'étaient ensuite effondrées pour se ranger dans un ordre différent.

Il avait eu un accident, mais il était encore en vie. Un accident grave. Il s'était souvenu de l'autoroute, et même du représentant. Le camion devait être en mille morceaux. Et tout d'un coup, il y avait eu autre chose. Une bille opalescente avait scintillé et relancé les pauvres engrenages rouillés qui lui servaient à reconstituer l'accident. C'était étrange : les mécanismes s'encastraient, tandis que la bille flottait dans le vide. Elle avait brillé encore un instant, puis disparu. La jeune femme. Il devait s'agir d'un fantôme, d'une forme fictive surgie des gouffres de sa conscience. Orazio avait senti une démangeaison. Le patient du lit d'à côté n'arrêtait pas de pleurnicher. Orazio s'était gratté le visage, puis la main gauche de sa main droite. Encore une démangeaison. D'un geste brusque, il avait réussi à s'asseoir. Comme quelque chose le tiraillait, il avait tendu le bras vers sa jambe droite.

Deux aides-soignantes étaient accourues, attirées par les hurlements.

Le lendemain matin, étendu sur son lit pendant qu'on drainait son moignon, il avait vu arriver le chef de service, accompagné d'une infirmière. À partir de là, Orazio avait commencé à se convaincre de l'existence de la jeune femme.

Le médecin était un vieux monsieur grand et blême aux cheveux blancs vaporeux. Il s'était penché sur lui, l'avait regardé bien plus longtemps que nécessaire. Il souriait. Ensuite, il était revenu à une froideur qui devait être un trait de caractère habituel et s'était adressé à l'infirmière. Il fallait laver le moignon avec un savon très léger, avait-il dit. Un antitranspirant réglerait l'excès de sudation, les crèmes soigneraient les inflammations.

« Une pommade à base de corticostéroïdes », avait-il précisé ; ses mots avaient été une caresse pour le patient, et un ordre pour l'infirmière.

Les hôpitaux publics. Orazio en connaissait quelques-uns. L'une de ses cousines avait été opérée de l'appendicite, et après l'opération, elle était restée dans un couloir cinq heures d'affilée. Le chef de service n'était là-bas qu'une plaque sur une porte donnant accès à une pièce toujours vide. Le vieux praticien avait eu beau le fixer derrière la protection de ses diplômes avec mention, Orazio avait eu le temps de reconnaître dans ses yeux une étrange empathie.

Il était donc demeuré immobile dans le lit, avait planté son regard dans celui du médecin et l'avait dirigé vers le lit d'à côté.

« Putain ! Vous ne pouvez pas le faire taire ? »

Deux heures plus tard, on l'avait transféré dans une autre chambre. Une chambre simple, avec salle de bains privée. Une pièce qui ressemblait plutôt à un débarras, donnant sur les eucalyptus du jardin. Peut-être des archives qu'on avait vidées à la dernière minute pour y installer un lit, une table de nuit et une télé. Tous ces objets avaient l'air triste des choses qui ne sont pas à leur place.

On avait bordé ses draps, puis tout le monde avait disparu pendant quelques heures. Dans l'après-midi, une infirmière lui avait apporté, sur un plateau, du café et un pamplemousse pressé. Il l'avait dévisagée d'un air renfrogné, avait poussé le plateau pour continuer à regarder la télé. « Cet écran est une vraie merde. » Il avait exigé un autre appareil. Le lendemain, deux livreurs avaient apporté un téléviseur trente-deux pouces flambant neuf.

Lorsque le chef de service était revenu le voir, Orazio avait obtenu que l'infirmière reste dehors.

Le jour d'après, le même médecin s'était présenté accompagné de deux hommes en costume sombre. Sous la veste de l'un d'eux, Orazio avait remarqué un pan de tissu qui ressemblait à une blouse blanche. Le second était un type d'une cinquantaine d'années aux cheveux gominés, qui portait une cravate à pois très voyante. Il souriait de toutes ses dents : « Je suis le géomètre Ranieri. » Ils s'étaient mis à discuter. Le premier type ayant ressenti le besoin de tirer les volets, la lumière avait faibli.

À ce stade du récit, plus personne ne parlait d'ivresse. Au centre récréatif, personne ne plaisantait sur l'éventualité d'un accident surtout fatal à la mémoire d'Orazio. On l'avait pourtant fait, au début. Orazio racontait et les autres secouaient la tête. Quelqu'un était allé jusqu'à récupérer un exemplaire du quotidien sorti le lendemain de l'accident : la nouvelle aurait dû s'y trouver. « Alors ? » Le journal enroulé avait fouetté le zinc. Les voilà, les nouvelles de ce jour-là. Un chômeur s'immole devant l'Apple Store du Corso Vittorio Emanuele. La fille d'un célèbre entrepreneur en bâtiment se suicide en se jetant du haut d'un parking aérien. Il y avait aussi une histoire d'accident de la route, mais c'était sur l'Adriatica. Aucune trace d'une jeune femme sur la nationale 100 à deux heures du matin – ni nue, ni habillée, ni en sang, ni rien du tout.

« Alors, Ora', tu veux nous dire ce qui s'est vraiment passé ? »

Seulement, quelques semaines plus tard, Orazio avait déménagé. Il avait quitté son petit deux-pièces dans la vieille ville pour aller vivre dans un vaste appartement qui donnait sur la Via d'Aquino. Le problème, c'était l'absence d'ascenseur. Une absurdité, bien sûr, mais il ne s'en était rendu compte qu'après avoir monté les escaliers sur ses béquilles pour la deuxième fois. Il n'avait pas du tout apprécié. Trois mois plus tard, une équipe d'ouvriers travaillait à un échafaudage monté sur la façade latérale de l'immeuble.

Ceux à qui le moignon n'avait pas suffi s'étaient enfin convaincus.

Mais Orazio avait continué à penser à la jeune femme.

On était début mai, son séjour à l'hôpital touchait à sa fin, on lui avait débranché ses tuyaux l'un après l'autre, on avait allégé les doses de médicaments. On lui avait donné des béquilles.

Après l'entretien avec le chef de service, il avait compris qu'il ne s'agissait pas d'un rêve. La jeune femme n'était plus un simple fantôme, elle était maintenant devenue, à ses yeux, la cause de l'accident. À ce détail près qu'elle jouait désormais un rôle secondaire dans son esprit, qui lui ôtait sa vraie signification. Elle était bien la cause de l'accident, mais au même titre qu'une tache d'huile ou un arbre. Comme si cette tache d'huile ou cet arbre n'étaient que des passages logiques susceptibles de conduire au mot « amputation ».

De temps en temps, ses jurons remplissaient le couloir. Alors, on lui envoyait l'orthopédiste.

Il ne s'agissait pas seulement de la présence fantomatique de sa jambe. Il *bougeait* vraiment les orteils de son pied droit, sa cheville droite le *démangeait* réellement, et la *douleur* était terrible – des coups de poignard entre la rotule et le tibia, sur le genou qui n'existait plus. Couvert d'une sueur glacée, il serrait les dents.

Puis, une nuit, il avait retrouvé définitivement la jeune femme.

L'hôpital était un cocon de silence. Les gémissements des autres malades n'arrivaient pas jusqu'à sa chambre. Même le vacarme du personnel de garde ne l'atteignait pas. Il venait de s'endormir devant la télé. Il s'était réveillé en sursaut, au beau milieu d'une pub où un joaillier achetait de l'or à vingt-cinq euros le gramme. Deux gamins traficotaient dans la bouche d'un cadavre, et dans la scène suivante, ils présentaient leur butin au joaillier. Orazio avait éteint la télé et s'était tourné de l'autre côté. Il avait dû se rendormir, quand il avait ressenti le besoin d'aller aux toilettes. Il s'était mis debout sans y réfléchir, convaincu de pouvoir compter sur ses deux jambes. Et il s'était effondré, face contre terre.

Fou de rage, écœuré, le froid du plancher sur le front.

Il avait essayé de se remettre d'aplomb en s'appuyant sur les mains. Il respirait péniblement. La pièce était tranquille. L'ombre des eucalyptus s'allongeait au plafond, leurs branches ressemblaient à des algues, à une ramification de coraux ondoyant au gré du courant. Les yeux d'Orazio s'habituaient à l'obscurité. Il avait l'impression que le sol était vaguement lumineux – la catalyse des lucioles et des anémones marines – illuminé par la clarté des premières nuits de mai que l'absence d'éclairage artificiel révélait peu à peu. Mais la lumière capable de le laisser bouche bée se trouvait devant lui.

Au-delà de la porte grande ouverte sur la salle de bains, le miroir grossissant fixé au mur était envahi par la lune. Une demi-lune, là-haut dans le ciel, mais dans le reflet concave de la surface miroitante, Orazio la voyait encore pleine – un puits argenté surgi du passé, au fond duquel il lui sembla la retrouver. La petite tache opaque prit forme, se rapprocha. Il comprenait qu'elle était belle, et qu'elle se mourait. Il comprenait en frissonnant que la simple volonté n'aurait suffi à personne pour rester debout dans son état et que c'était donc autre chose qui la faisait avancer pas à pas. Le mouvement lui-même, et non pas ce dont il dérivait matériellement. Des sables mouvants, mortes boursouflures sous une pluie d'été.

Il comprenait, surtout, qu'il n'avait pas braqué pour l'éviter mais pour sauver sa propre vie, car tout en elle était aimant et absence de volonté, appel hypnotique qui, si on y répond, rend tout identique et parfait ; et nous, nous n'existons plus.

Assis jambes croisées sur le canapé, il avait le bras replié sur l'accoudoir. De cette façon, il gardait le beau cadran en or de sa montre à portée de vue. À trois heures moins le quart du matin, Vittorio attendait le coup de fil qui lui annoncerait si sa fille était toujours vivante.

Il respirait lentement, dans le bureau de la villa achetée après la naissance de son aîné. Le premier à y avoir vécu avait été un propriétaire terrien, sous le règne des Bourbons. Elle avait ensuite appartenu à un maire fasciste, puis à un vieux sénateur qui avait sagement cessé de la considérer comme sa demeure lorsque le double fil qui le liait à Rome avait commencé à se tendre nuit après nuit, et que la succession de coups secs, traduits chacun par une syllabe, avait fini par lui permettre de lire à l'avance le compte-rendu des scandales à venir. C'est à ce moment-là que Vittorio Salvemini avait fait la première mauvaise affaire de sa vie, en achetant ce bien immobilier au prix du marché.

Les employés du Club de Tennis Bari Sud, adjacent à la villa, l'avaient vu arriver un matin de 1971, escorté d'une équipe d'ouvriers réduite à l'essentiel. Grand et bronzé, habillé d'un costume de lin fait sur mesure, il arborait une grimace d'autosatisfaction que tout tailleur digne de ce nom aurait reconnue comme la marque du nouveau riche. Ceux qui l'accompagnaient étaient trop frustes, même pour habiter les zones périphériques les plus éloignées de la ville – cinq hommes musclés aux jambes courtes, pour qui déjà le dialecte était une conquête. Ils avaient traversé l'allée en humant l'air et en se donnant des bourrades avec des hurlements secs, semblables à la suite d'un roi barbare qui vient de franchir les Alpes.

En voilà encore un qui ne sait pas rester à sa place, avait pensé le concierge du club avant de rediriger son regard sur les lignes qu'il avait continué de tracer à la craie.

Le sénateur avait failli transformer la villa en une habitation de style presque moderne, derrière sa façade Liberty. Vittorio, lui, avait d'autres projets. Il avait amassé tout le mobilier dans le jardin, et ordonné que l'on arrache les marbres pour laisser réapparaître le carrelage en grès. Chaque fois qu'il entendait une tonalité sourde en tambourinant sur les murs, son visage s'illuminait. Au rebut, les cloisons et les faux plafonds ! Les ouvriers abattaient un mur après l'autre.

Par la suite, on avait découvert que ces hommes étaient originaires du même village que lui. À une autre époque, ils auraient été destinés aux travaux agricoles, mais les temps avaient tellement changé qu'ils n'avaient même pas pu apprendre le métier de leurs pères. Ce n'étaient pas des chômeurs, c'étaient les nègres de Vittorio, des êtres sans passé, fidèles et prêts à tout. Ils traînaient d'énormes sacs de déchets sans faire de pauses, et ils auraient essayé de faire tourner la maison sur son axe à mains nues, si

Vittorio le leur avait demandé, car à leur avis c'était lui, et non eux, qui connaissait le point exact de non-retour au-delà duquel ils se seraient écroulés pour ne plus jamais se relever.

Vittorio voulait les voir achever les travaux en quelques semaines. Pour écourter les délais, il les avait autorisés, un matin, à brûler au fond du jardin les meubles qu'il n'avait aucune intention de réutiliser. Au bout d'une demi-heure, un ouvrier essoufflé était venu le voir. Il gesticulait, une expression d'incrédulité sur le visage. Vittorio l'avait suivi. À la limite de sa propriété, quelques hommes s'agitaient, en colère. Deux d'entre eux étaient habillés d'un polo et de shorts blancs. Ils montraient du doigt la haute colonne noire.

La fumée avait envahi les courts de tennis et atteint un pavillon dont les chaises longues avaient été abandonnées par des femmes en maillot de bain, qui maintenant vociféraient, les mains sur les hanches.

« Je suis désolé. Je vous présente mes excuses. »

Vittorio avait accompagné ce propos d'une courbette exagérée. Il souriait. Une partie de lui n'était pas mécontente d'avoir acheté une maison qui lui attirait l'attention de gens pareils, même si, en l'occurrence, c'était pour lui faire des reproches. Car ces hommes, même en short, évoquaient l'idée d'une plaque d'or sur la porte d'un cabinet qu'ils n'avaient pas eu besoin de conquérir eux-mêmes. Leurs visages arboraient un relâchement particulier, l'apparente hébétude des privilégiés où Vittorio percevait une forme supplémentaire d'intelligence. Aucune trace de la fine couche métallique qui s'oxyde et noircit sous la peau à force de se frotter au monde. La peur était l'apanage de leurs grands-pères et leurs pères n'éprouvaient déjà plus que l'appréhension évanescente qui conférait leur sagesse aux souverains d'autrefois.

Mais une autre partie de lui le poussait, à l'inverse, à se prosterner pour baiser la terre battue à leurs pieds et l'empreinte des balles qui s'y écrasaient depuis des dizaines d'années.

« Mes ouvriers ont dû penser que le vent soufflerait en direction de la route toute la journée. » C'était un mensonge, mais admettre qu'il n'imaginait pas, à une heure pareille, des hommes ailleurs qu'au travail et des femmes sorties de chez elles pour autre chose que des amours illégitimes, aurait été pire que tout.

« Je vois que vous avez un bar, dit-il en indiquant le pavillon. Et je me rends bien compte que j'ai dérangé tout le monde. Par conséquent...

— Vous avez un *excellent* sens de l'observation. »

Personne n'avait ri. Un homme d'une cinquantaine d'années venait de prononcer ces mots ; un type pas très grand, tiré à quatre épingles à dix heures du matin. Sa veste et son pantalon étaient à peine en deçà de la véritable élégance, un pas en arrière volontaire pour laisser une marge à la perfection. Vittorio s'était dit qu'il devait s'agir du directeur. Il ne s'était pas découragé pour autant : « Par conséquent, pour me faire pardonner..., continua-t-il en sentant la confiance gonfler sa poitrine, je voudrais vous offrir à tous une tournée de champagne. »

Deux des hommes avaient aussitôt fait demi-tour et s'étaient éloignés vers les courts de tennis, comme si une telle proposition avait dissipé leurs derniers doutes sur l'inconnu.

« Monsieur... ? » avait demandé le directeur avec un sourire d'une suavité vénéneuse.

Vittorio avait donné son nom et son prénom, en espérant que le type serait capable de les examiner depuis le futur, selon une perspective où ils s'écrivaient en caractères typographiques de plus en plus grands, tels que lui les voyait les jours où l'inspiration (qui n'est rien d'autre que l'angoisse des hommes de talent) lui permettait de se blottir en pensée à l'autre bout de la décennie.

« Monsieur Salvemini, avait continué le type, pour faire partie de ce club, il suffit d'une carte. Elle est petite, rectangulaire, et pour l'obtenir, il faut être parrainé par cinq membres à jour de leurs cotisations depuis dix ans. Lesquels de nos vieux amis ont le plaisir d'être aussi les vôtres ? »

Les autres hommes s'étaient éloignés pour rejoindre leurs épouses. Mais Vittorio n'en démordait pas. Il lui semblait que l'esprit du directeur n'était pas moins sensible aux questions pratiques qu'aux questions de principe.

« Puis-je vous dire deux mots ?

— Bien évidemment.

— Vous avez déclaré tout à l'heure que j'ai le sens de l'observation. Je crains que ce ne soit la vérité. »

Une curiosité toute vierge était apparue sur le visage du directeur.

L'attention qu'il portait aux détails, lui dit Vittorio, lui avait permis de remarquer des dépôts de rouille sur les appareils d'éclairage du deuxième court et des irrégularités sur une partie du dallage de l'allée – tout cela allait plus loin que là où aurait dû s'arrêter son regard, seulement voilà, le soir au coucher du soleil, l'arc-en-ciel produit par les arroseurs disparaissait. Il avait donc pu noter des signes d'usure sur la façade du secrétariat, et il s'était dit qu'il faudrait aussi remplacer les estrades modulables de la piste de bal d'où, certains soirs (les fois où il travaillait tard avec ses ouvriers aux travaux de rénovation), les notes des slows et des sambas arrivaient jusque chez lui, mêlées aux rires des hommes et des femmes bien cachés derrière les haies.

Il n'avait pas avoué que ces rires étaient pour lui la plus douce des invitations. Il y retrouvait, en mouvement, les noms qui apparaissaient sur les plans d'urbanisme, ces dures tables de la loi que lui seul pouvait contourner. Il avait déclaré qu'il prendrait volontiers à sa charge les quelques petits travaux dont le club avait besoin. En réalité, il ne savait même pas s'il pouvait se permettre de recourir à des ouvriers employés en ce moment sur d'autres chantiers. Selon toute probabilité, ses dettes envers les banques imposaient des délais encore plus courts. Pourtant, n'était-il pas en train de s'engager verbalement à refaire toute la piste de danse ?

« Vous en avez déjà vu qui travaillent comme ça ? »

Il avait montré ses ouvriers du doigt. Sans qu'il ait eu le moindre ordre à donner, ils se démenaient pour dompter le petit incendie. Forts comme des taureaux, intuitifs comme des chevaux capables de sentir le changement de saison dans la floraison de l'avoine. Il en ferait venir d'autres, avait-il dit au directeur. Ils finiraient de repeindre les réverbères avant même que les membres du club ne s'aperçoivent de leur présence. C'étaient des hommes habitués à des prouesses encore plus incroyables. L'année passée, ils avaient importé dans la province de Tarente le concept de villa mitoyenne ; et maintenant, à Santa Cesarea, ils achevaient en un temps record un village touristique qui arracherait toute la région aux siècles passés.

« Où êtes-vous né ? » avait demandé Vittorio en tirant sur sa veste. Le directeur avait souri. Parce que les Pouilles, ce n'était pas seulement Bari, avait ajouté Vittorio. Ce n'était pas Lecce, et c'était à peine Foggia. C'était une terre sur laquelle il fallait avoir le courage de se pencher pour l'embrasser à coups de marteau pneumatique. Des étendues immenses de blé et de tabac, des routes blanches qui débouchaient sur des places de villages où les habitants se bousculaient pour jeter leur argent aux pieds des statues de saints protecteurs. Ils priaient Dieu, sous le regard bienveillant des prêtres, pour qu'une société immobilière leur achète ces terrains de moins en moins productifs.

La proposition a été adoptée à la majorité des voix. À Santa Cesarea, ils avaient été obligés de faire exploser une église désaffectée. Dans la province de Tarente, il avait fallu attendre qu'un incendie détruise quatre-vingt-dix hectares de pinède pour qu'ils puissent franchir le seuil du conseil municipal.

Ça n'avait été que le premier pas. Au fil des ans, Vittorio avait dû déjeuner avec des maires et suivre des discussions dont la compréhension aurait nécessité les services d'un interprète. Des hommes aux chemises tachées de sauce tomate qui t'obligeaient presque à coucher avec leurs femmes de ménage pour se venger de la faveur qu'ils te faisaient. Une série infinie de déjeuners. Et maintenant, à l'âge de trente-cinq ans, Vittorio était dans le chef-lieu, unique associé d'une société dont personne n'avait jamais entendu parler. Mais demandez donc à ces arriérés de Pulsano. Informez-vous auprès des aborigènes de Campi Salentina. Montez dans un train des Chemins de fer du Sud-Est et admirez, s'il vous plaît, sur cette partie italienne du continent africain, le premier hôtel avec terrain de golf, dont les corniches portaient le logo en bas-relief de la société immobilière Salvemini Edilizia : on aurait même pu le voir, si ces corniches n'avaient pas été recouvertes de cascades de géraniums.

« Faites éteindre au plus vite ce petit feu si vous ne voulez pas que j'appelle la police. »

Dommage que Vittorio l'ait si mal pris. Si l'orgueil ne l'avait pas aveuglé, il aurait lu un message différent dans les yeux du directeur. C'était une invitation très claire – adressée par un monsieur en costume rayé à un monsieur en complet de lin – à doubler la mise. Mais Vittorio avait tourné le dos au directeur sans même le saluer. Il s'était dirigé vers ses ouvriers et leur avait hurlé de se dépêcher, tant et si bien que ces hurlements avaient eu un effet apaisant sur eux.

Les jours suivants, il avait allongé leur temps de travail. Il était convaincu qu'il était possible de terminer plus vite que prévu. Il repensait aux membres du club. Ils avaient de belles voitures de sport ? Il savait, lui, combien il fallait trimer pour s'en acheter une. Ils ne dormaient pas sur leurs deux oreilles, protégés par les meilleurs avocats de la ville ? Vittorio était conscient que derrière les plans d'urbanisme, il y avait toujours des lois, et que derrière ces lois (que ces gens-là considéraient depuis toujours comme acquises à leur cause), il n'y avait rien d'autre qu'un acte arbitraire initial. Il avait ordonné aux ouvriers de démanteler les vieilles armoires murales, de détruire à coups de marteau les vases à fleurs en granit au pied de l'escalier intérieur.

Le matin où il avait décidé de casser le grand mur qui séparait l'entrée du séjour, le chef d'équipe s'y était opposé. On courait le risque d'abattre un mur porteur. Vittorio avait souri. La peur du chef d'équipe confirmait la présence d'un pacte qui n'avait pas été rompu.

Lorsque le mur était tombé, la lumière blanche qui avait explosé sur les décombres lui avait donné l'impression de brûler le voile diaphane du temps, de lui permettre de voir, peut-être même de *toucher* (comme si la villa pouvait redevenir ce qu'elle avait été avant même que les fondations en soient jetées, avant les Autrichiens et les Bourbons, avant les Aragonais), une présence incertaine qu'il avait reconnue au premier coup d'œil, pour l'avoir déjà rencontrée maintes fois dans ses rêves. La gloire. Impossible de lui donner un nom plus précis, car sa force même – à condition d'être assez audacieux pour lui tendre la main – consistait à pouvoir prendre n'importe lequel.

L'année suivante, Vittorio avait remporté son premier marché public à Bari : une cantine universitaire près de la faculté d'économie. Dix ans plus tard, il faisait des allers-retours incessants vers la Sardaigne et la Costa Brava. Entre-temps, la tâche de jeter les invitations du Rotary à la poubelle incombait à sa femme.

Il regarda pour la énième fois l'heure à sa montre. À l'étage du dessus, son épouse et Gioia dormaient sans rien savoir.

Il se leva du canapé, regarda par la fenêtre ouverte sur le jardin. Les ombres des arbres autour de la fontaine. Quelque chose bougea entre les feuilles sans que les ombres en soient dérangées. Il avait vu pour la dernière fois sa fille Clara la semaine précédente. Elle était passée à la maison pour récupérer un vieux trench, oublié depuis des années dans cette pièce qu'elle était désormais la seule, dans la famille, à encore considérer comme la chambre de Michele.

Le pardessus gisait au fond d'une armoire où il y avait un peu de tout, pendu à un portemanteau en plastique blanc depuis le temps où Gioia était encore enfant et Ruggero obtenait d'excellents résultats à l'école de spécialisation où il se préparait à devenir un oncologue célèbre. Ils habitaient encore tous ensemble, à cette époque-là. Et même si la chambre s'était transformée en une sorte de débarras, lorsque Clara passait les voir, elle s'arrêtait toujours devant cette porte, comme si, de l'autre côté, son petit frère était toujours là.

Comme s'il était mort.

Ensuite, elle traversait le couloir, un signe de contrariété au fond du regard.

Vittorio croyait savoir ce qui l'indisposait. Elle lui reprochait, ainsi qu'à sa femme, d'avoir laissé la poussière recouvrir la mappemonde céleste, les meubles en frêne subir le même sort que les autres, dans cette manie de tout jeter tout le temps.

Mais si les traces de Michele s'étaient effacées, ce n'était pas, à son avis, parce que dans cette maison on jetait tout et n'importe quoi. Au contraire. Depuis qu'il avait quitté Bari, Michele était venu les voir cinq fois. Cinq fois en dix ans.

Il ne restait jamais dormir. Il arrivait de Rome et repartait le jour même. Sans un mot de trop, il avait trouvé le moyen d'expliquer à quel point, pour lui, dormir dans la maison où il avait grandi était hors de question. Vittorio aurait bien aimé savoir ce qu'il avait de si urgent à faire dans la capitale. Il n'était pas, contrairement à son frère Ruggero, un spécialiste lancé dans une brillante carrière, quelqu'un qui avait du succès. Dire « il travaille à Rome » était un bon moyen de se débarrasser de la curiosité des gens. À trente-trois ans, il se débrouillait comme il pouvait. Il écrivait dans des journaux qui périclitaient juste après leur première parution, ou dans des magazines qui l'oubliaient après avoir publié un de ses articles. C'était bien le signe que s'éloigner de Bari n'avait résolu aucun des problèmes signalés par les psychiatres appelés en consultation. Selon lui, les horaires des trains l'empêchaient même de rester dîner. Ce n'était pas plausible, mais Vittorio y lisait son besoin de se préserver. Ou plutôt, de les préserver eux, *sa famille*. Comme si se retrouver autour d'une table avec Michele les avait exposés non seulement à l'embarras, mais aussi au danger. Étaient-ils encore prêts à sauter du lit au bruit d'une poutre qui s'écroule, dévorée par un incendie allumé dans la salle de séjour ?

Clara, elle, aurait couru ce risque-là. Aujourd'hui, elle et Michele étaient séparés par des centaines de kilomètres et leurs échanges téléphoniques se réduisaient à quelques conversations cordiales au moment des fêtes de fin d'année ; leur relation asphyxiante d'autrefois, qui avait tant préoccupé Vittorio, n'existait plus. Mais maintenant encore, Clara se serait jetée dans les flammes pour son frère.

Voilà pourquoi l'avoir vue pour la dernière fois sortant de cette pièce-là lui sembla être la plus amère des coïncidences.

Ce jour-là, l'un ou l'autre, Vittorio gravissait les dernières marches de l'escalier intérieur. C'était une période difficile. Les affaires se craquelaient sous le poids de l'incertitude et l'affaire de Porto Allegro l'empêchait de fermer l'œil. Il avait entendu la porte de la chambre se refermer, puis il avait vu sa fille surgir à l'improviste au fond du couloir : un *S* allongé dans le noir, minijupe et chemisier blanc, le trench qu'elle venait de trouver dans l'armoire prisonnier de ses doigts chargés de bagues. Elle l'avait effleuré, « Ciao papa », un pâle sourire sur les lèvres. Vittorio n'avait pas réussi à lui demander si elle voulait déjeuner avec eux. Clara était déjà dans le jardin, prête à retourner chez elle ou à faire un tour en centre-ville, laissant sur le seuil de la maison l'image d'une nuée d'oiseaux qui s'envole d'une plage déserte.

Une sorte de bénédiction filiale, avait pensé obscurément Vittorio, comme si tous ses problèmes allaient enfin se résoudre.

Il ouvrit la fenêtre en grand, reçut la fraîche caresse de la nuit printanière sur le visage. Le ciel éclairé par la lune lui donna la sensation paradoxale de pouvoir observer le bout du monde, comme si, au lieu du vide sidéral, il y avait eu dans le ciel le Brésil, les États-Unis, la Chine… La constellation de Los Angeles. La nébuleuse insomniaque de Tokyo. Tandis qu'il attendait de connaître le destin de Clara, à Phuket, le soleil était levé depuis quatre heures. Ce qui signifiait qu'une armée de pelles mécaniques travaillait déjà à la petite structure hôtelière qu'il construisait là-bas avec ses associés. Lorsque ses ouvriers s'arrêteraient de travailler en Thaïlande, il serait trois heures de l'après-midi en Turquie, où l'on achèverait d'édifier un spa. En Italie, Vittorio téléphonerait aux directeurs de chantiers au moment où la lune serait déjà haute sur le Bosphore ; entre dix et onze heures du soir, il y aurait en revanche un trou dans son emploi du temps.

C'était le seul moment de la journée pendant lequel la mécanique de son petit empire ne fonctionnait nulle part. Il y voyait une brèche dangereuse. N'était-ce pas à cette heure-là qu'il avait reçu la nouvelle des problèmes du village touristique, à Porto Allegro ? Et les infarctus ? Toujours après l'heure du dîner. « Non, ce ne sont pas à proprement parler des infarctus, plutôt des attaques angineuses, violentes, mais parfaitement traitables », lui serinait Ruggero sans cacher son agacement.

Cela dit, à soixante-quinze ans, Vittorio ne pouvait plus fumer. Au tennis, il n'aurait pas pu aller au-delà du premier set, et sa mémoire avait cessé d'être le prodige que ses amis avaient longtemps jalousé. Et puis le monde avait changé. Il aurait parié à cent contre un sur la faillite de l'Argentine, mais jamais il n'aurait imaginé que les pensées, les épanchements et les confidences de millions d'adolescents devant un écran d'ordinateur rapporteraient des milliards au plus malin d'entre eux. En d'autres temps, une information confidentielle reçue d'un syndicaliste lui suffisait – par exemple sur la disponibilité des cadres de chez Fiat à manifester contre les métallos –, et il achetait des actions. Aujourd'hui, sur Internet, des algorithmes voyageurs émettaient des ordres d'achat considérables, puis les annulaient une fraction de seconde avant qu'ils deviennent effectifs et, en même temps, lançaient d'autres ordres qui généraient des gros profits issus de leurs propres variations.

Certaines nuits, Vittorio observait le ciel parsemé d'étoiles – l'axe du monde tournait sur lui-même – et il craignait que le spectacle n'échappe à son champ de vision.

Clara.

Une coccinelle entra par la fenêtre ouverte. Ce petit grain noir anonyme se transforma en une belle coquille vermeille sortie du noir de la nuit. Son vol, lent et tremblant, aurait pu être interrompu d'un claquement de mains. Mais son aspect agréable rendait cette éventualité peu probable chez les hommes. Pour les oiseaux, c'était l'inverse – ils associaient ce rouge ponctué de noir à la menace du poison de certaines baies, de certains champignons. Ainsi, les petites coccinelles interprétaient au mieux le rôle que la nature leur avait confié : elles pouvaient dévorer jusqu'à cent pucerons par jour, et elles procédaient avec une telle avidité, une telle rapidité, un mouvement des mâchoires si froid, si compulsif, que la scène, transposée à grande échelle, aurait été insoutenable pour la sensibilité des hommes.

Semblable à un parasol japonais, l'insecte ferma ses élytres et se posa sur une étagère de la bibliothèque.

Vittorio avait la sensation de n'avoir jamais tout à fait compris Clara. Des instantanés de sa fille aînée lui apparaissaient les uns après les autres, sans lien apparent. Le seul fil conducteur objectif était son charme, une émanation qu'aucun filet à papillons n'aurait pu retenir assez longtemps dans ses mailles. Calme et taciturne jusqu'à treize ans. Logique sans pédanterie à quatorze. Magnétique à seize – jeans et pull-over manches longues, cheveux sur les épaules, assise bien droite et bien sage sur une chaise de la salle à manger. Une idole maya dont le contact déchaîne des visions du futur : les caravelles de Christophe Colomb, les innombrables viols des conquistadors.

À dix-huit ans, elle pouvait ressembler à certaines actrices de cinéma de la période postérieure à celle des pulpeuses. Des courbes douces mais sans excès, une Natalie Wood encore dans l'attente du vernis définitif.

Vittorio ne saisissait pas ce qu'il pouvait y avoir de différent, entre une transformation et l'autre. Il avait dû attendre le mariage de sa fille pour comprendre quelle était sa place dans le monde. Jusqu'à cet instant précis, ses efforts étaient restés vains. Sa jeune fille traversait, légère, les pièces de la villa. Il était rare de l'entendre pinailler et difficile d'entamer une dispute avec elle. Le calme personnifié. Vittorio se disait que c'était seulement, en quelque sorte, sa partie éclairée, et redoutait d'en recevoir la confirmation de la part des êtres qui, à tour de rôle, en bénéficiaient : les garçons.

Ceux qui apparaissaient régulièrement au bout de l'allée ne pouvaient être qualifiés que d'embarrassants. L'important, c'était qu'ils montrent bien à quel point ils étaient mal dans leur peau. Des mômes à la dérive. Des individus hostiles, explicitement ou non, à l'autorité paternelle qu'il représentait. Ils passaient chercher sa fille l'après-midi et l'enlevaient jusqu'au cœur de la nuit. Étendu à côté de sa femme, Vittorio entendait le déclic de la serrure au rez-de-chaussée. Il avait l'impression de percevoir les cheveux de Clara irradier de la puissance d'une virée à moto nocturne.

Lorsqu'il essayait de reprocher à sa fille son comportement, sa belle bouche prenait un pli mélancolique. Elle avait beau se tenir devant lui, elle lui échappait autant que lorsqu'elle n'était pas à la maison. Dans ces moments-là, Vittorio ne comprenait ni *où* elle était ni *ce* qu'elle était, cette fille dont l'essence évanescente laissait derrière elle la pulsation nue d'un chagrin, voire d'une douleur, qui vous obligeait à faire marche arrière.

La voix de Clara se matérialisait ailleurs maintenant, fraîche et vibrante, sous une forme que son père n'avait pas le privilège de savourer de près. Vittorio traversait le couloir du premier étage – soudain, devant la chambre de Michele, un silence. Encore quelques pas et deux rires retentissants, sous prétexte de s'étouffer l'un l'autre, finissaient par s'enlacer.

Alors, Vittorio s'inquiétait. Quand on est jeune, on est très exposé aux contaminations, et Michele était un réceptacle de mal-être. C'était bien plus qu'une impression, c'était une certitude confirmée par une enveloppe portant le tampon de l'inspection d'académie.

La lettre, signée par le proviseur adjoint, était arrivée au début de l'année scolaire. Vittorio avait envoyé sa femme discuter avec les enseignants. Le soir, à son retour à la maison, Annamaria portait sur son visage la confirmation des soupçons de Vittorio.

« Je vais tout te raconter, mais il faut me promettre de ne pas te mettre en colère », avait-elle dit en se servant un verre de vin glacé.

Le problème ne tenait pas tant aux mauvais résultats scolaires de Michele qu'à la difficulté même de les mesurer. Interrogé en histoire, il n'avait pas ouvert la bouche. Appelé au tableau en cours de maths, il s'était contenté de broyer la craie en tout petits morceaux, de la désintégrer. Le devoir d'italien avait donné lieu à un flux de conscience absurde. « Ça peut te donner une idée, avait dit Annamaria, du point où nous en sommes. » On avait demandé aux élèves de commenter une phrase de Marc Bloch dont ils avaient parlé en cours : « L'incompréhension du présent naît fatalement de l'ignorance du passé. » À la fin de la deuxième heure, Michele avait rendu une feuille où il avait dessiné en marge d'étranges petites créatures et écrit, sur la partie centrale, une longue phrase sans queue ni tête (« la fenêtre de la chambre donne sur le jardin », tels étaient les premiers mots de son devoir, inscrits au centre de la feuille de papier). Le seul rapport éventuel avec la citation de Bloch se trouvait dans un aphorisme spirituel copié on ne savait où : « Mais il n'est peut-être pas moins vain de s'épuiser à comprendre le passé, si l'on ne sait rien du présent. »

Et pour couronner le tout, la prof d'anglais avait raconté à Annamaria que pendant son cours Michele lui demandait sans arrêt la permission de sortir pour aller aux toilettes.

« Voyez-vous, je ne sais pas si votre… enfin…

— Si mon fils », avait dit Annamaria, désireuse à la fois de dévier et de confirmer la pensée de l'enseignante.

La professeure avait ignoré sa tentative : « Je ne comprends pas si *ce garçon* souffre d'un problème nerveux ou s'il a trouvé le moyen d'échapper aux contrôles. »

Michele n'en était pas à ses premières bizarreries. De toute évidence, il n'était pas stupide, avait conclu Annamaria en s'asseyant plus confortablement sur le canapé. Sans doute un acte de rébellion qui avait dégénéré.

« Trouble de la personnalité narcissique. Les adolescents en souffrent parfois.

— Qu'est-ce qu'on devrait faire, selon toi ? »

Cette question avait donné à Annamaria une liberté qu'elle n'aurait pas eu l'imprudence de s'accorder à elle-même. Le dévouement dont elle avait fait preuve à l'égard de Ruggero – et aussi de Clara et Gioia – la poussait à se charger d'un problème qui – en théorie – n'était pas le sien. Ce problème-*là*, n'importe quelle autre femme, à sa place, l'aurait utilisé comme moyen de chantage. C'était stupéfiant, et admirable. Ces adjectifs résonnaient maintenant dans la tête de Vittorio, comme toutes les fois où ils en venaient à parler de ce Michele qui était la mise à l'épreuve, surmontée chaque jour, de la solidité de leur mariage.

Annamaria avait dit que la question était délicate : « Et ne va pas imaginer que tu peux résoudre le problème avec des gifles. »

Vittorio n'aurait jamais levé la main sur ses enfants. Mais après avoir obtenu cette permission qu'elle n'avait pas commis l'erreur de revendiquer, Annamaria en avait profité pour prendre le reste. Elle était le premier être humain diplômé avec qui Vittorio avait entretenu des rapports plus intimes qu'avec les ingénieurs de ses chantiers. Au fond, ça ne l'impressionnait pas outre mesure ; mais il ressentait une exaltation dans cette partie de notre être – superficielle et pourtant cachée – à laquelle nous demandons tous les jours la confirmation des progrès de notre vie. Son diplôme permettait à Annamaria de conclure des raisonnements que Vittorio préférait, de son côté, se croire incapable de développer.

Il n'avait donc rien trouvé à redire lorsque Annamaria lui avait déclaré que la consultation d'un psychiatre ferait du bien à leur fils.

C'était un magnifique après-midi d'arrière-saison, au début des années quatre-vingt-dix, un de ces reliquats que l'été met de côté pour éviter à la température de trop augmenter, et qui donne à certaines villes comme Bari une beauté inimaginable même en plein mois d'août. Vittorio était revenu à la maison plus tôt que d'habitude. Il avait envie de prendre une douche, et de se jeter sur le canapé pour réfléchir en paix à son travail jusqu'au soir. Il avait oublié quel jour on était, mais les autres habitants de la maison semblaient venus au monde pour saboter la moindre de ses amnésies.

Il avait laissé sa mallette dans l'entrée, s'était débarrassé de sa veste, était monté à l'étage. Il l'avait vue sortir par la porte où elle devait réapparaître dix-huit ans plus tard, légère et ensommeillée, habillée d'une chemise à carreaux et de Wrangler noirs, son vieux trench entre les mains. Sa fille lui avait barré le chemin et lui avait demandé s'il était vrai que maman avait pris rendez-vous avec un psychiatre, cet après-midi-là.

Le long soupir poussé par Vittorio lui avait suffi : « Je vous le déconseille. »

Elle avait prononcé cette phrase en souriant, les yeux baissés, sans lui donner le temps de répondre. Impossible de savoir s'il s'agissait d'un reproche ou d'un avertissement. *Je vous le déconseille*. Ensuite, Clara s'était dirigée pieds nus vers le rez-de-chaussée.

À huit heures, Annamaria était rentrée à la maison. Sur son chemin, elle avait récupéré Gioia à la sortie de la piscine. Vittorio avait vu défiler devant lui une femme contrariée, un garçon qui donnait l'impression que le monde entier venait de s'écrouler sur lui et une fillette excitée à l'idée de ne rien comprendre à ce qui se passait. Michele était monté dans sa chambre. Gioia l'avait dépassé en courant. Annamaria avait filé vers la cuisine. Vittorio l'avait suivie et l'y avait trouvée en train de découper des pommes de terre sur une planche.

« Écoute, j'ai une migraine insupportable. Parlons-en demain matin. »

Ça le froissait, d'être ainsi exclu des affaires de la famille à un moment si crucial. Sa mauvaise humeur s'était aggravée quand, revenu dans le salon, il avait aperçu un éclair à travers la baie vitrée. La source lumineuse avait tourné sur elle-même, de l'autre côté de la grille. Sans attendre le bruit de la sonnette, Clara s'était précipitée vers la porte d'entrée. Elle tenait un casque entre les mains. À travers la vitre, Vittorio avait vu un nuage d'insectes intercepté par le phare d'une grosse moto.

Clara faisait bien plus que marcher vite, elle n'était plus qu'une succession accélérée de photogrammes – Vittorio n'avait pas même eu le temps d'entamer une discussion sur l'heure de son retour, et l'image de sa fille, reflétée et dédoublée par la vitre, se recomposait déjà sur la selle de la moto.

Pendant le dîner, Michele avait trituré ses légumes, tête baissée. Annamaria mangeait en lisant un magazine, et Gioia parvenait à l'imiter sans pour autant lire quoi que ce soit. Ruggero s'était enfermé dans sa chambre pour réviser. Par chance, le téléphone avait sonné. Vittorio avait discuté une demi-heure avec ses ingénieurs.

Il avait emporté son journal au lit et s'était assoupi sans s'en rendre compte. Lorsqu'il s'était réveillé, sa femme dormait près de lui. Le silence remplissait la maison. Vittorio s'était demandé si Clara était rentrée. Le voyant du magnétoscope s'allumait et s'éteignait sans lui permettre de voir l'heure qu'il était. Il avait fermé les yeux. Une rue de banlieue, longue et droite. Les lumières des réverbères se succédaient, reflétées par le tableau de bord. Le ciel résonnait des vrombissements de la moto. Au bout de la rue, il y avait un immeuble de cent étages. Vittorio avait vu l'endroit où le véhicule était garé. Il s'était retourné dans les draps. Le robinet de la salle de bains fuyait. Quelqu'un avait ri. Les cercles concentriques avaient disparu, donnant au bruit la puissance d'une image. Sa fille riait, noyée dans les oreillers de la chambre à coucher. Son ombre se penchait en avant, rampait sur la forme masculine et se soulevait.

« Vittorio ! »

Il avait écarquillé les yeux. Quelque chose avait bougé entre ses doigts et il avait serré plus fort. La jambe d'Annamaria s'était arrachée à son étreinte. Vittorio avait retrouvé ses esprits. Le magnétoscope clignotait. La luminosité avait quelque chose d'étrange. Vittorio avait toussé. Sa femme aussi. Dans le couloir, une lueur pourpre se dilatait et se contractait. Il avait entendu quelqu'un tousser dans la chambre à côté. Quelque chose s'était écroulé dans un grand fracas, à l'étage en dessous. Sa femme avait hurlé. Vittorio, entièrement réveillé, avait bondi hors du lit.

Il avait couru dans le couloir, vu la danse des ombres contre le mur, s'était penché sur l'escalier et avait contemplé la boule de feu rugissante, entourée de nuages de fumée.

« Un incendie ! Réveillez-vous ! »

Il s'était précipité au rez-de-chaussée. Lorsque l'augmentation de la température était devenue palpable (les cheveux ébouriffés par des vagues de chaleur), comprenant que sa stratégie n'était pas la bonne, il avait remonté l'escalier en courant. Une ombre était passée devant lui, dans la direction opposée. Ruggero. De retour dans la chambre à coucher, Vittorio avait ouvert l'armoire, pris une couverture en laine et rejoint à nouveau le séjour. Il avait cru voir sa femme disparaître derrière un nuage de fumée. Elle tenait Gioia par la main. Alors, il s'était jeté sur l'incendie avec sa couverture, et il avait compris qu'une poutre s'était écroulée. Le grondement provenait de partout à la fois, le mouvement de la couverture faisait naître des essaims d'étincelles. Tout en luttant, Vittorio avait le sentiment de comprendre l'intelligence des flammes, leur volonté obstinée d'effacer ce qui lui appartenait. Il avait poussé plus fort encore, sans tenir compte de sa douleur aux avant-bras.

Il était sorti dans le jardin en toussant. Le visage barbouillé, le haut du pyjama ourlé de brûlures, mais il avait gagné. Il s'était essuyé le front du dos de la main. Au pied de l'escalier, il avait retrouvé sa femme et Gioia. L'enfant pleurait, terrorisée. « Tout va bien, tout va bien », avait-il murmuré. Ce faisant, il regardait autour de lui. Les crêtes des pins ondoyaient dans le vent. Au beau milieu du combat, quand rien n'est encore gagné, on manque de lucidité. Ensuite, les sens s'affinent. Cette ombre sur un visage, quelques heures plus tôt. Vittorio avait traversé l'allée d'un pas décidé, jusqu'à la fontaine. Il avait tourné près des haies et continué d'avancer, jusqu'à ce que les lumières de la villa ne l'éclairent plus.

Il l'avait retrouvé assis au pied d'un palmier. Il ne

s'était même pas débarrassé du bidon à essence, qu'il tenait entre les bras comme une bouée.

Michele avait levé les yeux. Son expression coupable avait resserré encore plus le nœud, déjà réduit à une tête d'épingle, qui tenaillait les tripes de Vittorio. Pour supprimer cette sensation, il lui aurait fallu frapper son fils à coups de pied. « Qu'est-ce que tu as fait ? » avait-il dit pour s'accorder encore un instant de répit. L'envoyer chez le psychiatre avait été une erreur, avait-il songé, c'était une manière superficielle d'essayer de résoudre le problème. Le sang et son lent recyclage. Les sensations avaient continué à se déplacer dans son corps, à la manière de plantes qui, dans un même vase, répondent à l'appel du soleil levant – la superposition des deux images lui avait fait mal, et c'est alors seulement qu'il avait compris en totalité la signification de cette trahison.

Il s'était écrié, d'une voix sévère : « Allez, lève-toi ! »

Il laissait sa rage s'écouler de manière incomplète. S'il avait dû la ramener à son origine – la femme qui avait engendré cet enfant –, ses forces l'auraient abandonné.

Ils avaient marché l'un près de l'autre, d'un pas lent, exténués, jusqu'à l'entrée de la maison. Michele tenait toujours le jerrican d'essence, un geste absurde, inconsidéré, une preuve d'autodestruction qui défiait la véhémence de son père.

Annamaria s'était raidie. Ruggero aussi. Longiligne et furieux, l'aîné observait la scène du haut de l'escalier, en t-shirt et en caleçon vert. Prêt à les agresser. Ce n'était pas l'absurde bravade de son demi-frère. Ce n'était pas non plus Vittorio, qui s'abstenait de le gifler, ni sa mère, si obstinée à faire comme si les plateaux de la balance n'avaient pas été d'un poids et d'un alliage différents. Ni la fillette de huit ans rétive à admettre l'existence, dans le monde, d'enfants de son âge jamais effleurés par l'angoisse d'avoir perdu un collier de diamants. Ni même cette fille de dix-huit ans à qui personne ne pouvait rien imposer. C'était la famille dans son ensemble. Le voilà, le problème de Ruggero : cette bande de cinglés dont le sort voulait se servir pour le détourner de la seule activité qui le rendrait libre, ce point d'attache à éprouver jusqu'à l'usure, jusqu'à ce que le grain de folie qui le nourrit lui aussi, cette tare dont il avait hérité ne devienne l'anneau corrodé d'une chaîne qui ne transmet plus rien : ses études, les études de médecine acharnées auxquelles il consacrait tout son temps.

Vittorio avait vu Ruggero se pencher en avant. Il était prêt à affronter l'aîné à son tour, si nécessaire. Mais avant d'ouvrir la bouche, il avait entendu un bruit derrière lui. Il avait vu s'éloigner les feux arrière de la moto et se rapetisser la lumière qu'ils projetaient sur les barreaux de la grille, comme une eau qui se retire.

Clara était apparue au bout de l'allée.

Vittorio avait descendu les marches. Sortie de l'ombre, sa fille avait exhibé sa chemise froissée et ses jambes, moulées dans son jean, n'avaient pas esquissé le moindre changement de vitesse (peut-être un simple ralentissement), ce qui n'avait fait qu'accroître la colère de son père. Afficher un tel calme était un manque de respect supplémentaire, comme s'il n'y avait rien eu d'étrange à retrouver toute sa famille devant la porte de chez elle, à quatre heures du matin, tandis que de la fumée continuait à s'échapper de l'entrée.

« On peut savoir où tu étais et ce que tu as fichu ? »

Il s'était efforcé de prononcer ces mots comme s'il les avait crachés.

Elle avait levé la tête et arboré un sourire

scandalisé : « On a eu un problème avec la moto, tout simplement. »

Vittorio avait eu l'impression qu'elle affirmait le contraire *(je n'ai pas eu de problèmes avec la moto, je suis juste allée me faire baiser pendant que la maison brûlait)*, avec une force qu'il n'avait pas prise en compte et dont il n'avait pas pu trouver l'équivalent en lui-même, car il aurait dû pour cela admettre que Clara incarnait à la perfection le personnage dont il venait de rêver. Puis il avait compris. Clara avait continué de l'observer avec une sorte d'étonnement indigné et un maintien parfait, jusqu'au moment où – châtain sombre dans le vert pâle – Vittorio avait discerné dans ses yeux ceux de son demi-frère. Michele savait. Il savait que Clara n'était pas à la maison. Sinon, il n'aurait jamais mis le feu au salon.

Vittorio s'éloigna de la fenêtre. Les rideaux bougeaient à peine. La coccinelle était toujours là, repliée sur elle-même, sur une étagère de la bibliothèque. Il s'assit derrière le bureau. Le noir du ciel résistait à l'arrivée de l'aurore. Vittorio se posa une main sur les yeux et envisagea le pire.

Il lui faudrait supprimer le décalage entre le supplice et la simulation du supplice qu'il était en train d'affronter. Il allait aussi devoir monter à l'étage pour mettre sa femme et Gioia au courant. Appeler Ruggero et Alberto. Il était prêt à parier que le mari de Clara n'était au courant de rien.

À ce stade, même en admettant qu'il ne fasse pas un infarctus, personne ne serait en sécurité pour autant.

Deux cent cinquante villas alignées sur la côte du Gargano. On venait à peine d'achever leur construction, certaines d'entre elles étaient déjà vendues. Le complexe résidentiel de Porto Allegro était susceptible de devenir le trou noir qui les engloutirait tous. Le parquet de Foggia avait transmis au tribunal une demande de mise sous séquestre, au motif de la violation de certaines règles auxquelles Vittorio lui-même ne comprenait rien. Une terrible embrouille où étaient impliqués des experts, des techniciens, des écologistes, des entreprises concurrentes et des avocats.

Il devrait lutter, de toutes ses forces. Mais si le pire était arrivé à Clara, pensa-t-il en contemplant l'écran de son téléphone portable, ses forces ne suffiraient pas. Dans un dernier sursaut, il pourrait inviter à dîner un maire ou son adjoint. Ensuite, il serait obligé de reculer, emporté par les événements.

Rien que d'y penser, c'était stupéfiant. Toute sa vie avait été une sorte d'expansion, de progression, où la chance et la menace s'étaient équilibrées. Il ne comprenait pas s'il s'agissait là d'un aspect lié à la nature des hommes ou si c'était plutôt celle des affaires en général, dont l'âme aurait réellement ressemblé, dans ce cas, au diablotin qu'on aperçoit parfois sur la façade des banques, les jours de soleil aveuglant.

D'ailleurs, ce qui avait l'air de fonctionner le jour ne tenait pas ses promesses la nuit tombée. Jusqu'au soir précédent, Vittorio aurait pu dire que Clara était rentrée dans le rang. Un jour, elle avait franchi la porte du meilleur coiffeur de Bari et fait couper la chevelure sauvage qui lui descendait jusqu'aux fesses. Un autre jour (un jour *magnifique*), elle avait remisé tous ses jeans et ses longues chemises à carreaux. Les chaussures de toile noircies, dans un coin de la salle de bains, avaient été comme la preuve d'un crime commis la nuit d'avant. Puis elles aussi avaient disparu. Clara avait été happée par la porte tournante des changements de l'époque, et elle en était sortie avec une mise digne de Jacqueline Kennedy. Cela s'était passé après le service militaire de Michele, lorsqu'un énième psychiatre avait déclaré que son seul moyen de s'en sortir consistait à changer d'air. Michele avait déménagé à Rome. Clara s'était mise à fréquenter les fêtes de jeunes avocats prometteurs. Des fêtes d'ingénieurs, de médecins. Parfois, Vittorio la croisait à des soirées où il avait lui aussi été invité. En robe longue. En tailleur et hauts talons. Bien entendu, quelque temps après, elle s'était mariée. Un abruti, avait pensé Vittorio lorsqu'il avait vu Alberto la première fois. Un ingénieur de quarante-deux ans, intelligent, responsable, et plutôt bon dans son métier. Ça, par la suite, il avait bien fallu l'admettre. Il n'y avait jamais eu de problème sur les chantiers que Vittorio lui avait confiés après le mariage.

Son regard perçut une lueur, au coin du bureau.

Vittorio tendit le bras pour attraper son portable. « Allô », dit-il. Puis il hocha la tête. Sa gorge se serra. D'un geste instinctif, il posa la main droite sur sa poitrine. À l'autre bout du fil, la voix hésitait. Vittorio lui-même prononça le mot. *Suicide*. Il le prononça avant que la voix ne continue à courtiser des mots qui menaient dans une impasse, par exemple « corps » ou « découverte ». Sa main serra et relâcha sa chemise. Cinq minutes plus tard, Vittorio jetait autour de lui des regards ahuris. Il soupesait le silence de la pièce sans trouver de différences fondamentales entre l'avant et l'après. Le monde était toujours là. *Lui* était toujours là. Dans peu de temps, le ciel s'éclairerait, et il sentirait sur sa peau le changement de température. La nouvelle était en train de débouler en lui comme un bloc de béton jeté du haut d'un escalier, mais il était toujours vivant, sans équivoque possible. Si un changement s'était bien produit, cela concernait plutôt sa perception du temps. Un tas de détritus s'était accumulé sur un espace de ramassage obscur. Maintenant, les vannes s'étaient ouvertes et il fallait faire vite. Il restait encore beaucoup de temps d'ici neuf heures et demie du matin. À cette heure-là, la porte de la chambre de Gioia laisserait passer un pépiement d'oiseau (conversation téléphonique avec une camarade de fac, avec son fiancé), qui témoignerait que la gamine s'était réveillée. Mais, dès l'aube, la femme de Vittorio apparaîtrait dans la cuisine. Elle mettrait l'eau à bouillir pour le thé et resterait là à attendre, le dos tourné à la flamme solitaire, droite et songeuse dans sa robe de chambre à moitié transparente, perdue dans la contemplation du jardin qui sortait lentement de l'ombre. Il n'y avait pas une minute à perdre. Lui, il était réveillé, tandis que son petit coin de monde restait prisonnier des ténèbres.

Vittorio regarda la bibliothèque. La coccinelle avait disparu. Il prit son portable et se mit à passer des coups de fil.

Gioia se retourna dans ses draps, se protégea contre la faible lueur qui filtrait à travers les volets, se recroquevilla dans son lit. La peluche posée sur sa chaise persista encore un instant en négatif derrière ses paupières, puis elle disparut. Les muscles de son cou se relâchèrent. Philosophie du langage. Il fallait imaginer l'examen en le subdivisant par catégories liées les unes aux autres. Si la première question se révélait trop compliquée, elle l'orienterait vers des territoires plus sûrs. Mais combien y avait-il de possibilités qu'on l'interroge précisément sur ça ? Elle caressa l'idée de ne pas se lever.

La conviction que la chance serait de son côté masquait le souhait d'être aidée, pendant l'examen, par un heureux mélange issu de son aspect physique avantageux et d'une pointe de séduction. C'était encore une sottise, mais Gioia essaya de s'en persuader, même si elle dut aussi recourir à un autre argument, à quelque chose qu'elle ne s'avouait pas et qui était son principal atout. Son nom de famille.

Elle prit son oreiller dans ses bras et pensa à tout ce qu'il y avait au-delà de son lit. Les grandes pièces de la villa. Les chenets dans les cheminées, des anges en fer battu. Et puis, dehors : le jardin avec sa fontaine en pierre, les palmiers et les lauriers-roses. Voilà ce qui lui donnait un sentiment de paix et, en même temps, lui faisait oublier tous les matins à quel point elle était privilégiée, sans avoir jamais rien eu à faire pour ça. Elle se caressa un mollet avec le pied de l'autre jambe.

Comme tant de jeunes filles élevées dans la rhétorique du mérite, elle ne commettait pas l'erreur de se servir de son statut social pour briller. Sa stratégie était plus subtile. Gioia faisait semblant de croire que sa condition était celle de tout un chacun. Ses amis ne la démentaient pas, pour ne pas créer des tensions – une sorte de racisme à l'envers. En conséquence, les difficultés de son examen finissaient par ressembler à celles que n'importe qui aurait eu à affronter, par exemple une jeune fille obligée de travailler pendant le week-end. Et puisque, le lundi matin, Gioia était d'ordinaire plus fraîche, plus bienveillante et plus compréhensive que la plupart de ses semblables, une telle attitude la valorisait à ses propres yeux. Elle déplaça ses réflexions sur sa famille. Comment son père s'en tirerait-il sans sa bienveillance, lui toujours si tendu, si irascible ? Et sa mère ? La discrétion de Mme Salvemini aurait pu être perçue comme de la sécheresse si, avec de la patience (et qui d'autre dans sa famille, sinon sa fille cadette, en possédait de telles quantités ?), il n'avait été possible d'en extraire de temps à autre des perles de réelle douceur.

Dans ses moments d'optimisme, Gioia était convaincue que c'était elle qui maintenait la famille unie. Depuis quelques mois, elle avait un petit ami. Elle l'avait présenté à sa mère et à son père, et même à Clara. Belle et impénétrable, habillée d'une robe rouge Diane von Furstenberg, sa sœur aînée était venue, accompagnée de son mari, fêter son trente-sixième anniversaire dans la villa familiale. Le petit ami de Gioia avait été troublé par la splendeur des candélabres et des vieux meubles patinés, sans toutefois comprendre que ces objets ne devenaient précieux qu'au contact de Clara. Après le dîner, Gioia et lui étaient partis boire un verre en ville, puis ils s'étaient disputés à propos d'un vieux film, parfait alibi d'une rancœur en quête de prétextes. Lorsqu'ils se chamaillaient pour des raisons futiles, Gioia le remettait vite à sa place. Est-ce qu'il l'avait bien vue, la maison où elle vivait ? Le garçon haussait les épaules. « Tu ne comprends vraiment pas les risques auxquels est exposée une famille comme la mienne ? » Plus on monte haut, plus dure sera la chute, et ce genre de catastrophes arrivait tout le temps. Des familles riches se retrouvaient tout d'un coup, pleines de honte, à devoir ramasser et recoller des débris. Un désastre. Leur maison à eux, bien au contraire, abritait une famille d'une cohésion immuable. « Et c'est peut-être, excuse-moi de te le dire, un peu aussi grâce à moi. » Mettre de l'harmonie entre les gens : tel était son devoir, et elle le remplissait bien. Si elle était capable de supporter la mauvaise humeur d'un grand homme comme son père, comment un médiocre étudiant de la faculté de sciences économiques osait-il la contredire ? Le petit ami de Gioia baissait alors la tête – moins intimidé par ces raisonnements fumeux que par la montagne qu'ils recouvraient. Elle le tenait en son pouvoir, un frémissement de plaisir la traversait. Quelque chose de semblable à la sensation qui, maintenant, la poussa à s'étirer pour la troisième fois dans son lit. Gioia pensa à son père, puis de nouveau à son fiancé, tout à coup doté d'un supplément de charme. Elle se dit que si elle dormait encore un peu, elle serait plus détendue à son examen. Elle bâilla, sentit ses mollets se détendre, descendit sous l'endroit chaud qui sépare les illusions de l'état de veille des profondeurs où tout le reste s'écoule.

Dans son rêve, elle était avec son petit ami dans un vieux train régional aux sièges en faux cuir, et tous deux passaient d'un wagon à l'autre en se donnant la main. À la recherche du bar. Son copain devait avoir dit quelque chose de drôle, puisque Gioia n'arrêtait pas de rire. Les wagons étaient bondés. Quelque part, toujours dans ce même train, il y avait sans doute aussi ses parents. Les deux amoureux dépassèrent un contrôleur. Le garçon s'arrêta pour observer quelque chose dans l'un des compartiments. Gioia le rejoignit. (Elle réalisa seulement alors qu'il avait lâché sa main.) Elle regarda à travers une porte vitrée, et ce qu'elle vit lui déplut. Une jeune femme, assise entre deux hommes âgés, vêtue d'une belle robe rouge, arborait une expression à la fois intense et distante. Gioia se sentait mal à l'aise. Mais ce qu'elle remarqua en baissant les yeux la troubla encore plus. Une petite graine sombre, posée sur l'un des genoux de la jeune femme, se mit à osciller puis se dédoubla. Deux mouches se mirent à remuer, l'une sur l'autre. Les hommes âgés semblaient ravis du spectacle. Le fiancé de Gioia n'arrivait pas à détacher les yeux des jambes de la jeune femme. Il était comme hypnotisé. Elle le tira par la manche, lui rappela qu'ils cherchaient le wagon-restaurant. Le garçon se retourna. Il était nerveux. Il répondit que dans un train régional, il n'y a pas de wagon-restaurant, il n'y en avait jamais eu. « Mais alors, où allons-nous ? » demanda Gioia d'une voix inquiète. « Aux toilettes », répondit-il.

Elle prit sa respiration, serra le poing, le rouvrit. Sur la paume de sa main, la tension se dissipa comme une fleur évanescente. Elle entrouvrit les paupières. La lumière du matin voilait la silhouette de la chaîne hi-fi, qui se confondait avec le meuble XVIIIe sur lequel elle était posée. Gioia retira l'un des deux oreillers qu'elle avait sous la tête et le plaça entre ses genoux. Sa respiration devint irrégulière. Puis elle glissa de nouveau dans le sommeil. Les toilettes du train étaient si exiguës qu'elle ne pouvait bouger sans se cogner contre son petit ami. Le train eut une accélération saccadée. Gioia perdit l'équilibre, tomba à genoux sur le sol malpropre. Deux mouches dessinaient des hélices invisibles sur la cuvette béante des toilettes. Gioia demanda, confuse : « Mais qu'est-ce qui se passe ? » Son petit ami s'accroupit. Il venait de remarquer quelque chose qu'elle ne voyait pas. Quelque chose de beau, d'irrésistible. Il mit une main sur sa joue. Alors, Gioia s'allongea sur le côté, posa la joue sur le sol dégoûtant et entrouvrit les lèvres, jouissant de l'attente. Elle s'aperçut que son petit ami glissait une main sous sa robe en soie rouge corail et serra plus fort l'oreiller entre ses jambes. Ses tempes étaient chaudes. Elle gardait les yeux fermés, mais elle était presque totalement réveillée. D'abord tout lisse, puis très doux – elle sentit sous ses doigts l'élastique de sa petite culotte. Elle s'appuya sur une hanche et intensifia le mouvement entre ses jambes, pour que le profil du garçon reste bien vivant dans sa mémoire.

À travers les pâles volets formés par ses paupières, un écran s'alluma tout d'un coup. La scène disparut. Gioia s'arrêta. Ses doigts se retirèrent du tissu en coton, trois petites formes en relief qui disparurent en reculant. Elle ouvrit les yeux. Les volets étaient toujours fermés, mais on distinguait maintenant jusqu'aux moindres détails de la fenêtre. Alors, Gioia se tourna de l'autre côté.

À la porte ouverte de la chambre, la lumière du

matin encadrait une silhouette noire. Encore tout ensommeillée, Gioia ne parvenait pas à comprendre. La silhouette s'avança d'un demi-pas. Elle dévorait la lumière, impossible de voir qui c'était. Oh, papa. Combien de fois lui avait-elle demandé de ne pas entrer sans frapper ? Elle bondit hors du lit, courroucée, blonde et svelte, un mètre soixante-huit, offrant à son père, l'espace d'un court instant et peut-être pas tout à fait par hasard, la vue de la partie molle de son bassin. « Écoute », dit Vittorio en allant vers elle. Elle remonta le pantalon du pyjama avec rage. Le visage long et blanc et amoindri de son père. Une odeur de personne âgée. Il lui immobilisa les bras.

Elle pensa par la suite qu'elle avait suivi le mouvement des lèvres de son père pour avoir confirmation de ce que ses oreilles étaient en train d'entendre. Elle réussit à se libérer, s'enfuit. Ma sœur, ma sœur. Elle braillait, elle hurlait. En traversant le couloir, elle se cogna contre un corps. Sa mère faillit tomber. Dans cette fraîche, robuste et aveuglante lumière du printemps, Gioia tituba de façon insensée jusqu'à la porte de la chambre de ses parents, les oublia derrière elle. « Qui va le prévenir, lui ? »

C'était sa mère qui avait dit ça. Gioia comprit qu'elle parlait de Michele.

Elle portait une combinaison, et des pantoufles en soie couleur pêche. Ravagée, mais à nouveau maîtresse d'elle-même – une douleur qui plonge dans une fosse creusée tellement de temps auparavant. Son père semblait revenir tout juste du jardin. Gioia ne pouvait cesser de pleurer. La morve coulait de son nez, ses lèvres produisaient des bruits semblables à des pets, exactement comme chez les enfants, puisque l'enfance est la dimension où douleur, jalousie, culpabilité et rancune cohabitent en toute impunité. Gioia courut vers sa mère, l'embrassa violemment. Annamaria opposa la résistance nécessaire pour rester debout. Puis elle l'embrassa aussi. Elle accueillit un corps chaud de vingt-six ans dans le sien, maigre et anguleux. Dans la fougue du mouvement, une main de sa fille se plaqua sur son visage. Annamaria se raidit. Elle renifla, repoussa violemment la main de Gioia et leva la tête, dégoûtée.

Les terrains à lotir alternaient, lugubres et silencieux, jusqu'à la route nationale. Départagés par des piquets, excavés et compactés ou déjà remplis de ciment. À six heures du matin, la lumière ne s'était pas encore stabilisée entre le ciel et la terre, le chantier semblait brûler d'une flamme souterraine. Alberto n'avait aucune raison d'être déjà là : les ouvriers n'arriveraient que dans deux heures. Mais cet espace vide entouré d'échafaudages était le lieu idéal pour réfléchir.

La veille au soir, Alberto avait dîné seul, chez lui, et pressé trop de citron sur son *carpaccio*. Il n'avait retiré ni sa veste ni ses mocassins, assis droit et raide à la table pour ne pas donner la moindre satisfaction à la chaise vide, à l'autre bout. Il avait mis les assiettes dans le lave-vaisselle, trouvé un prétexte d'optimisme sur l'horloge murale : il était plus tôt que prévu. Ensuite, il était allé au salon, s'était assis sur le canapé, était passé d'une chaîne télévisée à une autre jusqu'à ce que son pouce reste levé devant un film en noir et blanc. « La vie serait plus supportable, sans les plaisirs », disait le héros, cigarette à la bouche dans un night-club, à son épouse.

Lorsque, une demi-heure après, le même personnage avait demandé : « Vous perdez souvent, à ce jeu ? » tout en contemplant une jeune femme qui faisait glisser un poudrier sur le marbre d'une chambre remplie d'ombres, Alberto avait tressailli et s'était relevé. Il était capable de sentir l'écoulement du temps, comme si cette scène avait fait résonner l'écho d'un drame dont les prémices étaient là depuis le début. Les quinze minutes qu'il avait gagnées contre la montre, au cours du dîner, ne pouvaient plus englober le retard de sa femme, car tous les magasins, toutes les boutiques, tous les clubs de sport et tous les centres commerciaux étaient désormais fermés : Clara ne reviendrait pas cette nuit, tout simplement. Alors, Alberto avait éteint la télévision et allumé la chaîne hi-fi. En moins d'une minute, le jazz du Minton's Playhouse avait envahi le salon, repoussant loin de son cœur la rage et l'infamie. La compétition participe de l'amitié ; l'envie, de l'admiration. Les accents déplacés sur les touches du piano, les clusters et les silences soudains remuaient les concepts de l'*avant* et de l'*après*, le monde résonnait dans son unité, trouvait sa rédemption dans chacun de ses fragments. L'adultère n'est-il pas une forme d'abnégation ? le meurtre, d'humanité ? le blasphème, de foi blessée ? Alberto avait éteint la chaîne hi-fi et il était allé se coucher.

Mais deux heures après, il était toujours éveillé. L'absence de sa femme continuait de l'agiter. Comme plus tôt avec la musique, il essayait de renverser la perspective. Ne pas le prévenir, ne pas l'appeler, ne pas s'efforcer d'inventer un prétexte : moins Clara avait de respect pour lui, plus le lien qui l'unissait à son mari se renforçait. Une mine qui produit la splendeur d'un diamant, là où brille le vrai amour, qui n'est ni du donnant-donnant ni de l'attention à l'autre ou à soi-même. Donner à l'être aimé ce que l'on n'a pas, et retrouver dans le néant que l'on reçoit en échange ce qui ne pourra jamais être assez récompensé. Voilà ce dont il s'agissait. Exactement le genre d'expérience à laquelle Alberto – élevé selon les règles de la petite bourgeoisie de province – n'aurait jamais eu accès sans cela. L'idée du sublime (mais comment prouver que ce n'était pas le délire d'un imbécile ?) allait de pair avec l'obsession comptable. Si Clara était avec un autre, à un moment précis de la soirée, elle avait dit bonsoir à l'homme ; après, leurs bras s'étaient effleurés par hasard. Les pas de l'un avaient précédé ceux de l'autre. Et puis, le reste. Ça s'était peut-être passé pendant qu'Alberto regardait le film. Ou alors, c'était en train d'arriver – l'insaisissable instant durant lequel ils n'étaient pas, et donc *étaient*, la même chair. Mais l'ignorer obligeait Alberto à y penser sans arrêt, à cet instant dont il prenait possession, qui resterait éternel jusqu'à ce qu'il revoie Clara, et ce faisant, il touchait dans l'esprit de son épouse le point exact, le moment précis où elle prononçait son nom, alors qu'elle le trompait ; ou, mieux encore, l'infime recoin du temps où une femme se jette à l'eau, sans penser au lendemain.

Mais il n'y avait peut-être rien de tout cela, avait-il continué de ressasser après quatre heures du matin. Clara avait sans doute simplement été emportée par l'une des crises de tristesse dont elle avait l'habitude. Elle voulait qu'il lui fiche la paix. Comme ce dimanche d'il y a longtemps, au tout début de leur mariage. Il venait de se réveiller, il était entré dans la cuisine, elle n'était pas là. Disparue, sans un mot. Si c'était arrivé six mois plus tard, il aurait paniqué. Il se revoyait au volant de la voiture, Clara effondrée à sa droite, perdue dans une overdose d'anxiolytiques, qui répétait les yeux fermés : « Laisse tomber, putain, ramène-moi à la maison… » Mais cette fois-là, il avait attendu jusqu'au début de l'après-midi. Ensuite, il avait sauté dans sa voiture et s'était mis à la chercher partout. Tout en conduisant, il voyait à travers la vitre les maisons basses, leurs toutes petites cours grillagées. Des bars *lounge*, des théâtres, des restaurants à la mode : il les évitait avec soin, comme s'il avait soudain compris que ces lieux hantés par sa femme étaient exactement ceux qu'il lui fallait fuir, pour ne pas être obligé de la connaître intimement. Il avait dépassé le vieil Hôtel Delle Nazioni, avait continué sur le bord de mer, puis encore plus loin, jusqu'aux larges avenues de la banlieue.

Le soir, il l'avait enfin retrouvée sur l'immense parking du stade San Nicola, désert à cette heure-là. Elle était assise dans son Audi, sans même la compagnie d'une cigarette. La tête baissée, elle fixait sa main droite, où une cicatrice qu'elle s'était faite deux ans auparavant descendait jusqu'au milieu de la paume. Lorsqu'il s'était approché, Clara n'avait montré aucune surprise. Juste un sursaut. Elle avait baissé la vitre, le visage illuminé par les réverbères. « Si tu veux m'aider, s'il te plaît, ne me demande rien et retourne à la maison. » C'est à ce moment-là qu'Alberto avait fait son choix, une fois pour toutes : il avait compris que la seule manière (pour lui) de partager avec elle son côté obscur était de le garder soigneusement en lui, comme un écrin que nous promettrions de ne pas forcer. Ce soir-là, dans le parking du grand stade, tout ce qui avait été un appel irrésistible lorsqu'il avait fait sa connaissance (et un motif d'embarras et de préoccupation, le jour du mariage) s'était transformé en une histoire d'amour.

Cette nuit, quelque chose de semblable était peut-être arrivé. Il l'imaginait toute seule, dans une chambre sordide d'un hôtel sur la route côtière, assise sur le lit et en train de regarder par la fenêtre. Ou bien non, ou bien non... Les bruits lointains des rideaux de fer des magasins, que l'on soulevait, l'avaient poussé à quitter son lit. L'insomnie l'avait exténué, et elle était en train de lacérer la barrière séparant la contemplation et l'immondice.

Il avait attrapé les clefs de la voiture. Sans s'en rendre compte, il se dirigeait déjà vers le chantier, alors que l'aube ne s'était pas encore levée.

Et maintenant il était là, dehors, dans le silence du matin. Depuis quelques minutes, une petite hirondelle voletait au milieu des échafaudages. Cela signifiait que dans son rayon d'action, le nombre d'insectes vivants avait déjà diminué.

Il introduisit la clef dans le cadenas, la chaîne céda. Il pénétra dans le box préfabriqué, prit la boîte de café, remplit la cafetière, la posa sur le réchaud à gaz, ramassa un journal oublié par les ouvriers. Le quotidien sous le bras, il éteignit le feu, versa le café dans un verre en plastique et s'assit. Pendant qu'il lisait les nouvelles de la veille, il entendit un boulon vibrer dans ses jointures. Il leva la tête et replia les feuilles du journal. Les bateaux-citernes en flammes se confondirent avec les maris qui frappaient leurs femmes à coups de pelle. Le bruit s'arrêta. Alberto but une autre gorgée de café, se leva et sortit. Dehors, l'aube incendiait le monde. Le soleil peignait de rose les grues et les excavateurs, allumait dans les lointains les grandes fenêtres des imprimeries. Quelque chose se détacha du bruit de fond. Le nuage de poussière, en lambeaux blancs, se détourna vers la droite et rétrécit, révélant ainsi un timbre-poste de métal étincelant.

La silhouette se transforma en automobile de grosse cylindrée.

Le véhicule ralentit près des excavateurs, s'arrêta à quelques mètres des piliers enserrés dans leurs armatures de planches et de tuyaux en fer. Alberto avait le soleil dans les yeux, et tout ce qu'il vit fut le profil noir d'un homme qui lissait son veston en avançant vers lui.

Il n'était pas rare que son beau-père vienne voir comment avançaient les travaux, mais à une heure pareille, Alberto vit en lui un intrus. Il leva une main, indécis, sans savoir s'il était en train de le saluer ou de mimer le refus d'un ennui supplémentaire. Rien de proportionné, en tout cas, à ce que le vieux lui dit, une fois arrivé devant lui.

« C'est donc ici que tu les emmènes ! » grogna-t-il en le poussant de l'épaule.

Le beau-père continua à avancer. Alberto se vit contraint de se retourner. Avec le soleil dans son dos, il le vit mieux : habillé d'une veste en tweed couleur plomb, il avait une pâleur phosphorescente sur le visage. Du haut de son mètre quatre-vingt-cinq, il ressemblait à un pylône à haute tension prêt à décharger toute son électricité dans la terre.

« Ici ! Sur mon chantier ! dit-il avec un sourire terrible.

— Monsieur Salvemini, mais qu'est-ce que vous dites ? »

Alberto ressentit aussitôt dans ce vouvoiement – immuable malgré les années – une deuxième preuve de faiblesse. La première avait été d'opposer le bon sens à la folie. Car de toute évidence, sa pression artérielle lui jouait des tours.

« Je paye assez mes ouvriers pour qu'ils puissent se permettre un hôtel, quand ils font ça, dit-il d'une voix sifflante. Ou tu crois peut-être qu'ils ne trompent pas leurs femmes ? »

En dépit de toute son absurdité, la situation avait quelque chose de théâtral – le côté farce qui caractérisait les pirouettes dont Vittorio concluait ses affaires lorsqu'il dînait avec les seigneurs de l'acier, de vieux satrapes de l'aristocratie industrielle dont il détournait l'attention en racontant une blague, et qu'il coinçait juste après en exigeant à nouveau une baisse des prix.

« Monsieur Salvemini, vous racontez n'importe quoi. Je n'emmène personne ici. »

Vittorio ne feignit même pas de l'écouter : « Ils ne te le racontent pas, *à toi*. Ils reniflent de loin la mauvaise odeur d'un courrier d'avocat, et ils gardent leurs distances. Avec toi, ils se contentent de recevoir des ordres ; avec moi, ils se confient. Je suis celui d'entre eux qui a gagné le plus d'argent. Ils me le disent, où ils emmènent les filles. Selon toi, comment font-ils leur chiffre d'affaires, tous ces petits hôtels de merde, entre Palese et Santo Spirito ?

— Ce que vous dites n'a aucun sens. Voulez-vous m'expliquer d'où...

— Toi, tu pourrais même t'en acheter un, un petit hôtel de merde. » Vittorio marcha vers le box préfabriqué, la poussière soulevée par le vent lui caressait les chaussures. « Mais tu es d'une telle bêtise que tu manques de respect à ta femme dans le dernier endroit où tu devrais le faire, poursuivit-il en tapant à deux reprises sur la paroi d'aluminium. Je vais faire connaissance avec ta copine. »

Il baissa la poignée de la porte et, deux secondes après, il avait disparu à l'intérieur. Alberto se posa une main sur le front. Il trouvait absurde que Vittorio lui reproche de ne pas savoir cacher ses incartades, lui, le père de Michele. Il regarda de nouveau devant lui. Vittorio réapparut sur le seuil. Il tenait à la main un petit verre en plastique rempli de café, qu'il fixait avec un rictus à mi-chemin entre le soulagement et la déception, la grimace dont se servent les vieux pour reprocher aux jeunes de ne pas avoir eu le temps de se tromper assez.

« Vous êtes satisfait ? Ou vous voulez peut-être

aller contrôler sur les échafaudages ? Monsieur Salvemini, ajouta Alberto en serrant les poings, je ne manque pas de respect à votre fille. Et d'ailleurs, ricana-t-il, vous seriez surpris d'apprendre que je ne lui tape pas dessus le vendredi et que je lui permets de voir ses amies.

— Mais tu ne comprends donc pas que c'est *justement ça, le problème*, espèce d'imbécile ? » Vittorio contourna le tas de sacs de ciment et se carra devant son beau-fils, assez près pour pouvoir le frapper d'un coup de poing. « Le problème, c'est que tu ne fais rien. Tu *n'as jamais* rien pu faire. »

Alberto fronça les sourcils.

« Tu es peut-être capable de calculer l'équilibre des forces en jeu dans un bâtiment, continua Vittorio, le visage déformé par quelque chose de douloureux et de lugubre, mais ce que tu n'as jamais pu faire avec ma fille...

— Monsieur Salvemini, il est arrivé quelque chose ?

— Cette fois-là, avec les barbituriques... »

Alberto se raidit.

« La fois où elle avait pris tous ces somnifères, nom de Dieu !

— Mais c'était il y a une éternité. » Alberto se retrouvait sur un terrain où la charge de la preuve pesait désormais, de manière incompréhensible, sur ses épaules.

« Éternité ou pas, tu n'as rien pu faire contre, reprit Vittorio survolté, et aujourd'hui, comme tu vois, je te retrouve ici. Tu étais où, quand Clara avait pris tous ces somnifères ?

— C'est *moi* qui l'ai emmenée à l'hôpital, bordel !

— Quel hôpital ?

— Comment ça, quel hôpital ?

— Tu as très bien entendu. Je te demande dans

quel putain d'hôpital tu l'as emmenée, lorsqu'elle a pris ces somnifères ! »

Il était tout rouge, les yeux écarquillés.

« À Santa Rita. » Les mots sortirent de la bouche d'Alberto comme des abeilles d'une ruche en flammes.

« À la clinique Santa Rita », répéta le vieux.

Alberto n'ajouta rien, il lui semblait que son beau-père était satisfait maintenant, grâce à quelque chose qu'il avait du mal à comprendre.

Vittorio poussa un long soupir, fit deux pas en arrière, trébucha presque dans ses propres chaussures et revint à la charge, bouleversé : « Tu sais où elle est, maintenant ? »

Une chaleur brûlante monta de l'estomac au visage d'Alberto. Ils n'en avaient jamais parlé tous les deux, mais son beau-père se doutait bien de ce qui se passait entre Clara et lui. Il était venu l'humilier. Une artère s'était obstruée et sa vraie nature s'était révélée : un fauve qui n'avait qu'une envie, le dévorer. Mais encore une fois, Alberto se trompait. L'offense était beaucoup plus grave. Avait-il une idée de ce qui était arrivé à Clara ? Vittorio, lui, le savait.

Il le dit à Alberto, et continua à le regarder. Avant que ses yeux se remplissent de larmes, son gendre trouva la force de lui demander comment elle avait réussi à le faire. Vittorio agita sa main ouverte. « Tombée, dit-il, de vingt mètres de haut. »

Il fit un pas en arrière et s'affala sur les sacs de ciment. Alberto suivit des yeux l'index de son beau-père pointé sur lui. Tout cela ressemblait à une hallucination. Le mouvement s'arrêta. Vittorio attrapa son téléphone portable dans la poche intérieure de son veston, et répondit à l'appel. Ruggero referma avec violence le réfrigérateur, après avoir bu du lait à même la brique. « Merde ! » cria-t-il, fou de rage.

Il jeta la brique contre le meuble de la cuisine, et les gouttelettes blanches constellèrent la surface lisse.

Son père le regardait, résigné.

Ruggero ricana, les lèvres encore humides. Il semblait reprocher à Vittorio, et tout de suite après à lui-même, de se retrouver face à face de cette manière. Comme s'il y avait eu une disproportion impardonnable entre leurs corps réels de père et de fils et les silhouettes censées les contenir. Le haut de son survêtement était trempé de sueur : il était sorti faire un jogging avant d'aller à la clinique, où il arrivait, ponctuel, tous les matins, à neuf heures moins dix, et occupait le poste de directeur adjoint de l'Institut oncologique de la Méditerranée. Le rituel du jogging était important. Toujours trois tours de plus que la limite supportable. La fatigue le détendait et l'aidait à affronter les patients devant lesquels il était obligé d'inventer des charades compliquées, à propos de la date prochaine de leur mort. Leur effort pour résoudre ces énigmes brouillait leur entendement. Une heure de jogging tous les matins, pour devenir philosophe. À son retour, il avait trouvé son père devant chez lui. Il l'attendait pour lui annoncer la nouvelle.

Les gouttelettes blanches coulaient sur le meuble de la cuisine. Vittorio mit Ruggero devant le fait accompli. Il l'avait déjà dit à sa mère, mais Gioia dormait encore.

« Elle *dort* ? »

Ils la réveilleraient, bien sûr, mais plus tard. Il avait appelé Michele aussi, mais son téléphone sonnait dans le vide. De toute façon, la première chose qu'il avait faite, c'était d'aller voir Alberto.

« Ce con !

— S'il te plaît. » Vittorio secoua la tête, demanda à son fils s'il pourrait s'occuper de son frère cadet. Puis il dit quelque chose à propos de la clinique Santa Rita.

Mais Ruggero ne l'écoutait plus. Maintenant, il ouvrait et fermait les tiroirs avec violence. Un coup après l'autre. *Sbam ! Sbam !* Lorsque la scène frisa l'absurdité, il fit quelque chose de plus fou encore. Il se saisit d'un limonadier et le garda devant ses yeux, comme si c'était la première fois qu'il en voyait un. Il ouvrit de nouveau le frigo, prit un Schweppes glacé, le décapsula, but, fit le geste de jeter la bouteille vide contre le mur. Mais c'était un geste si prévisible qu'il en fut le premier embarrassé. « Quelle merde ! » Il posa la bouteille sur la table, regarda de nouveau Vittorio. Ils auraient dû lui montrer de quel bois ils se chauffaient beaucoup plus tôt. La punir, jusqu'à ce qu'elle apprenne à demander pardon. Ce n'était pas la faute de Clara. Voilà ce qui arrive à une jeune fille indisciplinée, lorsqu'on lui laisse la bride sur le cou. Est-ce que Ruggero ne les avait pas avertis, pendant toutes ces années ? L'absence de règles, ce défaut terrible d'autorité, voilà, ça se voyait même sur les photos de famille… La *liberté*. Il n'y avait rien d'aussi bête sous le soleil que ce mot. La liberté n'était qu'une proclamation creuse, un animal mort dont les intestins nourrissaient une armée de larves. « L'argument des connards ! Des connards ! » hurla-t-il, dos au réfrigérateur.

Il téléphona en personne à l'agence de pompes funèbres. Il téléphona à l'administrateur du diocèse, pour qu'on célèbre la messe ailleurs qu'à Bari. Il téléphona à Michele, toujours occupé. Il téléphona à M. Piscitelli, substitut du procureur. Oui, on lui enverrait le certificat dont ils avaient parlé. Il retéléphona à Michele, et la ligne était libre, ce qui l'embarrassa de manière désagréable. Vittorio raccrocha avant que son fils ne réponde. Il téléphona à M. De Palo, le géomètre qu'il considérait comme son bras droit. Il lui demanda s'il avait appelé la polyclinique de Bari. Le géomètre dit que oui, et aussi que le type de l'accident de la route était toujours dans le coma. Vittorio alla aux toilettes et se rinça le visage. Il avait envie d'une cigarette. Les doigts mouillés, il téléphona à M. Ranieri, un autre géomètre. Lui aussi aurait été un bon bras droit, si son caractère trop servile n'avait pas régulièrement compromis sa fiabilité. Vittorio lui demanda de se mettre en relation avec De Palo et de suivre ses instructions. Ensuite, il téléphona à son expert-comptable. Il lui demanda s'il y avait du nouveau à propos de Porto Allegro. L'expert-comptable lui redit la même chose que deux jours auparavant. Il parla d'une mise sous séquestre à titre conservatoire comme d'une désagréable éventualité juridique. Vittorio l'interrompit, irrité. Où était-il allé en vacances ? À Positano avec sa famille, répondit, perplexe, l'expert-comptable. Vittorio lui posa une autre question : imaginait-il en quel lieu il passerait le prochain été, au cas où le juge autoriserait la saisie au cours de l'enquête préliminaire ? L'expert-comptable eut le toupet de lui demander comment il allait, s'il se sentait bien, car le ton de sa voix était un peu étrange. Vittorio répondit que ça n'allait pas. Non, ça n'allait pas du tout. Il raccrocha avant que son interlocuteur puisse répliquer. Il téléphona à son avocat fiscaliste, un type âgé qui faisait tout un drame à la moindre erreur sur une facture. L'avocat lui confirma qu'à Porto Allegro, la situation était stationnaire. Il prononça ces mots comme si c'était la fin du monde. Vittorio essaya d'endiguer son pessimisme, ce qui lui donna l'élan nécessaire pour faire ce qu'il différait depuis tout à l'heure. Il appela le président de la cour d'appel de Bari. La standardiste le pria de patienter. Vittorio mit à profit les notes d'*Imagine* pour détruire le minuscule lien de cause à effet qui expliquait son appel à la personne sur le point de lui répondre. Le président de la cour d'appel décrocha : « Allô. » Il essayait de garder une voix neutre. Vittorio dit que Clara était morte. Il le dit tout net, sans préambule. Le silence se fit à l'autre bout du fil. Puis le président de la cour d'appel parla. Il demanda comment c'était arrivé. Vittorio admira son sang-froid, répondit à la question. Alors seulement, le juge dit, avec un filet de voix : « Je suis navré. » Il donnait maintenant l'impression de se protéger, et de devoir, pour cela, ramener la douleur quelques minutes en arrière, afin que la conversation puisse repartir sur un mode plus normal. Ils discutèrent de la messe, de la cérémonie, et se saluèrent. Vittorio n'avait plus envie de fumer. Il téléphona au directeur de la Banca di Credito Pugliese. Il dit que Clara était morte. Il téléphona au maire adjoint. Il téléphona au recteur de l'université, qui tenait les rênes des quotidiens locaux. Il leur dit que Clara était morte. Ce n'était pas lui qui le faisait. Ses doigts, sur le clavier, cherchaient le correspondant numérique d'un hologramme, la persistance d'une connexion qu'il avait essayé de détruire, quelques minutes auparavant. Pendant qu'il téléphonait, son portable sonna. C'était de nouveau l'expert-comptable : il demanda pardon, il venait seulement d'apprendre la nouvelle. Le bruit se répandait, pensa Vittorio. Il posa le téléphone sur le bureau pendant que l'expert-comptable continuait de s'excuser. Il ferma les yeux, soupira profondément. Le moment était venu de rendre visite à son fils aîné.

Il téléphona à la clinique et demanda à la secrétaire d'annuler toutes les visites. La jeune femme répondit que les premiers patients étaient déjà là. Certains venaient de Campobasso, de Reggio Calabria. Elle le dit avec emphase, une emphase suffisante pour que son malaise sonne faux. Devoir les affronter en tête à tête, ce n'était pas la même chose qu'annuler le rendez-vous par téléphone. Ruggero la méprisa. Elle lui demanda s'il était toujours là. Il rétorqua qu'il y avait un deuil dans sa famille, et raccrocha. Il téléphona à son frère, laissa sonner deux fois, raccrocha. Il téléphona à Heidi. Il l'informa qu'à son grand regret, il se voyait obligé d'annuler le rendez-vous de ce soir. La fille lui répondit qu'elle avait son après-midi libre. Elle pourrait même lui trouver un moment dans la matinée. Quel que soit le problème, semblait-elle lui dire, elle ne pourrait pas le résoudre. Mais elle trouverait le moyen de le ramener à de plus justes proportions, de l'amoindrir, de l'amadouer. Ruggero lui assura qu'elle serait payée, de toute façon, puis raccrocha. Il réessaya d'appeler Michele, mais ne termina même pas la composition du numéro. Il téléphona à sa mère, lui demanda si elle pouvait appeler Michele à Rome. « J'essaie depuis ce matin, mais ça sonne toujours occupé. » Voilà ce que dit Ruggero. Sa mère acquiesça d'une voix glaciale. Ils étaient sur le point de raccrocher, mais il prit une longue respiration et lui posa la question. Il imaginait déjà sa réponse. Sa mère l'informa que oui, en effet, Gioia dormait encore. D'accord, pensa-t-il. Clara était morte depuis des heures, et on n'avait toujours pas réveillé sa petite sœur. Il dut encore prendre une respiration, se maîtriser pour ne pas laisser éclater sa colère. Il téléphona à Fatima, lui annonça que le rendez-vous de l'après-midi était annulé. Comme il l'avait prévu, la jeune femme commença par se fâcher. Ruggero la rassura, lui dit qu'il la payerait quand même. Chose étrange, Fatima se fâcha d'autant plus. Elle mélangea l'italien et le portugais. Il lui demanda de se calmer. Si vraiment il avait des sentiments pour elle, dit-elle d'une voix pleurnicharde, alors il devait la payer tout de suite, par PayPal. Elle se conduisait comme si elle pouvait l'exiger, en vertu d'un lien affectif qu'ils n'avaient, ni l'un ni l'autre, jamais envisagé, pas même comme un objet de négociation.

Corrado Piscitelli, substitut du procureur, posa une main sur l'épaule de Vittorio et dit : « Je suis désolé. »

La clarté du matin ne pénétrait pas encore dans la trame du ciel, et l'espace entourant le parking aérien n'était qu'une portion de ciment à nu éclairée par les lumières blêmes des réverbères. Aux quatre coins du carrefour, des feux de signalisation clignotaient, solitaires. Le substitut du procureur était un homme d'une cinquantaine d'années originaire de Martina Franca. Il s'habillait *casual*, courtisait la mode tout en la niant, avec timidité. Il parlait un italien purifié de toute contamination dialectale, avec une habileté qui faisait défaut à la plupart des officiers ministériels. Une oreille attentive y aurait reconnu une langue qui n'existe pas.

Vittorio ne dit rien. L'asphalte avait été dégagé. Les carabiniers étaient repartis. En ce moment même, Clara était en route pour la morgue, en compagnie du médecin légiste. Les barres de néon papillotaient, entre les étages de ce parking en forme de cylindre. Il n'y avait plus que Vittorio et le substitut.

« Je ne voudrais pas accroître votre chagrin, reprit Piscitelli, seulement, voyez-vous… »

Il modula le ton de sa voix. Les deux hommes avaient eu des problèmes, par le passé. Les affaires de Salvemini étaient d'une trop grande ampleur pour ne pas dépasser, de temps à autre, les limites fixées par la loi. C'était hélas inévitable. Si on laisse un éléphant entrer dans une pièce remplie de verres, on ne peut pas lui reprocher, ensuite, d'en casser quelques-uns. Il leur était arrivé de devoir porter leurs différends devant un tribunal. Mais rien que des broutilles, des futilités.

« Oui, je vous écoute. » Salvemini ne bougea pas d'un pouce.

Poser une main sur son épaule avait déjà été difficile. Ce geste ne lui était pas naturel. Il fallait une éducation particulière pour pouvoir se le permettre, et Piscitelli n'avait jamais fréquenté l'école qui la dispensait. Il essaya, pour trouver le ton de voix convenable, de se souvenir de ses collègues plus âgés, ceux dont les voyelles étaient si larges et si déformées qu'ils en arrivaient à remettre en cause l'unité du pays à travers sa langue, pourtant censée en resserrer la cohésion. « Cela nous permettrait d'économiser du temps, affirma maladroitement le substitut, voilà… je voulais vous demander… c'était la première fois que votre fille essayait de se suicider ? »

Les pupilles de Vittorio se dilatèrent légèrement.

Des bruits couraient depuis des années, à propos des Salvemini.

« Je me rends compte que j'ajoute de la souffrance à la souffrance. »

Les mots sortaient plus artificiels que jamais de la bouche du magistrat. Mais, curieusement, ce manque de sincérité lui donnait la sensation d'être sur le même plan que le vieil homme. Deux ascenseurs qui voyagent dans des directions opposées, à l'intérieur de tubes en cristal transparent, deux cabines qui vont forcément se croiser, à un moment ou à un autre. Une sorte de tension magnétique ouvrit et referma une embrasure, chez le substitut du procureur. Il y aperçut quelque chose d'incroyablement dérangeant. La sensation s'évanouit.

« Oh, dit Vittorio, il y a si longtemps. »

Le substitut fut soulagé. Il répondit à Vittorio que si on lui envoyait un certificat médical attestant cette première tentative, il classerait le dossier d'ici deux ou trois jours.

« Vous savez dans quel hôpital elle avait été accueillie, la première fois ? »

Le vieux Salvemini haussa involontairement un sourcil. Son interlocuteur fit de même.

On entendait, au loin, le murmure du réveil imminent de la ville, un bruit d'automobiles sans automobiles, la petite tempête électrique provoquée par tous ceux qui, en ouvrant les yeux, allaient vivre en une fraction de seconde le film de la journée à venir.

Les néons du parking papillotaient.

« Je n'en ai aucune idée, répondit Vittorio en plissant les lèvres, je vais me renseigner. »

Elle appela son petit ami, qui n'arriva pas à placer un seul mot. (Chaque fois qu'il essayait, Gioia se mettait à pleurer encore plus fort et reprenait son récit depuis le début.) Elle appela sa meilleure amie. Elle téléphona à une camarade de fac avec qui elle avait une relation compliquée. En quelques phrases, les malentendus s'effacèrent. Elle téléphona à l'assistant qui l'aidait pour sa thèse. Elle appela Rosa, la fille de la dame qui venait repasser chez eux toutes les semaines, depuis des lustres. Enfants, elles avaient joué ensemble, mais ensuite, Rosa avait développé une tendance à la soumission qui allait sans doute s'amplifier encore, après cette nouvelle. Elle téléphona à un ancien petit ami, avec qui ça s'était plutôt mal terminé. Il répondit « J'arrive », comme s'il ne lui avait jamais demandé de faire semblant de ne pas le connaître, au cas où ils se croiseraient par hasard dans la rue. À chaque coup de fil, elle se sentait plus forte et plus désespérée. Elle percevait en elle-même la croissance de son pouvoir et de sa grâce.

L'esprit de sa sœur morte remplissait tous les vides.

Enfant au front plus pur qu'un beau ciel sans nuage. Il cacha le petit livre dans le tiroir et souleva le missel.

Les funérailles de Clara furent célébrées à six heures de l'après-midi dans une église rurale située à cinquante kilomètres de Bari, une petite construction de l'an mille qui se détachait, blanche et solitaire, sur une colline de la Haute Murgia.

La journée avait été tellement belle qu'elle illuminait encore d'une cascade de lumière les chênes et les asphodèles, embrasait les nuages de pollen et donnait à de gros rochers lisses et pâles la consistance d'une illusion d'optique. Derrière une ferme, un chemin goudronné serpentait vers le bas, dans un vallon où les arbres étaient plus touffus, et ceux qui les regardaient devenaient mélancoliques, peut-être aussi à cause des ténèbres – dont ces ombres étaient les messagères – qui bientôt remonteraient jusqu'à eux.

Debout près de l'autel, le curé écarta les bras. Il affirma que, l'être humain n'ayant apporté dans le monde que son âme, il ne pouvait rien remporter d'autre avec lui. Il aurait voulu, par cette formule, exprimer du regret pour cette pauvre jeune femme. Mais les mots sonnèrent, dans sa bouche, comme un avertissement pour les personnes présentes, en majorité des gens âgés vêtus de noir ; les lecteurs des quotidiens locaux auraient reconnu, parmi eux, plusieurs notables.

« Ces vieilles charognes », pensa le curé.

Il avait trente-deux ans, quatre de moins que la défunte. Maigre, pas très grand, il avait de petits yeux et le teint d'un homme inquiet. De là où il était, il voyait la jeune femme à l'envers. Elle reposait dans son cercueil de bois sombre, vêtue d'une robe en viscose et en laine au col pointu, une fourrure blanche le long des hanches. Quand les trompettes résonneraient, son visage, dont les plaies avaient été cachées par un savant maquillage, pourrait encore se montrer dans toute sa beauté. Elle devait avoir tous les os brisés, pensa le prêtre. Malgré la violence de l'impact, malgré le travail des maquilleurs des pompes funèbres, elle conservait sa personnalité. Il existe des corps que la mort dépouille pour toujours, et d'autres tellement beaux qu'ils continuent de survivre, à la façon d'une idée. Cette jeune femme resplendissait, dans l'offense qu'elle avait reçue. Ses lèvres, étroitement cousues avec du fil, se plissaient en une moue satisfaite. Et puis, il y avait en elle un résidu de jeunesse, une sorte de lointaine floraison de l'enfance que le prêtre apercevait encore.

Il regarda de nouveau l'assemblée.

La matinée avait débuté par un coup de téléphone de l'administrateur du diocèse. L'évêque avait lui aussi appelé, les jours précédents. Il fallait décider la date du rendez-vous avec les techniciens pour connecter le site de la paroisse au serveur de la conférence épiscopale. La levure des Sadducéens. Et voilà que tout à coup, le supérieur du prêtre avait eu envie de parler d'autre chose. Du calendrier des rencontres avec les familles. De la nouvelle formule du bulletin de la paroisse. Le curé avait toujours sa cafetière et sa tasse à la main, le téléphone coincé entre le cou et l'épaule, lorsque la voix de l'évêque avait baissé d'un ton. Une messe funèbre, à célébrer le jour même. Des gens de Bari.

« Une femme, très jeune. »

L'évêque ne l'avait dit qu'en réponse à une question. Ensuite, il s'était tu, et le curé avait remarqué de la colère dans son silence. Quelle était la cause de la mort ?

La voix de son supérieur avait émergé du silence comme d'une fissure, comme si elle montrait maintenant les signes d'une profondeur qui dépassait son opinion personnelle. Il demanda au prêtre de réfléchir à l'état d'hébétude où peut se trouver un drogué : « Il semblerait qu'on ait trouvé des traces de cocaïne. » En outre, ajouta l'évêque, aucune règle du droit canon n'interdisait de célébrer les funérailles d'une personne suicidée. Les cris des oiseaux traversaient la fenêtre ouverte. Le curé eut l'impression d'entendre aussi le bruit du fond de la vallée. Une musique qui montait des crevasses, qui entrait dans les villages et recueillait la douleur de chacun pour la disperser à nouveau entre les rochers et les oliviers, semblable aux cendres des générations passées, de sorte que la même paix étrange finissait par peser sur tous. C'était là tout le malheur du Sud, ce privilège intouchable. Et puis, voici que le corps d'une jeune femme morte arrivait de Bari. Une jeune femme qui s'était jetée de vingt mètres de haut. L'opiniâtreté, cette force individuelle obstinée des citadins.

Le ministre du culte se devait d'enquêter sur les dimensions intérieures de la tragédie, avait dit l'évêque au téléphone. *Scruter dans les profondeurs du cœur*. Comprendre si, à un moment donné, l'étincelle du repentir avait illuminé cette dernière décision, malgré l'acte accompli au bout du compte. Et tant qu'ils y étaient, avait pensé le curé, pourquoi ne pas essayer de comprendre si l'insistance de son supérieur n'était pas liée à la trame de ce bas monde par le fil double de l'opportunisme. Il connaît peut-être les parents, pensa-t-il, ou peut-être leur doit-il quelque chose.

« Selon toi, quelle est la marge de liberté de choix, pour une femme plongée dans le brouillard des stupéfiants ? »

« Il ne peut pas s'agir des effets de la coke » : le prêtre rumina cette pensée tout en fumant avidement sa première Marlboro de la journée.

Plus tard, les parents de la défunte arrivèrent. Il était trois heures de l'après-midi, et l'ombre du châtaignier s'allongeait sur le flanc droit de l'église. Le curé écarta les rideaux de la fenêtre du presbytère, et il les vit. Le père, la mère, le mari, le frère et la sœur. La voiture garée sur la demi-lune d'herbes séchées. Le curé se dirigea vers l'entrée et ouvrit la porte.

Agités, nerveux, ils se présentèrent dans une confusion de voix mêlées. « Il aurait suffi de consulter une carte », protesta la plus jeune en baissant d'un ton. Le prêtre la dévisagea. Elle avait dépassé la vingtaine, mais on sentait encore sur elle le lourd héritage de l'enfance. Quelqu'un prononça son nom. *Gioia*. Elle avait dû être grassouillette, encore petite.

« Notre père voudrait lire le psaume 40 », dit le fils aîné.

Le prêtre les fit entrer. Les mouvements se ralentirent. La raison de leur présence retomba enfin sur eux. Ils étaient debout dans le petit séjour, écrasés par une sensation d'étourdissement. C'était lui le curé : qu'est-ce qu'il attendait pour leur lire le mode d'emploi ? La jeune fille tripotait l'étui de son iPhone. Le mari de la défunte regardait partout, partout où il serait impossible de croiser d'autres yeux. « Excusez-moi. » La dame demanda un verre d'eau. Elle remercia et but, passant d'un détachement vide à un détachement plein de dignité. Elle avait les yeux luisants. Le bruit d'une chaise jetée à terre. La jeune fille avait trébuché et s'était relevée, maladroite, arrogante et irritée, mais reconnaissante envers ce petit incident. C'étaient des gens riches, et même s'ils ne savaient pas se conduire – chaque fois qu'ils se trompaient, ils voyaient l'erreur d'autrui plutôt que la leur – la souffrance était parvenue jusqu'à eux à travers les chemins les plus inattendus.

Le curé avait donné son approbation : « Très bien, vous pouvez lire le psaume 40. »

C'est à ce moment-là qu'ils commencèrent à se disputer. Gioia dit qu'elle voulait aider à porter le cercueil, sur son épaule. Sa mère n'était pas d'accord : « Encore avec cette histoire... », comme si quelqu'un l'avait réveillée de son dernier cauchemar pour la replonger dans le précédent. Le frère aîné rétorqua que le cercueil serait porté par les employés des pompes funèbres. « Comme il a été décidé. » Gioia dit quelques mots d'une voix altérée, et son frère se mit à hurler. Elle éclata en sanglots. Exactement comme une fille de quatorze ans. Le père secoua la tête. Le prêtre pensa que le cadavre de la jeune fille n'était sans doute plus très loin. Enfermé dans le fourgon mortuaire, il devait déjà avoir quitté le chef-lieu de la région.

À la sortie du presbytère, ils continuaient à se disputer. Maintenant, c'était la mère et la fille qui avaient quelque chose à se reprocher. Cinq minutes après, le prêtre remarqua, à travers la fenêtre, qu'elles tombaient dans les bras l'une de l'autre en pleurant. Une autre cigarette. Il s'allongea sur son lit, le livre de la concurrence entre les mains. De temps en temps, il le faisait. Une manière de se distraire, d'évacuer son stress. Malheur aux fraudeurs. Miséricorde aux fumeurs. Quatre-vingt-troisième sourate. Il s'assoupit.

Vers cinq heures de l'après-midi, il vit de grosses cylindrées affronter la dernière partie de la côte. Les frondaisons du châtaignier se reflétaient sur l'émail des carrosseries. Sa mauvaise humeur s'éveilla comme une motte de terre sèche qui reçoit la pluie.

Les portières des voitures s'ouvraient, et il n'en sortait presque que des vieux. Courbés, pâles, certains avaient des chauffeurs à leur suite. Ils s'avançaient dans leurs costumes sombres, à rayures. Ils avaient tous plus de soixante ans, c'étaient presque tous des hommes, très peu d'entre eux étaient accompagnés de leurs épouses. Le prêtre crut reconnaître le président de la cour d'appel. Le recteur de l'université. Et celui-là, oui, c'était le maire adjoint de Bari. Sur la petite cour, devant l'église, ils serraient la main au père de la défunte. Ils arboraient une distance qui semblait plutôt causée par de l'embarras que par de la délicatesse. M. Buffante, l'ex-sous-secrétaire, s'extirpa d'une Maserati couleur nuit – le prêtre attendit que l'attention de l'assemblée se concentre sur cet homme, attirée par son halo de scandales et de popularité. Mais cela ne se produisit pas. Le rite des tapes sur l'épaule s'éternisait. De temps à autre, derrière les rides qui entouraient les yeux des personnes présentes, une gêne polie perçait. Ensuite, le fourgon mortuaire arriva.

« Je vous envoie comme des brebis parmi les loups », dit le prêtre. Vers le milieu de la messe, il pensa l'exact contraire de ce qu'il venait de dire.

Vittorio l'écoutait, près du cercueil, sans détacher

les yeux du sol, le visage sombre mais pas défait, concentré sur la voix du curé. Venue au monde parce que je l'ai voulu, partie sans que je puisse faire quoi que ce soit pour l'aider. Il émanait, du corps de sa fille, l'inexplicable vérité des lieux où nous n'habitons plus depuis longtemps.

Le curé émit une hypothèse : « Si ton œil droit est pour toi une occasion de péché… »

Alberto se posa trois doigts sur le front. Il était pâle et fatigué, ce n'était plus son corps qui soutenait son costume, mais plutôt l'inverse. Quand était-il entré avec elle dans une église pour la dernière fois ? Le jour de leur mariage, celui où Clara, dans une robe Vera Wang qui rajoutait quelque chose d'insoutenable et d'un peu vulgaire à son charme, l'avait rejoint au pied de l'autel avec un sourire d'ivrogne. Elle s'était agenouillée à côté de lui. Elle avait profité de la distraction de l'évêque, qui concentrait son attention sur l'assemblée des fidèles, pour poser sa tête couronnée de fleurs sur son épaule, d'un geste langoureux. « C'est le jour le plus drôle de toute ma vie », avait-elle ricané. Ça l'avait fait sursauter, et il avait perçu dans son haleine une lourde odeur d'alcool : Ballantine's ou Southern Comfort, en inadéquation totale avec le corps si souple dont elle s'exhalait. Alberto avait levé les yeux vers ce Dieu en qui il ne croyait pas, et prié que Clara n'ait pas bu pour se donner du courage. Il retrouvait, au fond de cette peur, ce qui en faisait aussi un dangereux principe d'attraction.

Alberto fixa le cercueil. Le front lisse et large, les mains blanches de sa femme. Autour du parking aérien, l'atmosphère avait été tout ce qu'on pouvait imaginer de plus triste. Après l'avoir agressé de manière si absurde la veille, le vieux lui avait raconté comment les choses s'étaient passées. Les rues sales dans le matin blême. Il l'imaginait, pâle et épuisée, marchant dans l'écho de ses talons hauts, serrant le col de son vieux trench autour de son cou, avançant parmi les voitures endormies. Puis elle s'était penchée au-dessus de la barrière. Alberto sentit quelqu'un lui toucher la hanche. Gioia sanglotait, depuis que le cercueil était entré dans l'église. Elle étouffait ses gémissements avec un effort inférieur à celui dont elle avait besoin pour se convaincre que cette douleur était supportable. Par moments, elle semblait cesser, mais elle jetait ensuite un coup d'œil sur son iPhone et recommençait à pleurer. Ruggero lui adressait des regards méprisants. Très agacé, il suivait des yeux les mouvements du curé, observait ses parents avec une moue d'exaspération. On avait l'impression qu'il en faisait de même avec le cercueil.

« Une famille de fous, pensa Alberto, et le plus fou d'entre tous n'est même pas venu. »

Le curé continuait à observer l'assemblée. De toute évidence, les proches étaient venus jusque-là, si loin de chez eux, pour éviter l'embarras d'une cérémonie trop près de la maison. Et il n'y avait pas un seul ami de la défunte, ce qui étayait sa théorie. Si elle s'était ôté la vie lorsqu'elle était encore au lycée, la famille n'aurait pas eu le choix : beaux, en pleurs, irrésistibles, venus par centaines, ses amis auraient défié jusqu'aux neiges éternelles.

Lorsqu'un adolescent meurt à seize ans, voire à vingt, les églises sont envahies par des armées de jeunes gens. Ils n'ont pas vu un bénitier depuis leur confirmation, et ils ne remettront presque jamais les pieds à l'église. Cette tendre et colérique tension des corps en fleur. Aucune sainte ne sent aussi bon que la sueur fruitée d'une gamine de quatorze ans, en larmes à cause de la mort d'une amie. *Enfant au front plus pur qu'un beau ciel sans nuage*, récita encore une fois le curé. Lorsqu'il s'agissait de sexagénaires, seuls les collègues de travail venaient. Les nonagénaires, en revanche, avaient pour spécialité d'entraîner derrière eux des villages entiers à l'église. Mais la tragédie, c'étaient les trentenaires, ceux qui étaient du mauvais côté des trente-cinq ans. Il n'y avait pas de collègues de travail, parce que souvent il n'y avait pas de travail. Et quand il y en avait, lesdits collègues étaient trop englués dans leur lutte pour la survie. Les amis – les vrais, ceux qui autrefois l'avaient été – étaient partis loin, perdus dans les villes du Nord, dans les bourbiers de leurs quotidiens. La nouvelle arriverait peut-être jusqu'à eux, et leurs condoléances (qui traverseraient des centaines, des milliers de kilomètres) provoqueraient de minuscules torsions dans les flammes des bougies électriques.

Dans ces cas-là, la dépouille restait à la merci de la famille. Avec ce résultat (« une mauvaise blague », se dit le curé en se préparant à la communion) : ceux qui se retrouvaient avec le fardeau de la douleur étaient ceux-là mêmes contre qui le mort avait dû lutter pour s'émanciper, lorsqu'il était encore en vie – mères, pères, grands-pères et tantes dont il ne supportait même plus de voir les dentiers déformés par les verres qu'ils portaient à leurs lèvres.

Avoir, à son propre enterrement, des gens aux funérailles desquels on aurait dû aller. Et leurs amis, qu'on ne connaissait même pas.

Pour cette jeune femme, c'était bien ce qui était en train de se passer, pensa le prêtre en rompant l'hostie au-dessus de la patène ; il n'avait deviné juste qu'en partie, et n'imaginait pas à quel point il était par ailleurs loin de la vérité.

Il n'eut pas le temps d'y réfléchir, car Vittorio bondit sur ses pieds avant l'appel des fidèles à la communion, bien avant le moment prévu pour la lecture du psaume.

Le désappointement du curé se changea en incrédulité lorsque cet homme lui tourna le dos et se mua en appréhension lorsqu'il le vit se courber. Il devait maintenant se tourner vers la croix, il récita la formule. Il craignait un malaise et, par conséquent, l'impossibilité de rattraper cette journée qui avait si mal commencé. Il regarda encore l'assemblée. L'homme se dirigeait vers la sortie. Le prêtre ne savait plus quoi penser. Le premier de ceux qui désiraient communier était déjà debout et prêt. Les doigts de l'officiant se crispèrent autour d'une hostie et une deuxième bouche s'ouvrit au bout de sa main. Le veuf et la jeune fille avançaient côte à côte. Le curé scrutait parmi les têtes : la file d'attente se déroulait jusqu'au milieu de la nef. Le prêtre chercha un vide susceptible de lui révéler où était Vittorio. Mais il remarqua quelque chose d'autre. La main s'était retirée rapidement ; elle était donc à l'intérieur, juste avant. Peut-être n'avait-il pas bien vu. C'était absurde. Il donna la communion à une jeune fille, puis à un vieux monsieur à la peau olivâtre. Ensuite, la scène se répéta. Les doigts pâles, suivis d'une montre en or, jaillirent du bois sombre, indistincts parmi les gens qui avançaient. Le curé tendit le cou pour essayer de comprendre. L'ancien sous-secrétaire ? Non, il était encore trop loin. Il chercha ailleurs, et trouva. Il l'avait déjà reconnu un peu plus tôt, à l'extérieur de l'église. Cela l'aida. D'ailleurs, il l'avait vu récemment sur une chaîne de télévision locale. Les bajoues rondes, une barbe de trois jours pour tâcher de donner de l'épaisseur à un discours ennuyeux sur le budget de l'université. Le recteur avait les larmes aux yeux. Il donnait l'impression d'être désespéré. Presque caché par d'autres hommes – mais ce que le prêtre redoutait était-il vraiment en train de se passer ? – il semblait ne pouvoir s'apaiser qu'au contact de la morte. Il lui touchait une cheville. Il effleurait la douce fourrure cousue sur ses hanches. Il tâtait ses bras et son cou au fur et à mesure que la file avançait. Le prêtre s'empourpra. On l'avait déshabillée, on était allé jusqu'à lui fracturer le cou pour qu'il n'apparaisse pas trop raide. On avait fait de même avec les doigts, les poignets, la mandibule. Puis, par charité, on avait aplati la zone urogénitale. Une fille si belle. On l'avait tournée sur le côté pour favoriser les écoulements du nez et de la bouche. On l'avait lavée, on lui avait fait un shampooing. À l'aide d'une pince anatomique, on avait introduit des bandes de coton hydrophile dans ses orifices naturels. On l'avait désinfectée, maquillée, rhabillée. Il avait fallu faire passer une aiguille entre sa lèvre supérieure et sa gencive, de manière à pouvoir sortir le fil par une narine, vers le haut. C'est à ce moment-là que cette moue s'était dessinée. Elle avait dû être une fillette magnifique, pensa le curé. Une jeune fille éveillée. Le recteur de l'université recommença à la caresser. Il était de toute évidence fou, il parvenait à se dominer suffisamment pour ne pas provoquer un scandale. Il fouillait dans le cercueil, retirait sa main et serrait le bois, dans un geste qui pouvait paraître normal. Le prêtre chercha du regard le corps de la défunte. Elle s'était peut-être rendue, quelques jours auparavant, à un déjeuner avec une connaissance. Elle mangeait encore, elle parlait encore. Une femme si belle, une fillette magnifique, quelques années plus tôt. Et puis, cet acte de volonté. Une vraie malédiction, les élans individuels. Ce n'était que le début du spectacle, des manipulations que son corps nu allait subir. Quant à lui, il y avait eu ce coup de téléphone de l'administrateur du diocèse, et tous ces vieux banquiers, ces vieux juges et ces vieux hommes politiques avaient surgi dans son église, et cet homme aussi, le recteur de l'université de Bari, qui maintenant caressait le cercueil, palpait la jeune femme, la serrait, et *toute cette absurdité*, devina-t-il en scrutant les yeux égarés du recteur – et le nœud se desserra enfin dans sa gorge –, il comprit enfin, ça y était, tout devenait clair, il avait été si bête, et maintenant il aurait voulu rire, danser : *cette fièvre*, se répéta-t-il, cette folie effrénée, il ne pouvait la saisir que grâce à sa compréhension de la variante romaine du christianisme. La variante anglicane avait des mailles trop larges. La variante romaine, elle, était incompréhensible aux protestants. Les adventistes l'auraient détestée, les baptistes et les congrégationalistes ne l'auraient approchée que pour lui mettre une corde au cou, mais cette variante romaine, catholique et apostolique, pouvait avoir pitié des professeurs qui caressent une morte dans son cercueil, sa pitié était grande, sa miséricorde incommensurable, elle pouvait sentir comme tout cela palpitait, le cœur d'un homme quand il vole le portefeuille de son frère, quand il compte les billets, quand il trahit sa femme, quand il commet un parjure, quand il tue et viole et met le feu, les épiscopaliens auraient été frappés de colique, les adorateurs des demi-lunes auraient dressé l'échafaud… mais pour la variante apostolique et romaine, rien n'était matière à scandale, car toute chose est humaine, pensa le curé. Il se réjouit, en se souvenant de cette manière qu'avait sa religion d'être ouverte et douce, compassionnelle et charitable ; elle pouvait même accepter que le jeune homme de trente ans qu'il avait été entretienne une liaison avec une adolescente de quatorze ; elle pouvait comprendre et admettre que l'adolescente ait ses propres raisons d'agir, ses envies, et qu'elle finisse par tout raconter bêtement à ses parents ; elle pouvait admettre que l'homme de trente ans soit frappé tout à coup d'une crise mystique – *à genoux, jeune homme !* –, et alors il retrouva la souffrance, et il se souvint (au nord de Rome, cela aurait été matière à procès, à Téhéran, matière à potence, et ici, dans ce Sud, c'était juste un mystère, ici, au sud de Londres et de La Mecque, d'Athènes et de Jérusalem) ; il se souvint de la petite main tendre et moite, lorsqu'ils montaient sur la colline, de ses leggings violets et de son t-shirt où était imprimé un dessin des Peanuts.

Vittorio grimaça, glissa la main droite dans sa veste, joua des coudes, heurta brusquement sa femme, son gendre et son fils aîné, quitta son banc. Il tourna le dos à l'autel, se dirigea vers la sortie sans ôter la main de sa poitrine, et le souffle des hommes, tout autour, frémit du souci qu'ils se faisaient pour leur propre santé. Il parcourut la nef, le visage écarlate, dépassa le confessionnal, sortit et se retrouva à l'air libre.

Le vent du soir ébouriffa ses cheveux. Vittorio fit quelques pas sur l'herbe sèche. Un chauffeur fumait, le dos contre la portière d'une BMW. Le soleil avait disparu en emportant ses dernières lueurs. Un bleu brumeux flottait sur les chemins herbeux, profilait le plateau, le confondait par moments avec le ciel. La publicité d'une chaîne de supermarchés serpenta dans l'air, à la traîne d'un avion, puis s'évanouit. Vittorio se dirigea vers la droite, descendit la pente douce sur quelques mètres, posa la main sur le tronc d'un arbre, récupéra son portable dans la poche intérieure de sa veste et le porta à son oreille.

« Allô ! »

Le géomètre De Palo lui annonça que le type de Tarente était sorti du coma.

Il respira tout doucement et resta à l'écoute. La voix répéta la nouvelle, ajouta qu'on l'avait amputé d'une jambe.

Vittorio passa sa main libre sur son visage, pour essayer de chasser l'espoir, absurde, qu'un homme avec une jambe en moins puisse être plus en danger de mort qu'un homme dans le coma. Cette amputation aggravait le problème, le compliquait terriblement. Vittorio leva la tête, observa la terre et le ciel se fondre au-delà des arbres. Un engrenage avait commencé à se mouvoir, deux nuits plus tôt. Le mécanisme potentiel, devenu actif, était passé de la simplicité à la complexité. Un univers dont l'expansion – vraie et inconsciente dans les tissus du monde, parfaitement codifiée à la lumière de sa raison d'être – était la manifestation la plus évidente du concept de ruine devant lequel il se fût jamais trouvé.

De Palo l'informa que la première chose que le type avait demandée, c'était un changement de chambre.

« Quoi ? » Vittorio eut l'impression de ne pas avoir bien entendu.

« Le problème, c'était le patient du lit voisin. Il n'arrêtait pas de geindre. »

Vittorio demanda ce qu'ils avaient fait.

« On l'a changé de chambre. Qu'est-ce qu'on pouvait faire d'autre ? On a vidé un débarras et on l'a installé là. Maintenant, il est tout seul. »

Vittorio répondit qu'il s'occuperait en personne de l'affaire, dès le lendemain. Le géomètre le salua, Vittorio raccrocha. Il réajusta sa veste, en épousseta deux fois le col et se redirigea vers l'église.

Ils ne savaient pas où regarder.

Ils disparaissaient en courant dans les passages souterrains de la gare. Ils cogitaient, le front posé sur le volant de petites voitures bloquées dans les bouchons après leur journée de travail. À l'extérieur de l'Apple Store, ils allumaient une cigarette et trouvaient du réconfort dans les premières bouffées. Par mail. Par sms. Des striures cramoisies sillonnant les baies vitrées miroitantes de la Banca di Credito Pugliese. Ils prenaient un verre dans un bar de la Via Crisanzio où ils n'avaient pas prévu d'entrer. Au-delà de la vitre, dans l'obscurité opalescente de la pollution lumineuse, ils suivaient du regard un axe imaginaire au bout duquel ils pourraient peut-être la retrouver. Le nez en l'air, scrutant le ciel. Un S, un U, un P sur le ruban plastifié. Ils tapotaient contre le réverbère pour faire passer le temps dans l'attente du dealer. Restés seuls dans leur bureau, ils vérifiaient si les *tweets* postés l'heure d'avant avaient eu de nouveaux *followers*, en essayant de mesurer la proportion entre les *tweets* publiés sous leur propre nom, les *tweets* publiés au nom du journal et les neuf *fakes* inventés pour l'occasion par eux-mêmes. Une odeur électrostatique flottait dans l'air. La pub pour les supermarchés Riccardi traversa le ciel, traînée par un avion dans le dernier sanglot du coucher de soleil. Eux restaient là, songeaient à elle dans leur solitude ou parlaient d'elle avec leurs compagnes actuelles. Les vieux amis de Clara n'étaient pas nombreux à avoir lu la nécrologie parue dans le journal. La nouvelle avait commencé à se répandre grâce aux algorithmes. Les échanges de coups de téléphone étaient rares. Au fil des ans, ils s'étaient tous perdus de vue. Le réseau de contacts étincelait sur les écrans des smartphones. La vieille photo d'une équipe de volley féminine émergeait de la blanche marée des pixels. *Cela n'est pas un souvenir.*

Ils apprenaient la nouvelle. Ils s'enveloppaient de leurs bras, comme s'ils avaient froid. Ils essayaient de comprendre où ils devaient regarder, dans quelle direction était Noci, la petite ville des Murge près de laquelle, inexplicablement, les parents de leur vieille amie avaient décidé de célébrer la messe funéraire.

Une messe qui, à cette heure-là, devait être déjà terminée.

Giuliano Pascucci, trente-neuf ans, magasinier en chef d'une entreprise de textiles, avala une gorgée de Negroni et demeura ensuite immobile à regarder les lumières qui explosaient et se recomposaient sur la baie vitrée du bar.

Le lundi et le jeudi, il y avait entraînement.

Lui, à l'époque, travaillait dans un garage après avoir obtenu son diplôme à l'Institut technique. Avec ses premiers salaires, il s'était acheté une Panda d'occasion. Le samedi, il passait chercher ses copains pour aller manger une pizza à Torre a Mare. Tous âgés de quinze à dix-huit ans, assis à l'étroit sur les sièges, ses compagnons de voyage buvaient des bières tout en racontant des blagues stupides. Sur le chemin du retour, il y en avait toujours un qui braillait et apostrophait les putes.

Cette Panda était la preuve de sa dignité personnelle, son tremplin pour de futurs tests de virilité. Mais le lundi et le jeudi, après le départ du patron, qui lui laissait les clefs de la boîte, Giuliano éteignait les lumières du garage et son regard se voilait. Quelque chose qui n'était pas de l'ordre de la virilité, et qui pourtant s'en rapprochait, une sorte de défi, le poussait à baisser le rideau de fer et à prendre sa voiture.

Il traversait la ville pour la voir.

L'entraînement avait lieu dans un petit gymnase, du côté de Carbonara. Une salle de sport avec un espace réservé aux machines, des douches et pas grand-chose d'autre. Dehors, il n'y avait que le silence de la banlieue. À l'intérieur, les filles couraient et faisaient des pompes, essayaient des schémas de jeu et s'exhibaient en effectuant des roulés-boulés. Des hurlements éclataient, secs et puissants. Au fond de la grande pièce, on avait installé deux bancs en bois où s'agglutinaient les amis, les soupirants et, plus rarement, quelques parents.

Il avait fait la connaissance de Clara à une fête d'anniversaire ; plus tard, il l'avait revue au Stravinsky : elle dansait au concert d'un groupe *hardcore*. Leurs regards s'étaient croisés lorsque, trempée de sueur, elle avait commandé un Fanta au comptoir. Il y avait quelque chose de particulier en elle, qui suggérait un clivage social, et quelque chose d'autre aussi, qui lui faisait ressentir son infériorité.

Ses craintes avaient été confirmées par le spectacle qu'elle offrait au gymnase. C'était la fille la plus intéressante qu'il eût jamais connue. Ses baskets qui atterrissaient avec un bruit feutré, quelques fractions de seconde après celui de la balle qui frappait le linoléum, étaient le point final de la séquence audio qu'il aurait voulu entendre tous les soirs dans le casque de son walkman, avant de s'endormir. La passeuse transmettait le ballon, et Clara coordonnait ses mouvements de manière à smasher lorsqu'elle était au plus haut de sa trajectoire. Il avait cru comprendre qu'il existait plusieurs façons de passer le ballon, selon que les attaquantes étaient des latérales ou des centrales. Entre Clara et celle qu'il avait surnommée « sa passeuse préférée », il existait une entente parfaite, plus que parfaite, comme avec une machine, mieux qu'avec une machine. La passeuse faisait en sorte que le sommet de la parabole tracée par le ballon coïncide avec le haut du filet. Un centimètre plus bas, et le coup aurait fini sur la bande de ce même filet. Ce stratagème permettait à Clara – il l'avait deviné dès le départ, et mieux compris par la suite – de frapper en révélant chaque fois sa vraie nature.

Elle était violente, mais pas méchante. Son but, en apparence, n'était pas d'accumuler les points. Ses cheveux ondoyaient librement au moment où elle posait le pied par terre, et elle donnait chaque fois l'impression que la gravité s'enrichissait alors de quelque chose qui ne lui appartenait pas. Le volley-ball devenait un univers en miniature et, plus en profondeur, quelque chose en lien avec la botanique – la lente poussée d'une herbe, le tropisme de certaines fleurs.

Il avait commencé à rêver d'elle, plusieurs fois par semaine. Après avoir aussi rêvé du hibou à lunettes, le logo du magasin d'optique Berruti imprimé sur les maillots à bandes vertes des joueuses, il avait compris que le moment était venu d'agir à découvert.

Un jeudi de la fin du mois de novembre, après l'entraînement, il avait pris son courage à deux mains, s'était approché d'elle et lui avait proposé de la ramener en voiture. Depuis trois mois, il n'avait pas raté la moindre séance, ce n'était donc plus un inconnu pour Clara. Elle avait acquiescé. Pascucci l'avait regardée d'un air abasourdi. Elle lui avait dit qu'il fallait ramener aussi son petit frère (elle avait prononcé les mots « petit frère » de manière à en exclure toute câlinerie), et c'est ainsi que Pascucci avait encaissé la réponse la plus époustouflante qu'il aurait jamais pu imaginer, avec le temps de retard nécessaire pour la séparer de l'information qui en atténuait la portée.

La jeune fille avait tendu le bras vers l'autre bout de la salle. Pascucci avait suivi son index des yeux, et il l'avait vu.

Un jeune garçon dodu de douze ou treize ans se tenait immobile sur le banc. Il avait un gros pull et un pantalon de velours, une mauvaise coupe de cheveux au carré et de vilaines lunettes. Pascucci s'était rendu compte qu'il l'avait déjà vu en d'autres occasions. (Il porta le verre à ses lèvres, remarqua l'hélice d'argent formée par le gin dans la mer rouge du Campari.) Il s'était même rendu compte qu'il l'avait vu à *chaque* entraînement. Sa sœur l'emmenait, et Michele avait cette capacité à se fondre dans le décor de la mémoire d'autrui. Une tête de zèbre était imprimée sur son pull. L'effet était navrant. Clara avait disparu dans les vestiaires. Pascucci avait dévisagé le garçon quelques secondes de trop. Michele s'était figé sur son banc, donnant du même coup l'impression d'avoir pris du poids.

Vingt minutes plus tard, Pascucci roulait vers les quartiers sud de la ville. Michele était assis à l'arrière. Le sac de sport de sa sœur était posé à côté de lui. Pascucci avait du mal à ne pas imaginer ce sac comme un écrin langoureux rempli de trésors (des chaussettes roulées en boule, de la lingerie intime en fermentation) ; d'ailleurs, Clara elle-même était un trésor sans écrin, mais plus difficile à approcher que si elle avait été enfermée dans un coffre-fort. Pascucci se sentait tout drôle. Tendu. Depuis qu'ils étaient montés dans la voiture, personne n'avait ouvert la bouche. Clara regardait devant elle, comme si le seul effort exigé d'elle avait consisté à vérifier qu'ils suivaient la bonne direction. Sur le siège arrière, le gamin fixait le vide avec une telle intensité que Pascucci en avait été effrayé. C'était peut-être *lui*, qui ne voyait pas quelque chose de pourtant évident. Il entendit la vibration de son téléphone portable et commanda un troisième Negroni, dans le bar de la Via Crisanzio. Les lumières continuaient à se désagréger à travers la baie vitrée. L'âge de la confusion. L'âge de la séparation. Maintenant, il était devenu capable d'isoler les différents goûts dans son palais. Déjà à moitié ivre, il vit flotter autour de sa tête l'hélice argentée du gin, le rectangle rose du Campari, le carré rouge sang du vermouth. Dans une logique en adéquation avec l'époque actuelle, il aurait pu affirmer que le frère et la sœur – dans sa Panda, ce soir-là – n'arrêtaient pas de s'échanger des sms mentaux. Question. Réponse. Demande d'explication. Tentative d'apaisement. Insinuation. Réponse sèche. Monosyllabe. Explication plus développée. Émoticône.

Après la station essence IP, la jeune fille lui avait dit de prendre la petite route bordée d'arbres, sur sa droite. Quelques minutes plus tard, ils étaient noyés dans l'obscurité. La Panda tressautait sur les cailloux et les nids-de-poule. Les phares éclairaient une longue rangée de cyprès. Lorsqu'il avait vu la villa, Pascucci avait pensé, encore une fois, que ce n'était pas cela qui le séparait d'elle.

Il avait par ailleurs trouvé étrange que deux jeunes gens aussi riches soient obligés de rentrer chez eux en bus. Il but une dernière gorgée, chercha au-delà de la vitre la direction de l'église de Noci. Les jours suivants, il était retourné la chercher au gymnase. Chaque fois, elle avait accepté qu'il la ramène à la maison. Et chaque fois, Michele était là. Pendant trois ou quatre semaines, Pascucci avait enduré la torture de ces trajets silencieux. Lui conduisait, Clara et Michele restaient immobiles, sans jamais prononcer un seul mot. Elle, d'autant plus belle et concentrée que la vague de tristesse frappait plus fort son petit frère. Jamais Pascucci ne s'était dit qu'il était en présence d'un mystère qu'il aurait pu élucider, à force de patience et de respect. Il *ressentait* tout cela, comme on ressent les choses quand on est jeune : grandioses, terribles, monolithiques, parfaitement impossibles à expliquer. Le rayon lumineux va être brisé par la loupe, et tu n'en seras pas frappé. De façon très stupide, il s'était dit que ça devenait vraiment embarrassant. Un mois déjà, et il ne l'avait même pas touchée. Ses amis allaient bien rigoler. Tandis qu'il démontait un carter dans le garage, au cours d'une de ces demi-heures de boulot acharné sur un carburateur, l'ombre d'un ressentiment était née parmi les valves, dans la graisse et le cambouis. Il pensait à ses copains inscrits à la fac, examinait avec la férocité de son œil intérieur le faux motif écossais sur les sièges de sa Panda, là où aucun corps féminin ne s'était encore jamais allongé.

Un soir, à la fin de l'entraînement, il avait coincé Clara dans un coin du gymnase, l'espace désert près des machines. Elle avait posé le ballon près des tapis de sport. Pascucci avait souri. (L'essaim bouillonnant des autres joueuses se dissolvait dans les vapeurs des douches.) Clara avait soupiré, comme à la fin d'un tie-break, puis elle avait ramené une mèche de cheveux derrière son oreille. Pascucci avait posé les mains sur le mur pour la prendre au piège, l'emprisonner. Ses pupilles s'étaient imperceptiblement rétrécies.

Il avait improvisé : « Je me demandais si vous n'avez pas été un peu plus lentes que d'habitude ? Je veux dire… les schémas de jeu.

— Je ne comprends pas, avait répondu Clara, perplexe.

— Ton frère. Selon moi, ce soir, il serait tout heureux qu'on lui fiche la paix. Parce que, écoute… » et avant même d'avoir terminé sa phrase, il avait compris son erreur, une erreur impardonnable. Clara, devenue toute pâle, avait froncé les sourcils. Et Pascucci l'avait enfin vue vraiment, telle qu'elle était – l'ombre d'une blessure –, telle qu'elle aurait d'ailleurs commencé à se dévoiler, si seulement il avait eu un peu de patience. C'était comme extorquer une avance déjà transformée en solde.

« Nous allons rentrer en bus. »

Fini avant même de commencer.

C'était peut-être (se disait Pascucci les rares fois où il repensait à tout cela) une vocation secrète, le besoin de ne pas conclure avec elle, qui l'avait poussé à dire ces choses. Une autre pensée vint le distraire : il fit le bilan des dernières années, se rembrunit un peu plus encore, tapota des doigts sur la table jusqu'à ce que son index glisse sur quelque chose d'humide. Il se dit que ce n'était pas une bonne idée de commander un quatrième Negroni, puis il commanda un quatrième Negroni.

Pietro Giannelli, trente-sept ans, ancien vendeur dans un magasin de chaussures, aujourd'hui homme-grenouille au Toys Center du centre commercial

Mongolfiera, aspira une dernière bouffée de sa cigarette, la jeta d'une pichenette, détacha son dos du réverbère, se mit à l'abri des lumières de l'Apple Store du Corso Vittorio Emanuele, marcha sur le trottoir, les mains enfoncées dans les poches de son blouson, serra entre ses doigts la pochette en cellophane contenant de la DMT. Ancien propriétaire d'une Suzuki GSX 400. Matricule universitaire numéro 16 02 01 34, sur un relevé de notes resté vierge. Il se mêla à la foule du vendredi soir, entendit la vibration de son téléphone portable – parvenue au dernier cercle, l'information rebondissait par erreur et revenait à l'envoyeur. Il ferma les yeux, avança de quelques mètres, s'arrêta avant qu'un passant ne se cogne contre lui.

Le type lui avait dit de se mettre à l'aise sur le canapé ; ensuite, il lui avait demandé à brûle-pourpoint s'il avait l'habitude de se balader les yeux maquillés comme ceux d'une femme. Oui, c'était un piège, il s'en était rendu compte après avoir posé le doigt sur la sonnette, lorsqu'il avait entendu le sombre bruit de fond gronder et croître en intensité. Il avait levé la tête. Le père de Clara. Affable, les cheveux noirs malgré les années, chandail vert et pantalon blanc.

Cela faisait une semaine qu'il venait la voir, mais jamais on ne l'avait invité à entrer. Il garait sa moto, et tous les deux restaient parler pendant des heures, dehors. La veille, Clara l'avait rejoint sous le saule qui dépassait du grillage, dans cette tache d'ombre projetée entre trois et quatre heures de l'après-midi. Elle portait un t-shirt à manches longues en coton bleu pâle, un jean et, aux pieds, de vieilles Converse. À un moment donné, elle lui avait demandé ce qu'il pensait du Stravinsky.

« Depuis qu'ils ont rouvert, il n'y a plus de magie.

C'est pas le choix de la musique qui va changer les choses. Les canapés noirs. C'était ça, le secret de leur succès. »

Clara s'était penchée, puis redressée, un tract électoral taché de boue à la main. Elle l'avait déchiré d'un geste lent, avait demandé à Pietro ce qu'il pensait des psychiatres. Le vent avait caressé le saule, et son visage avait été éclaboussé de lumière. Une mèche de cheveux, collée sur sa joue, ressemblait à l'île de Malte.

Giannelli avait songé aux employés du Sert, le service pour toxicos, où il avait l'obligation d'aller signer sur un registre, le 5 de chaque mois.

« Une bande de crétins. »

Il avait vu les éclaboussures de lumière flotter et se dilater sur elle, mais c'étaient juste les effets du LSD.

Elle semblait s'intéresser à chaque mot qui sortait de sa bouche. Au sein de leur groupe d'amis mal défini, Clara avait changé d'attitude envers lui du jour au lendemain, lorsqu'elle avait compris à quoi s'en tenir sur sa situation familiale.

M. Salvemini lui avait fait un signe de la main, et Giannelli s'était engagé sur l'allée, le type derrière lui occupait ainsi une position qui lui donnait l'avantage. Il pouvait l'entendre marmonner. Une fois arrivé dans le salon – toujours sur ses talons, « je vous en prie », lui avait-il dit –, il avait compris de quelle manière les tapis persans, les candélabres et toutes ces pendeloques sur le mur servaient tantôt à intimider, tantôt au contraire à mettre à l'aise les invités. Tout dépendait de leur compte en banque.

Salvemini l'avait invité à s'asseoir sur le canapé, il avait fait semblant de l'examiner vraiment pour la première fois et il avait enfin manifesté sa contrariété, à la vue du pantalon élimé et de l'eye-liner.

Il avait donc l'habitude de se balader chez lui, voire même dehors, avec ce truc autour des yeux ?

« Oui, monsieur Salvemini », avait-il répondu sans baisser le regard.

Il était habitué à la mesquinerie des adultes. Les psychiatres du service d'addictologie utilisaient des gens comme lui pour mieux asseoir leur pouvoir. Ils le soumettaient à des séries de questions débiles, l'envoyaient tamponner des papiers ou prendre rendez-vous pour des analyses d'urine. Chaque fois qu'il sortait de l'argent de son porte-monnaie pour payer son ticket à la caissière de l'ASL, l'Agence sanitaire locale, il ressentait une sorte de nœud formé de filaments noirs brûlants. Cette sensation disparaissait aussitôt après. Alors, il allait dans la rue et avalait un autre acide. La toile d'araignée incandescente explosait à nouveau au-dessus de lui, les filaments montaient au ciel tout en illuminant le visage sombre du législateur, le trône du juge, la chevauchée des forces de l'ordre – le mécanisme activé par son geste se répercutait à la manière de la foudre qui éclaire un vaisseau fantôme dans les nuages, et grâce à ce geste, l'argent du treizième mois tombait en résonnant dans l'escarcelle des agents de police, les psychiatres du service d'addictologie conservaient leur amour-propre, le travail des fonctionnaires, dans les bureaux qui décidaient de l'octroi des visas et des permis de conduire, était légitimé.

« Et ton père, il en pense quoi, de ton déguisement ?

— Il est mort l'année dernière. »

Le type allait répliquer, lorsque le cliquetis des talons de sa fille se mit à retentir dans l'escalier. Le bruit s'était atténué. Clara avait fait son entrée dans le salon et froncé les sourcils, surprise par la présence incongrue de son copain sur le canapé.

Vittorio avait pris une revue sur une table basse en cristal, et fait semblant de lire. Le bruit de fond avait disparu. Elle avait dit : « On va être en retard. » Giannelli s'était relevé.

Dix minutes après, ils traversaient, en selle sur sa Suzuki, la grande artère de la Via Fanelli, en direction du multiplexe de Casamassima.

Giannelli avait bavardé plusieurs fois avec le petit frère, un garçon d'environ quinze ans, tout desséché, aux cheveux hirsutes, mal fagoté, habillé d'un manteau vert minable lui donnant l'aspect d'un déserteur d'une armée qui n'aurait eu aucune envie de le réadmettre dans ses rangs. Il avait l'air de quelqu'un qui a du mal à se remettre d'un sale coup – l'aspect extérieur flou, l'intérieur (son esprit) comme disloqué par un impact trop violent –, il avait l'air d'être prisonnier d'un futur dont il ne parvenait pas à s'échapper. La dernière fois, ils s'étaient rencontrés par hasard devant un bureau de poste. Ils s'étaient assis sur les bancs de la Piazza Cesare Battisti, courbés sur leurs cigarettes. Michele donnait aussi l'impression de passer son temps à flâner dans la ville. Giannelli avait attendu que les choses se remettent en place, que les lignes des bâtiments de l'université redeviennent nettes, que les haies de laurier cessent de trembler. Avant que l'effet de l'acide ne s'évanouisse, il avait ressenti quelque chose de nouveau, une sensation indéfinissable. Le déclic d'une paupière tirée vers le haut. La main de Michele, celle qui tenait sa cigarette, s'agitait d'avant en arrière. Le jeune garçon s'était mis à raconter une histoire qui semblait être la continuation d'une dispute déjà entamée – il tirait une taffe et s'efforçait de saisir un concept, dans l'espoir de le ramener à l'instant présent. Il était en train de dire que, malgré toutes les mauvaises expériences, la partie la plus profonde de l'être humain s'attend toujours à ce qu'on la traite avec bienveillance, pas avec méchanceté.

« Mais la partie qui se fâche n'est pas la même. C'est elle qui proteste. » Selon toute apparence, au-delà d'un certain seuil, la voix de la souffrance subie n'était plus audible de l'extérieur. « En chacun de nous, il y a quelque chose de sacré, mais il ne s'agit pas de notre personne. »

Tandis que Michele poursuivait son raisonnement, Giannelli avait sorti le timbre avec la tête du Chapelier Fou. Il l'avait placé sous sa langue, avait attendu en vain que le bâtiment de l'université se dédouble de nouveau. Les haies de laurier avaient bien sursauté, mais la couronne de lumière était restée la même, luisant d'une faible intensité. Le gamin. C'était sa faute. Dans son effort de concentration, semblable à un trou noir, Michele absorbait l'énergie autour de lui. Giannelli ne se serait rendu compte de rien, sans l'acide. Les feuilles de laurier rayonnaient d'une force intérieure, mais dès que la lumière verte jaillissait de sa source, elle était aspirée par ce garçon. Sa sœur pouvait dormir tranquille : même en le traînant de force chez un psychiatre, on n'obtiendrait rien de lui.

Il continua de marcher sur le trottoir. Sombre, triste, la DMT toujours dans la poche. Se déguiser en homme grenouille, c'était mieux que se déguiser en homme poulet, mais la consolation s'arrêtait là. Tous les matins, à sept heures moins vingt, il se faufilait au volant de sa Yaris dans le parking du centre commercial, buvait son café avec les gardiens, rejoignait le bureau administratif du Toys Center, entrait dans son débarras, enlevait son pantalon et ses chaussures, enfilait son costume en mousse et, tout de suite après, commençait la distribution des flyers. Par le passé, l'eye-liner lui avait servi à acquérir une sorte de désinvolture, de même que son blouson et ses bracelets en cuir. Sans cet accoutrement, il n'aurait été qu'un garçon effrayé, orphelin de père, un type que l'on croyait intimider en lui retirant son permis mais qui, malgré tout, avait continué à aller chercher Clara, bien calé sur la selle de sa moto, comme si de rien n'était.

Un coup violent, porté sur son épaule, le déstabilisa. Un passant l'avait heurté sans le faire exprès, puis avait continué sa route.

Sur l'écran du cinéma, à moitié vide à onze heures du soir, un homme avait giflé une fille, dans une chambre de style années cinquante. L'actrice avait eu un sourire extatique, alors que son nez pissait le sang. Ensuite, l'homme l'avait jetée à terre, sur la moquette. Giannelli avait écarquillé les yeux. Clara lui avait pris une main dans les siennes, et la serrait fort. Sa paume était chaude et douce, on éprouvait, à son contact, deux sensations contradictoires, celle d'une maison perdue dans les bois, et celle d'une chute sans fin. Ils s'étaient embrassés. Elle avait attiré vers elle la tête du garçon. Giannelli avait dégrafé sa chemise à carreaux, touché un sein d'un geste délicat, retourné sa paume tout doucement, pour le prendre dans sa main. Quelqu'un avait toussoté, au fond de la salle. Giannelli s'était raidi. Clara s'était jetée sur lui en enjambant l'accoudoir. Deux heures plus tôt, elle était encore accablée par cette histoire du psychiatre chez qui, l'après-midi même, sa mère avait emmené son frère. Et maintenant, elle était furieusement vivante, dans la poussière argentée de la salle de cinéma. Elle avait glissé une main sous le t-shirt de Giannelli. Sur l'écran, l'homme avait éteint l'abat-jour et cogné la fille. Clara avait donné un baiser fougueux à Giannelli, qui avait fait courir sa main entre leurs deux corps, caressé le denim, remonté et déboutonné le Wrangler noir. Clara avait soupiré. Lui avait eu la nette impression de voir une multitude d'yeux jaunes clignoter dans des buissons sombres. Il avait essayé d'introduire une main dans sa culotte, elle s'était appuyée sur l'accoudoir pour l'aider, et lorsqu'il avait forcé le passage, il avait entendu le gémissement rageur de Clara et vu sa longue main blanche se refermer puis s'ouvrir.

Ils avaient mangé une glace dans un bar du centre et parlé de choses futiles, regardé la lune qui miroitait sur les vitres de la Banca di Credito Pugliese. Remontés sur la Suzuki, ils avaient flâné en ville, étaient allés jusqu'en banlieue puis sur le périphérique, où la lune était plus grosse et où l'on pouvait rouler vite.

Il l'avait ramenée chez elle à deux heures du matin. À cette heure-là, au moins, il était certain de ne pas faire de rencontres bizarres. Il avait dépassé la station essence, au cœur de la nuit, laissé les réverbères derrière lui, après un virage, roulé sur l'allée cahoteuse. Les ombres des cyprès coulaient comme de l'eau, aux bords du chemin. Les nuages qui entouraient la lune semblaient se pencher de manière étrange sur le toit de la villa.

« Oh merde ! »

Giannelli avait senti les bras de Clara le serrer plus fort. Il avait ralenti.

« Qu'est-ce qui se passe ?

— Tu ne vois pas ? Arrête-toi là, laisse-moi descendre. »

Le jardin était éclairé comme en plein jour, et quatre silhouettes étaient figées sur les marches de l'entrée. Une fumée noire s'élevait dans l'air, semblable à une gigantesque fourche pointée vers le ciel.

« Un incendie… », avait-il dit, bouche bée.

Clara avait mis pied à terre, ôté son casque, murmuré

rapidement : « Allez, barre-toi. » Mais derrière son regard préoccupé, on voyait autre chose, une force contraire. Sur le chemin, les cailloux grésillaient. Giannelli avait remarqué un gros lézard vert, qui plongeait dans le feuillage. Puis Clara. Au moment où elle s'était retournée pour se diriger vers la villa, il avait cru apercevoir une moue de satisfaction se dessiner au bord de ses lèvres.

« Une pute. Une salope que j'ai tringlée avant son mariage. »

Enzo Santangelo, cinquante-cinq ans, coach de bodybuilding, propriétaire de la salle de sport Body Empire de la Via Postiglione, du club de gym Extreme Fitness du Viale Unità d'Italia et du magasin le mieux approvisionné en produits et compléments alimentaires de Bari (Vitamin Center, Via Calefatti), but une gorgée d'eau aromatisée et remit le formulaire signé au représentant des laboratoires pharmaceutiques.

« Une cliente ?

— Exactement. Elle venait à la salle de sport comme si elle sortait d'un défilé. Ensuite, elle quittait les vestiaires avec des t-shirts microscopiques, des baskets Hogan et des shorts rouges, et là, d'un coup, elle avait l'air beaucoup plus cool. Je me suis bien fait comprendre ? Je crois qu'elle en avait déjà assez de son futur mari. Il fallait le voir, aussi. Un ingénieur, pété de thunes.

— Sûrement pas aussi riche qu'elle.

— Sûrement pas aussi riche que son père, plutôt. De temps en temps, le mec venait la chercher ici. Moi, ça me rendait nerveux. Le type qui se la joue profil bas, tu vois ce que je veux dire ? Il suivait les exercices comme s'il y comprenait quelque chose. Il devait penser qu'il aurait pu s'acheter la salle de sport tout entière, s'il avait voulu. Il restait là, les mains dans les poches, l'air niais. Encore un peu, et il se serait mis à siffloter. Et moi je pensais : il n'y a pas un banc, pas un rameur, pas un tapis roulant, pas un seul mètre carré où je ne l'aie pas sautée, mon vieux.

— Tu la baisais ici, dans la salle ?

— Ben ouais. Tu aurais voulu que j'aille où ? Ce n'était pas la première, et ce ne sera pas la dernière. Mais bon. Celle-là, c'était une vraie chienne. Il suffisait que je m'approche, ne serait-ce que pour lui donner le programme de la semaine... C'était pas seulement le regard. Le regard, c'est pour les débutants. C'étaient les vibrations. Tu vois ce que je veux dire ? Je passais à côté d'elle, et sans qu'elle remue d'un cil, je savais qu'elle avait envie. Je savais que *moi*, je devais avoir envie. Elle en était déjà presque à me traiter de pédé, parce que je n'avais pas essayé plus tôt. J'ai l'air d'un pédé, moi ?

— Attends, laisse-moi réfléchir..., répondit le représentant en ricanant.

— Non, je ne suis pas pédé, et j'ai du flair pour ce genre de trucs. Parfois, elle arrivait juste une heure avant la fermeture, elle montait sur le vélo et elle murmurait : "Ce soir, je dîne avec Alberto." Mon cerveau n'avait rien d'autre à faire qu'assimiler l'information. Je devais me retenir pour ne pas me mettre à courir. J'ouvrais l'armoire du vestiaire et je sortais un flacon d'Interflon.

— De l'Interflon ? Pour les appareils ?

— L'Interflon est *aussi* un lubrifiant pour les appareils. Je le mettais dans ma poche et je filais l'attendre dans les chiottes, au sous-sol. À neuf heures moins le quart, ponctuel comme un inspecteur des impôts, son ingénieur de mari passait la chercher. Je me retrouvais en face de lui. Je lui disais bonsoir, parce que, à force, j'avais fini par faire sa connaissance. Je lui serrais la main et je me marrais tout seul, à l'idée qu'à ce moment précis, sa femme était sous la douche, le cul défoncé. Tu vois, c'était une des plus belles satisfactions de mon boulot. »

Ce dont il ne parla pas, c'est de l'étrange sensation qu'il avait ressentie un dimanche, ce « quelque chose » qui l'avait transpercé, la fois où il était resté enfermé avec elle dans la salle de sport jusque tard dans la nuit. Au fil des ans, il y avait repensé souvent, mais son esprit effaçait le souvenir qui affleurait à sa mémoire. C'est donc dans ses rêves qu'elle venait lui rendre visite. Alors, il oubliait ses rêves.

Effrayé par la moto, le lézard plongea dans l'herbe, disparut parmi les branches, déchira dans sa fuite la toile de l'araignée sauteuse qui, une fois l'image du reptile recomposée par ses huit yeux, avait réussi à éviter l'impact. L'araignée détala. La terre sèche et aride enregistra l'information en la superposant aux traces de fourmis qui se croisaient, se brisaient, bifurquaient et reconstituaient des lignes toujours différentes. La loi qui régissait le comportement de ces insectes se modifiait et se confirmait dans celle qui régissait le comportement de tous leurs semblables ; elle recevait de nouvelles impulsions depuis les profondeurs du fourmilier et de plus loin encore, depuis la force terrifiante qui change le visage des saisons. La salive circula de lèvre en lèvre, et le cœur s'accéléra dans le noir de la salle cinématographique. La courbe de l'abdomen se tendit sur elle-même et se rompit. Sous la poussée de la mue, un épiderme tout neuf sortit de la brune carcasse morte. Après avoir attendu que la cuticule durcisse à l'air, la cigale s'élança pour son premier vol. Elle atterrit sur un rameau de romarin. Les membranes, sous son ventre, se mirent à vibrer, et un bruit sec, semblable à un claquement de doigts, signala sa présence au monde.

À la hauteur de la Via Bovio, la foule était rare, car il y avait moins de boutiques. Il continua de marcher, les mains dans les poches. Un panneau d'affichage automatique passa d'une publicité rayonnante pour un dentifrice à une autre, sombre, pour une boutique de lingerie. Giannelli tourna au coin de la rue. Puis il prit de nouveau à droite, et il vit le parking aérien. Il se rappela ses balades avec Clara, sa façon de baisser les yeux lorsqu'ils croisaient des gens. Ils s'étaient perdus de vue quand Michele avait quitté Bari, un de ces changements soudains, cataclysmiques, dont on ne mesure l'ampleur qu'après coup. Le frère de Clara était parti faire son service militaire, contre l'avis des médecins – de n'importe quel médecin sensé. Quelque temps après, Giannelli avait revu Clara à l'entrée d'un restaurant. Elle avait une nouvelle coupe de cheveux et une robe en lamé argenté. Elle riait, à côté de deux hommes en costume gris.

L'asphalte se plissa sur les deux côtés de la route, se tendit en se courbant vers le ciel, et une mer d'encre inonda les deux grandes erreurs de Giannelli : avoir été l'homme qu'il avait été ; être l'homme qu'il était devenu, un type qui marchait tout seul, par une soirée de printemps.

Ce dimanche-là, il avait décidé de rester tard dans la salle de sport. Par précaution, elle était sortie avant les derniers clients, au moment où il baissait le rideau de fer. Une heure après, elle l'attendait devant la porte de service. Elle portait une robe en jersey très légère, des sandales ouvertes et rien d'autre. Elle avait penché la tête et elle avait dit : « Me revoilà ! », lui avait eu l'impression qu'elle avait prononcé ces mots avec une hypocrisie telle qu'il avait dû se retenir pour ne pas la gifler. Ils avaient baisé dans la salle du cardio-fitness. Ensuite, Clara s'était relevée, laissant sur le sol une empreinte humide.

C'était génial, de baiser dans la salle de sport après la fermeture. Les gémissements résonnaient dans le silence profond. Et puis, cette pénombre. Les seules sources de lumière provenaient des télés fixées aux supports en acier, devant les vélos, cinq écrans Sharp qui diffusaient des infos et de la musique non-stop.

À neuf heures, il lui avait demandé : « Et si j'allais chercher deux pizzas ? »

Il avait remis son survêtement et ses baskets, tandis qu'elle restait immobile et nue à fumer une cigarette, le dos au mur de cristal qui les séparait de la salle d'halothérapie. Le soin de la peau par le sel. Chaque fois qu'il pensait à tout l'argent qu'il avait foutu en l'air pour cette connerie, il avait envie de se coller des baffes.

Il était sorti et avait marché en direction de la pizzeria. Il avait essayé de ne pas se faire remarquer, même si ce n'était pas lui qui était censé, en principe, veiller à se rendre invisible. Trois quarts d'heure plus tard, il était revenu avec les pizzas fumantes dans leurs cartons. Il les avait posées dans l'entrée, avait refermé la porte derrière lui. La salle de sport était silencieuse, mais d'un silence qu'il avait trouvé étrange. Il l'avait appelée. Les écrans étaient éteints, un rayon de lune oblique illuminait la Smith Machine et lui donnait un pâle reflet argenté. « Je suis là ! » Il avait caressé l'interrupteur puis bloqué son geste, il s'était demandé si ce n'était pas un nouveau jeu érotique, avait enlevé ses chaussures, traversé sur la pointe des pieds la salle des machines et le couloir qui conduisait aux saunas, ouvert la porte et plongé dans le noir le plus complet. Un bruit venait de la salle de l'étage en dessous.

Il s'était dit : Quelle chienne ! Il avait descendu les marches d'un pas lent et prudent, tout en regardant vers le bas. Le sol baignait dans une lueur étrange. Il s'était rendu compte qu'il avait peur, que son cou était serré comme par une corde, depuis qu'il était rentré : cette peur, il devait l'admettre, l'avait saisi tout de suite à la gorge. Il avait ricané, descendu encore une ou deux marches. Son cœur battait fort. C'était fou. Il s'était caressé la nuque : sa sueur froide avait augmenté sa perplexité. Il avait posé le pied sur l'entresol, sans comprendre où il était. Le bruit était maintenant plus fort. Il avait tourné la tête. Une raie verte, phosphorescente, coupait l'obscurité en deux. De plus en plus large, elle s'était transformée en mur lumineux. Il avait écarquillé les yeux. Une ancienne divinité égyptienne allait sortir d'un sarcophage. Il avait vu la silhouette carbonisée se mettre debout, une jambe après l'autre, et même s'il venait de se rendre compte que le bruit n'était rien d'autre que celui du ventilateur, et que Clara s'était tout simplement offert une séance d'UV dans sa Harpo Onyx à cinq mille euros, quand elle s'était extraite de la cabine et qu'elle s'était avancée vers lui, entourée de ce halo d'un vert d'extraterrestre, il avait pensé, l'espace d'un instant, que la scène n'était pas en train de se dérouler dans sa salle de sport, ni d'ailleurs dans sa putain de tête, que ce n'était pas lui qui attirait cette fille là-dedans depuis des semaines, que c'était elle, bien au contraire, qui s'était emparée de lui pour l'emmener au centre exact de son cauchemar personnel, quel qu'il fût.

Le ventre de la fille était passé du vert vif à une couleur opaque. Clara avait allumé la lumière, posé une main sur la poitrine d'Enzo et lui avait souri en se hissant sur la pointe des pieds.

Cet épisode faillit lui revenir en mémoire une dizaine d'années plus tard, lorsqu'il apprit sa mort dans le journal. Heureusement, il avait devant lui un représentant en produits pharmaceutiques, un type qu'il connaissait bien. Il amplifia sa voix, pour couvrir le tremblement qu'il sentait gronder dans sa poitrine : « Une pute, dit-il. Une salope que j'ai tringlée avant son mariage. »

Silvio Reginato, cinquante-quatre ans, des centaines d'opérations à son actif en qualité de chirurgien à la polyclinique de Bari, fouilla sur les étagères de la bibliothèque où il rangeait ses disques et ses catalogues d'art. Il reconnut la couleur bleu pâle du dos, la couverture rigide de l'étui, prit l'album photo, alla s'asseoir sur le canapé, posa l'album sur la table basse, versa la vodka glacée dans son verre, la but d'une traite. Il avait lu la nouvelle dans le journal. Il ouvrit et regarda, ce qu'il n'avait pas fait depuis longtemps. Des dizaines de photos obscènes. Un crescendo de perversions de plus en plus tristes, mais pas pour lui. Il avait commencé à la photographier aussitôt après avoir fait sa connaissance. Et il avait continué à le faire jusqu'à deux ou trois mois avant de la perdre de vue.

Giuseppe Greco, quarante-six ans, vice-rédacteur en chef du *Corriere del Mezzogiorno*, auteur d'une monographie sur Rudolph Valentino et de cinq essais sur l'histoire du jazz dans les Pouilles publiés par l'Imprimerie régionale, divorcé, deux enfants, relut les compositions des équipes sur l'écran de l'ordinateur et soupira. Les annuaires du site de l'équipe Amatori Volley. Une longue liste de noms et de prénoms, y compris ceux de Clara. La nouvelle, en revanche, il venait de la lire à la rubrique nécrologique.

Il alluma une cigarette, observa la fumée se dissoudre dans la salle de rédaction déserte. Les bureaux alignés, la photocopieuse. Il se remit à regarder l'écran.

Il pensa aux profils Facebook qui restent actifs même après la mort de leurs titulaires. Des centaines de commentaires, juste après le décès, un suintement immonde. Sans parler de ceux qui envoyaient de vieilles photos piégées dans la carte mémoire d'un téléphone portable.

Chaque jour, Giuseppe Greco écrivait une cinquantaine de *tweets*, sous onze identités différentes. Son but consistait à obtenir que sa rubrique – *Espace Lumière*, trois mille signes quotidiens de critique cinématographique – échappe à l'espace étouffant délimité par les frontières régionales. Il utilisait @espacelumière pour indiquer à ses *followers* le sujet du jour, puis retweetait à travers le compte du journal. En tant que @giuseppegreco, il signalait avec fair-play les articles de ses collègues plus célèbres, ceux qui écrivaient dans *la Repubblica* ou le *Corriere della Sera*. Venaient ensuite les personnages factices : @brancaleone était le groupie, @nocturama le contestataire, @magellano adressait les mauvaises critiques à qui de droit, tandis que @vivresavie asticotait les réalisateurs – et les acteurs, les scénaristes – avec des questions provenant de sa propre rubrique (suivre le lien). Il avait tellement envie que quelqu'un daigne enfin lui répondre ! Cela finissait d'ailleurs par arriver, de temps à autre. « *Read review. Seems good* » avait été la réponse de @wimwenders à une sollicitation de @vivresavie. Giuseppe Greco l'avait jalousement dissimulé au fond de son cœur, après l'avoir retweetée sur ses onze comptes.

Il y avait une sorte de brume imaginaire, au nord de cette foutue région ; au-delà, les stars prenaient l'apéro sur de grandes places ovales où les couchers de soleil duraient une éternité. Rome. Pactiser avec le ressentiment était douloureux. Ça n'avait pas toujours été le cas. (Il décolla les doigts de la souris en remerciant le sort : Clara Salvemini n'avait aucun profil Facebook, aucun compte Twitter ; mis à part ses exploits sportifs, et sauf cas d'homonymie, il n'y avait rien d'autre à son propos sur la Toile.) Giuseppe Greco avait connu une époque, de plus en plus lointaine, où tout ce qui valait la peine d'être vu, écouté, lu et raconté, se passait près de lui.

L'été où il avait fait la connaissance de Clara et de son frère, il était responsable de la rubrique culturelle à *La Città*, un minuscule quotidien qui remettait ses chances de survie entre les mains d'un public presque totalement imaginaire. Une première page avec une analyse de l'acte gratuit dans l'œuvre de Gide, en guise de commentaire sur un fait divers – un massacre familial –, avait fait pousser un soupir de soulagement aux directeurs des journaux concurrents. *La Città* avait fermé, quelque temps après. Mais à l'époque, Giuseppe était un trentenaire plein d'optimisme, et les signes avant-coureurs de tempête ne le décourageaient pas. Il assistait aux spectacles *off*, aux concerts des groupes locaux ; pendant les rappels, assis quelque part au fond de la salle, il terminait la critique d'une lecture publique qu'il venait d'écouter, dans le quartier de Poggiofranco : un poète y avait déclamé du Maïakovski, enfermé dans une cage pour chiens.

Il y croyait, lui, en ces mômes. Leur ingénuité était la coquille protectrice qui permettait à leur talent de se développer sans danger. Il était convaincu de la présence cachée, parmi ces jeunes gens doués, d'un futur Fassbinder, d'un Werner Herzog peut-être, qui échapperait un jour au cône d'ombre de la province pour aller conquérir Rome, Paris ou New York, et ainsi les racheter tous, les venger.

Tous les soirs, Giuseppe Greco buvait une énième tasse de café et se lançait à leur poursuite. Il fraternisait avec eux, écrivait des articles sur quatre colonnes pleins de générosité et d'enthousiasme, essayait de comprendre s'il pouvait en enrôler quelques-uns au journal, peut-être un Hunter Thompson en puissance qui n'attendait que le moment propice pour éclore.

Michele s'était présenté dans son bureau un après-midi de juillet.

Il portait un blouson en toile cirée qui avait dû être vert, autrefois. Comment faisait-il pour ne pas transpirer, là-dedans ? Mystère. Il pétrissait entre ses mains quelques feuilles de papier A4 qui, à force d'être tripotées et pliées, ressemblaient désormais à des mouchoirs humides.

« Excusez-moi... Je ne voudrais pas... Votre secrétaire... Un article... Je peux repasser, si vous n'avez pas le temps.

— On se calme », avait répondu Giuseppe tout en lorgnant le chaos indescriptible de son bureau.

Michele lui avait proposé un papier étrange sur un sujet religieux, où il analysait la manière dont le passage du Fils sur terre avait modifié à jamais le visage du Père. Abraham aurait donc aussi bien fait de laisser tomber tout de suite si, aujourd'hui, une voix lui avait chuchoté quelque chose à l'oreille à propos d'Isaac.

« Bon, d'accord. Et le lien avec l'actualité ? »

Personne, dans son journal, n'était obligé d'en passer par là ; c'était juste le piège que Giuseppe Greco tendait aux candidats, pour tester leur conformisme.

« Il me semble que c'est *extrêmement* actuel,

monsieur Greco », avait répondu le jeune homme d'un air très digne.

Giuseppe l'avait tout de suite trouvé sympathique. À l'époque, les gens qui te proposaient un papier ne se sentaient pas obligés de t'envoyer aussi une rafale de mails sans intérêt. Ils devaient venir en personne au journal, monter trois étages, trouver le courage de se présenter, voir quelle tête tu avais et, avant cela, l'imaginer. Et toi aussi, tu devais comprendre quel genre de personne tu avais devant toi. Giuseppe se l'était dit d'emblée, que Michele avait ses raisons d'être là.

Il lui avait demandé de lui donner son article, avait jeté un coup d'œil sur le début, la partie centrale et les dernières lignes.

« D'accord, avait-il dit, on le publiera après-demain. »

À y réfléchir maintenant, il trouvait ça incroyable : quand il avait fait sa connaissance – et plus tard celle de sa sœur – il ne s'était pas laissé influencer par son nom de famille. Pas besoin d'être un fin limier pour savoir qui étaient les Salvemini. Le nom de l'entreprise était gravé sur la façade de la piscine municipale. Le quartier des affaires, c'était eux. Ils avaient aussi refait la promenade en bord de mer et agrandi la gare. Et c'était encore eux, Viale Europa, l'immeuble d'habitation en forme de serpent où Giuseppe Greco lui-même, dans une chambre du dernier étage qui sentait encore vaguement la clope mal éteinte, avait couché avec une collègue universitaire, dix ans auparavant. Il savait que parmi les amis des Salvemini il y avait la fine fleur, la crème de la ville. La dernière miette de leur patrimoine aurait pu assurer pendant des années – en pure perte – la survie de son petit journal.

Pourtant, rien de tout cela n'avait influencé son

choix de publier les papiers de Michele. L'idée que l'étrange énergie de ce garçon était liée à son nom de famille, d'une manière ou d'une autre, ne l'effleura même pas.

Michele était revenu quatre ou cinq fois. Toujours avec ses pitoyables mouchoirs froissés entre les doigts. Giuseppe Greco les avait tous publiés sans difficulté. Ensuite, le jeune homme avait disparu. Giuseppe n'avait même pas eu le temps de comprendre pourquoi. L'été battait son plein, et il avait eu beau les ignorer pendant des mois, il était maintenant obligé de donner un nom aux ombres menaçantes qui envahissaient son bureau.

Un soir, le directeur l'avait invité à dîner. Aux premières objections de Giuseppe, il lui avait tendu une feuille de papier avec la courbe des ventes du dernier trimestre, puis le fax reçu la veille de la régie publicitaire.

Il lui avait aussi conseillé de donner un coup d'œil autour de lui, pour voir s'il pouvait trouver autre chose. En guise de réponse, Giuseppe Greco était passé de dix à quatorze heures de travail quotidien. Certains jours, il écrivait jusqu'à trois papiers pour le lendemain, interviewait un musicien, avalait deux cachets de méthamphétamine et repartait voir une pièce de théâtre. Il essayait de se convaincre qu'en puisant ainsi dans ses dernières réserves d'énergie psychophysique, il ralentirait la détérioration du passif. La méthamphétamine était devenue une habitude ; les papiers accumulés, une obsession. Au beau milieu de la journée, il essayait de suivre la trace des heures précédentes, et se retrouvait face à un abîme qui ressemblait à une photo satellite de la mer Morte.

Un soir, alors qu'il corrigeait un article destiné à n'exister que sous la forme d'un document dans le dossier d'un administrateur judiciaire, un bruit l'avait fait sursauter, l'avait tiré de son océan de notes et de feuillets épars.

Il avait levé la tête et prononcé un faible « Ciao » interrogatif, en direction de la porte.

La jeune fille l'examinait, sérieuse et droite, dans la pénombre. Une poignée de syllabes, répétées par le sténographe qui travaillait dans la pièce à côté, s'envola de ses cheveux lorsqu'elle avança d'un pas. Elle portait un jean, un t-shirt et un blouson serré à la taille. Elle s'était présentée comme la sœur de Michele.

« Désolée de vous déranger. Mon frère vous a envoyé quelque chose par courrier, il y a plusieurs semaines, je crois. Et comme il n'a rien vu… dans le journal… enfin, voilà… » Elle avait retenu son souffle.

Depuis les profondeurs de son trouble, Giuseppe Greco avait cherché – sans la trouver – l'information dont il avait besoin : « Oui… oui, bien sûr. »

Il avait montré du doigt, apathique, une montagne d'enveloppes encore cachetées, sur les étagères, puis il l'avait regardée à nouveau, avec un petit air polémique. Il n'avait pas dormi dix heures au cours des trois derniers jours.

« Excuse-moi de te dire ça, mais ton frère aurait tout aussi bien pu venir se plaindre en personne. »

La jeune fille avait tressailli. Soudain, elle avait eu l'air mortifiée, ou pire encore, terrifiée.

« Je vous assure que mon frère n'a jamais eu l'intention de… je veux dire… Il ne *peut pas* venir. »

Elle lui avait expliqué que Michele faisait son service militaire à Avellino, qu'il l'admirait, le considérait comme un père, un guide précieux, et qu'il lui avait envoyé un article sur Joseph Heller, un « beau papier » sur Heller, lui avait-elle assuré, même si elle-même, avait-elle ajouté, n'était pas vraiment une connaisseuse. Il l'avait peut-être égaré ? Au cas où, elle pouvait lui en remettre un autre exemplaire. Giuseppe Greco n'aurait rien d'autre à faire que de le lire. Le lire, l'évaluer et, seulement s'il le trouvait à la hauteur, le publier.

« Je vous en prie, mon frère tient *tellement* à avoir votre avis. »

Giuseppe Greco avait essayé de savourer la sensation produite par les mots de cette jeune fille. Mais quand il s'était rendu compte de ce dont il s'agissait, cette sensation s'était dissipée. C'était de la complaisance. Encore un mauvais signe.

Il avait menti, avant de la congédier : « Joseph Heller, bien sûr, oui… »

Le temps avait passé – des jours, des semaines durant lesquelles la crise du quotidien était devenue manifeste. Certains jours, une table de bureau ou une photocopieuse disparaissait. Des inconnus traînaient dans les couloirs du journal.

Lorsque Clara était revenue, l'été touchait à sa fin. C'était un vendredi soir. La chaleur circulait de pièce en pièce, libre et impétueuse ; Giuseppe Greco n'aurait pas dû être présent, à cette heure-là. Même le directeur avait disparu. Mais désormais, Giuseppe passait littéralement sa vie entre ces murs. Il ne rentrait chez lui que pour dormir. Une force qui pouvait ressembler à une sorte d'autodestruction – alors qu'il s'agissait plutôt de l'exaspération d'un besoin de conservation – le poussait à absorber tout ce qu'il pouvait, le maximum, avant que la mort du journal ne tourne à jamais cette page de son existence. Les femmes de ménage étaient effarées de l'avoir dans les pattes aux horaires les plus insensés.

Il était donc dix heures du soir, ce vendredi-là, et Giuseppe Greco ne s'était même pas demandé comment la jeune fille avait réussi à entrer. Il avait vu son ombre s'allonger et tournoyer sur les murs.

« Ah, avait-il dit en posant le cutter avec lequel il jouait depuis un moment.

— Bonsoir », avait dit Clara.

Vêtue d'une robe de lamé argenté et chaussée de bottes, elle ne semblait pas exactement la même que la dernière fois, mais elle n'était pas différente au point de devenir tout à fait autre. Une sorte de tristesse baignait son corps, éclairé par la lampe de bureau.

« Je sais, avait dit Giuseppe Greco comme s'il avait souri au néant, l'article sur Joseph Heller. »

Clara s'était avancée, une enveloppe jaune entre les mains. Ses lèvres contractées avaient formé un minuscule zéro.

« Je crois qu'il y a eu un changement de programme. »

Elle lui avait annoncé que le papier sur Heller n'avait plus d'importance, aux yeux de Michele. Il était toujours à Avellino. La vie militaire l'avait fait changer d'avis, il jugeait l'article dépassé. « Je vais tellement vite, ces derniers temps, que je l'ai déjà doublé au moins deux fois », lui avait-il expliqué au téléphone. Et voilà, elle était venue dire à Giuseppe de ne pas le publier.

« Je vous serais reconnaissante de bien vouloir plutôt lire celui-ci. »

Elle lui avait tendu l'enveloppe. Au téléphone, Michele lui avait tenu un discours étrange : même si ces mots étaient bien là, écrits noir sur blanc, ils venaient du futur. C'était un long texte sur les poèmes de Georg Trakl. Cette fois, la jeune fille n'aurait pas pu jurer qu'il s'agissait bien d'un article. Pas évident. En le lisant, elle-même n'avait pas été sûre d'avoir tout compris. Il fallait l'œil d'un expert, pour ça.

« Je ne suis pas certain d'être à la hauteur », avait répondu Giuseppe d'un air sarcastique.

Clara avait changé de ton : « Je vous en prie, avait-elle dit en serrant les dents, mon frère traverse une mauvaise période. *Très mauvaise*. Il va mal. Ce serait tellement impo… »

Giuseppe avait coupé court à la discussion et désigné la paperasse entassée au pied de l'étagère : « Pose ça là-bas. »

Une mauvaise période. Mauvaise pour tout le monde, avait-il pensé. Il en était venu à la conclusion que l'ingénuité était un mur de fumée cachant l'absence de talent. Si, malgré toute sa bonne volonté, il n'avait découvert ni un Fassbinder, ni un Julien Beck, ni même une jeune Oriana Fallaci capable de transformer son arrivisme en vertu, cela signifiait qu'elle se produisait ailleurs, cette sorte d'ébullition d'un composé chimique qui, dans les biographies des grands hommes, nous permet d'affirmer à coup sûr « voilà l'endroit », quand nous indiquons sur une carte le lieu précis dont ils sont partis. Une ville du Sud sans grandes traditions, hormis la vitalité de ses entreprises et la ténacité de ses cabinets d'avocats. Voilà ce que serait, à jamais, la ville de Bari.

Il avait regardé à nouveau devant lui, et c'est seulement à ce moment-là qu'il s'était rendu compte qu'une digue venait de céder. Clara saignait d'une main. Le sang coulait le long de son coude et des gouttes tombaient au sol. Giuseppe Greco avait bondi, et ouvert de force le poing qui tenait le cutter. La jeune fille l'avait laissé faire, sérieuse et docile. Il l'avait prise dans ses bras, s'était dit qu'elle couvait un mal-être qu'il ne connaissait pas. Le sien n'était qu'un sommet des Apennins ; celui de cette fille, un Everest, un Ararat manqué, peut-être. L'été était fini. Le journal était mort. Une section chronologique entière se décomposait à leurs pieds, tandis que la chaleur montait jusqu'à eux.

Et voilà que cette même fille, pensa-t-il des années après, s'était jetée du haut du parking aérien de la Via Lioce. À cette heure-ci, les membres de sa famille étaient sans doute rentrés dans leurs élégantes habitations. Il chercha de nouveau sur Google, et retomba sur le site de l'équipe de volley. Quand on lui avait dit qu'elle s'était mariée avec l'ingénieur, ça lui avait semblé couler de source. De temps à autre, il tombait sur la signature du frère. Il se souvenait qu'il avait lu quelque chose dans *la Repubblica*, quelque chose d'autre dans *La Stampa*, et aussi dans *Ciak* et *Panorama*. Il ouvrait un journal, et il trouvait sa signature. Et chaque fois, c'était comme la brûlure d'une gifle. Entre-temps, Giuseppe Greco avait en quelque sorte « réussi », mais ça ne suffisait pas. Il éprouvait tout de même du ressentiment. Michele avait disparu dans les tourbillons de la capitale corrompue, et même si son esprit était fragile – bipolaire, schizophrène ou autre, peu importait – il était toujours le fils de Salvemini, et ses troubles mentaux ne constituaient pas un obstacle suffisant pour l'empêcher d'écrire dans la presse nationale.

Il aurait suffi à Giuseppe Greco de prendre le temps de réfléchir, pour se rendre compte qu'il n'y avait eu, en tout et pour tout, qu'une quinzaine d'articles en dix ans, ce qui était le signe très clair d'une défaite.

Il relut sur l'écran les compositions des équipes, contrôla sur l'une des fenêtres la page d'accueil du site du *New York Times*, vérifia s'il y avait eu du nouveau sur ses comptes Twitter, composa, toujours sur Twitter, le nom et le prénom de la jeune fille. Il se sentait mélancolique, réfléchissait à la manière dont la transmigration des âmes changeait les règles du jeu. L'analogique et le numérique. Le passage transformait les sentiments en quelque chose que les adjectifs existants ne permettaient pas de qualifier avec précision. Ouvert. Hilarant. Utile. Amical. Superficiel. Pornographique. Saignant.

Giuseppe Greco se figea devant l'écran de son ordinateur.

Ça n'existait pas, une minute auparavant. Et maintenant, c'était sous ses yeux. On aurait pu le toucher, si ça n'avait pas été impossible. Le énième tombeau profané par les maniaques de l'Internet. Quelle atroce plaisanterie. Le profil de @clarasalvemini se détachait, flambant neuf, à droite de l'écran. L'image, près du nom, montrait une fille nue vue de dos. Giuseppe contempla, ébahi, l'icône qui venait de naître. Ensuite, il cliqua. Zéro follower. Zéro following, un tweet. Le souffle coupé, il lut.

« Je ne me suis pas suicidée. »

Tous les jours, au coucher du soleil, un tigre monte les marches qui mènent au premier étage du Palazzo del Grillo, à Rome. Pour lui, la porte du jardin est toujours ouverte. L'animal rôde, silencieux, parmi les eucalyptus, et c'est à cet instant magnétique que tous peuvent le voir, en équilibre sur les couleurs à l'huile.

Mais en ce moment, Michele était seul à le regarder. La toile était placée dans une petite salle aveugle. Attirés par les œuvres bien plus célèbres de Klimt et de De Chirico, les visiteurs passaient devant elle sans lui accorder beaucoup d'attention. Il y avait le gris des marbres et le vert sombre de la végétation, autour de cette jaune symétrie rêveuse. Un tigre dans un jardin européen.

Le tableau s'appelait *La Visite du soir*. Michele venait le contempler quand il voulait affronter une image de l'avenir. Il avait lu dans un catalogue que le fauve représentait la cupidité nichée dans les palais du pouvoir, mais il n'était pas d'accord. Le tigre était une récompense ; le jardin, un espace intérieur. S'il était apparu un peu plus tôt dans son espace intérieur à lui, se dit-il, les choses se seraient passées autrement, chez le notaire.

Il retraversa le hall d'entrée, se dirigea vers la

sortie, descendit le grand escalier de la Galleria Nazionale d'Arte Moderna, compta l'argent dans son portefeuille, renonça à prendre un taxi.

Deux heures plus tôt, il était dans l'étude du notaire. Une imposante table en acajou trônait dans la pièce. Au mur, il y avait la reproduction d'une ville idéale susceptible de recevoir l'approbation de Michele (l'absence d'autres êtres humains est un bon remède contre la solitude, avait-il pensé avant de sourire de nouveau au notaire). Un presse-papiers avait la forme d'une grosse chouette aux yeux couleur rubis.

Maître Valsecchi lut l'acte sous seing privé à haute voix. C'était un homme d'environ soixante-cinq ans, petit et ridé ; un mouchoir de poche émergeait, à la façon d'une voile immaculée, de son costume bleu marine. C'était la deuxième fois, en quelques mois, que Michele le rencontrait. Bien des années auparavant, il était descendu à Bari pour rendre visite à sa famille. Où donc ai-je bien pu voir ce rouge, récemment ? se demanda-t-il, le regard fixé sur le presse-papiers.

Le notaire lui passa les papiers. Michele les aligna au millimètre près, pour faire l'intéressant. Il vit la signature de son père, hésita, puis se mit à signer à son tour. L'homme de loi contrôlait jusqu'aux moindres mouvements du stylo Parker. Dès qu'il fut trop tard, un sourire affleura sur les lèvres de Michele.

« Je peux vous poser une question ? » demanda-t-il au notaire.

Ce qui, quelques instants plus tôt, aurait encore provoqué chez cet homme un soupçon d'inquiétude, le remplit maintenant de bienveillance.

« Tout ce que tu voudras. »

Michele regarda la ville idéale accrochée au mur.

Il l'imagina sens dessus dessous, les fondations en l'air et les toits des maisons enfoncés dans la terre.

« C'est à propos des droits de succession.

— Je t'écoute.

— Supposons que je fasse un testament. »

Le notaire prit un air stupéfait.

Michele le revit, assis dans le patio, entre une soupière en porcelaine et les saucières posées sur les napperons brodés à la main. Tant d'années s'étaient écoulées depuis ! Son père était en train de dire à Valsecchi : « Ne t'inquiète pas, un bon prix n'est jamais excessif », et le notaire, pour toute réponse, avait saisi joyeusement une bouteille d'Amarone et rempli les verres des invités. Mais les convives s'évanouissaient. La vaisselle pâlissait. La lumière de la fin du mois d'août s'étalait sur la vigne vierge. Le patio se ralluma tout à coup d'un rouge plus chaud. Selam fit rouler le chariot des fromages jusqu'à ces messieurs dames (grâce à l'élasticité du temps, Michele revit le bleu roi du coton, les bords blancs de l'uniforme dont son père et Annamaria tenaient à habiller la jeune domestique, les jours de fête). Le notaire écarta les bras, donnant ainsi une idée de l'ampleur du terrain mis aux enchères pour le projet d'aménagement de logements populaires. Vittorio répéta : « Avec une marge comme ça, tu vas voir si je n'arrive pas à trouver l'argent. » Valsecchi rétorqua en riant : « D'accord, imaginons que tu trouves l'argent, mais avec tous les chantiers que tu as déjà, où vas-tu trouver ta main-d'œuvre ? » Le père de Michele hurla : « Pasquale ! » comme s'il avait trouvé la solution à un problème mathématique. Quelques instants après, pendant lesquels on entendit uniquement Gioia demander à sa mère si elle pouvait essayer son collier, une voix leur parvint, chaude et profonde : « Monsieur Salvemini. »

C'est à ce moment-là que la mémoire de Michele redonna aussi ses couleurs à cette partie du jardin. Deux rangées d'agapanthes sortirent de l'ombre, et il revit l'autre table. Il y avait donc celle des amis et des parents et, à quelques mètres de distance, sous le marronnier, celle des ouvriers et de leurs épouses. (Selam déjeunait seule à la cuisine, même ses jours de repos : en apparence, un privilège ; en réalité, un exil que l'Érythréenne subissait, pour des raisons demeurées vagues.)

Un homme gigantesque se présenta devant les convives. Âgé de plus de soixante ans, il souriait en montrant de très grosses dents.

D'un geste de la main, Vittorio embrassa la totalité de la villa : « Pasquale, dit-il avec un sourire féroce, explique à ce pauvre notaire combien de temps ça nous a pris, la rénovation de la villa. »

Le contremaître forma un chiffre avec ses doigts. Le notaire demanda, d'un air de curiosité : « Mois ? » Le géomètre De Palo ricana. Vittorio cria, triomphant : « Semaines ! » et frappa la table de sa main ouverte. Le contremaître rit. Le géomètre De Palo se retourna vers le géomètre Ranieri : « Est-ce que quelqu'un peut dire à Cheetah d'apporter les profiteroles ? » Annamaria se fâcha à voix haute, et tout le monde l'entendit : « Arrêtez de l'appeler comme ça ! » Gioia serrait son collier entre ses doigts. Le notaire haussa les épaules. Il dit que, vingt ans plus tôt, le contremaître avait peut-être achevé les travaux de la villa en un temps record, mais que maintenant, il ressemblait plutôt à un boxeur à la retraite.

Un vol de corbeaux jaillit des haies, à l'ouest du jardin. On avait l'impression qu'il déchirait le mur de verdure qui avait masqué, autrefois, le club de tennis.

Vittorio éclata de rire et se lança dans une plainte

très théâtrale : « Oh, Pasquale ! Ce pauvre notaire romain me fait tellement de peine ! Quelle tristesse, quelle pitié ! » Le contremaître commença à déboutonner sa chemise. Les corbeaux croassaient dans le ciel. Selam apporta le dessert. Le contremaître, qui avait ôté son maillot de corps, resta torse nu. Des sifflements admiratifs se levèrent de la table des ouvriers. Le contremaître gonfla les biceps. Le notaire voulut dire quelque chose, mais il y renonça. Pasquale était déjà en train de faire des pompes. On recula plusieurs chaises. Quelqu'un, à l'autre table, comptait. Le géomètre De Palo s'écria : « Il va clamser ! » L'épouse du contremaître riait, dégoûtée, cachée parmi les femmes des autres ouvriers. Une carafe pleine d'eau se brisa sur le sol. Selam plongea son visage entre ses mains. Ensuite, une explosion de voix. Le contremaître en était à plus de cent pompes, Gioia à califourchon sur son dos. Comment en était-on arrivé là ? La petite fille riait de satisfaction. La scène commençait à ressembler à une peinture champêtre italienne du XIXe siècle (ces croûtes bonnes pour les musées de province, où le mal est d'autant plus visible que le peintre fait mine de ne pas le voir). Et lui, Michele – la mémoire le toucha à nouveau de son rayon lumineux – n'arrivait pas à prononcer une phrase entière. Le service militaire l'avait mis dans un état déplorable. Sur le conseil des psychiatres, on l'avait envoyé à Rome. Mais là, il était assis près du géomètre Ranieri, l'épouse de son père face à lui (Ruggero, se souvint-il, fréquentait à l'époque une haute école d'Amsterdam pour se spécialiser). La femme du géomètre Ranieri dit :

« Eh bien quoi, elle pleure maintenant ?

— Qui ? demanda Annamaria.

— La fille. Comment s'appelle-t-elle ? » Elle montra du doigt l'Érythréenne. Quelqu'un répéta : « Cheetah ! »

Michele était troublé. C'était la première fois qu'il revenait à Bari, depuis son séjour à l'hôpital. Il se sentait écrasé par son impuissance, figé par sa honte. Ensuite, il la vit.

Après avoir rendu Gioia à ses parents, Pasquale était revenu à sa table, sous un tonnerre d'applaudissements. Un parfum de café flottait dans l'air. Ce fut à ce moment-là, à quatre heures de l'après-midi, qu'elle apparut au fond de l'allée. Chemise en jeans, pantalon en velours et bottes de cavalière. Elle marcha vers la villa, attentive – une réserve naturelle, sans affectation – à n'approcher personne. Son corps se détachait sur le vert de l'herbe. Michele voulut l'appeler. En réalité, il ne fit que bouger les lèvres. Les choses avaient changé. Quelques minutes plus tard, Clara réapparut sur le seuil, en t-shirt et baskets. Elle repartit par où elle était venue. Elle portait à l'épaule un sac de sport où les mots EXTRÊME FITNESS étaient imprimés en majuscules. Michele eut la sensation qu'une barre de feu lui pesait sur les poumons. Être le seul à comprendre que quelqu'un est en train de se noyer, et ne pas savoir nager. Les corbeaux étaient des cris sans corps, la voix du ciel.

Le notaire dit : « Vittorio, tu n'imagines pas à quel point je t'envie. »

Et maintenant, des années après, il venait de signer les papiers que son père avait fait préparer pour lui, et il était en train de parler d'un hypothétique testament à l'officier ministériel.

« J'aimerais consigner mes dernières volontés par écrit, dit-il, et faire en sorte que mon père hérite de tout ce que je possède. Vous croyez que c'est possible ? »

Le type le dévisagea, de plus en plus perplexe. Il hésita : « Pour les ascendants, répondit-il en essayant de déchiffrer les intentions du jeune homme, la loi prévoit une quotité non disponible d'environ un tiers. Mais en admettant qu'on veuille augmenter ce pourcentage... »

Six mois plus tôt, ce même notaire avait enregistré au nom de Michele l'achat d'une villa dans le Gargano. Pourtant, le jeune homme ne possédait rien, et il résidait à quatre cents kilomètres de là. Cette acquisition avait été financée par la vente des obligations que Vittorio avait achetées, toujours au nom de Michele, le jour de son dix-huitième anniversaire ; Michele avait toujours ignoré la nature exacte de ces titres, ainsi que le nom de la banque qui les avait émis et la manière d'y accéder. Or, il venait de signer un contrat par lequel il s'engageait à restituer à la société Salvemini Edilizia, dans un délai d'un an jour pour jour, la susdite villa. La banque donne, la banque reprend.

« Dans ton cas, continua le notaire, étant donné que tu n'es pas marié et que tu n'as pas d'enfants, tu es libre de laisser tout ce que tu veux à ton père. »

Le notaire fit une pause et fronça les sourcils, comme si ce qu'il venait de dire avait rendu moins absurde cette conversation et que c'était à lui, maintenant, de faire le sale boulot, d'extraire l'élément sordide de toute l'affaire et de le rendre encore plus explicite : « Les frères n'ont droit à leur part légitime qu'en l'absence de testament, reprit-il dans un soupir, mais s'il y en a un, alors on peut faire ce qu'on veut. Plus encore, bien entendu, lorsqu'on a un seul parent en commun, si tel est le sens de ta question. »

Il croyait donc Michele capable d'exclure Clara de son héritage, pourtant réduit à presque rien – il allait lui laisser quoi ? Des vêtements qui ne pourraient pas lui servir ? Des cigarettes déjà fumées ? Les vilains meubles de son horrible studio romain ?

Tout cela lui donna envie de prendre le presse-papier en forme de chouette et de le fracasser sur la tête du notaire. Il eut cependant un sourire inoffensif : « Mais non, maître Valsecchi, mon unique souhait est de protéger mon père ! »

Il va bien finir par comprendre que je suis un crétin fini. D'ailleurs, il vient d'enregistrer le papier qui l'atteste, non ?

Le notaire tergiversa, effrayé un instant par un élément qu'il ne comprenait pas. Pour ne pas se sentir ridicule, il alla dans le sens de l'expression béate du jeune homme : « Mais enfin, Michele, qu'est-ce que tu racontes ? » Il écarta les bras et dégaina le sourire d'un vieil ami de la famille. « Outre le fait qu'il est *hautement* improbable qu'un père survive à son fils, je n'ai pas l'impression que ton père ait besoin de ton aide financière.

— Et s'il devait tomber malade ?

— Tu veux souscrire une assurance ? »

Le notaire se demanda tout à coup où était le problème, parce que au fond, oui, il *était* un vieil ami de la famille, et il savait donc que le travail de Michele lui permettait à peine d'inviter une fille à manger une pizza. Il savait aussi, ou en tout cas il devinait, que son père ne lui donnait rien : l'argent va aux enfants qui en gagnent déjà, à ceux qui suivent le sillage paternel, voire à ceux qui savent réellement le dépenser (il pensait, entre autres, à la petite Gioia, avec son collier de diamants roses autour du cou). Il était par ailleurs au courant des troubles sérieux dont ce garçon avait souffert. Des troubles psychiques. Mais il était avant tout certain, car c'était là son métier, que depuis quelques minutes, le patrimoine de Michele équivalait à zéro. Comment pouvait-il donc avoir eu l'idée de souscrire une assurance pour un homme de plus de soixante-dix ans plein aux as ?

Heureusement, rien ne l'obligeait à enquêter davantage ; il était notaire, pas psychiatre : « C'est très noble de ta part de penser à une assurance pour Vittorio, mais crois-moi si je te dis qu'un homme comme lui peut se permettre une excellente couverture maladie. D'ailleurs, il est en pleine forme.

— Spéculer sur la santé d'autrui ne porte jamais chance. Et puis, je ne pensais pas à une assurance de ce genre.

— Tu pensais à quoi, alors ? »

Maître Valsecchi remarqua le changement de voix de Michele. Ce garçon maigre comme un clou lui sembla soudain irréel par excès de définition, comme certains délinquants.

Ce fut à ce moment-là que Michele leva brusquement les mains. Le notaire tressaillit.

« Je pense à une autre catégorie d'écriture privée, dit Michele avec un sourire plein de férocité et en se fondant dans cette lumière de l'après-midi qui lui donnait envie d'aller faire un tour à la Galleria Nazionale d'Arte Moderna. Un contrat par lequel, poursuivit-il, je m'engagerais à donner à mon père, au cas où il en aurait besoin et par exemple en cas de cancer, mon foie, ma prostate ou mes poumons. N'oubliez pas qu'il a beaucoup fumé. On pourrait imaginer l'explantation de tous mes organes, à titre préventif. J'imagine que la loi le permet. »

Le sourire s'était éteint sur le visage de Michele. Il fixait la chouette. Et le notaire, qui percevait ses émotions avec un temps de retard, fut submergé par la terreur, à l'idée que le jeune homme pourrait bien lui écraser l'oiseau sur la figure.

Michele alla voir son tigre. Maintenant, arrivé en centre-ville, il se préparait à traverser le Ponte Sant'Angelo. L'ange portant des clous. L'ange à la lance. L'ange à la couronne d'épines. Il y a des gens qui éprouvent une folle envie de se faire dévaliser, pour pouvoir enfin crier au voleur. Refuser de signer les papiers, voilà ce qu'il aurait dû faire, au lieu de se prêter à cette mascarade. Ça au moins, ça aurait été une vraie surprise pour son père.

Il s'engagea sur le Corso Vittorio. Des édifices solides, des bureaux de tabac. Au deuxième étage du numéro 141, il y avait cette pièce où saint Philippe Néri avait ressuscité un enfant. Au sol, un flyer se liquéfiait dans un caniveau. Michele l'observa attentivement. Il repensa aux yeux de la chouette. Une image faillit émerger de sa mémoire. Une voiture passa, sirènes hurlantes. Il devait rendre un article avant sept heures. Il avait tout son temps. Il tourna Via della Cuccagna. La façade de l'immeuble était dans l'ombre. Il monta au deuxième étage et sonna. La porte s'ouvrit et, avant même qu'il puisse faire un pas, lui claqua au nez. Deux minutes après, elle se rouvrit.

« Je tombe peut-être au mauvais moment. »

La femme dit en riant : « Tu crois que s'il avait été là, je serais revenue ouvrir ? »

Elle avait une robe de chambre bleue, des sandales noires et deux jambes raides sèches. Il avait été bête de penser à son mari. Cette poignée de secondes, elle l'avait mise à profit pour se refaire une beauté. Sans y réussir. Sa coiffure mise à part – le désordre de quelqu'un qui s'est peigné à la dernière minute et qui n'a plus vingt ans –, c'était sa prétention à ne pas montrer ses efforts pour se maintenir en forme qui en faisait une femme moins désirable. Mais en même temps, cela faisait d'elle une affamée. Elle lui passa les mains derrière le dos et elle l'entraîna à l'intérieur de l'appartement.

Une heure après, Michele était de nouveau dans la rue. Arrivé Piazza Venezia, il y prit l'autobus pour rentrer chez lui. Le soleil se couchait derrière l'église du Gesù. Michele entendit des klaxons. Le véhicule cala. Puis l'église disparut derrière un virage, dans le rouge vif de l'après-midi agonisant, et l'image émergea alors avec une force terrible. J'ai rêvé d'une biche qui se noyait dans son propre sang. Michele frissonna. Il regarda les feux clignotants, les lumières dans les vitrines. Les boutiques de chaussures, les magasins d'alimentation. Les bijoutiers qui achetaient de l'or. Les vieilles bagues : des pactes brisés. Ce rêve, il l'avait fait la nuit précédente. Il sentit l'angoisse monter, essaya de se distraire. Trente-quatre enseignes lumineuses, et moi, j'ai trente-trois ans. Des quartiers de plus en plus éloignés du centre, de moins en moins de boutiques. Vingt-huit, maintenant. Quand j'avais seize ans, on restait des heures dans ma chambre, tous les deux. Je tirais une dernière bouffée de cigarette et j'écrasais le mégot sur le globe céleste, à l'endroit de la Grande Ourse, là où nous avions juré de nous retrouver après notre mort. Et puis, la fois où je lui ai donné les articles pour le type du journal. La fois où je lui ai fait comprendre que j'allais foutre le feu à la maison, et elle avait souri. Michele vit l'antique aqueduc romain, au-delà de la rangée de pins. Les arcades de tuffeau plongeaient dans l'herbe. Merde. Il aurait volontiers donné des coups de poing sur le fauteuil vide devant lui, dans l'autobus.

De temps en temps, ça lui arrivait encore. Ses pensées prenaient une tournure étrange, l'interrupteur s'éteignait. Il devenait somnambule. L'autobus avait parcouru des kilomètres et des kilomètres sans qu'il s'en aperçoive. Il ne reconnaissait aucun passager. Il était sur la Via Appia, à la hauteur de Ciampino, et pas dans le bon autobus. Il avait beau se croire guéri, les vieux symptômes revenaient. Comme les répliques d'un tremblement de terre. C'est pour ça que les rechutes le mettaient en colère. L'autobus fendait la chaude obscurité printanière. Trop tard, maintenant, pour rendre l'article. Le véhicule filait toujours sur la Via Appia. Ironie du sort : s'il n'y avait pas eu de terminus, il serait arrivé en quelques heures dans les Pouilles. Il descendit à l'arrêt suivant.

Il arriva chez lui à minuit passé, entra dans la cour, descendit l'escalier qui conduisait à son studio en sous-sol. Peu après, il était dans son lit. Une caresse légère sur la joue. Depuis les profondeurs de l'obscurité, parfaitement maîtresse de ses mouvements, la chatte vint le rejoindre. *Burning bright, in the forest of the night*, récita-t-il par cœur, transi, défait, convaincu que, comme tous les félins, elle pouvait lire dans ses pensées. Une mère. Une sœur. Et maintenant, une chatte. Michele passa les doigts dans la douce fourrure de l'animal, posa sa main sous son menton, sentit la vibration, remarqua le clignotement du téléphone portable. Il était resté là, oublié depuis le matin. Michele tendit la main, le prit et regarda. Deux appels de son père, un de Ruggero, et même un d'Annamaria. Quatre appels en un seul jour, ce n'était jamais arrivé. Grand-mère est morte, pensa-t-il. La chatte le mordilla. Il avait vu une biche en rêve, mais il aurait dû voir une truie. Encore une preuve que j'ai perdu mes pouvoirs. Il pria pour que ce ne soit pas grand-mère. Un enterrement l'obligerait à passer plusieurs jours à Bari. Quand il dormait là-bas, il faisait des cauchemars affreux.

La chatte glissa hors du lit et disparut lentement dans l'obscurité.

Le lendemain de l'enterrement de sa fille, sur la route accablée d'une canicule soudaine, Vittorio Salvemini se dirigeait, au volant de sa voiture, vers la clinique de Ruggero.

Il restait encore quelques semaines à l'été, mais cette moiteur faisait aussitôt affleurer à la mémoire de vieilles images d'une ville paralysée par la chaleur. De grands palmiers battus par le vent. Des voix mélangées par les ventilateurs tournant à plein régime. En arrivant Via Isonzo, blessé par la pensée de Clara, Vittorio se dit que l'affaire de Porto Allegro criait vengeance. La douleur causée par la mort de sa fille brisait en lui une soudure, déplaçait l'endroit où la solution à toute cette embrouille et la jeune femme ne feraient plus qu'un.

Ce n'était pas seulement la requête de mise sous séquestre qui l'affligeait, mais aussi tout le déchaînement médiatique qui avait précédé son dépôt auprès du tribunal. L'hystérie des associations de défense de l'environnement. Les pétitions sur Internet. Les journalistes qui se gargarisaient d'articles sur les biens communs, alors qu'ils ignoraient tout de la réglementation hydrogéologique et forestière.

« Le Genséric du Gargano. » Voilà comment l'avait

surnommé le *Corriere del Sud*. L'article puait la rancune de ces gens qui jettent des soupçons sur le talent des hommes arrivés jusqu'au succès malgré leurs origines obscures. Vittorio connaissait ce genre de haine. On l'avait insulté et provoqué, on avait raconté tout et son contraire sur son compte, jusqu'au moment où le tribunal de Foggia avait fixé son œil impitoyable sur lui.

Alors seulement, et contre l'avis de deux de ses trois avocats, il s'était décidé à convoquer une conférence de presse.

Puis, désobéissant au troisième avocat, il avait refusé d'y envoyer le géomètre De Palo. Il n'avait pas non plus confié cette mission à la fidélité privée d'imagination du géomètre Ranieri. Il s'y était rendu en personne. Dans le salon du Tridente Jolly Hotel – il s'en était aperçu avant même de s'asseoir devant le micro – la furie des journaleux, prête à s'abattre sur n'importe quel employé lambda de la Salvemini Edilizia, avait vacillé. Leur rage aveugle était devenue une colère raisonnée. *De l'admiration !* Voilà ce qu'avaient ressenti les journalistes en le voyant apparaître en chair et en os devant leurs yeux. Ils n'avaient qu'une envie, lui montrer qu'ils étaient capables, avec leurs questions, de le mettre dans l'embarras, et ils recouraient pour cela au plus faux des déguisements : celui des justes causes. L'affrontement avait alors commencé.

Vittorio avait ainsi opposé les rapports de la Commission pour la sauvegarde du paysage à la responsable de Legambiente, l'association pour la préservation de l'environnement, une dame tout feu tout flamme qui avait démarré bille en tête avec la destruction de la flore méditerranéenne.

Il s'était en revanche montré plus prudent avec le rédacteur en chef adjoint de *La Gazzetta del*

Mezzogiorno. Le journaliste avait insinué que l'amende affaiblirait le groupe immobilier (une erreur touchante d'optimisme, car en réalité, la mise sous séquestre l'aurait tout bonnement ruiné). Vittorio avait rétorqué que le nombre de ses employés témoignait de la solidité de son entreprise. Il s'était déclaré certain que le juge d'instruction ne pourrait que rejeter la requête.

Ensuite, le représentant d'une association de consommateurs l'avait accusé de tromperie envers les acheteurs de villas dont les travaux n'étaient même pas terminés. Le visage de Vittorio avait exprimé un certain trouble : « Juste une question, monsieur : avez-vous des enfants ? » Le type avait répondu « Non » d'un air de ressentiment coupable. Vittorio avait refermé d'un coup sec le dossier contenant les planimétries et les papiers des commissions. Il avait tâté ses poches et en avait sorti quelques feuilles, qu'il avait agitées en l'air. Des actes notariés ! Des actes notariés ! s'était-il exclamé. Est-ce que l'un d'entre vous veut savoir qui d'autre est tombé dans le piège ? Mon fils aîné, un oncologue réputé, a acheté une villa à Porto Allegro. Et mon autre fils a fait de même ! Alors, je les ai bernés ? *Eux aussi*, je les ai bernés ?

Seulement voilà, quelqu'un qui n'a pas d'enfants ne peut pas savoir à quel point l'hypothèse d'un père qui trahirait ses propres fils est contre nature, avait-il continué, poussant son adversaire dans les cordes. Quelqu'un qui ne les avait pas pris dans ses bras tout bébés – avait-il pensé –, en éprouvant de la compassion et la crainte de ce que le monde ferait d'eux plus tard, quelqu'un qui ne les avait pas regardés courir à en perdre haleine sur un terrain de foot (ou sautiller entre le Roi des Souris et la Fée Dragée, pendant un spectacle de danse), quelqu'un qui n'avait pas espéré, l'espace d'un instant, que son fils deviendrait footballeur professionnel et sa fille danseuse étoile. Quelqu'un qui, son fils à califourchon sur les épaules, n'avait pas murmuré la célèbre supplique : *Ô Temps, arrête-toi, car tu es beau*.

Il tourna Via Innocenzo, accéléra sur le Viale De Laurentiis. Des manèges rouillés. Son fils Ruggero connaissait le médecin-chef du service d'orthopédie de la polyclinique. Tous ces grands patrons appartiennent au même club. Et chaque patient est, à sa manière, une tragédie. Le type de Tarente avait cassé les pieds à tout le monde pour qu'on le change de chambre. On lui avait aussi acheté une nouvelle télé. Et ce n'étaient que les hors-d'œuvre.

« Ne pensez-vous pas que les lois sur l'urbanisation ne sont, en réalité, qu'un ignoble prétexte pour pouvoir bétonner les Pouilles ? »

C'est à moi que vous demandez ça, bandes de crétins ? Vos amis progressistes s'y sont vautrés des années entières, dans ces lois ! Ils ont organisé des congrès à leur sujet ! Ils ont bâti des campagnes électorales dessus ! Ils ont porté aux nues les crèches, les espaces publics que les communes aménageraient grâce à la taxe que les constructeurs payaient pour chaque concession immobilière. Un dixième des coûts de fabrication ! C'était sa faute à lui si, au lieu de construire des crèches, les communes utilisaient cet argent – *son* argent – pour payer les salaires en retard de *leurs* employés ? Pour réhabiliter des bureaux qui tombaient en ruines ? Pour équilibrer des budgets qu'*elles* avaient transformés en gouffres infernaux ?

L'affaire de Porto Allegro était un cas d'école. Lorsque le maire de Sapri Garganico et son adjoint à l'urbanisme l'avaient accueilli au milieu des dorures de l'hôtel de ville, Vittorio ignorait si, à leurs yeux, il représentait un nouvel espoir pour le tourisme local ou leur dernier recours contre la faillite. Ensuite, il avait dîné avec eux. Il les avait invités à Bari. Il était revenu les voir à la fête de la Vierge, admirant à leurs côtés le reflet des feux d'artifice sur l'Adriatique. Il avait appris à connaître leur pointure, leurs vins préférés et leurs goûts musicaux. (*Rossini Early Operas*, un coffret précieux de trente CD dont il avait fait cadeau à l'assesseur.) Il avait obtenu d'eux le permis de construire. Vittorio n'était pas censé lire dans leurs pensées. Il ignorait si ces cent soixante-dix hectares de pinède sur la côte étaient protégés. Il savait ce que le maire lui avait dit, et ça lui suffisait. Ce n'était pas à lui de prendre ses précautions envers l'autorité responsable de la préservation du paysage, de débrouiller l'écheveau inextricable des lois, des décrets, des dérogations administratives qui protégeaient la moindre rangée de pins maritimes.

Il fallait résoudre le problème du type de Tarente, pensa-t-il en attendant que le feu repasse au vert. Son accident posait un gros problème. Vittorio ne voulait même pas imaginer dans quel état peut se retrouver un homme qu'on vient d'amputer d'une jambe. Au sein de l'harmonie céleste qui accouche de désastres pour que les miracles puissent exister, le type de Tarente n'avait aucune place. Vittorio se posa une main sur le front, serra les dents. *Clara était morte depuis trois jours*. Le feu passa au vert. Il appuya sur l'accélérateur.

Au cours de la matinée, il avait reçu un coup de téléphone de Piscitelli. Le substitut du procureur l'avait remercié de lui avoir envoyé le dossier médical de sa fille et l'avait informé qu'il classait l'affaire. Suicide consécutif à une grave dépression. Vittorio avait l'impression d'entrevoir la scène derrière un rideau de pluie. Il dépassa la faculté d'économie et de commerce.

Après le type de Tarente, il lui faudrait rencontrer le recteur de l'université. L'ex-sous-secrétaire Buffante et l'adjoint au maire. Le président de la cour d'appel. Tous des émissaires du chaos.

Au-delà du quartier résidentiel et du vélodrome, on apercevait l'Institut oncologique de la Méditerranée. C'était là que travaillait son fils – ce monstre de concentration avec lequel, à l'époque de ses études universitaires, il devait se bagarrer ne fût-ce que pour obtenir un « *ciao* ». Penché sur ses manuels comme un loup sur sa proie. Le directeur adjoint dont les colères effrayaient le directeur.

Il devait le convaincre de parler au médecin-chef du service d'orthopédie. Convaincre un homme capable de sourire en présence d'un cancer de l'utérus, à la seule idée de pouvoir le vaincre.

Vittorio se gara enfin. Il détacha sa ceinture, descendit de voiture et se dirigea vers l'accueil. En jetant un coup d'œil sur son téléphone, il s'aperçut que le géomètre De Palo l'avait appelé. Sa femme aussi. Et même Michele. Il décida, avec une pointe de ressentiment, qu'il ne le rappellerait pas. Son fils devait désormais savoir ce qui s'était passé ; selon toute probabilité, il était en route vers Bari. Son absence à l'enterrement était sa faute à lui, Vittorio, qui avait tout fait pour éviter de l'appeler. Mais ça, il ne l'aurait admis pour rien au monde. Si les hommes d'affaires n'élevaient pas des barrages autour de leur inconscient, s'ils laissaient affleurer des raisonnements capables, tout à coup, d'éclater comme des bulles sous l'effet de leurs contradictions, ils ne dirigeraient pas le monde comme ils le font.

Vittorio ne pensa donc pas à toutes ces choses, il laissa au contraire leur magma bouillonner dans un chaudron sous pression, et alla trouver son fils aîné.

Alors la fille était bien réelle, se répétait Orazio Basile tandis que les autres changeaient de place sans autre but que de continuer à jouer la comédie. Le chef de service avait reculé vers le fond de la scène. Le cinquantenaire aux cheveux gominés lisait des papiers qu'il sortait d'un classeur rigide. « Via d'Aquino, le salon à ciel ouvert de Tarente », déclara-t-il. Alors le troisième homme, le plus nerveux, s'approcha de la fenêtre. Un pan de blouse blanche dépassait de son veston. Pendant que le géomètre finissait de décrire l'appartement, Orazio remarqua que l'on fermait les volets, comme si baisser la lumière ici pouvait maintenir le reste du monde dans l'obscurité. Allongé sur son lit, il pouvait sentir les analgésiques faire leur travail. Il remua les doigts du pied fantôme, revit dans la semi-obscurité la marionnette gonflable qui s'agitait comme un spectre sur le toit de la station-service, s'aperçut que le chef de service avait disparu. Le géomètre indiqua que les frais d'enregistrement avaient déjà été payés. L'autre type entrait dans l'ombre et en sortait, comme s'il avait été sur une balançoire. Tout ça pour que lui, Orazio, comprenne bien qu'il n'avait jamais vu cette fille, même si personne ne prenait la responsabilité de le dire clairement. D'accord, il la bouclerait. Mais eux ? Seraient-ils capables de garder le silence qu'il était en train de leur promettre ?

Ils levèrent la tête et entendirent le bruit de voitures invisibles provenant des limites de la ville.

Le substitut du procureur posa une main sur l'épaule du vieillard, qui fut rassuré par ce geste hypocrite. Un alligator qui ferait demi-tour sur lui-même, cherchant dans le mouvement de l'autre la partie manquante de la danse. Les lumières du parking aérien brillaient dans le vide.

« Monsieur Salvemini, je suis navré. »

Une demi-heure avant, il l'avait vu descendre de sa voiture. Vittorio s'était avancé entre les lumières clignotantes des gyrophares. Les policiers s'étaient raidis. Le légiste avait joué des coudes. Vittorio avait reconnu le corps de sa fille sur l'asphalte. Le médecin avait un visage long et osseux. On avait l'impression qu'il venait de quitter un lit équivoque. Ensuite, les policiers étaient partis les uns après les autres. Leurs voitures de patrouille avaient démarré. Ils avaient tourné au coin de la rue et tout le monde était retombé dans une gravité de plomb. Dix minutes plus tard, le légiste avait dit : « Les voilà. »

Tout au bout de la route, un gros véhicule noir venait vers eux. Il semblait flotter dans le silence. La carrosserie dévorait le bruit avant même qu'il sorte du moteur.

Les trois types des pompes funèbres avaient émergé du véhicule. Ils avaient cherché à l'arrière les éléments d'une structure tubulaire qu'ils s'étaient mis à monter sur l'asphalte. Ils y avaient posé la civière et l'avaient fixée au dispositif, avaient ouvert le couvercle calandré qui ressemblait à celui d'un chauffe-plats, et poussé l'ensemble à côté de la jeune femme. Le chauffeur avait tiré sur le levier à doubles ciseaux, et la civière s'était abaissée. Ils avaient chargé le cadavre, baissé le couvercle, et le corps avait disparu. Ils avaient introduit la civière dans le fourgon mortuaire, de manière à ce que les cannelures glissent sur les rails. L'un avait fermé la portière, l'autre avait pris place derrière le volant, le troisième avait fait un signe au légiste, qui avait serré la main au substitut du procureur, puis au père de la jeune femme. Vittorio avait remarqué qu'il mâchouillait dans le vide. Le médecin était grimpé à son tour dans le fourgon mortuaire. Les insectes cognaient contre les néons.

Le substitut du procureur s'était dit qu'il allait poser sa main sur l'épaule de M. Salvemini, et il l'avait fait.

« Les autres pleuraient, et la nana s'était mise à hurler. La tabatière. La tabatière en or n'est plus là. Elle était là, et elle n'y est plus.

— Mon beau-père y a laissé ses chaussures.

— Assieds-toi à la porte du service de gériatrie, et observe ce qui se passe au niveau du sol. Les infirmiers...

— Tous avec des chaussures qui ne leur appartiennent pas. Quand ils partent à la retraite, ils en ont des centaines de paires.

— Oui, mais c'était dans la chambre mortuaire. J'avais déjà le fer à souder à la main.

— Et voilà qu'elle se met à hurler. »

Le fourgon mortuaire filait dans la nuit. Après les logements populaires, la route rétrécissait. Des virages et des arbres. Les pneus crissaient. Ils plongèrent sous un viaduc, en émergèrent en dérapant. Deux hautes murailles rouges bordaient les côtés de la chaussée. La lune apparut, pâle et lointaine. Un autre virage envoya le médecin contre la portière. Maintenant, on entendait bien le moteur, le grondement d'une foreuse au fond d'une grotte.

« Et la voilà qui commence à accuser les membres de la famille. Voleurs, qu'elle crie. La tabatière en or. Elle les montre du doigt, comme si elle voulait les compter un par un. Et le fils dit : Mais où veux-tu qu'elle soit, elle est dans la poche où tu l'as rangée quand on l'a rhabillé. Alors, elle attrape sa petite-fille. Elle la chope au poignet et la tire violemment vers elle, de façon à ce que la pauvre petite se retrouve face au cercueil béant. La vieille crie : Vas-y ! Mets la main dans les poches de ton grand-père ! On va voir si tu la retrouves !

— Le mois dernier, l'épouse du propriétaire de la quincaillerie…, commença le chauffeur.

— Et vous savez quoi ? La fille l'a *vraiment* fait. Elle était tellement choquée qu'elle a commencé à fouiller le cadavre. »

Un étui à lunettes glissa sur le tableau de bord. Les pneus crissèrent de nouveau. Des arbres noirs et des constructions basses. Le médecin s'accrocha à la poignée. Il remarqua le scintillement sur le tapis. Au-delà des logements populaires, on voyait la campagne, semblable à une blanche irradiation. Passer d'une nuit agitée à une léthargie sans rêves… Le médecin bâilla à s'en décrocher la mâchoire.

Il remarqua une grue sous les rayons de la lune. Puis la ville recommença à défiler. Lorsque, deux heures plus tôt, le téléphone avait sonné, il avait écarquillé les yeux. Le corps lumineux de la femme ondoyait sur l'écran. Tandis que le cinquième homme jouissait sur son visage, il avait repensé aux suites numériques. Il avait éteint la télé. La pièce était tombée dans l'obscurité, hormis la veilleuse du lecteur DVD. La scène continue dans les circuits, avait-il pensé. La sonnerie du portable l'avait fait émerger définitivement de son état d'inconscience. Des chiffres. Il avait rêvé de chiffres. Des combinaisons qui ouvraient des grilles télécommandées. Il y en avait qui animaient la publicité des panneaux lumineux. Un message : mille cent vingt chiffres. Une photo : cent dix-sept mille. Un porno en DVD : trois par dix puissance neuf. Mais ensuite, les cadenas de la serrure en acier nu sautaient. Des portes dont les gonds étaient fixés aux murs s'ouvraient, des escaliers conduisaient dans d'étroits couloirs souterrains. Une succession de cent chiffres n'aurait pas suffi. Un code numérique de seize à la puissance six reproduisait l'échographie d'un poumon. Neuf puissance douze, c'était deux minutes de conversation téléphonique. Douze puissance vingt-quatre, toutes les informations présentes sur la Terre. Mais pour l'araignée qui tissait sa toile, le concept de chiffre ne suffisait déjà plus. La femme du film porno, caressée par un voile de lumière estivale, cuisinait en ce moment une omelette dans sa maison de Van Nuys, en Californie. Maintenant, c'était une enfant derrière un banc d'école à Wilmington, en Caroline du Nord. Et voilà qu'elle était morte. Il avait tourné à droite, dans le couloir souterrain, puis à gauche. Une autre porte ouverte. Dans la pièce, la lumière était tellement forte que le duvet de sa nuque frisait. Une fille nue sur une table en fer. Les taches de rousseur formaient un dessin qui rappelait une constellation. Il avait mis le téléphone près de son oreille. *Allô*. Ensuite, il avait demandé : « Vous voulez que j'y aille maintenant ? » Le responsable de l'Agence sanitaire locale lui avait donné l'adresse. Il fallait établir l'acte de décès. Il avait pensé : cette nuit, ce n'est pas moi qui suis de garde. Une fille s'est suicidée, avait continué la voix. Si la cause du décès est claire, pourquoi des examens à la morgue ? avait-il pensé. « C'est Palmieri qui est de garde, cette nuit », avait-il répondu. L'autre avait gardé le silence. Alors seulement, le légiste avait compris. « D'accord », avait-il dit. Il s'était relevé et avait chaussé ses pantoufles. Son point faible. C'étaient eux qui tenaient le couteau par le manche. Il était allé à la cuisine, avait allumé la lumière, préparé un café, s'était assis à table, avait mâchouillé dans le vide, s'était levé avant même que la cafetière gargouille. Même si je dois le faire pour eux, je le fais d'abord pour moi. Il avait attrapé la boîte sur l'étagère, puis l'assiette en céramique. Il avait allumé le gaz, flamme au minimum, sur le deuxième fourneau. Il avait sorti la cellophane de la boîte, étalé la poudre sur l'assiette, mis l'assiette sur le feu, éteint celui qui était encore allumé sous la cafetière, posé sa carte de crédit sur son agenda, brisé les cristaux avec la carte. Premier rail.

« Et voilà qu'un matin, l'épouse du propriétaire de la quincaillerie se présente à l'agence », dit le chauffeur du fourgon mortuaire.

Les arbres étaient plus serrés, au bord de la route. Au-delà du virage, une rangée de hangars s'étalait. Le légiste se demanda pourquoi le chauffeur fonçait à une telle allure. Au-delà des hangars, il vit les lumignons allumés en files verticales. Le chauffeur contre-braqua, le cimetière disparut.

« Elle commence à raconter je ne sais quoi à propos de la crise économique qui avait provoqué la faillite du magasin, après la mort de son mari. Obligée de fermer, dit-elle. Et moi : Je suis désolé, madame. Elle continue : D'ici à ce qu'on me coupe l'électricité...

— L'héritage des maris, il ne faut pas le dilapider. » L'homme assis à côté du chauffeur ricana. La suite de l'histoire, il la connaissait.

« Sauf que cette fois-ci, ce n'était pas une tabatière, dit le chauffeur en appuyant sur l'accélérateur, c'était une Rolex avec laquelle le mari s'était fait enterrer. Une vieille relique des années soixante-dix. La femme se met à pleurer. Moi, je lui dis : Madame, ça fait plus d'un an, on ne peut tout de même pas déterrer un cadavre comme ça. Elle retire les mains de son visage, je la regarde et je me dis que je n'ai pas bien compris, je la regarde mieux et je comprends que je suis dans le pétrin. C'est clair, elle est en train de pleurer, mais enfin quoi, je vois bien qu'elle rit en même temps. Elle sourit à travers ses larmes, glisse un doigt sous le col de son tailleur. *Oh, bien sûr que si, vous pouvez,* qu'elle me dit. »

L'homme assis à côté du conducteur éclata de rire. Le conducteur rit. L'homme à côté du médecin rit. Le chauffeur rit. L'homme assis à côté du conducteur grogna. Le chauffeur rit. La nuit s'ouvrait toute noire, en diagonale, à travers le pare-brise. Ils évitèrent de peu une poubelle. Le légiste sursauta. Puis les arbres s'espacèrent. Le ciel s'ouvrit, la route devint large et droite. Le cimetière de Bari, avec ses lumignons et ses cyprès et ses veilleuses et ses chapelles monumentales, surgit devant eux.

Ils attendirent l'ouverture du portail électrique, entrèrent, longèrent les columbariums et les niches latérales. Entre les cyprès, un profil de statue, des sacs en plastique remplis de fleurs mortes. Le fourgon s'arrêta devant la chambre mortuaire. Le gardien les salua, surgissant de l'ombre. « Portez, portez, allez savoir qui vous portera. » Personne ne rit. Il alla leur ouvrir la morgue, se retourna vers eux, tendit ses clefs au légiste, leur dit : « N'oubliez pas de bien fermer, après. » Il se dirigea vers son poste, qui sentait fort la terre et le béton.

Le légiste demanda : « Quelqu'un aurait une cigarette ? »

Les trois autres hommes firent glisser sur les rails la civière où se trouvait la jeune femme, la fixèrent au chariot en prenant soin que le couvercle ne s'ouvre pas, poussèrent le chariot jusqu'à la morgue.

Le médecin crut entendre des bruits provenant des buissons. Il lécha le papier à cigarettes, glissa la main droite dans la poche intérieure de sa veste, écarta la cellophane avec le pouce et le médium, y plongea l'index qu'il pressa ensuite contre les bords de la cigarette. Il l'alluma. Elle avait goût d'ammoniac. Derrière les feuilles, un jeune chat s'avança d'un air prudent et bondit sur une pierre tombale. La souris détala. Le médecin tira une autre bouffée de sa cigarette. On avait ouvert la porte de la morgue. Les trois employés des pompes funèbres sortirent l'un après l'autre. Le dernier poussait le chariot vide.

« Elle est prête, dit le chauffeur, dès que t'auras fini, on se retrouve chez le gardien. »

Ils se dirigèrent vers la loge.

Le légiste tira une dernière bouffée. Au loin, des oiseaux nocturnes gazouillaient. Il jeta la cigarette, prit son sac et se dirigea vers la morgue.

Une fois la porte close derrière lui, les bruits cessèrent. Il ferma les yeux et les rouvrit. La lumière était si forte qu'il dut attendre que les lignes se redéfinissent. C'était une chambre mortuaire lugubre, avec du carrelage au mur. Le lavabo encastré était un luxe. Le médecin alla se laver les mains. Puis il ouvrit le robinet, arracha une feuille d'essuie-tout du rouleau, se sécha les mains, jeta le papier dans la poubelle, enfila des gants. Du coin de l'œil, il aperçut le trench-coat. La jupe, le chemisier, la lingerie. Le tout entassé sur une chaise. Il détourna les yeux. Il avait l'impression que la lumière ne s'était pas encore stabilisée. La jeune femme reposait sur une table en inox, près de la fenêtre. Il s'approcha du corps, posa son sac sur la table d'à côté, l'ouvrit, en sortit un stylo et un carnet, les posa sur l'étagère d'en face, se pencha sur la fille, sentit les poils de sa nuque friser, se redressa, régla la lumière du spot, revint à Clara. Il allait la toucher, lorsqu'il eut un mouvement de recul, comme si une partie de ce corps l'avait transpercé et s'était déposée à un endroit qu'il lui était difficile d'atteindre. Il bâilla comme une carpe, prit la tête du cadavre entre ses mains, tourna le cou d'un côté puis de l'autre. Le craquement des os évoqua un traumatisme cranio-facial. Il faudrait une autopsie pour établir s'il était dû à la chute. L'examen externe ne suffisait pas. Quelque chose lui piqua l'index gauche. Il écarta son doigt et remarqua une boucle d'oreille en forme d'étoile, bas de gamme, plaquée or. L'autre boucle d'oreille manquait. Arrachée. Il remarqua la disposition des taches de rousseur. Le souvenir de la Grande Ourse dont il avait rêvé au cours de la nuit l'effleura un court instant. L'information disparut. Il palpa les os zygomatiques et le front. Ensuite, il passa aux bras. Quand il appuya des doigts sur le thorax, il sentit la bulle d'air. Les côtes avaient perforé les cavités pleurales en se fracturant. Là aussi, les causes pouvaient être multiples. Il était là pour ne pas les découvrir. Il mâchouilla, bouche vide. Emphysème sous-cutané. Il nota cela dans son carnet, regarda à nouveau la jeune femme. Ses seins étaient fermes et saillants. Le blanc des cuisses était marqué par de grosses ecchymoses brunâtres. Un profane aurait parlé de taches de Rorschach. Mais ce n'était qu'un épanchement hématique. Le médecin se plaça à côté du cadavre, essaya de le retourner, palpa la zone correspondant aux reins. Il trouva quelque chose, sentit sa nuque se hérisser, se demanda comment c'était encore possible, régla l'éclairage de la lampe, revint à Clara. Quelque chose lui traversa l'esprit. Qui ne connaissait pas les Salvemini, à Bari ? Ils avaient même construit l'Institut de physiothérapie de la Via Camillo Rosalba. Il était arrivé au légiste de croiser Clara, quand elle était encore vivante, belle et pâle dans sa robe du soir à la sortie d'une boîte de nuit. Elle trompait son mari. Du moins c'est ce qu'on racontait. Quelqu'un avait mentionné une liaison avec le recteur de l'université. Mais il s'agit d'autre chose, pensa le médecin. La chambre mortuaire sombrait dans le silence. Il se remit à palper le cadavre, bâilla, plongea ses doigts sous les reins d'un geste plus résolu, appuya jusqu'au moment où il constata la compression des vertèbres. Fracture lombaire. Il sentit, au fond de sa gorge, la goutte froide de la coke, replaça le cadavre sur le dos, se pencha de nouveau sur lui. Si la jeune femme avait été vivante, il aurait senti son haleine sur son front, à présent. Il palpa le sternum, appuya sur le bassin, tint d'une main la cheville droite, glissa l'autre sous le creux du genou. Aucune fracture. Il leva la jambe gauche. La blancheur de la cuisse était une fréquence interceptée par l'antenne qui s'était allumée en lui dès qu'il l'avait vue. Il commença à plier l'autre jambe. *Nom de Dieu.* Le coup l'atteignit en plein et résonna dans sa tête. Il lâcha la jambe du cadavre, d'un mouvement brusque, et regarda derrière lui. D'instinct, il se dirigea vers la porte. Il la ferma à clef, reprit lentement haleine, retourna à la table d'autopsie. Maintenant, la lumière de la lampe brûlait au-dessus de lui comme le reflet d'une calotte arctique. C'était la fille des photos. Bien sûr. Il ne s'en était pas aperçu plus tôt parce que le modèle ne regardait pas l'objectif. Il s'en rendait compte, désormais. Il posa ses mains sur les genoux du cadavre, toucha les cuisses, écarta les jambes. L'épisode remontait à moins d'un an. Des dizaines de photos obscènes, dans un classeur à couverture rigide. Des trucs pour estomacs bien accrochés. Il écarta une fois de plus les jambes du cadavre, resta abasourdi quelques instants. La fille de Vittorio Salvemini. Il la retourna sur le côté, lâcha son corps comme un sac-poubelle, se dirigea vers la porte et appuya sur l'interrupteur. La pièce sombra dans l'obscurité. Le cœur du légiste battait à se rompre. Peu à peu, la lueur de la lune envahit la pièce, s'étendit au sol et remonta jusqu'à la table d'autopsie. Le cadavre redevint visible, émergeant cette fois d'un lieu plus lointain. Le médecin légiste grinça des dents. Il éprouvait un besoin urgent d'une bonne dose de coke qui lui explose les narines, et la tête.

« La dernière intervention.

— Une quadra...

— Une quadrantectomie. » Elle termina le mot à sa place, puis elle rougit.

Elle connaissait la terminologie exacte. Elle consultait les dictionnaires, les articles publiés dans les revues de vulgarisation. Une femme d'une cinquantaine d'années. La présence de l'oncologue risquait de la mettre dans l'embarras.

« Une quadrantectomie du sein gauche avec biopsie des ganglions lymphatiques, reprit le professeur sans quitter des yeux le compte-rendu, effectuée le 15 février 1997 à l'hôpital San Carlo de Potenza.

— Il y a une quinzaine d'années », dit la femme en s'adressant à elle-même.

Le professeur se garda de soupirer et remplaça cette action par un haussement de sourcils. Assise à côté de lui, son assistante cessa de saisir les données dans l'ordinateur.

« Maman, 1997, c'était il y a *quatorze* ans », intervint le jeune homme d'un ton agacé.

La femme et son fils se regardèrent avec tout l'amour, toute la haine qu'on peut éprouver envers un destin qui pousse certains êtres à se heurter, au moment même où il les réunit.

Ils concentrèrent à nouveau leur attention sur le médecin. Ils l'observaient à présent comme si leur soumission pouvait faciliter la transformation à laquelle nous voudrions tous assister dans ce genre de cas, afin que des yeux de l'homme de science émerge un Christ marchant sur la surface liquide de la cornée. Radieux. Souriant. Et qu'il prononce le Verbe.

« On ne peut pas exclure une infiltration métastasique des ganglions lymphatiques de la région, madame. »

Ils savaient qu'il avait reçu le Swiss Cancer Robert Wenner Prize à un âge où les autres médecins en sont encore à courir après leur première bourse d'études. Sa renommée les avait remplis d'espoir, des semaines durant. Le jeune homme avait épluché les forums Internet où les patients s'échangeaient des conseils sur les médecins et les thérapies. Ils en étaient même arrivés à connaître son signe zodiacal. 20 avril 1963. C'était écrit sur le site de l'Institut. Ils ignoraient que sa sœur avait été enterrée la veille.

Ruggero examina le compte-rendu, tout en contrôlant son agenda de l'autre œil. Cette femme était la troisième des seize patients qu'il devait recevoir avant de pouvoir rentrer chez lui. Personne n'aurait rien trouvé à redire, s'il avait annulé ses rendez-vous jusqu'à la fin de la semaine.

« Comment ça, les ganglions lymphatiques sont à risque ? » demanda la femme.

L'Institut oncologique de la Méditerranée avait été fondé pour offrir une solution autre que les grands centres du nord de l'Italie. Des gens y venaient depuis la Campanie, le Molise. Ils montaient dans un autocar et laissaient derrière eux les montagnes de la Basilicate, aux premières lueurs de l'aube.

« L'examen clinique des creux axillaires confirme la présence de ganglions lymphatiques d'un diamètre supérieur à trois centimètres. Nous devons donc rester vigilants.

— À Potenza, on nous a dit que c'était une conséquence normale de l'intervention. » Le jeune homme avait durci le ton.

C'est dans ces moments-là qu'on commençait à perdre la foi. Ruggero connaissait bien le mécanisme. Pour dissiper un doute, on apportait le compte-rendu à un autre oncologue ; il disait quelque chose qui ne correspondait pas tout à fait à ce qu'avait dit le premier. D'où le besoin de prendre l'avis d'un troisième. Et voilà que ses déclarations étaient *complètement* différentes de celles des deux premiers. Tamoxifène à la place d'Arimidex. Nécessité absolue d'une scintigraphie osseuse. Comment cela ? Personne ne le leur avait conseillé !

Ruggero étouffa un mouvement instinctif à l'état naissant. « Écoutez, la situation sera plus claire dans deux mois, quand votre mère… lorsque, madame, – il tourna son regard vers la femme – lorsque vous serez en mesure de vous soumettre à une nouvelle… »

Le téléphone sonna. La jeune assistante sursauta. À l'Institut, tout le monde savait qu'il ne fallait pas déranger le professeur Salvemini pendant ses consultations. Sauf en cas d'urgence absolue. Ruggero se demanda comment il se faisait qu'un homme ayant à sa disposition un bon millier d'excavatrices ait toujours besoin d'un coup de main. Il souleva le combiné.

La standardiste l'informa que son père l'attendait à la réception. La veille, juste après l'enterrement, Vittorio lui avait annoncé qu'il passerait le voir. « D'ici une semaine », avait-il dit.

« D'accord. » Ruggero reposa le combiné. « Nous disions ? » Il essaya de sourire, mais il devait y avoir quelque chose d'étrange dans son expression, car la mère et le fils le dévisagèrent sans répondre.

Il trouva Vittorio à la réception.

Assis parmi les patients, les mains sur les genoux, un pull-over sur le dos. Resté près des standardistes, Ruggero l'observa comme ceux qui s'imaginent qu'épier les gens pendant leur sommeil équivaut à découvrir leurs secrets.

Puis le vieux remarqua sa présence. Il haussa un coin de sa bouche, se leva en exagérant son effort et s'avança vers lui. Deux infirmières passèrent devant lui. Vittorio avait un air sombre. Il brandissait la noire puissance du deuil comme si Clara n'avait eu qu'un père, et ni mère ni grand frère.

Ils discutèrent à côté du distributeur de boissons, leurs joues s'effleuraient, leurs cous se tendaient tour à tour. À la réception, deux patients se donnèrent des coups de coude. Le professeur avait l'air en colère. À un moment donné, il se mit à parler fort, le visage enflammé, et pointa l'index sur son père.

Une demi-heure plus tard, Ruggero roulait à toute vitesse dans les rues de Bari, à bord de sa BMW décapotable. Il pestait. Il frappa le volant du poing. Le Sheraton se dressait sur sa gauche. Du côté opposé, les copropriétés du quartier défilaient, des constructions couleur sable disposées en ordre régulier et ravivées par le soleil printanier. Il s'engagea dans le Viale De Laurentiis. Des manèges rouillés, des jeunes dans les jardins publics. Au moment où il avait demandé au professeur Spagnulo de le remplacer, il avait éprouvé un certain malaise. Les coups sur le volant lui avaient permis de se reprendre en main.

Vittorio n'avait pas eu à se forcer beaucoup pour le convaincre. Ruggero avait senti son sang lui cogner dans les tempes, lorsqu'il était devenu évident que la journée était perdue. Il avait pris son père à partie, et c'est seulement en le voyant encaisser sans réagir qu'il avait compris que ce qu'il ressentait était du plaisir, et non de la rage. Le vieux avait laissé son fils se défouler, il avait accepté les reproches. S'il l'avait contredit, s'il avait insisté sur le poids des intérêts en jeu (et même un prix Nobel de médecine n'aurait pas réussi à inverser les priorités par rapport à la Salvemini Edilizia), la fureur de Ruggero aurait été authentique. En enfonçant une porte ouverte, il avait au contraire entendu ses propres pas résonner dans un immense espace vide. Des feuilles mortes dans la lumière morte de l'après-midi. Un poids qui était une sorte de remords, de sentiment de culpabilité. La possibilité lointaine, toujours reportée, de pouvoir un jour serrer son père dans ses bras, de se blottir à ses côtés dans une fosse glacée. « D'accord », avait-il répondu d'une voix sifflante. C'est alors qu'il avait ressenti de manière plus violente le coup reçu trois jours plus tôt, quand Vittorio était venu lui annoncer la mort de Clara. Il avait demandé au professeur Spagnulo de le remplacer, et sans bien comprendre ce qui se passait, il s'était retrouvé à parler au téléphone avec le chef du service d'orthopédie de la polyclinique. Il avait franchi la porte automatique, retrouvé la chaleur du soleil après les lumières artificielles, comme si sa hâte pouvait corriger l'erreur, la faute qu'on annule en la commettant.

Et voilà qu'à présent, il passait chercher le géomètre Ranieri. Ils iraient ensemble à la polyclinique. À ce qu'il semblait, Ranieri devait y rencontrer un patient qu'on avait amputé d'une jambe. Ruggero regarda autour de lui. La ville défilait sous ses yeux, et on aurait pu croire qu'elle appartenait à une autre dimension. Une grande maison silencieuse enfouie dans la verdure. Une table en bois entourée de mauvaises herbes. Au-dessous, un monde obscur et sans forme grouillait, des racines sinueuses, de petits insectes aveugles, la présence phosphorescente de sa sœur Clara. Michele, lui, rentrait à la maison. Immobile dans le compartiment, la tête appuyée contre la vitre du train à grande vitesse.

Ruggero s'engagea dans le Viale Gandhi. Un chaos de petites boutiques, de scooters et de fourgons garés en double file. Son père appelait à l'aide et tout le monde accourait. Vittorio savait s'y prendre. Il était capable de jouer le rôle du pauvre type pour qu'on lui tende la main, même quand l'entreprise pétait la forme. Alors vous pensez, maintenant qu'il y avait tous ces problèmes à Porto Allegro.

Trente ans plus tôt, quand on traversait Bari, l'impression d'abondance était tangible. Les vitrines des boutiques étaient astiquées trois fois par jour. Sur les terrasses qui se dessinaient contre l'opulent ciel d'été, le vert des fougères semblait brûler d'une vie propre. À présent, bon nombre des rideaux de fer étaient fermés ou rouillés. Les rues, à demi défoncées. Cette fois-ci, se dit Ruggero, la menace est réelle.

Il dépassa la Via Petroni et tourna encore une fois à droite. Il se souvint de l'époque où il était étudiant en médecine. Au lit avant minuit. Il s'endormait en pensant au prochain examen, savourait à l'avance le moment où le professeur s'émerveillerait de ses compétences. Mécanismes de la fibrillation ventriculaire. Péricardites aiguës et chroniques. Les yeux fermés, enfoui sous les draps. Le manuel bien imprimé dans son esprit. Un bruit dans la salle de bains de la chambre des parents. La perfection des pages se désagrégeait dans les battements de sa tachycardie *réelle*. Ça faisait des jours et des jours que son père se plaignait du retard sur un gros paiement. Il avait le visage sombre, sa bouche était une fissure macabre. Peut-être que personne n'avait vraiment renversé le tiroir des médicaments dans la salle de bains. Ruggero sentait battre en lui-même l'angoisse de son père, la violence de son insomnie. Il mettait en péril sa carrière universitaire.

Il se réveillait au cœur de la nuit, et le manuel d'histologie tombait du lit. (Il respirait lentement, observait la froide lumière d'hiver à travers les volets à demi clos.) Il quittait le manuel de biologie moléculaire aux premiers jours de juin, se retrouvait en caleçon dans la petite salle de bains, trempé de sueur à trois heures du matin, le manuel de médecine légale jeté contre le mur, s'observant dans le miroir à la chaleur moite de la nuit d'été. Ses parents étaient en vacances en Tunisie. Michele et Clara faisaient du camping. La ville était quasi déserte, la maison vide. Personne n'avait pu allumer le téléviseur à l'étage du dessous. Personne n'avait cassé d'assiette dans la cuisine, et pourtant, l'assiette était en mille morceaux. Le fantôme de son père était devenu très rusé, il agissait même en son absence et sabotait l'examen que Ruggero devait passer début septembre. La consultation technique lors du procès pénal, l'autopsie et l'examen externe, la notion d'imputabilité, la putréfaction, la macération, l'adipocire, l'instigation au suicide, les viols collectifs, la dactyloscopie, le refroidissement cadavérique : le professeur n'aurait même pas eu le temps de poser la question qu'il en serait déjà à donner la moitié de la réponse, mais seulement à condition qu'il puisse assimiler les sept cent soixante-dix pages du bouquin et respecter ainsi son planning de révisions, douze heures par jour, deux pages et demie par heure plus deux heures de révisions générales ; difficile, quand on dort mal. Ruggero ouvrait grand les fenêtres et sentait le vent chaud sur sa peau, il contemplait les haies du jardin, la fontaine entourée d'eucalyptus. Il y a autre chose, se disait-il, quelque chose que je n'arrive même pas à imaginer.

Personne ne déplaçait les meubles dans le séjour. Personne ne plantait des clous dans le mur après minuit. Ruggero écarquillait les yeux, en novembre. Il mordait son oreiller, les nuits de février. Une nuit, il s'était réveillé en toussant. Deux heures moins le quart. À travers les fissures de la porte, il avait vu des lueurs placentaires osciller dans l'obscurité. Un bruit assourdissant l'avait réveillé complètement. Il avait sauté hors de son lit, était sorti dans le couloir et s'était retrouvé piégé par un nuage de fumée. Il avait pris les escaliers, deux ombres avaient bondi à travers les étincelles dans la direction opposée, et il avait senti tout autour de lui ce besoin, ce désir que ses parents meurent brûlés vifs. Mais peu après, une fois en sécurité devant l'entrée de la villa, quand il avait aperçu Michele surgir des buissons avec le bidon d'essence, et Clara derrière lui, au moment où il avait vu la sœur et le demi-frère s'avancer vers la maison, à ce moment-là seulement, il avait compris que ce désir était le leur, pas le sien. Ruggero l'avait subi comme le volume d'une musique que d'autres poussent au maximum, lui n'était rempli que d'amour filial : la haine, c'étaient eux qui l'éprouvaient.

Il accéléra sur la Via Fanelli. Les immeubles s'espacèrent. Il vit des courts de tennis, des espaces en friche, dépassa une pompe à essence. Deux jeunes Africaines inondées de lumière sur l'aire de stationnement. Il poursuivit sa route vers Mungivacca.

Le géomètre Ranieri l'attendait devant un bureau de tabac. Costume bleu, cheveux gominés. Ruggero arrêta sa BMW. Le type vint vers lui et lui donna l'accolade. « Courage. » Il l'avait déjà dit à l'enterrement.

Ils se dirigeaient de nouveau vers le centre-ville. Le géomètre montra le ciel.

« C'est déjà le printemps. »

Le géomètre Ranieri n'avait que deux ans de plus que Ruggero, mais il travaillait pour son père depuis ses années de lycée, et il voyait là une barrière infranchissable. Le géomètre De Palo et le géomètre Ranieri. La subtilité du plus vieux. La chiennerie du plus jeune, sa soumission. Ruggero se souvint des félicitations qu'il avait reçues de lui pour son bac, avant de disparaître dans le bureau de son père. Électrisé par la note de 60/60 qu'il venait d'obtenir, il allait pouvoir discuter de l'avenir comme s'il était le P-DG d'une cimenterie.

« Fais confiance au crétin qui te parle », lui avait dit Vittorio en souriant, assis à son bureau.

L'université, c'était important. Certes, mais pour les fils de boutiquiers. « Entre aujourd'hui et ta spécialisation, tu pourrais gagner plus d'argent qu'un médecin au cours de ses dix premières années de carrière. » Alors, oui, travailler avec lui sans délai. Faire un stage tout l'été, des allers-retours incessants entre les mairies et les bureaux d'urbanisme de la province. Voilà ce que lui avait proposé son père en éteignant sa Marlboro dans le cendrier en cristal. Il avait deviné que cet appel au sacrifice – fêter son bac en bossant comme un dingue tout l'été – avait pour son fils la saveur d'une joute chevaleresque et la valeur d'un témoignage d'attachement, à vrai dire assez tordu. Pour Vittorio, c'était beaucoup plus simple. Les affaires marchaient bien. Il était temps de poser les bases d'une succession effective.

« Fais confiance au crétin qui te parle. » Ruggero était très jeune, certes, mais pas assez pour ne pas flairer les pièges cachés dans ces joutes verbales.

Un jour, son père lui avait montré le plan d'un petit centre commercial dont l'entreprise venait d'achever la construction. Ces dessins étaient le terrain de jeu qu'il lui offrait.

« Tu es un garçon loyal, intelligent, plein de bonne volonté. Tu veux parier combien ? » avait demandé Vittorio en allumant une cigarette. Ensuite il s'était levé, et son visage avait tremblé dans l'ombre mouvante des feuilles du kentia, dont le pot était rempli de mégots. « On parie que si je te confie les hangars, tu les loues dans le mois qui vient ? Si tu n'y arrives pas, je t'offre une voiture. Tu as ton permis, il t'en faut une. Une Porsche, qu'est-ce que tu en penses ? Mais tu sais, je crois que si tu décides de travailler pour la boîte, je ne te la donnerai jamais, cette voiture ! »

Il avait éclaté de rire et s'était noyé dans son propre optimisme, sa propre sincérité d'homme dans la fleur de l'âge.

Le feu passa au vert. Ruggero appuya sur l'accélérateur. Il doubla rapidement, en zigzaguant, les véhicules devant lui. Le géomètre Ranieri se retint à la poignée.

Ruggero avait passé son été à courir d'un bureau à l'autre, sa mallette remplie de papiers du cadastre et de variantes des projets en cours. Il n'allait à la plage que le dimanche, à Monopoli, où l'une de ses camarades de lycée, pas très belle, l'attendait. Il avait baisé avec elle jusqu'à l'arrivée des premières pluies. En septembre, sans en parler à personne, il s'était inscrit à la fac de médecine.

Il s'était fait annoncer, dans le bureau de Vittorio, gonflé de l'énergie qui l'avait envahi lors de son inscription. Il se tenait prêt à l'affrontement. Le visage de son père s'était durci, l'espace de quelques instants. Puis ses mâchoires s'étaient relâchées. « Tu vas devoir travailler dur. Mais c'est toujours utile, d'avoir un médecin dans sa famille. Je suis sûr que tu t'en sortiras avec honneur. » Il l'avait alors invité à prendre un verre au café du coin.

Ruggero avait gagné sans coup férir. Mais maintenant qu'il était dans l'ascenseur avec son père, il éprouvait une sensation bizarre. Impossible de le prouver, mais c'était comme si, d'un étage à l'autre, les choses étaient en train de reprendre leur place, aux yeux de Vittorio. Il avait remarqué la moue de son père, cette expression qu'il connaissait bien. Son inscription à la fac avait fichu en l'air tous ses plans, mais, en même temps, Vittorio recollait déjà les morceaux, et visualisait un avenir encore plus démesuré.

Via Scipione l'Africano, ils virent quatre palmiers frissonner dans le vent autour de la fontaine, sur la place. Ils arrivèrent à la polyclinique. Le géomètre Ranieri prit une expression préoccupée. Puis il retrouva sa jovialité de tout à l'heure, mais alourdie d'un nouveau poids.

Après la spécialisation, Ruggero avait obtenu un poste de *clinical fellow* au Netherland Cancer Institute d'Amsterdam. Trois années merveilleuses, loin de tout, avec un géant pour guide, le professeur Aron Helmerhost. Des journées entières passées à observer le fonctionnement de la molécule TIC 10. Ce n'était pas tant l'éloignement de Bari qui le protégeait, mais plutôt cette atmosphère nouvelle et inconnue. Plus de fantômes nocturnes, au point qu'il les avait presque oubliés. L'obsession liée à son père avait disparu. Et lorsqu'il avait Clara au téléphone, la voix calme et radieuse de sa sœur était comme résorbée par le contenu banal de ses paroles, et non plus par la sensation d'extranéité que communiquait sa présence physique. Michele était un jeune garçon bourré de problèmes et Gioia n'en avait pas assez, mais maintenant au moins, les limites étaient nettes. Le soir, lorsqu'il se promenait près de la Nieuwe Kerk, Ruggero éprouvait quelque chose qui ressemblait à du bonheur.

Parfois, un résidu de fureur montait encore en lui, au cours de ses longues heures de travail. Sous la direction de Helmerhost, ils étudiaient les effets de la dacarbazine sur le carcinome mammaire. Voir la molécule agir sur l'ADN en empêchant la multiplication des cellules cancéreuses donnait à Ruggero un plaisir animal. Un sentiment de revanche. Ses samedis après-midi, il les consacrait aux progrès des traitements apoptotiques, dans les laboratoires à moitié vides. L'apoptose, le suicide programmé de la cellule. Il l'avait lu dans ses manuels. Mais lorsque, plus tard, il avait *observé* les sections histologiques des rats auxquels il avait injecté les cellules tumorales, il en était resté bouche bée. Les cellules malades commençaient à vibrer, la chromatine passait en mode crise, puis, à un moment donné, comme des baudruches, les cellules explosaient, ne laissant à leur place qu'une pâle lumière.

Ils s'étaient aperçus que le traitement fonctionnait sur les tumeurs pulmonaires. Il était efficace sur les cancers du côlon. En continuant les recherches, ils avaient découvert – Helmerhost lui-même en avait été surpris – que la molécule était capable de franchir la barrière hémato-encéphalique, et de parvenir presque intacte de l'autre côté.

Des semaines s'étaient écoulées. La courbe de survie des cobayes avait grimpé. Ruggero était exténué, fier, il n'avait plus ni peur ni sommeil, et c'est dans cet état d'esprit qu'il avait cosigné, avec ses condisciples, un article publié dans *The Lancet*. L'été avait passé. La nouvelle leur était parvenue de Zurich : ils venaient d'être récompensés par le Swiss Cancer Robert Wenner Prize.

Il gara sa BMW dans un parking illégal, près de la polyclinique.

Le géomètre Ranieri fouilla dans ses poches, trouva quelques pièces de monnaie à donner au gardien. Ruggero sortit du véhicule.

Cinq jeunes gens et un homme âgé, sur la scène du Stadtspital de Zurich. Le maire leur avait remis leurs attestations de mérite. Le professeur avait agité en l'air un chèque de quatre-vingt mille dollars, devant un public clairsemé composé d'autres médecins, de quelques chercheurs et d'un petit groupe de journalistes qui applaudissaient avec sincérité, sans l'hypocrisie et la férocité de ceux qui, dans le sud de l'Italie, ont besoin de s'affirmer non seulement par eux-mêmes, mais aussi à travers les victoires d'autrui. Ce prix est mon sauf-conduit, avait pensé Ruggero. Dans cinq, dix ans maximum, je serai où je veux, avait-il pensé ensuite, tandis qu'une grande fille replète en corsage et jupe noire au genou (une fille dont on se serait moqué, dans son pays, même à l'occasion d'une réunion de magistrats), offrait un cône de cellophane rempli d'orchidées au professeur Helmerhost. Dans cinq, dix ans. Deux semaines après, il avait reçu un coup de fil. Le directeur général de l'ASL de Bari lui proposait le fauteuil de directeur adjoint de l'Institut oncologique de la Méditerranée.

Une fois les grilles franchies, ils rencontrèrent une multitude d'hommes en blouse blanc et vert qui s'affairaient dans les allées. Ruggero indiqua la direction : « Par ici. » Ils entrèrent dans le pavillon numéro six.

Entre les murs humides et sales du service d'orthopédie de la polyclinique, sur le sol crasseux qui respirait avant même de la voir la poussière incrustée dans les radiateurs, qui subissait sans avoir à les lire les revendications du personnel paramédical affichées sur le tableau à l'entrée, le médecin-chef émergea de l'ombre et s'avança vers eux en agitant la main droite d'un geste sobre. Un vieux monsieur très grand et très pâle.

Il tapa sur l'épaule de Ruggero, se présenta au géomètre Ranieri, les invita à le suivre. Au bout du couloir, après le distributeur automatique hors service et juste avant la sortie. Dans l'ascenseur qui les conduisait au troisième étage, aucun des trois hommes ne leva la tête. Si l'un d'eux l'avait fait, il n'aurait vu que les deux autres concentrés sur leurs chaussures. La force qui nous libère contient aussi le résidu de ce qui va nous enchaîner à nouveau. Le directeur général de l'ASL avait décrit l'Institut à Ruggero comme la première vraie solution autre que les grands centres hospitaliers du nord de l'Italie. Quelque chose de nouveau, de jamais vu. Ils allaient recevoir un accélérateur linéaire TrueBeam, l'appareil qui détruit les tumeurs, une machine dont il n'existait que neuf exemplaires dans toute l'Europe. Cela signifiait revenir à Bari. Mais en vainqueur. Brûler les étapes, à moins de trente-cinq ans. La porte de l'ascenseur s'ouvrit.

La chambre, grande et aérée, donnait la sensation d'avoir été aménagée depuis peu. Les eucalyptus ondoyaient dans la bise légère, derrière la fenêtre ouverte. Le médecin-chef restait aplati contre la porte. Le voilà donc, le patient. La couverture beige dessinait des reliefs et des creux qui n'auraient pas dû exister là où ils étaient. Dans son lit, le malade hochait la tête. Il avait l'air fatigué, dégoûté. Le géomètre décrivit l'appartement de la Via d'Aquino. « Le salon à ciel ouvert de Tarente. » Ruggero s'approcha de la fenêtre, ferma presque complètement les volets, y mit une énergie disproportionnée par rapport à l'effort requis. La pièce tomba dans l'obscurité. Ruggero rouvrit légèrement les volets, le médecin-chef avait disparu. Dans la pénombre, il croisa le regard en berne du patient, qui baissa les paupières puis les souleva, abruti par les analgésiques. C'était la démonstration de la manière dont tout (semblaient dire la ruse, la patience de ces yeux-là) se fonde sur un principe analogue à la force de gravité. Trop évidente pour qu'il soit nécessaire d'en parler de façon explicite, devant la réalité d'un corps fracassé au sol.

En parcourant de nouveau la Via Fanelli, assis dans la voiture aux côtés du géomètre Ranieri, Ruggero essaya de mettre de l'ordre dans ses sensations. Il devait répondre au plus vite à certaines questions, pour éviter qu'elles ne le mènent là où il n'avait pas encore prévu de réponse. Pourquoi as-tu interrompu tes consultations ? C'est lui qui m'a convaincu. Mais toi, tu as compris ce que vous faisiez, avec cet homme ?

Chaque fois qu'il revenait d'Amsterdam – de courtes pauses de trois ou quatre jours – son père lui exposait la situation. Sa boîte, c'était en réalité un ensemble d'entreprises liées les unes aux autres. Une embrouille faite de participations, d'investissements, de portefeuilles d'actions. Elle était en bonne santé. Mais elle traversait une période de grosses difficultés. Elle stagnait. En même temps, une affaire formidable se profilait à l'horizon. Voilà ce que lui racontait son père. Puis, comme avec Clara et Michele – et il l'aurait fait avec Gioia aussi, si elle n'avait pas été mineure –, il lui demandait de signer des papiers.

Ils laissèrent derrière eux les courts de tennis. Le géomètre Ranieri sortit le coude par la fenêtre et aspira une bouffée de sa cigarette, les cheveux ébouriffés par le vent.

Les papiers à signer constituaient une tradition, chez les Salvemini. Au fil des ans, Ruggero et ses frères avaient été convoqués à des dizaines de réunions familiales. Avant le départ de Michele pour Rome. Avant que lui-même ne revienne d'Amsterdam. Après le mariage de Clara avec Alberto. Et même avant tout ça. On se réunissait dans le grand salon de la villa et le chef de famille, bien installé dans son fauteuil, les jambes enveloppées d'un plaid écossais d'apparence tout à fait innocente, leur expliquait la situation. Ni Ruggero ni les autres ne comprenait grand-chose à ces longs monologues. Vittorio jacassait, parlait de décisions prises par l'assemblée des actionnaires, d'associés bailleurs. Ruggero se demandait pourquoi la pathogenèse du lymphome de Hodgkin avait l'air moins dangereuse et plus compréhensible qu'un banal acte de vente. Il observait les réactions de ses frères. Michele contemplait les arbres, derrière la fenêtre. Clara croisait et décroisait ses jambes à peine couvertes par une robe de Mila Schön, en tirant sur sa cigarette avec une expression sarcastique. Vittorio pérorait et pérorait encore à propos d'échéances de leasing et d'expédients destinés à tromper l'administration fiscale.

Maintenant, ils avaient laissé derrière eux le concessionnaire auto et la pompe à essence. Les deux prostituées étaient encore là. Résistant à la tentation de les renverser, Ruggero serra le volant.

Une fois, la veille de Noël, son père l'avait entraîné

devant la cheminée. Les banques demandaient des garanties supplémentaires pour une nouvelle société.

« Une SARL, petite mais importante du point de vue stratégique. Je l'ai appelée Cla-Ru-Mi.

— Cla quoi ?

— Les premières lettres de vos prénoms. »

Pendant que Vittorio continuait à parler, Ruggero s'était souvenu de l'auditorium du Stadtspital, puis il s'était mis à penser au congrès sur l'efficacité du pamidronate, à la Cornell University, où il prévoyait de se rendre deux semaines plus tard. Sa vie était là. Lui parler du énième problème de la boîte, c'était lui faire perdre son temps. Vittorio avait dit : « Ils vous demandent de signer une fidéjussion. Tous les trois. » Son père n'avait pas encore fini de parler que lui était déjà prêt à sortir son stylo. Il aurait fait n'importe quoi pour s'en débarrasser !

« Attention à l'autre abruti ! » Le géomètre Ranieri attribua l'imprudence que Ruggero venait de commettre, en se déportant, au type qui se dirigeait vers eux, dans sa petite voiture.

C'était donc ça ? Les fidéjussions ? Les lettres de garantie ? Tous ces papiers qui lui donnaient à nouveau la sensation d'être piégé ? Ils en avaient signé tellement, depuis le temps ; à tous les coups, ils s'étaient laissé prendre dans des imbroglios inextricables. La dernière fois, c'était l'acte d'achat d'une villa à Porto Allegro, et tout de suite après, un document de restitution. Son père avait fait la même chose avec Michele, mais les situations n'étaient pas comparables. Michele n'avait rien à perdre, puisqu'il ne possédait rien. Avait-il eu, à un moment ou à un autre de sa vie, un bien susceptible d'être saisi ? Il n'était au courant de rien, et n'avait jamais posé de questions sur quoi que ce soit. S'il l'avait fait, il serait parvenu à cette conclusion : la somme des garanties souscrites au fil du temps dépassait amplement le patrimoine accumulé non seulement par un pigiste, mais aussi par un médecin célèbre, qui avait gagné beaucoup d'argent tout au long d'une vie de labeur. Trois millions d'euros ? Quatre ? Encore plus ? À hauteur de combien s'étaient-ils compromis ? Michele n'avait sûrement pas pensé que tous ces papiers pourraient engager leur responsabilité pénale. Si, un jour, la police judiciaire avait sonné à leur porte, Michele n'en aurait rien eu à foutre. Sa sœur, elle, aurait été carrément ravie ! Clara aurait souri de toutes ses dents, en offrant ses poignets déjà croisés aux officiers de la brigade financière. (Voilà qu'il se retrouvait à lui faire des reproches, comme si elle était toujours vivante. Il en éprouva une sensation de malaise.)

C'est donc pour ça ? C'est pour ça que tu es revenu ? Ça, ou le fauteuil de directeur adjoint ? Il connaissait cette voix.

Ils arrivèrent à Mungivacca. Des maisons basses, des quincailleries. Les derniers temps, Ruggero avait souvent remarqué une trace blanche et granuleuse, au bout des cigarettes de Clara. Ce qu'elle venait de faire dans la salle de bains était facile à deviner. De temps à autre, les jambes de sa sœur montraient d'étranges hématomes, qui apparaissaient et disparaissaient lorsqu'elle les croisait. Des taches d'un noir profond sur cette blancheur irréelle. Elle réduisait le mouvement de ses mâchoires au strict minimum, et elle *souriait*. Une jubilation triomphante, qui donnait des frissons. Ensuite, elle fixait son père et faisait de l'œil à Ruggero. Vittorio parlait des villas qu'il allait mettre à leur nom. Il disait que Michele était d'accord, qu'il rencontrerait maître Valsecchi à Rome. « Tout va bien », s'empressait-il de conclure. (Chaque fois qu'on évoquait le demi-frère absent, les membres de la famille se déployaient sur les divans, canapés et fauteuils du séjour, afin de neutraliser la subtile vibration électrique qui s'était mise en place.) Sa sœur haussait les sourcils. Annamaria, droite contre le dossier de son siège, faisait tinter ses bracelets en fixant son mari et ses enfants biologiques comme s'il s'agissait des Windsor surpris lors d'une parenthèse de bonheur domestique. D'un geste imperceptible, Clara tirait sa jupe vers le bas. Elle ne cachait rien, elle provoquait ostensiblement. Vittorio continuait à tisser la trame de ses propos embrouillés. Puis, un bruit de galop. Gioia faisait irruption dans la salle de séjour et montrait un collier de diamants roses que sa mère lui avait offert à l'insu de son père. Elle criait : « Surprise ! »

La BMW était maintenant garée devant le bureau de tabac. « Alors, nous sommes d'accord, n'est-ce pas ? » répéta le géomètre Ranieri. Ruggero prit congé. La portière se referma. Il se regarda en train de faire demi-tour. Les magasins glissèrent du pare-brise à la vitre postérieure et disparurent. Ruggero tourna à droite, s'engagea de nouveau dans la Via Fanelli. C'est donc pour ça qu'il s'était rendu à la polyclinique ? Dis-lui non, et dès le lendemain, les banques débarqueront chez toi pour te demander la restitution des sommes que tu as couvertes de ta garantie. Désobéis-lui, et tu verras aussitôt tout ce dont tu es responsable aux yeux de la loi – tout ce dont tu n'es même pas au courant – tomber du ciel sur tes épaules pour t'écraser. C'est donc ça ? Tu y crois vraiment ? Tu te souviens de l'histoire des Archives ?

Il connaissait cette voix. Et cette voix le connaissait. Elle *savait* ce qui lui arrivait, quand son père camouflait sous des palabres incompréhensibles des requêtes bien précises. Le monde, tout autour, s'éteignait peu à peu, se rétrécissait jusqu'à l'étouffer. Vittorio feignait d'être sans défense, écrasé par les difficultés, il geignait comme un petit garçon en larmes, abandonné de tous. Sa technique pour obtenir ce qu'il voulait. C'était Ruggero, alors, qui redevenait un enfant, prêt à tout pour lui complaire.

« Je ne peux pas faire ça, papa. »

Peu après qu'il eut accepté de codiriger l'Institut oncologique de la Méditerranée de Bari, Vittorio était venu le voir à la clinique. Une semaine plus tôt, il l'avait invité à dîner. Il ne le lâchait pas. Ruggero l'avait vu, abasourdi, se pointer à la soirée de bienfaisance de l'Association pour la lutte contre la leucémie infantile. Après avoir bavardé avec le maire, il s'était approché du bocal en verre destiné aux dons et il y avait déposé son chèque. Ensuite, il avait rejoint Ruggero. Une demi-heure après, ils se promenaient tous les deux dans les jardins de l'hôtel. Illuminées par les spots, les azalées débordaient de vitalité.

« Je ne peux pas faire ça, papa », avait répété Ruggero pour la deuxième fois.

Il retraversa la Via Amendola. Des deux côtés, des champs vert et jaune. Et là, semblable à un soleil, cachée quelque part à l'horizon, au-delà des oliviers, au-delà des villages et des bourgs, la voix. Ruggero accéléra, pour l'empêcher de le rattraper. Il vit la pompe à essence, rétrograda de la cinquième à la quatrième vitesse, laissa derrière lui le distributeur, le centre de lavage. Soudain, il braqua et tourna à droite. Les filles le virent débouler à une vitesse folle, et comprirent le danger. Elles bondirent en arrière, tournèrent sur elles-mêmes et trébuchèrent sur leurs talons hauts.

La BMW freina à quelques centimètres de l'endroit

exact où elles étaient encore, un instant auparavant. La première portait une minijupe qui montrait ses longues jambes musclées. La seconde était habillée d'un short blanc et d'un débardeur. Toute la semaine, le père de Ruggero lui avait posé des questions sur les Archives sanitaires régionales. Remises de leur peur, les filles s'approchèrent pour mieux regarder. Pas de vitres teintées. L'une d'elles cessa de se gratter la tête et sourit. Elles s'approchèrent encore. La plus grande vint vers lui. L'autre alla du côté opposé (au cas où il s'enfuirait, il ne pourrait donc pas les renverser toutes les deux). Connasse d'Africaine, pensa-t-il. Il éteignit le moteur pour les rassurer, ouvrit la portière. La plus grande se pencha vers lui. « Salut, toi. » Elle avait les yeux noirs, des lèvres charnues brillantes de gloss. Le vent secouait les branches des arbres, sur l'aire de stationnement. Ruggero dit : « Allons-y. » La fille se cambra et, pour toute réponse, lui mit la paume de la main sous le nez. Soixante-dix euros, et sa copine viendrait avec eux. Ruggero fouilla ses poches. Sa blouse blanche émergea sous sa veste. La fille fit une moue complaisante. « L'argent en plus, c'est pour qu'elle ne vienne pas. » La fille ne comprit pas la nuance exacte de ces mots, juste l'idée d'ensemble. Elle fit un geste à sa copine, qui resta un instant encore accrochée à la portière, puis la lâcha et repartit vers l'aire de stationnement. L'autre monta dans la BMW et s'assit à côté de Ruggero, qui démarra.

Cinq minutes après, ils étaient garés sur un chemin au milieu des champs. Des cerisiers fleurissaient derrière un grillage métallique. Ils étaient toujours dans la voiture, et c'était toujours le lendemain de l'enterrement de sa sœur. La fille voulut incliner le siège, mais il l'arrêta, index en l'air. Il baissa les yeux. Il avait envie de lui casser la figure. La fille passa une main dans ses cheveux, mit l'autre dans la poche de sa jupe, le fixa des yeux. Ruggero demeura immobile, pendant qu'elle ouvrait sa braguette. Elle porta la main à sa bouche, déchira l'étui entre les dents. Ensuite, elle baissa son slip. Des moucherons voltigeaient. La fille inclina la tête, posa sa joue sur la cuisse de Ruggero et, le moment venu, en s'aidant de la langue, lui mit le préservatif. Ruggero se retint pour ne pas lui cracher dessus. Elle devait avoir deviné quelque chose, puisqu'elle lui serra un instant la jambe. La scène sortit définitivement du cadre, comme si le projecteur avait maintenant dirigé le film en dehors de l'écran. Les souvenirs défilaient, et Ruggero ne pouvait pas les voir. Après avoir compris que son fils n'avait aucune possibilité de lui donner accès aux Archives, Vittorio avait ralenti le pas, dans les jardins du Sheraton.

« Tu es le directeur adjoint, avait-il protesté.

— Les Archives ne relèvent pas de ma compétence. »

Ruggero savait que son père savait qu'il mentait. Des points blancs tourbillonnaient au-dessus des azalées. Vittorio avait secoué la tête en soupirant. Ruggero avait la gorge serrée.

Il posa la main sur la tête de la fille : « Salope. »

Après la soirée au Sheraton, son père l'avait invité au restaurant. Ils avaient parlé de la rénovation d'une maison. Comme ça, sans raison précise. Une petite villa près de la mer. Puis Vittorio était revenu à la charge. Il lui avait expliqué qu'il avait besoin de documents pour une étude statistique de l'Association nationale des constructeurs.

« Quel rapport avec les Archives ? »

Vittorio avait décoché un sourire amical, de toutes ses dents.

« Que veux-tu que j'en sache ? C'est le président

qui me l'a demandé. Un ami très cher. Il nous a rendu des tonnes de services.

— Il faudrait adresser une demande écrite au directeur sanitaire. Passer par un organisme public.

— Tu peux le faire, non ? »

Ses doigts touchèrent ceux de la fille, qui les referma instinctivement. Il avait un autre billet de cinquante euros dans la main.

Pour finir, son père était venu le voir directement à l'Institut. Ruggero l'avait fait entrer dans son bureau et avait commandé deux cafés.

« Papa, tu te sens bien ? »

Vittorio arpentait la pièce d'un pas nerveux. Il parlait d'argent, de sommes énormes, de retards accumulés par le ministère des Travaux publics, de chantiers bloqués qui avaient du mal à repartir, d'impôts sur les revenus des entreprises, d'autres impôts férocement exigés par les émanations de ces mêmes organismes qui ne payaient pas leurs dettes aux entrepreneurs. Il butinait, passait d'un sujet à un autre, et lorsqu'il avait vu que son fils n'était plus l'oncologue irascible de réputation mondiale, ni même l'habitué des putes, mais de nouveau ce qu'il avait été autrefois, la créature terrorisée par la fragilité d'autrui, l'enfant-adulte craintif et timide face à la représentation de l'impuissance paternelle, alors il avait enfoncé le clou. Il les avait demandés une fois de plus. Les documents déposés aux Archives. Les rapports médicaux sur tous les malades du cancer des Pouilles et de la Basilicate. La fille eut l'impression qu'il était en train de lui donner des petites tapes absurdes sur la tête, tap tap tap, de faibles gifles, des rappels à l'ordre humiliants. Elle leva les yeux, hésitant entre la surprise et l'indignation, prête à protester. Mais Ruggero savait. Il avait compris que Vittorio mentait. Il n'existait pas de président de l'Association nationale des constructeurs. Il s'était souvenu des classeurs, dans les services administratifs de la société Salvemini Edilizia, les dossiers relatifs aux nues-propriétés alignés sur les étagères, mis à jour toutes les semaines. La campagne resplendissait, en ce magnifique début d'après-midi. Cette fois, la fille ne pouvait pas se tromper, c'était bien une gifle, sur le haut du crâne. Ses yeux se remplirent de haine. Elle détacha les lèvres du boulot en cours et dévisagea son client. Elle comprit qu'il lui avait craché dessus, tâta ses cheveux. Elle allait l'insulter, le frapper peut-être. Il laissa tomber d'autres billets, qui pleuvaient comme des pierres ; la fille tenta de mesurer son propre orgueil et se demanda si elle allait être à la hauteur, si elle n'allait pas confondre fierté et outrecuidance, jusqu'au moment où il jeta sur elle d'autres billets ; alors, elle se pencha une nouvelle fois sur lui, et il redevint un homme. Les résultats d'un éventuel croisement des deux archives étaient faciles à imaginer. D'un côté, les dossiers médicaux des malades du cancer ; de l'autre, les nues-propriétés. Ruggero avait donné satisfaction à son père. C'est toujours utile, d'avoir un médecin dans sa famille.

Une fois la chose accomplie, tout devenait possible.

C'est pour ça que tu es allé à la polyclinique, ce matin ?

Nos parents par le sang ne cessent de nous questionner. Ils déposent leurs voix en nous. Ce sont elles qui parlent en leur absence. Mais le propriétaire de la voix se rapprochait, pensa Ruggero dans la BMW. Au-delà du virage, des amandiers en fleur, des bâtiments gris et des magasins à moitié vides. Au-delà de la façade rouge de la gare, où les rails s'élançaient en scintillant vers le Nord. Michele.

« Deux cents grammes de *caciocavallo* affiné », dit-il en examinant le comptoir avec la compétence d'un médecin devant une radiographie.

Le géomètre De Palo fit transvaser les olives dans un sac en plastique, demanda qu'on lui montre le jambon de Parme de plus près derrière la vitre – comme s'il s'agissait d'un nouveau-né ou d'une œuvre d'art. Avant même que la moindre lame ne l'effleure, il dit : « Plus fin. » Il acheta du saumon fumé et deux bouteilles d'Amarone, claqua des doigts, montra au garçon la gelée de coings. Assis derrière la caisse, lourd comme un consul romain, le patron répéta à haute voix : « Alors, cette gelée de coings ! »

Il acheta aussi une *burrata* et de la mozzarella *fior di latte*. C'était le meilleur magasin d'alimentation de la ville, et même si acheter autant de produits revenait à en jeter une grande partie, il fallait au moins ça pour garder son standing. Dehors, les chômeurs hurlaient et les étudiants vagabondaient, sans argent et sans futur. Dans la vitrine d'une élégante boutique qui, jusqu'à hier, exposait de beaux vêtements, on pouvait voir apparaître du jour au lendemain le panneau « À louer ». La misère était répugnante ; les pauvres, plus répugnants encore. Et malgré la résistance manifeste de ce magasin à la tempête – résistance que laissaient deviner les étalages de chocolats de luxe et la présentation du caviar n'ayant l'air ni d'un reproche ni d'une menace –, on pouvait craindre qu'à la première difficulté, le patron introduirait en douce des produits de moindre qualité parmi ses denrées précieuses. Alors, les cadres moyens et les employés viendraient se servir ici, de petites gens avec leurs petits ergotages. Il paya. Le vieux patron se pencha au-dessus de sa caisse, approcha sa bouche de l'oreille du géomètre et lui murmura de transmettre ses condoléances à la famille Salvemini.

Le géomètre De Palo déposa les sacs à l'arrière de sa Ford Focus, mit le moteur en marche, s'éloigna du centre, ralentit devant une boutique de vêtements, se gara en double file, entra, examina les pardessus, acheta le moins cher, sortit, retrouva sa place derrière le volant. Après la banlieue, après la pompe à essence IP, il tourna dans la rue étroite bordée d'arbres, sur sa droite. C'était un coup dur, mais la colonne vertébrale des Salvemini allait probablement tenir. Il franchit la grille de la villa, scruta les lauriers-roses et les haies auxquels il tenait plus encore qu'à ses effets personnels. Il se souvint de ce Noël, des années auparavant, où on l'avait envoyé la chercher au beau milieu de la nuit. Elle avait seize ans, à l'époque. C'était après une dispute avec sa mère, une sottise qui, comme toujours, cachait la vraie raison : son demi-frère. Le géomètre l'avait retrouvée après minuit, toute seule au bord d'une route loin du centre-ville. Il s'était arrêté, elle avait levé la tête et elle était montée dans la voiture, sans un mot. Elle s'était assise à ses côtés avec une douceur dont il n'était pas dupe. Petite vipère. Avec sa moue de sainte nitouche, elle faisait sans doute illusion à son père, qui devait se sentir coupable à cause du demi-frère, mais pas à lui. Elle se tenait silencieuse et tranquille, sur le siège du passager, mais son attitude était si étudiée qu'elle révélait son arrogance sous-jacente. Eh oui, elle a le feu au derrière, avait-il pensé en la raccompagnant. Elle était encore adolescente et selon toute probabilité (mais il n'aurait pas parié grand-chose là-dessus), aucun garçon n'avait encore pu porter atteinte à une virginité qui, elle était assez éveillée pour le comprendre, vaudrait encore plus cher dès qu'elle la perdrait. Toujours est-il que Clara était déjà une vraie chaudasse. Non mais pour qui elle se prenait ! Par exemple, elle se sentait supérieure à sa mère. Ridicule ! Jamais elle n'arriverait à la cheville de cette femme. Et son affection démesurée pour le bâtard était encore plus absurde que le reste. Grotesque. Ils étaient tous trop bons, avec cette petite salope. Ils auraient dû lui faire ravaler sa prétention à coups de baffes bien senties. Et voilà qu'avec sa mort (où le géomètre voyait une dernière insulte à une famille sur laquelle il veillait comme un curé sur les ors de son église), elle avait enfin trouvé le moyen de les mettre tous dans l'embarras.

Mais certaines difficultés peuvent présenter des avantages, et semblent apparaître pour résoudre d'autres problèmes, pensa-t-il en se garant sur le gravier.

Il éteignit le moteur, sortit de sa voiture, la contourna, prit les sacs de courses. Encore une fois, il ne remarqua pas la boucle d'oreille en forme d'étoile restée coincée entre le coussin et le dossier du siège arrière. On entendait les chants des oiseaux. Le géomètre gravit les escaliers, posa les sacs par terre, sonna à la porte. Il espérait que la femme de chambre lui ouvrirait, mais c'était pour ne pas espérer mieux. La porte s'ouvrit sur Annamaria. Mme Salvemini émergea de l'ombre de la salle de séjour, le visage empreint d'une expression de tristesse, de dignité héroïque. Elle portait une robe de chambre couleur pêche et des pantoufles dorées, ses chevilles nues, osseuses, ressemblaient à des boucliers de protection. Malgré son maquillage défait par le vent chaud du midi, malgré ses soixante-six ans mis à mal par l'égoïsme et la folie de cette fille dégénérée, le géomètre la trouvait toujours splendide.

« Ah, Pasquale, merci. Laisse ça là, dit-elle d'une voix rauque.

— Madame, je me suis permis d'acheter aussi de la *burrata*.

— Tu as bien fait. » Annamaria ébaucha un sourire qui transperça le géomètre, elle le contempla comme s'il s'agissait d'un jeu de lumière ou d'un objet – quant à lui, il vit dans ce regard l'augure de jours meilleurs.

Il revint à sa voiture, lut sur son portable l'adresse que M. Salvemini lui avait envoyée par SMS quelques heures plus tôt. Avant de démarrer, il entendit un cri et leva la tête. Madame avait disparu. La femme de chambre, sur le seuil, agitait un poing menaçant en l'air. Le chat plongea dans les buissons. Les sacs de courses étaient toujours sur le paillasson. Quelle conne, pensa le géomètre De Palo.

« Un emploi stable, ça n'existe plus. Quant à exercer un seul métier toute sa vie, n'en parlons même pas. La Chine. Le Brésil. Tout va très vite. Alors ne soyez pas choqué si je vous dis que le savoir universitaire n'offre pas, en soi, de perspectives professionnelles.

— …

— Je n'ai pas dit ça.

— …

— Permettez-moi de prendre le problème sous un autre angle. Allons voir du côté des financements dont bénéficient les cent premières universités du classement que vous citez. »

Toujours différentes et toujours pareilles, les questions étaient dans l'esprit du temps. Pendant une brève période, on avait visé l'excellence. Et voici aujourd'hui venue l'ère du déclin, il fallait apprendre à vivre avec. Du reste, le jeune intervieweur lui-même avait une tête à se retrouver à la rue en moins de trois mois. Renato Costantini – soixante-quatre ans, titulaire d'un master en économie à l'université de Chicago, gros bonnet de la presse périodique locale et recteur de l'université de Bari – serra la main du jeune homme et se prépara à sortir.

Dans les couloirs de la faculté, on entendait le vacarme des étudiants qui couraient d'une salle de cours à l'autre, ou encore vers la cafétéria, la bibliothèque ou le local à photocopieuses. La langue hante le creux où la dent manque, et lequel de ces lieux avait un sens ? Des étudiants et des étudiantes, alors qu'ils auraient dû se contenter d'être des garçons et des filles. C'était fou, quand même, qu'ils continuent de s'inscrire. On les récompensait de ne pas trouver de travail en leur apprenant à être servile. D'accord, monsieur le professeur. Je vous en prie, monsieur le professeur. Ils oublieraient le peu qu'ils avaient appris au cours des années où ils mendieraient un job de barman.

Costantini franchit les portes de l'université et se retrouva dans la rue. La plus belle fille des affiches publicitaires ne lui arrivait pas à la cheville, pensa-t-il, et la tristesse l'envahit tout entier, lorsqu'il se revit à l'enterrement. Un passant le bouscula. Un bus freina juste après le passage clouté. Un couple de papillons, engendré par l'obscurité même de la chaussée, voletait çà et là. Le printemps était partout. Et tout cela parce que, sans en avoir conscience, il avait déjà reconnu de loin la petite silhouette qui venait à sa rencontre. L'homme s'approcha d'un air circonspect, et tout à coup, impossible de l'éviter.

« Bonjour, monsieur le recteur. »

C'était un homme triste et gris, aux épaules étroites et tombantes, coincé dans son costume démodé d'employé. Il tenait, plié sous son bras, un affreux pardessus camel.

« Bonjour », répondit le recteur en lui serrant la main et en cherchant à comprendre la raison pour laquelle il l'avait abordé, qu'il entrevit sans la saisir. Puis – le temps de mettre un nom sur ce visage – il sentit son ventre se nouer. Il la revit soudain sortir de la douche, s'enrouler une serviette autour de la tête et s'allonger ensuite à plat ventre sur le lit de la chambre d'hôtel. « Allez, passe-moi la crème », lui avait dit Clara. J'ai soixante et un ans. Une femme. Deux enfants. Des actions au capital de plusieurs journaux locaux. J'en ai plus rien à foutre.

« Nous nous sommes vus hier, à l'enterrement, dit le géomètre De Palo.

— Ah…, fit le recteur, et ses jambes fléchirent tandis que ses yeux se fermaient à cause du soleil, ah…

— Vous avez oublié ceci dans l'église. Je suis venu vous le rapporter. »

Il lui montra le pardessus.

« Il n'est pas à moi, dit le recteur.

— Qu'est-ce qui n'est pas à vous ?

— Ce pardessus. Il n'est pas à moi. Je n'ai rien oublié. »

Quand je l'ai touchée hier, dans son cercueil… Parfois, elle voulait juste que je lui fasse un bon massage. Et si j'essayais de lui glisser deux doigts dedans, après lui avoir passé la crème sur les jambes, elle refusait. C'était très bizarre. J'avais du mal à la comprendre. Comme lorsqu'elle était surgie de nulle part, à la fête de l'Ordre des journalistes de la région des Pouilles. Ce Noël 2008. L'année de la mort de Paul Newman, de Charlton Heston. Elle donnait le bras à son mari. Un type à l'air très triste. Puis l'ingénieur était parti. À la voir comme ça, toute seule, qui n'avait pas eu l'impression qu'une lumière irradiait d'elle comme d'une boîte entrouverte ? Mais c'était elle qui l'avait abordé en premier.

« Vous n'auriez pas dû laisser ce Sangirardi insulter mon père dans votre journal », avait-elle déclaré en s'approchant de lui, un verre à la main.

« Pardonnez-moi si j'insiste, mais je crains que vous ne vous trompiez », dit le géomètre De Palo.

Ils étaient toujours debout dans la rue. D'un côté, les boutiques ; de l'autre, l'université. Quand le rêve prend fin, on se raccroche à tout ce qu'on était prêt à perdre.

« Allons en parler dans mon bureau », fit le recteur.

La fois où il l'avait emmenée au Covo dei Saraceni, à Positano. À l'hôtel Hassler de Rome. La fois où elle l'avait obligé à conduire jusqu'à Avellino. Ou encore la fois où il avait réservé une suite au Sheraton, à Bari même. Ils s'y étaient enfermés pendant presque deux jours, à quelques mètres de leurs vies quotidiennes – le mari de Clara, la femme du recteur, les conseils d'administration de l'université, les assemblées générales du groupe éditorial EdiPuglia... Leur monde d'une accessibilité fatale, laissé ainsi à la porte de leur chambre. Il y avait quelque chose d'intolérablement beau, à ce qu'une jeune femme dans la fleur de l'âge s'offre à un corps vieillissant, quelque chose de si injuste que le recteur avait l'impression de sentir un souffle divin, dans l'haleine de cette jeune femme. Il se remémora la façon dont Clara se fâchait, quand il essayait de l'embrasser sur la bouche. Et la façon si inattendue, au contraire, et incroyablement émouvante, inexplicable, dont, cinq minutes plus tard, il entrait en contact avec sa peau (il fallait qu'il se persuade que c'étaient bel et bien ses avant-bras à lui qui lui écartaient les jambes) et elle, d'une voix rauque, elle jouissait en découvrant ses dents dans un large sourire.

« Le Genséric du Gargano, dit le géomètre De Palo d'une voix sombre, une fois entré dans le bureau du recteur, voilà comment M. Salvemini a été défini par le *Corriere del Sud*, la semaine dernière. C'est le quatrième article en six mois. On ne peut plus parler de l'acharnement d'un seul journaliste. L'article n'avait pas la même signature. Tout ça est très moche.

— Je ne suis pas directeur du *Corriere del Sud*.

— Il appartient à EdiPuglia.

— Tout comme plusieurs autres.

— Disons que vous en êtes l'éditeur. »

« Écoute, lui avait-elle dit en le tutoyant alors qu'elle le connaissait depuis à peine cinq minutes et en passant son verre de sa main droite à sa main gauche. Cet article est une honte. J'en ai été malade toute la journée. Mon père, un criminel ! » Clara avait souri.

À l'époque, il s'agissait du port touristique de Manfredonia. On accusait Salvemini d'avoir gonflé les coûts.

« Qu'un petit port de rien du tout coûte autant au contribuable que l'Empire State Building, ça te dérange bien moins que l'offense envers ton père. »

Elle exigeait des excuses de la part du journaliste auteur de l'article ? Un licenciement immédiat ? Il était prêt à tout, pour la voir rire comme ça. À tromper sa femme, à trahir un ami, un fils.

« Écoutez, dit le géomètre De Palo, le complexe de Porto Allegro est un des plus gros projets réalisés ces derniers temps dans cette maudite région. Il crée des emplois. Les touristes ne vont pas tarder à affluer par milliers. Qui, aujourd'hui, investirait la moitié de ce que M. Salvemini a investi ? Vous devriez lui construire une statue. Et au lieu de ça, vous l'attaquez. Alors, je me demande ce que ça cache exactement. Un concurrent envieux ? »

Que c'était bon de se l'envoyer, à dix heures du matin, quand elle lui lançait un regard où elle lui faisait comprendre qu'il n'avait encore rien vu. « Viens là, Renato. » Que désirons-nous vraiment, à part la possibilité de coucher avec une femme qui pourrait être notre fille ? Qu'est-ce qu'elle pourrait nous faire faire d'autre, cette fille ? Quelle image primordiale serait-elle capable de nous montrer ? Au-delà de son corps qui halète miraculeusement sous le nôtre, n'y aurait-il pas, par hasard, un plaisir plus profond et élémentaire ? Bien sûr que ça cache autre chose. « Renato... Abats le mur. Ouvre cette trappe en grand. »

« Cette pauvre fille a eu une mort atroce », dit le géomètre De Palo.

Maintenant tout est clair, pensa le recteur. Il détourna son regard.

« Je ne vous promets rien, dit-il un quart d'heure plus tard en congédiant son hôte sur le pas de la porte de son bureau, et merci encore de m'avoir rapporté mon pardessus. »

Impossible de ne pas en parler sans arrêt. À ses collègues. Aux dîners entre amis. La veille au soir, attablé dans un restaurant tout près du journal. Regardez. Il fit passer le smartphone de main en main. Cette fille a dû se fourrer dans un sacré pétrin, dit-il. Quel genre de pétrin ? demanda l'un des convives. Les serveurs sortaient de la cuisine avec les pizzas. Giuseppe Greco était sur le point de répondre. Deux messages envoyés par un *fake*, ce n'est rien, dit un autre. Tu devrais voir ce qui arrive aux célébrités. Les gens sont fous à lier. Giuseppe Greco prit son verre de vin. Il en but quelques gorgées. « Je ne me suis pas suicidée. » « Je suis encore vivante. » Moins de vingt-quatre heures s'étaient écoulées entre le premier et le second message. Les sites des quotidiens grouillaient de messages délirants. Des usagers de YouTube s'envoyaient des menaces de mort. Un catalogue indiquait le prix des massages de la prostate, ville par ville. Des invitations au suicide. Un flot d'insultes remontait d'abîmes insondables. Avoir appelé ça l'inconscient, un siècle plus tôt, avait déjà été une erreur, une façon d'enfermer des forces opposées dans un code linguistique. À travers l'asphalte et les égouts, une force jaillissait de l'endroit où elle avait été refoulée. Un des convives porta un bout de saucisse à sa bouche. Giuseppe regarda ailleurs. Une voiture passa à toute allure, la musique à fond.

Ses amies cherchaient à la consoler. Gioia, assise avec elles sur le canapé du séjour, continuait à chanter les louanges de sa sœur morte. À répéter qu'elle était belle. Elle rappela cette façon unique qu'elle avait d'entrer dans une pièce. Une ligne soustraite à la cage acoustique indifférenciée qui nous entoure – et alors on le savait, que Clara était tout près. Gioia leva la tête en direction du buffet : « Leur mariage, dit-elle, leurs photos de noces. » Les quatre amies gigotèrent sur le canapé, comme s'il avait été de leur devoir de connaître la place de l'album photo. Seulement, elles ne pouvaient pas la connaître. Gioia se leva d'un bond. Si elle leur avait dit que sa sœur lévitait à chaque solstice d'hiver, elles auraient été obligées de la croire.

Elle sortit l'album d'un des tiroirs et retourna s'asseoir. « Regardez comme ils étaient heureux », dit-elle en montrant Alberto, qu'une volée de riz atteignait en plein visage.

À midi, elle envoya un SMS à son petit ami.

Elle le vit arriver une heure plus tard, au moment où le géomètre De Palo s'en allait. Elle lui saisit les mains, se blottit dans ses bras et pleura longtemps, debout sous la véranda, dans la lumière chaude qui battait sur les vitres transparentes. Des sanglots chaotiques, furieux. Puis elle dit : « Viens. » Ils se dirigèrent vers le jardin, se promenèrent entre les buissons, sous l'ombre fraîche des eucalyptus, près de la fontaine striée de bandes vertes où couraient de petites rigoles d'eau. Ils dépassèrent la tonnelle et la balançoire et s'enfoncèrent vers les massifs qui transformaient le jardin en une large zone d'ombre. La vigne vierge propageait sa force rougeâtre. Ils descendirent les marches en pierre brute. Une petite blatte détala avant que Gioia ne puisse l'écraser. Son petit ami eut la sensation que le pouvoir de la jeune fille était devenu immense. À travers les feuilles, les jeux de lumière formaient un gros poisson transparent. Puis ils entendirent un bruit. Ils regardèrent de l'autre côté. Le taxi s'éloigna. Une silhouette franchit le portail, semblable à un chariot avec une tête d'homme ; elle tenait d'une main une valise à roulettes et, de l'autre, une sorte de cage.

« Ton frère », dit le petit ami de Gioia.

C'était Michele, et Gioia se figea sur place. Il était revenu. Elle s'efforça de dissimuler la flambée qui s'était allumée sous sa peau, comme si sa réputation de jeune fille consciencieuse lui interdisait d'éprouver une quelconque déception face à l'injustice d'un nouveau problème, survenu alors que le précédent vient à peine d'être résolu.

Un fragment de lune s'attardait dans le ciel de ce début de matinée. L'Homme Poulet faisait de la publicité pour des chaussures de sport. L'Homme Cochon distribuait des coupons de réduction pour l'achat d'un jambon entier. Les lampadaires du centre commercial Mongolfiera étaient alignés tout le long des zones, classées par ordre alphabétique, du parking payant. Du côté opposé, deux nuages en plexiglas illustraient le paradoxe d'un univers provisoire dirigé d'une main ferme. Engoncé dans son costume de grenouille, Pietro Giannelli sortait l'un après l'autre les prospectus du Toys Center. Il les distribuait aux premiers clients de la journée. Baby Control *avec* capteur de mouvements, à placer sous le lit de bébé. Cuiseur vapeur pour Petit Gourmet. Embrassez la grenouille. Les clients disparaissaient, engloutis par les escaliers du centre commercial.

À dix heures un quart, il se dit que le moment était venu de prendre une pause. Il remit les prospectus dans son sac banane, extirpa un bras d'une manche, se passa la main derrière la nuque, tira sur la fermeture éclair et la fit glisser. La tête de la grenouille s'ouvrit en deux et le visage en sueur de Giannelli émergea des deux hémisphères en mousse. Il inspira une bouffée d'air frais, sautilla jusqu'au distributeur automatique, glissa deux pièces dans la fente, eut du mal à se pencher pour récupérer la bouteille de Gatorade. À dix heures du matin, il était déjà en nage. Il but à grandes lampées, sautilla vers la caisse du parking, passa devant le secteur H. Sans cesser de sautiller, il descendit la rampe qui conduisait à une rangée isolée de places de parking aux rideaux de fer baissés. Là, on était à l'ombre. Tout n'était que paix et silence. Il suffisait de lever les yeux pour apercevoir, au loin, la ligne de chemin de fer.

Il appuya son dos contre un pilier en béton, glissa la main dans son sac banane, en sortit une pipette, prit du papier aluminium, en déchira un morceau, le plia jusqu'à en faire un capuchon, glissa l'aluminium dans le bec, retira un sachet en plastique de son sac banane, y prit des cristaux de DMT, les plaça au-dessus du réchaud, qu'il alluma, et enfin aspira. Les rideaux de fer du garage se transformèrent en un mur d'obsidienne. Un sifflement à haute fréquence se déclencha, se dilata. La lumière régressa, retrouvant les couleurs du soleil pendant le long sommeil précambrien, avant l'apparition de la vie sur Terre. Le mouvement des oiseaux créait devant ses yeux des figures polygonales parfaites. Des carrés. De merveilleux rectangles bleu océan. Ensuite, la notion géométrique subit une évolution. Pietro Giannelli sentit sur sa peau quelque chose de semblable à un vent divin, qui se mit à le caresser. Une marée immatérielle. Un pic enneigé ne lui semblait pas plus éloigné que le bout de son nez.

Le sifflement gagna en intensité, puis disparut.

Pietro Giannelli rouvrit les yeux, frappé de stupeur. L'obsidienne du garage était redevenue du fer. La patine qui recouvrait les arbres et la route – et le train qui maintenant défilait devant lui à toute vitesse – se retirait rapidement. C'était comme si une *autre* source d'énergie, semblable à la bonde d'évacuation d'une baignoire, aspirait l'effet de la DMT. S'il avait regardé sa montre, il aurait constaté que moins de cinq minutes s'étaient écoulées depuis sa première bouffée. Mais il n'avait pas besoin de sa montre. Cette sensation-là, il s'en souvenait.

Les grandes entreprises agricoles auraient pu y construire des entrepôts et des filets pour serres, se dit Michele, la tête appuyée contre la vitre du TGV. Il observait le paysage qui filait vers le Sud. Sur ses genoux, il y avait le panier où la chatte se tenait tranquille depuis le début du voyage. Ou alors des cimenteries, des éoliennes comme celles qu'il avait vu défiler plus tôt. L'esprit humain avait la faculté d'inventer les architectures les plus saugrenues, celles qui lui donnaient encore plus l'illusion d'être à même d'arracher l'ombre du sol qui les avait engendrées. Mais le fond des choses (la terre humide sous les éoliennes, le ver dans la serre, la poussière blanche qui se levait de partout) restait enfermé dans son mystère. Ces bois étaient les mêmes depuis toujours. Le rat suit le joueur de flûte. Le carrosse redevient citrouille. Le loup mange le petit cochon. La petite fille au fond du puits. Miroir, miroir…

Il glissa un doigt à travers le grillage du panier, sentit le museau humide.

Il caressa la chatte. Certaines douleurs ne font pas

verser de larmes. Je pourrais vivre enfermé dans une coquille de noix, récita-t-il de mémoire. Il montra une nouvelle fois son billet au contrôleur. À la hauteur de Molfetta, il s'acheta un Coca-Cola.

Le jeune chat de gouttière tendit ses muscles, caché derrière les fougères. Puis il se lança en avant, fourra son museau dans le sac des courses et s'enfuit, une tranche de jambon entre les dents.

Quand la femme de chambre agita son poing, il avait déjà déguerpi dans les buissons.

Les cris, le bond de la bête et la Ford Focus du géomètre De Palo, garée dans l'allée qui menait à la villa, formaient le point, la ligne et le plan d'une vue abstraite par rapport à ce qui, leur tournant le dos, faisait déjà face au buffet de l'entrée. Annamaria remonta les marches de l'escalier. Elle observa les scènes de guerre que l'habitude avait transformées en taches colorées. La douleur des derniers jours rendait comme neuve, à ses yeux, la laideur de ces tableaux achetés des années plus tôt, quand les ventes aux enchères dans les lieux de villégiature étaient à la mode. Cortina, 1976. Le commissaire-priseur avait frappé le socle en noyer de son marteau. Clara était née depuis peu, ses petites mains s'agitaient dans la dentelle blanche de son berceau ; dans leur suite qui donnait sur la chaîne des Tofane, Annamaria et Vittorio, en robe de chambre, beurraient des biscottes. Ce n'était pas l'époque la plus heureuse, pensa-t-elle en s'engageant dans le couloir du premier étage.

Annamaria passa devant la porte fermée de l'ancienne chambre de Michele (aujourd'hui réduite à un débarras jamais assez mort), dépassa la chambre de Clara, puis celle de Ruggero. Cette période avait été terrible. Elle entra dans sa chambre, s'écroula sur le lit, baissa la tête et se passa la main sur la nuque. À travers les lattes des stores, la chaleur pénétra dans la pièce comme des cristaux de kaléidoscope dans l'eau. Les jours remplis d'espoir avaient été ceux où elle était enceinte de son aîné. Peu de temps après, Vittorio avait acheté la maison où ils habitaient encore, et l'énergie qu'il avait mobilisée pour l'aménager reposait déjà en son sein, comme un soleil qui prend forme semaine après semaine.

Être enceinte de Ruggero avait été magnifique. Annamaria sentait son ventre se tendre, tandis que son abdomen se couvrait de petites taches brunes et que les veines de ses jambes devenaient visibles. Le matin, elle ouvrait en grand les volets de l'appartement que Vittorio avait loué, et la chaleur lui arrivait en plein visage.

Les hommes rendent les femmes heureuses. Et chaque tressaillement de l'enfant (même les premières semaines, entre deux séries de nausées) lui confirmait qu'elle avait bien fait d'épouser Vittorio. Question d'intuition. Pendant ses années de lycée, à l'époque où elle dérobait aux livres les heures qu'elle passait à une table de café avec ses amies, elle en voyait beaucoup, des garçons susceptibles de la soustraire à un avenir professionnel d'enseignante. Le fils de l'avocat qui défendait un ancien ministre. Le fils de M. Untel, adjoint au maire. Quand un de ces rejetons de bonne famille à l'air avenant se tenait près d'elle, Annamaria flairait la grande propriété et le cadavre. Ces jeunes gens avaient un patrimoine, mais il leur manquait l'élan, et pour y avoir accès, ils auraient éprouvé le besoin de demander la permission. Annamaria avait levé les yeux de son Martini et les avait baissés aussitôt après, mais dans ce court intervalle, elle avait déjà pris une décision. Ce fou qui avait garé sa Citroën DS sur le trottoir après avoir tourné en vain dans les environs, et qui s'était précipité en direction de la chambre de commerce, pouvait bien ressembler à un de ces losers qui tentaient leur chance uniquement pour se rabattre, dès l'année suivante, sur un poste dans la fonction publique ; mais ce n'en était pas un.

La première fois qu'il s'était assis à leur table, Annamaria avait eu l'impression qu'il raisonnait sur plusieurs plans à la fois. Il portait une veste gris de Payne, et il avait de belles mains de cambrioleur.

« C'est la troisième fois que je vous vois ici, assises au café. Alors puisque vous avez si peu envie de potasser vos bouquins, c'est moi qui suis venu vous étudier de près. Mais si j'ai interrompu quelque chose d'import… »

L'une d'elles lui avait coupé la parole en gloussant : « Mon cher, la seule chose importante ici, ce sont ces trois verres vides. »

Vittorio leur avait offert à boire. Il avait souri à chacune, mais de manière plus insistante à Annamaria. Il lui rendait le regard qu'elle avait planté sur lui sans qu'il s'en aperçoive. Et dans le même temps, il agitait ses pupilles dans tous les sens, comme pour talonner le temps précieux que ces minutes si agréables lui faisaient perdre. Un jeune homme d'affaires qui aspire à la fortune en partant de rien doit concentrer en vingt-quatre heures ce qui, normalement, en prend une cinquantaine. Il n'avait cependant rien d'aride.

La première fois qu'ils avaient couché ensemble, elle n'avait rien senti. Allongée sous les draps, elle avait observé son appartement pour essayer de mieux le comprendre, lui. C'était un F3 à peine meublé, parsemé de boîtes vides et de factures.

La deuxième fois, ils s'étaient bien amusés. La sueur luisante sur leurs corps nus était destinée à hanter plusieurs rêves d'Annamaria, dans les années à venir. Le soir, ils étaient allés à la fête d'anniversaire d'un gros bonnet de la distribution alimentaire. Annamaria avait vu Vittorio rire et bavarder avec les autres convives ; il l'avait invitée à danser, lui avait présenté des hommes, des jeunes filles et des vieilles dames qu'elle avait eu du mal à reconnaître, quand elle les avait recroisées par la suite. Chacune de ses manœuvres était empreinte d'amabilité et de gentillesse, mais chaque muscle de son visage elle l'avait bien noté était tendu vers tout ce qui pouvait servir ses intérêts.

La quatrième ou peut-être la cinquième fois qu'ils avaient fait l'amour, Annamaria avait senti au-dessus d'elle une souffrance et une profondeur dont elle n'avait pas idée. Aussitôt après, elle avait fumé une cigarette, songeuse. Vittorio, assis sur le rebord du lit, avait bu d'un trait la moitié d'une bouteille d'eau minérale. Puis il s'était levé et, debout en slip au milieu de la chambre, il s'était épanché ; elle en avait été pétrifiée. Il était inquiet. Pire encore : il était terrorisé à la pensée d'être ruiné. Il avait certes de nombreux chantiers en cours, mais il avait aussi contracté beaucoup de dettes, et la moindre anicroche pouvait réduire à néant ces montages financiers sophistiqués. Une augmentation du prix de l'acier, par exemple. Admettons que les États-Unis parviennent à leurs fins, dans leurs négociations commerciales. Les fournisseurs étrangers se font payer en dollars... Il hochait la tête et répétait le même refrain : « Tu ne peux pas comprendre. » Il ne lui restait plus qu'à se prendre la tête entre les mains, pour perfectionner cette imitation précoce de la vie conjugale.

« Allez, donne-moi une autre cigarette », lui avait dit Annamaria d'une voix ferme. Ce que les hommes pouvaient être bêtes, même quand ils étaient intelligents. Bien sûr que non, qu'il n'allait pas être ruiné. Ça sautait aux yeux, qu'il allait s'en mettre plein les poches ! Il était bien le seul à ne pas le savoir. Annamaria l'avait vu à l'œuvre. Même si deux ou trois affaires capotaient, il avait d'autres cartes dans son jeu pour faire valoir son génie. Qu'est-ce qui pouvait arrêter un homme comme lui ? La seule prière qu'Annamaria s'était surprise à chuchoter, c'était que le Très-Haut lui épargne toute maladie honteuse.

Lorsque, moins d'un an plus tard, elle avait découvert qu'elle était enceinte, le patrimoine de Vittorio avait d'ores et déjà doublé. Le joli appartement qu'il avait loué près du bord de mer, après leur mariage, était très au-dessous de leurs moyens. L'abdomen d'Annamaria se tendait. La situation était si prometteuse (Vittorio s'envolait pour l'Espagne, tout en menant des négociations pour l'ouverture d'un spa sur la Côte d'Azur, tout près de la frontière) qu'elle se sentait en devoir de dépenser une somme d'argent aussi importante que celle qu'ils amasseraient dans les mois à venir, si la chance continuait à leur sourire.

Quand ils avaient emménagé dans la villa, ils auraient très bien pu se permettre d'en acheter une plus grande.

Et leurs fous rires, quand Vittorio l'emmenait dîner, se souvint-elle sans bouger de son lit, assise dans la pénombre, les doigts enfoncés dans les draps, absorbant la sombre chaleur épaisse qui stagnait dans la chambre. Les robes excentriques qu'il lui offrait lorsque, quelques mois à peine après l'accouchement, elle avait déjà retrouvé sa ligne. Les bijoux, pensa-t-elle, barricadée dans son amertume. Le bracelet de chez Tiffany, le collier en cascade qui l'inondait de lumière. Les vacances à New York. Le flacon de vernis à ongles bon marché qui, telle une plaisanterie macabre, s'échappait parfois de sa valise, à son retour d'un voyage d'affaires. Des numéros de téléphone griffonnés sur des bouts de papier froissé qu'elle retrouvait dans la poche du pantalon. Mélangés à tout le reste.

Annamaria n'était pas blessée outre mesure par les escapades de Vittorio, du reste assez rares. Il est bon que les grands hommes, pour ne pas devenir des monstres, gardent quelque chose d'infantile. Vittorio pouvait même, de temps à autre, la tromper, pour ainsi dire ; l'important, c'était que *lui* ne se rende compte de rien, quand il rentrait à la maison. Annamaria s'arrangeait pour enlever le petit poil blond en forme d'astérisque accroché au col de la veste qu'elle tendait à son mari. Elle éprouvait juste de la peine pour la jeune garce anonyme. Et elle réservait à Vittorio la même réprobation qu'à Ruggero, quand il lui arrivait encore de faire pipi au lit.

Ensuite, elle s'offrait un sauna ou allait passer quelques heures dans le cocon parfumé d'un institut de beauté.

C'est dans l'ordre des choses, que le plus beau des bourgeons puisse cacher un ver affreux. Mais qu'un beau ver s'épanouisse dans la chimie de Chanel, ça, elle ne l'aurait jamais imaginé. Quand elle était tombée enceinte de Clara, sa grossesse s'était révélée d'emblée très pénible. Des vertiges la prenaient au dépourvu. Les vagues de nausées étaient plus intenses que celles qu'elle avait connues avec Ruggero. Elle avait l'impression qu'un bouchon sautait, ouvrant ainsi la voie à une putréfaction d'égout qui lui remontait tout droit jusqu'au cerveau. L'après-midi, seule dans sa cuisine, elle éclatait en sanglots sans raison.

Le soir, Vittorio lui prenait tendrement le menton. « Allons bon, mais qu'est-ce qui t'arrive ? » Elle se sentait dépossédée, traversée de rêves qui n'étaient pas les siens.

Un fœtus de vingt semaines était donc capable de lui faire un pareil effet ? Annamaria savait qu'à la fin du premier trimestre, les embryons développent leur odorat ; qu'au deuxième trimestre, ils savent nager dans le liquide amniotique, qu'ils donnent des coups de pied pour répondre à des sollicitations diverses. Mais cette enfant était en train de la détruire. Il lui semblait qu'elle habitait sa chair avec une hostilité spontanée, et elle s'était même surprise à penser que sa présence était maléfique. Elle avait l'impression que l'intelligence du fœtus (une boîte à merveilles archaïque, où lesdites merveilles se transforment en cauchemars dès qu'elles entrent en contact avec le monde extérieur) ne voyait en elle qu'une enveloppe à exploiter sans pitié. Aussi absurde que cela puisse paraître, tout se passait comme si Clara avait été la fille non pas d'un autre père, mais d'une autre mère, comme si un vague principe féminin – qui connaissait, ou plutôt approuvait la férocité de la petite fille – l'avait implantée dans un ventre envers lequel aucune clémence n'était requise.

Se montrer faible, passe encore. Mais gare à le devenir. Surtout si on est mariée à un homme qui réussit, capable de voir dans les problèmes d'autrui une promesse de résolution des siens. Ce n'était pas la variété chromatique des cheveux morts trouvés sur un manteau. Mais au contraire la couleur brunâtre d'un poil bien précis dont elle avait appris à reconnaître l'ondulation, la splendeur, la vague turgescence, et qui, petit à petit, avait pris la place de tous les autres.

Annamaria l'avait remarqué avant même que des indices viennent confirmer son intuition. À la maison, Vittorio lui réservait une étrange gentillesse. Puis, vers la trente-quatrième semaine, il l'avait accompagnée chez la gynécologue pour un frottis vaginal.

Ils étaient dans la salle d'attente. À un moment donné, Vittorio s'était levé d'un mouvement brusque et dirigé d'un pas rapide vers le secrétariat. En l'observant de dos, Annamaria avait eu la sensation qu'il disait une chose avec l'intention d'en dire une autre. Il était revenu vers elle en affectant un air de contrariété (ô combien écœurant) et il avait jugé « insensé », selon ses propres termes, qu'un cabinet où une échographie coûtait les yeux de la tête n'ait pas mis un téléphone à la disposition de ses clients. Il devait passer un coup de fil urgent, pour son travail. « Excuse-moi, c'est assez pressé. Je reviens d'ici un quart d'heure. » Annamaria était restée à l'attendre en tapotant de l'index d'une main sur son autre main, couverte de bagues. Les minutes s'étaient écoulées. Trois quarts d'heure plus tard, on avait appelé la dernière patiente qui devait passer juste avant elle (une fille de couleur accompagnée de son petit ami). Voûtée sur sa chaise, les bras serrés autour de son abdomen, Annamaria avait senti se briser le câble en acier grâce auquel Vittorio lui avait toujours insufflé un sentiment de sécurité. Quand son tour était arrivé, Vittorio n'était pas encore revenu ; elle s'était donc levée et elle était entrée dans la salle de consultation en proie à la confusion.

La porte s'était refermée derrière elle. La gynécologue semblait enveloppée d'un halo de lumière. Elle avait pris un ton confidentiel pour lui parler du streptocoque chez la femme enceinte, mais Annamaria observait déjà la scène de l'extérieur. Elle s'était vue enlever ses chaussures, sa jupe et sa culotte, puis s'allonger sur le fauteuil gynécologique, jambes écartées. La gynécologue avait enfilé des gants, exploré la vulve du doigt, pris le spéculum lubrifié avec du gel, glissé ce même spéculum dans le vagin avant de l'élargir jusqu'à ce que le corps rose du col de l'utérus devienne visible. Annamaria avait éprouvé une brûlure entre les jambes, elle était revenue à elle et avait senti qu'on lui introduisait un premier puis un second coton-tige jusqu'au col de l'utérus (sans hâte, la gynécologue avait replacé le prélèvement dans l'éprouvette, mis l'éprouvette dans le frigidaire, déchiré la cellophane contenant le second emballage et retiré un autre coton-tige pour l'introduire dans le vagin). Annamaria s'était demandé où Vittorio avait bien pu aller retrouver sa pute, tandis qu'un mince filet de larme sillonnait l'espace situé entre sa pommette et son oreille. Ils s'étaient peut-être rejoints en bas de l'immeuble. Ils avaient bavardé dans un café, ou peut-être qu'ils s'étaient précipités dans un hôtel. Elle avait eu le pressentiment (justifié par la suite des événements) qu'elle retrouverait Vittorio dans la salle d'attente à la fin de la consultation, et que le soir même, lors de la première scène de jalousie de leur histoire, il nierait avec la force d'un aveu, agressif comme un enfant qu'on aurait surpris en train de torturer un chien.

Trente-six ans plus tard, elle se mit debout en respirant lentement. Le cercle s'étant désormais refermé avec l'enterrement de sa fille (mais pas tout à fait, pensa-t-elle avec rage, avec remords), elle se dirigea sans hâte vers la fenêtre. Elle lorgna à travers les trous du volet roulant à demi baissé. Le jardin et ses fleurs. Plus à gauche, juste derrière le petit potager, l'endroit où on avait construit la véranda, en face de la cuisine.

Quelques semaines avant l'accouchement, elle s'était sentie lourde comme un astronaute, épuisée comme un sac de sable qu'on aurait criblé de coups. Elle ne dormait plus que par intervalles, et rouvrait les yeux par saccades, plus agitée que jamais. Elle avait mal au dos ; ses mamelons sécrétaient un liquide jaunâtre mais les ouvrages de vulgarisation les plus simples l'avaient rassurée quant à la normalité du phénomène. Il était six heures, en cet après-midi de début de printemps. Clara allait naître sous peu. Couleur : le blanc. Planète dominante : la lune. Ça aussi, elle l'avait lu quelque part. Ruggero était chez un copain d'école. Seule dans la cuisine, elle se préparait une camomille. Vittorio était en Espagne. La Salvemini Edilizia avait remporté le contrat pour l'élargissement de la section d'autoroute entre Cadix et Séville. Il devait rentrer avant le week-end. Annamaria avait retiré le sachet de camomille de la tasse, avait enroulé autour la petite ficelle et jeté à la poubelle. Ces derniers temps, il lui arrivait d'avoir honte des pensées qu'elle avait adressées à son enfant. D'autant plus qu'au cours des dernières semaines, Clara s'était montrée particulièrement sage dans son ventre. Elle ne donnait presque plus de coups de pied. Lors de la dernière échographie, elle était à ce point immobile qu'à un moment donné, la gynécologue avait froncé les sourcils d'une drôle de manière.

Annamaria avait saisi la tasse fumante entre ses mains. Elle était allée la poser sur le guéridon de la véranda, était retournée dans la cuisine, avait pris les biscottes et un pot de confiture, était revenue à la véranda et s'était presque effondrée sur la chaise longue en bois. Elle se sentait épuisée. Elle avait grignoté deux biscottes, puis étiré ses jambes devant elle. Le vent de l'été à venir était entré par la porte-fenêtre. De ce côté de la maison, le jardin devenait sauvage. La lumière du soleil couchant faisait trembler le myrte et l'herbe haute ; elle transformait l'enchevêtrement du laurier en un tourbillon de lumières et d'ombres qui s'allongeaient vers elle, tandis que ses paupières s'alourdissaient. Annamaria avait rouvert les yeux. La nuit était déjà tombée. Elle avait vu le noir à travers les branches. Combien de temps ai-je dormi ? Elle avait senti une démangeaison à la main. L'impalpable corps brunâtre s'était envolé. Annamaria avait regardé autour d'elle, effrayée. Elle était sur le point de se lever mais elle s'était de nouveau affaissée, alourdie par son gros ventre. Des papillons. La véranda en était envahie. Un tourbillonnement de phalènes aux ailes velues, de gros insectes aux antennes en brosse, aux corps semblables à des nuages de poussière, qui voletaient entre les murs, se posaient sur le guéridon ou bien lapaient la confiture, agglutinés les uns aux autres, tandis que d'autres animaux, pareils à de longues fourmis ailées, continuaient d'entrer par la porte-fenêtre. Annamaria avait été une fois de plus saisie par la nausée des premières semaines. Elle avait pensé que son corps traduisait de cette façon quelque chose d'innommable autrement. Avant d'émerger de sa somnolence et de réaliser qu'il ne se passait rien, elle avait recommencé à craindre que tout cela ne soit dû à l'enfant.

Quelle horreur, se dit-elle stupéfaite, en continuant à observer les papillons autour d'elle.

Puis elle s'était ressaisie. Elle s'était levée de sa chaise longue et elle était allée chercher un insecticide dans la salle de bains.

À travers la fenêtre, elle observa Gioia se promener dans le jardin avec son petit ami, jusqu'à ce qu'ils disparaissent derrière la vigne vierge. Elle resta immobile devant le volet à demi baissé. C'était terrible, que Clara se soit suicidée. Terrible. À soixante-six ans, Annamaria disposait d'une vision élémentaire et dure des choses. Elle y pensait sans arrêt. Pourtant, elle savait bien que c'était inutile. Elle réussissait tout juste à effleurer les raisons qui pouvaient avoir poussé sa fille aînée à faire une chose pareille. Un mur impossible à escalader, tant l'incompréhension avait grandi entre Clara et elle, au fil des années. Des voix qui n'appelaient pas, des portes qui ne s'ouvraient pas. Le terrain même où elles posaient leurs pieds devenait trompeur. Cette affaire de Porto Allegro. Il était fort possible que Vittorio, cette fois-ci, n'en vienne pas à bout. Non pas tant à cause de son âge. Son mari était encore un homme vigoureux. Annamaria avait plutôt l'impression que, sous les effets d'une gigantesque perturbation, leur parcelle de monde était entrée dans un cône d'ombre où les anciennes lois ne valaient plus.

Clara avait-elle vraiment eu, à sa naissance, une influence maléfique ?

Quelle absurdité ! La stupide trentenaire qu'elle avait été, terrorisée à l'idée que son mari puisse la quitter, aurait pu y croire. Mais pas la femme d'aujourd'hui.

Ou alors, était-ce parce que ça avait été douloureux ?

Ça avait été déchirant, humiliant, terrifiant. La naissance de cette enfant l'avait obligée à garder le lit pendant deux mois. Un état d'infériorité dont Vittorio et Micaela avaient profité sans vergogne. Car maintenant elle le connaissait, le nom de cette pute, pensa-t-elle avec une haine immuable en baissant les yeux sur le jardin. Gioia et son petit ami dirigeaient maintenant leur attention vers l'allée qui conduisait à la villa. Annamaria vit le taxi s'éloigner. Un jour ou l'autre, ça devait arriver, pensa-t-elle. Le fruit innocent de la bêtise et de l'erreur humaine revenait frotter les semelles de ses chaussures sur le paillasson de sa maison. Elle se souvint qu'elle connaissait non seulement le nom, mais aussi l'âge de l'objet de sa haine ; elle savait qu'elle travaillait dans une boutique de la Via Calefati. Elle avait deviné sans difficulté que Vittorio l'avait connue à l'occasion du renouvellement du bail ; elle pouvait remonter au jour exact où son mari avait dû s'en occuper en personne, le géomètre Ranieri ayant eu un empêchement à cause d'un problème de santé. Et tout ça parce que l'immeuble au pied duquel se trouvait aussi la boutique *Satú* – voilà ce qu'il y avait d'écrit sur l'enseigne, quelle que puisse être la signification d'un nom aussi stupide – appartenait à Vittorio. Ou, pour être exact, à Vittorio et à son épouse, ce qui rendait l'insulte d'autant plus cuisante.

Annamaria en était réduite à quémander des renseignements à ses amies. Ses appels téléphoniques, du haut desquels elle exerçait naguère la bienveillance d'une reine, se transformèrent tout à coup en de mortifiantes exhibitions. « Tu es sûre de vouloir le savoir ? » Des appels d'enquête, de supplication. « Bon, d'accord, alors écoute… » Annamaria était bien consciente qu'à chaque information soutirée, l'informatrice de service allait considérer comme public ce qui, jusqu'alors, restait secret. En conséquence, elle baissait dans la hiérarchie sociale, au moment même où elle extirpait à la voix de l'autre bout du fil l'information qui commençait par la soulager, mais redoublait ensuite sa souffrance.

Après avoir raccroché, elle avait cependant l'impression de se retrouver dans les chaudes exhalaisons de l'ennemi, et c'était une bonne chose. Savoir que Micaela était plus jeune qu'elle (vingt-quatre ans contre ses trente à elle, et un deuxième accouchement), qu'elle était belle (on avait répondu à ses questions par la vérité), dégourdie, pétillante et chic, percevoir non seulement la façon dont elle enjôlait Vittorio, mais aussi le fait qu'il reconnaissait à cette fille de l'audace, une qualité que sa femme ne possédait peut-être pas : tout cela en faisait l'ennemi parfait. Oh, pas un ennemi comme dans les combats à mort des mâles, réfugiés derrière la notion de contingence. Annamaria savait que Micaela lui avait été envoyée par le destin avant même de poser les yeux sur Vittorio, avant même qu'Annamaria, et donc Micaela elle-même ne soient nées.

Certains jours, sa haine atteignait une telle intensité que Vittorio lui-même devenait un détail. C'était dans ces moments-là que, bizarrement, Annamaria avait l'impression d'entrer enfin en contact avec sa fille. Comme si Clara avait vécu dans une dimension qu'elle-même n'atteignait qu'au prix de souffrances lancinantes.

La petite fille, se rappela-t-elle, peinée, émue, alors qu'elle s'éloignait de la fenêtre pour entrer dans la pénombre de la chambre à coucher. Maintenant. Elle calcula le trajet que Michele allait suivre, de l'allée à la porte d'entrée. Maintenant, je vais me tourner de l'autre côté, et il va sonner à la porte. Le fruit du hasard. Le legs innocent de la bêtise.

À peine née, la petite pleurait. Si elle avait été sage jusqu'à l'accouchement, à présent, elle ne vous laissait plus un moment de répit. Dix jours après son retour de l'hôpital, Annamaria s'était retrouvée dans une situation à laquelle elle ne s'attendait pas. Elle se sentait fatiguée, engourdie. Elle avait mal aux os. Le relâchement de ses tissus lui causait des incontinences. Et elle était seule, abandonnée, dans l'immense chambre à coucher de la villa, avec pour seule compagnie la domestique et parfois sa mère, quand elle venait l'aider. Vittorio l'appelait pour lui dire qu'il serait en retard à cause de rendez-vous d'affaires surgis de nulle part et expliqués à la va-vite. Le dimanche, il disparaissait toute la journée.

En d'autres circonstances, Annamaria l'aurait remise à sa place. Elle serait allée trouver Micaela dans sa boutique de merde. Elle l'aurait affrontée à coups de pied, car ce genre de gamines fantasmées, au contact de la pointe d'une chaussure Pollini, se transforment le plus souvent en pauvres filles apeurées. Mais elle ne pouvait pas. Cette fois-ci, c'était elle qui avait peur. Clouée au lit, incontinente, prise en otage par un nourrisson de quelques semaines. Le corps tonique de Micaela, se disait-elle d'un air craintif en observant son propre reflet dans la glace, l'aurait réduite en cendres rien qu'à passer près d'elle.

Et puis, il y avait eu la nuit où elle avait été submergée par la peur de devenir folle.

Il fallait qu'elle se débrouille toute seule, avec Clara. Une semaine plus tôt, elle avait trouvé un billet d'avion dans la poche du pantalon de Vittorio. « L'inauguration de la tour Areva, le gratte-ciel le plus haut de France. En présence de Valéry Giscard d'Estaing et de tous ceux qui comptent, en Europe, dans le domaine du bâtiment », lui avait-il expliqué. Ruggero dormait à l'étage du dessous. Il avait inauguré ses années de collège en exposant avec une froide logique le système qu'il avait mis au point pour échapper aux hurlements de sa petite sœur. Ce soir-là aussi, Clara pleurait. Annamaria avait essayé de la bercer, de la tenir dans ses bras, de la reposer dans le berceau qu'on avait agrémenté d'un mobile avec des abeilles. L'enfant se taisait deux minutes. Et se remettait à hurler. Annamaria l'avait sortie de son berceau, elle était allée s'asseoir avec elle devant le téléviseur, au pied du lit, elle avait allumé l'appareil. Clara hurlait. On aurait dit qu'elle était séparée d'une personne qui lui était indispensable, ou plutôt qu'elle attendait un événement gigantesque ; enchâssé dans un futur qu'elle seule discernait. Puis Annamaria l'avait vu. Sur l'écran, l'espace d'un instant, au journal télévisé. Le couronnement de Juan Carlos en l'église San Jerónimo de Madrid. En haut de la nef centrale, le nouveau roi serrait la main aux chefs d'État étrangers. Giovanni Leone. Le chancelier Helmut Schmidt. Le visage en forme de poire de Valéry Giscard d'Estaing, le président français. Annamaria avait senti du pipi couler entre ses jambes, elle l'avait regardé tacher le drap et dégouliner sur le parquet. Au fond d'elle-même, elle le savait. Mais jusque-là, elle avait réussi à reléguer le mensonge de Vittorio dans une chambre froide. Le plus dur n'était pas tant de l'imaginer avec Micaela, mais de savoir qu'ils étaient ensemble à Paris, avec tout le pouvoir évocateur que le nom de cette ville continue à exercer sur certaines femmes. Un couple qui se promène dans les jardins du Luxembourg ; main dans la main devant la fontaine Médicis ; dans un taxi en route pour les boutiques des Champs-Élysées. Les imaginer comme ça, c'était pire que de les surprendre dans le lit conjugal. Les larmes lui inondaient le visage. Eux deux, là, à Paris, et elle clouée ici, à cause de l'enfant.

« Tais-toi », avait dit Annamaria d'une voix cinglante. Clara n'avait pas obéi. Elle pleurait d'une manière insolente, irresponsable. Il n'y avait rien, chez elle, de rattachable à un sentiment de tendresse envers une mère qui vient de se pisser dessus par désespoir. Alors, Annamaria s'était levée d'un bond. L'enfant en avait été surprise. Annamaria avait souri. « Tu vas te taire, bordel ? » La petite fille avait eu un regard contrarié et Annamaria l'avait jetée sur le lit. Clara avait éclaté en sanglots. Annamaria l'avait prise et soulevée. Puis, de toute la force qu'elle avait dans les bras, elle l'avait jetée à nouveau sur le lit. L'enfant avait rebondi sur le matelas, était retombée sur le dos, avait écarquillé les yeux comme si le souffle lui manquait, et enfin pris une couleur violacée, presque noire. Puis, Dieu soit loué, elle avait fondu en larmes. Annamaria, en larmes elle aussi, l'avait prise encore une fois dans ses bras, s'était mise à lui demander pardon pardon pardon, tout en cherchant à comprendre pourquoi, dans cette grande villa où le superflu ne manquait pas, il n'y avait pas une boîte de somnifères qui lui aurait permis d'en finir une bonne fois pour toutes, comme dans les films.

Mais le pire était encore à venir, pensa-t-elle en attendant qu'on sonne, et en effet on sonna. Annamaria traversa la chambre à coucher, sortit de la pièce et se dirigea vers l'escalier. *Le pire était encore à venir,* elle fut obligée de s'en souvenir.

La période de relevailles avait pris fin. Elle avait retrouvé sa ligne. L'enfant continuait à pleurer, mais Annamaria reprenait peu à peu le contrôle de la situation. À présent, elle savait ce qui était en train de se passer. Vittorio allait la quitter pour Micaela. Il était sur le point de le faire. Il ne le faisait pas, mais il allait le faire. Ce qui le retenait, c'étaient les enfants, ce faux sentiment de culpabilité des

Méridionaux, une commodité maquillée en handicap. Il en résultait que Vittorio passait de moins en moins de temps à la maison. Des absences de deux jours, voire d'une semaine. Des disputes éclataient à tout bout de champ. À l'occasion de l'une d'entre elles, un samedi au déjeuner, devant Ruggero, il avait soudain éclaté en sanglots.

Debout, en tête de table, les cheveux ébouriffés. Un homme d'affaires prospère qui se comporte comme un adolescent.

« Mais tu ne comprends donc pas, avait-il braillé, je l'aime ! »

Ruggero était resté pétrifié (dès la semaine suivante, ses résultats scolaires devaient connaître une progression vertigineuse). Annamaria avait été saisie de dégoût. Cette fille avait poussé Vittorio au ridicule d'une déclaration que Mme Salvemini, son épouse légitime, n'aurait jamais acceptée pour elle-même, car elle aurait signifié que son mari était devenu idiot. Que c'était un être faible, un médiocre, comme tous les autres.

D'autres mois passèrent. D'autres encore, et puis voilà : Micaela était tombée enceinte. Le coup de grâce, le coup prévisible. Clara avait deux ans. Annamaria avait tout compris à la nervosité de Vittorio. Mais il y avait eu aussi les sempiternelles rumeurs, rapportées par des amies qui ne s'amusaient plus à lancer leurs ragots vers les sommets, puisqu'il leur était désormais impossible d'y imaginer Annamaria. C'est la fin, se disait-elle froidement ces jours-là. Vittorio allait demander le divorce et elle-même allait devoir affronter une bataille juridique dont elle ne savait rien. Le soir, après avoir abandonné Clara aux mains de la baby-sitter, elle fréquentait de nouvelles amies dont elle aurait eu honte, deux ans plus tôt. Dans de mauvaises pizzerias. À d'absurdes réunions

Tupperware. De timides espoirs. Une possibilité sur mille. Voilà ce qu'elle avait vu dans le marc de café qu'elle faisait lire, au huitième mois de la grossesse de Micaela.

Et puis, comme un coup donné sur la peau tendue d'une grosse caisse, le miracle avait eu lieu, se souvint-elle en descendant au rez-de-chaussée, rajeunissant à cette seule pensée, c'est trop tard, pensa-t-elle, ça n'arrive qu'une fois dans la vie, se dit-elle en se dirigeant vers la porte d'entrée, prête à saluer Michele, prête même à le serrer dans ses bras, cet innocent qu'il fallait aimer comme un fils, il fallait qu'elle l'aime, et elle l'aimait ; je l'aime, pensa-t-elle.

Ce soir-là, Vittorio était à la maison. Il n'y venait plus que pour changer de linge. Le téléphone avait sonné avant le dîner. Il avait répondu, s'était raidi, s'était remis à parler au bout de quelques minutes. Annamaria avait entendu la voix qui tremblait. Elle s'était approchée pour le regarder. Il était blanc comme un cadavre. Vittorio avait raccroché, pris son pardessus, s'était dirigé à pas rapides vers l'entrée, avait disparu derrière la porte de la maison. Annamaria avait senti un frisson de plaisir la parcourir de la tête aux pieds. Elle n'osait pas y penser, tant l'hypothèse lui paraissait improbable. Seule la peur du mauvais œil l'avait empêchée de se mettre à prier à genoux dans sa chambre, lorsque, au bout de trois heures, et puis à minuit passé, elle n'avait toujours pas la moindre nouvelle. Qu'est-ce qui la portait à croire que c'était ça ? Contre quel désir féroce devait-elle lutter, pour qu'il ne bouleverse pas le métier à tisser du destin au moment où, de façon grotesque, un dénouement digne d'un roman-feuilleton s'annonçait ? Dans l'Italie de cette année 1978, une femme sur dix mille mourait en couches. Absurde ! Magnifique ! Il fallait qu'elle garde son calme. Elle avait fumé une cigarette, allumé puis éteint la radio dans le séjour, essayé de feuilleter un magazine. À un moment donné – trois heures du matin – elle avait entendu des pleurs dans la chambre à coucher. Elle était allée chercher Clara, l'avait prise sur ses épaules sans le moindre effort, l'avait portée à califourchon, promenée dans la maison en dansant. Si la petite fille avait continué à se plaindre, Annamaria ne l'avait pas remarqué.

À six heures moins le quart, elle avait entendu le bruit de la clef dans la serrure de la porte d'entrée. Les lumières de l'aube dévoilaient le jardin, se déversaient de telle sorte dans la villa que, du fond du séjour, on entrevoyait son autre extrémité. Annamaria avait déposé Clara sur le canapé et attendu debout. Vittorio était apparu, le dos courbé et le corps en biais, comme pour protéger quelque chose. Il s'était tourné vers elle et elle avait compris que Micaela était morte. Mais ce qui lui en avait donné la confirmation, c'était ce à quoi, stupidement, elle n'avait pas pensé. Il y avait dans les bras de Vittorio, enveloppé d'une serviette, un nouveau-né. Puis le docteur aussi était entré. Annamaria s'était aperçue que quelque chose avait changé dans l'atmosphère, comme si l'univers avait choisi de souligner la scène en modifiant le bruit de fond. Mais ça n'avait rien à voir avec l'univers. C'était Clara. Elle s'était enfin tue. Immobile sur le canapé, elle fixait le bébé, les yeux écarquillés.

Je vais donc devoir le prendre dans mes bras, pensa Annamaria trente-trois ans plus tard en posant la main sur la poignée, sans pouvoir retenir cette pensée absurde qu'il était injuste que le demi-frère ait survécu à la sœur. Elle ouvrit la porte et le vit. Ça faisait deux ans que Michele n'était pas revenu. L'air un peu fatigué, mal rasé, il portait un pantalon noir et une chemise bleue, qui laissait deviner la pointe de son sternum. Il tenait quelque chose de la main droite, un panier où Annamaria vit un chat. Avant même qu'elle n'ait le temps de faire quoi que ce soit, Michele tendit la main gauche et serra la sienne avec fermeté : on aurait dit deux collègues de bureau qui se seraient rencontrés à un colloque dans un lieu exotique.

« Bonjour, Annamaria. »

Il montra toutes ses dents, dans un sourire qui l'effraya.

Il franchit la porte d'entrée sans lâcher le panier, et s'introduisit dans la villa comme s'il était chez lui – *il y avait vécu vingt ans, mais*… Annamaria l'entendit monter. L'idée qu'il puisse se diriger vers son ancienne chambre lui donna des frissons.

Elle l'entendit hurler, du haut de la cage d'escalier : « Enfin à la maison ! »

Deuxième partie

Je suis devenu fou, avec de longs intervalles d'horrible santé mentale

Il monta l'escalier, bagages à la main, et entra dans le débarras qui avait été sa chambre. Le panier le déséquilibra. L'oreille de la chatte vibra à travers les fentes. Michele lâcha sa valise à roulettes, posa doucement le panier contenant l'animal sur le sol en grès, fila fermer la porte, se demanda si la chatte allait se sentir abandonnée. Elle miaula en effet. Il revint, se pencha sur le panier, défit les fermetures.

La chambre sentait le renfermé. Chaque fois qu'il était revenu, il avait évité le premier étage. Une forme de prudence que l'on avait prise pour de l'arrogance. La chatte se glissa hors de son panier, renifla cet air inconnu. La dernière fois que j'ai dormi ici, je n'ai pas pu fermer l'œil de la nuit, les cauchemars guettaient, prêts à attaquer. La chatte s'avança jusqu'à l'armoire, dressa les oreilles. Michele eut l'impression qu'elle évaluait les forces de l'ennemi. Il regarda le canapé, où s'amoncelait un tas de choses. Des pantalons délavés, des robes du soir que personne ne porterait plus. Tout en haut d'une pile, il reconnut le hibou à lunettes. Berruti, opticien. Imprimé sur le t-shirt de l'équipe de volley. La chatte, craintive, disparut dans l'obscurité, sous l'armoire.

C'est à ce moment-là que Michele accusa le coup.

Il était enfin de retour dans la maison où il avait passé son enfance, cette villa aux plans rationnels qu'il avait eu tout le temps de haïr avant que ce qu'elle recelait ne puisse le détruire, et il fut déchiré à l'idée de la mort de sa sœur Clara, horrible, impossible à accepter, car, l'architrave écroulée, le reste de la construction aurait dû s'écrouler à son tour. Pourtant, il était toujours debout, lui, et c'est ainsi qu'il encaissa la secousse qui brisait l'idée faussée d'une chronologie autour de laquelle nous organisons nos journées – notre vie entière. L'illusion de ce pont, de ce passage, se défit, comme lorsqu'il était petit, et il eut l'impression qu'un voile tombait. Il vit le visage de son père au-dessus de lui (et de fait, quelques heures plus tard, Vittorio se détacha lentement de l'ombre, en marchant comme s'il reculait pour que Michele puisse aller vers lui, un fils bras ouverts et un père offensé, comme si son absence à l'enterrement avait été sa faute, et cette image était exactement telle qu'il l'avait imaginée). Il ressentit aussi la méfiance maladroite de Gioia (il tomba sur elle dès qu'il sortit de son débarras. Elle l'étreignit avec transport, dans une entrée en scène qu'elle devait avoir étudiée à l'avance. Elle avait hésité à frapper à la porte de la chambre, tandis qu'il posait ses bagages, nerveuse et tournant en rond, reculant dans le couloir. Lui, dans ma maison. Elle lui caressa la joue, dit : « Allons-y », l'accompagna en bas comme un invité. Dans le salon, elle lui présenta son petit ami, qui lui tendit la main. Gêné. Et tout cela faisait déjà partie de sa sensation de tout à l'heure, lorsqu'il avait imaginé Gioia en train de chercher une manière de lui donner l'impression d'être chez lui. Dans la main qui me caresse le visage, la charrue qui trace une frontière), et il éprouva une autre sorte de trouble plus complexe, qu'il décomposa en faisant glisser la fermeture éclair de sa valise et qu'il savoura enfin en la reconnaissant tout à fait identique, au dîner (et à part le rôti froid sur le plateau, le vieux lampadaire et la nappe brodée, il reconnut aussi l'impatience avec laquelle Ruggero se leva de table, téléphona, revint s'asseoir à sa place en les fixant tous comme si manger sans s'occuper de rien d'autre était un privilège qu'ils pouvaient se permettre grâce à lui – la famille enfin réunie, pensa Michele dans son débarras, et de fait, ce soir-là, la famille était réunie).

Pendant le repas, Ruggero dit à Vittorio que le géomètre Ranieri et lui étaient allés voir le médecin-chef du service orthopédie de la polyclinique. Michele avala sa salive. Il n'avait pas revu le géomètre depuis des années. Ruggero continua de parler. Michele avait l'impression qu'il ânonnait des répliques répétées à l'avance, pareilles à celles qu'il aurait prononcées en son absence. Comme si mon arrivée avait interrompu quelque chose. Cette sensation avait été si intense, lorsqu'il était dans son débarras, que maintenant, assis à table, il se demanda s'il n'était pas encore en train d'imaginer la scène, tant ce qu'il avait sous les yeux se révélait fidèle à ce qu'il s'était figuré.

Gioia dit : « Passe-moi l'eau, s'il te plaît. »

Ruggero souleva la carafe. Vittorio se plaignit de la dureté de la viande. L'Agence sanitaire locale de Bari avait les listes d'attente les plus longues du sud de l'Italie, donc d'Europe. Ruggero, encore. Gioia tapa quelque chose sur son iPhone, sous la table. Annamaria se leva, revint avec les asperges. Gioia rappela à sa mère qu'il fallait renouveler un abonnement. Des cours de natation. Le visage d'Annamaria se durcit. Elle prit une asperge, la porta à ses lèvres, la mâcha rapidement, silencieuse et raide. Gioia baissa les yeux. Ruggero aussi cessa de parler. Le regard d'Annamaria devenait de plus en plus sec, comme pour suggérer aux autres que chacune de leurs grimaces devait correspondre, ni plus ni moins, au simple effort physique qui la provoquait. La mort de Clara avait brisé des digues qu'il fallait reconstruire autrement. Michele serra son couteau. Il avait envie de le planter dans les côtes de l'un des convives. Ruggero fit un geste. Annamaria lui tendit la bouteille d'huile d'olive. Il assaisonna ses asperges. Sans prononcer un mot, Vittorio embrocha une autre tranche de viande de porc. Gioia faillit contrôler de nouveau quelque chose sur son iPhone. Vittorio se racla la gorge. Ruggero toussota. Michele lâcha son couteau. La chatte était toujours à l'étage supérieur. Il l'imagina sortant de sa cachette, se familiarisant avec la pièce. Prête à sauter sur le canapé, puis du canapé à la coiffeuse et enfin par terre, pour faire renaître les vieux meubles. D'ailleurs, voilà que se matérialisait la table de nuit. Le lit où Clara s'asseyait, le dimanche après-midi. Ici, il y a Alioth et Mizar, lui avait-elle dit en appuyant sur le globe céleste le bout de sa cigarette, fumée à moitié. Annamaria se leva, revint avec la salade de fruits et les servit. Ruggero mangeait tête baissée. Vittorio dit : « Demain sera une journée difficile. » Michele écarquilla les yeux. Il avait la paume humide. Gioia lui avait pris la main sous la table et la serrait. Le voleur qui implore sa victime d'être complice du vol. Mais rien, dans la nature, ne se perd tout à fait, pensa-t-il, pas même ce petit geste infâme. Le temps passera, et d'autres mots, d'autres actions se superposeront à celles-ci, sans les effacer davantage que des couches de peinture n'effacent un dessin obscène qui finit par ressurgir un jour, après une énième pluie. Toute offense sera vengée. Michele prit son courage à deux mains. Il allait demander à Annamaria s'il pouvait dormir dans son vieux débarras, au lieu de rester dans la chambre d'amis. On y transporterait un lit, voilà tout.

Il serra à son tour la main de Gioia, sous la table. Elle sourit, dupée par ce geste trompeur. Il avala sa salive, devina d'avance le malaise qui allait apparaître sur le visage des autres et fit exactement ce qu'il fallait pour les mettre dans l'embarras. Il toussa, serra plus fort la main de Gioia dans la sienne, leva la tête et dit : « C'est quoi, ces têtes d'enterrement ? »

Allongé sur le lit. Un bras derrière le cou, l'autre tendu en direction de l'armoire.

Allez, courage, saute.

Derrière la fenêtre ouverte, deux peupliers ondoyaient à la place du hangar et de la rangée de petites maisons blanches qu'il aurait vus vingt ans auparavant, lorsque les arbres venaient à peine d'être plantés. La chatte se pencha du haut de l'armoire, s'élança et atterrit sur le matelas. Michele sourit. Il venait d'extraire, dans une odeur de jasmin, une particule de plomb nichée dans un effluve de laque et de polystyrène. Un coiffeur, un magasin d'électroménager. Le parfum de la ville arrivait jusqu'à la maison.

Il était là depuis trois jours. La tristesse agissait sur lui comme le fleuve sur le rocher. Au bout du compte, c'était lui qui se liquéfiait. Au rez-de-chaussée, la femme de son père parlait au téléphone. La chatte enfonça ses griffes dans le tapis, après avoir échappé à sa tentative de plaquage. Annamaria bavardait toujours, et sa voix devenait celle d'une femme plus jeune. Un vieux téléphone Grundig aux touches lumineuses et au clavier en plastique rouge. Une chemise en jeans et un short qui laissait voir ses jambes bronzées.

« Une paumée. J'ai eu la chance de ne jamais la

rencontrer. Mais j'aurais payé cher pour avoir une photo d'elle. »

Elle s'entortille le fil du téléphone autour du poignet. Son corps ne montre presque aucune séquelle de ses deux grossesses. Michele descend les escaliers. Il a quatre ans. Un loup en peluche serré contre lui.

« Il traversait une période bizarre, mais j'ai fait preuve de beaucoup de patience. J'ai attendu. Aujourd'hui, je ne serais plus capable de tenir bon comme à l'époque. »

Annamaria pivote sur elle-même. Le fil du téléphone se détend. Elle met des glaçons dans son pamplemousse pressé, agite le verre. Michele la voit en traversant la salle de séjour, jette son doudou entre les coussins du canapé et se précipite dessus. Il continue à écouter. Elle est en train de dire que certaines femmes sont pires que les requins. Attirées par l'odeur de l'argent. Elle dit que les enfants ne devraient pas expier les fautes de leur mère. Elle garde un instant le silence. « Je fais tout ce que je peux. »

Michele sent un voile de sueur glacée lui recouvrir tout le corps. Il comprend qu'Annamaria ne parle pas de Ruggero ou de Clara. Il écoute avec plus d'attention. Il croit qu'elle ne l'a pas vu, pas entendu. L'idée que cette femme hausse la voix pour qu'il l'entende ne l'effleure même pas. C'est vilain, et ça me concerne. Qu'est-ce que ça peut bien être ?

« Un grand malheur. »

Voilà ce qu'Annamaria finit par déclarer. De toute évidence, son interlocuteur ignore les événements des dernières années. Elle prononce le mot décès, explique que cette fille était une débauchée. C'est pour ça qu'elle est morte pendant l'accouchement. Une inconsciente, une camée, va savoir. Annamaria remercie sa bonne étoile avec, dans la voix, une fausse note identique mais opposée à celle que Michele a l'impression d'avoir surprise dans le mot « malheur ». Elle dit : « Heureusement, l'enfant a survécu. »

Michele demeure immobile, la tête enfouie dans les coussins. Il est tout étourdi. Il pense à Ruggero et à Clara. Il devine qu'il devrait jouer avec eux, qu'il devrait même se disputer avec eux, comme cela arrive aux frères et aux sœurs du monde entier. D'ailleurs, ils se disputent, ces deux-là : « Espèce d'idiote ! » a hurlé Ruggero l'autre jour, en tapant du poing sur la table. Michele serait prêt à tout donner pour participer à ces chamailleries, mais son désir est une coque de protection qui lui permet de ne pas affronter le vrai problème. Annamaria. Ruggero et Clara l'appellent maman. Lui l'appelle Annamaria. Il n'y avait jamais pensé. Si je l'appelle Annamaria, c'est que j'étais au courant depuis le début. Ils me l'ont peut-être révélé, à un moment ou à un autre. Comment se fait-il que je ne m'en aperçoive que maintenant ?

(Personne ne m'avait jamais rien dit, réalisa-t-il des années après. S'ils l'avaient fait, je m'en souviendrais. Tant que l'enfant n'est pas en âge de comprendre, ce n'est pas grave, avaient-ils peut-être pensé, et lorsqu'il comprendra… eh bien, il aura compris, voilà, ce sera comme s'il en avait toujours été ainsi. Ruggero et Clara devineront eux aussi l'existence d'une frontière invisible qui les sépare de territoires dangereux, de peines et de hontes inconnues. Cette frontière, ils ne la traverseront pas.)

Annamaria termine sa conversation téléphonique. Ce n'est pas ma mère, pense l'enfant stupéfait. Il essaie d'imaginer cette femme qui l'a mis au monde, maintenant à des années-lumière, mais il n'y arrive pas. Elle n'a rien d'humain. Pas de bouche, pas de mains. Annamaria sort de la cuisine, ses pas s'éloignent. Impossible qu'elle ne m'ait pas vu. Une forme noire diabolique flotte encore quelques instants au-dessus de lui, puis s'évanouit. Mais elle réapparaît en lui. La tête de Michele se remplit de voix, de bruits. Des phrases très laides, si laides qu'il ne pourrait pas les répéter. Il est déconcerté. Tout ce qui devrait briller, sous une belle lumière permanente, glisse vers le bas. Quelque chose commence à prendre un mauvais pli.

Un jour de soleil, quelques années plus tard, j'ai disparu de la circulation, pensa-t-il en regardant la chatte à l'autre bout du lit.

Cours élémentaire première année. La cloche sonne. Il n'a rien d'autre à faire qu'à attendre le géomètre Ranieri devant la salle des profs. Quand le géomètre ne vient pas le chercher, il ne lui reste qu'à traverser la cour et à monter dans le bus scolaire. Mais ce jour-là, Michele disparaît. Quand Vittorio téléphone à l'école, on lui dit que son fils n'a jamais pris ce bus. On lâche dans les rues les deux géomètres, De Palo et Ranieri, avec leurs breaks. Ils vont fouiller la ville de fond en comble.

Michele réapparaît à quatre heures de l'après-midi. Son père est au travail. Annamaria marche d'une pièce à l'autre dans la villa, de petits haltères à la main. Après sa dernière grossesse, elle est en train de retrouver la forme. Gioia est au premier étage, avec sa nounou. Annamaria grogne, lève les poids l'un après l'autre vers sa poitrine. Puis elle se fige. Il y a quelque chose derrière la moustiquaire. Immobile parmi les arums, il est apparu dans la lumière encore chaude de l'après-midi. Trempé des pieds à la tête, au beau milieu du jardin, comme si on lui avait jeté des seaux d'eau à la figure. Annamaria lâche ses haltères, va vers la porte-fenêtre, ouvre la moustiquaire, se surprend à l'appeler comme une petite bête sauvage.

« Michele. » Elle se frotte le pouce contre l'index et le majeur.

L'enfant se retourne, s'approche.

« Qu'est-ce qui t'est arrivé ?

— Je ne sais pas. »

Il ne le sait vraiment pas. Il ne se souvient pas de ce qui s'est passé, il ignore pourquoi il n'a pas pris le bus, pourquoi il est tout mouillé. Il le savait encore, quelques instants plus tôt, mais une vague soudaine de pensées a repoussé l'information en un lieu inaccessible pour lui.

Le soir, son père le gronde.

« Tu nous as fait une de ces peurs ! Annamaria a passé l'après-midi à se demander où tu pouvais bien t'être fourré. »

Ce n'est pas vrai, pense l'enfant tout en évitant de le regarder.

Un soir, Michele oublie de dire que le père de son père est aux urgences à cause d'une appendicite. (C'est lui qui a répondu au téléphone, dans la maison déserte.) Une autre fois, on retrouve entre ses mains l'agenda de son père, bourré de numéros de téléphone, alors qu'on l'a cherché tout l'après-midi jusque dans les moindres recoins de la maison. Il serait capable de ne pas assister à sa propre fête d'anniversaire – si on lui en organisait une. Manifestement, cet enfant entretient un rapport pour le moins compliqué avec la réalité.

Certains de ses devoirs le montrent bien. Les dictées, entre autres. Lorsqu'il les rend à la maîtresse, impossible de savoir ce qu'il a fichu. Il s'est mis à écrire bien après que la voix a commencé à égrener les mots. Ou alors, ça démarre bien et ça s'interrompt en plein milieu. Parfois, une seule phrase sans aucune faute émerge quelque part, des mots qui, hors contexte, auraient quelque chose d'étrange et de prophétique, mais qui s'avèrent en l'occurrence inutilisables pour évaluer un élève de primaire.

Le problème, c'est que la voix de la maîtresse lui parvient d'un autre monde. Un fantôme que l'on peut écouter avant qu'il ne retourne dans sa dimension. Ensuite, tout est de nouveau tranquille, Michele hurle « J'arrive ! » à l'autre voix qui l'appelle d'en bas. Quelquefois, l'après-midi, le ciel se liquéfie. Tout là-haut, des trous de plus en plus gros s'ouvrent ; à travers eux, il peut apercevoir les bancs de l'école et le bureau de l'institutrice. C'est toujours le matin, là-haut, tandis qu'ici, le soleil s'apprête à se coucher. Le ciel se referme, la maîtresse disparaît. Sa mère l'a appelé pour le goûter (une voix douce et pleine de vie, une voix qui lui semble chaque fois toute neuve). En fermant les volets, Michele revoit le scénario du feuilleton qu'il a inventé ces derniers jours. La scène où son personnage n'est pas monté dans le bus scolaire, où il a marché jusqu'au parc. Il s'est allongé sur l'herbe et s'est fait doucher par l'arrosage automatique. Une autre fois, il a risqué sa vie en faisant disparaître l'agenda d'un puissant boss mafieux. Des histoires fantastiques. Des aventures.

Tout irait bien si, de temps à autre, Michele ne se souvenait pas qu'il a aussi inventé une salle de classe grise, et le ciel s'ouvre soudain et la salle de classe se met en effet à exister. Outre les frissons dus au court-circuit, un doute effleure l'enfant. Au fil des jours, il n'est plus jamais descendu pour le goûter. Sa mère l'appelait, et chaque fois il était sur le point de sortir de sa chambre, mais jamais il ne l'a fait. Il n'y est pas allé, il n'a pas plongé son visage dans la douce chevelure. Si on lui demandait de la décrire, il ne saurait pas. Le nez est-il pointu ou en trompette ? Les sourcils sont-ils épais, ou étirés comme ceux des poupées ? Et la voix. Si cette vague chaude qui, tous les jours, prononce son nom, n'est pas clairement associable à un corps, alors elle est plutôt comme un silence qui se répand, comme du vin dans un étang. Un corps élancé court dans le jardin. Un profil noir se détache dans le soleil d'octobre, se penche sur Michele lorsqu'il porte son regard ailleurs.

Clara.

Et puis, il y a l'épisode de la merde.

Un après-midi, sa mère l'appelle pour le goûter. Il crie : « J'arrive ! » et regarde le ciel derrière la fenêtre ouverte. Les hirondelles disparaissent dans le ventre bleu. Michele se tourne, il voit le bureau de la maîtresse. La pièce est étirée comme le soufflet en accordéon des vieux appareils photo. Les bancs sont entassés les uns sur les autres. Salvemini. La maîtresse l'a appelé pour la deuxième fois. Michele lève la main, il répond : « Présent » et regrette aussitôt de l'avoir fait, car chaque action entreprise de ce côté-ci risque de l'éloigner de celle qu'il a engagée de l'autre. Il y a quelque chose sous ses chaussures. La maîtresse appelle d'autres noms. La fillette devant lui lève la main. Avant de la baisser, elle se tourne vers lui. Il sort ses crayons de leur boîte. Et, de nouveau, cette étrange substance sur le repose-pieds. Un autre enfant se tourne vers lui, inquiet. Michele regarde en bas et se fige. Il fractionne l'instant en dix parties, puis ces dix parties en dix autres éléments, pour mieux maîtriser la catastrophe. Il a posé le pied sur une énorme merde et l'a amenée dans la salle de classe. Tout le monde va s'en apercevoir très vite. Il observe les événements au ralenti, imagine la gifle émotive qui va le frapper juste avant qu'elle ne l'atteigne, de manière à ce que sa peine secrète anticipe celle qui va venir et la déjoue, protège au moins une parcelle de son esprit.

Lorsque la première souffrance est là, Michele lâche prise. Le temps recommence à s'écouler normalement. Un camarade de classe se pince le nez entre deux doigts. La fillette assise devant lui écarquille les yeux. D'autres têtes se tournent dans sa direction. Michele fixe le repose-pieds. Maintenant, c'est comme si le temps s'accélérait, car c'est lui qui fait découvrir à la classe entière, avec quelques instants d'avance, la source de la puanteur. Une odeur robuste, pestilentielle.

La fillette assise devant lui crie : « Ahhhh ! »

Un enfant dit : « C'est dégueulasse ! » Il prononce ce mot exactement comme Michele l'avait prévu, ce mot qu'il avait déjà désamorcé quelques secondes auparavant.

Les corps des autres enfants se lèvent et se baissent. Le petit gros du quatrième rang a un rire hystérique.

Quelqu'un crie : « Salvemini ! »

La maîtresse aussi crie : « Salvemini ! », puis elle hurle : « Cristina ! » à une fillette qui s'enfuit sans raison vers la sortie. Les chaises raclent le sol. Un cahier s'envole, suivi d'un cartable. « Ça pue ! » Un enfant aux cheveux roux se serre la gorge entre les mains, pour mimer un étranglement. Le surveillant entre dans la salle de classe. La maîtresse lève la voix pour couvrir le vacarme généralisé. Elle demande au surveillant d'apporter de la sciure.

« Salvemini ! » « Salvemini ! » « Salvemini ! »

Il s'en sortira vivant. La peine que personne ne connaît recèle des plis où l'on peut se cacher. Mais il se passe quelque chose d'autre. Les couleurs de la salle de classe deviennent plus vives. Michele regarde le ciel, derrière les grandes fenêtres. Puis il regarde devant lui, et il voit à nouveau le bureau de la maîtresse. Ce n'est pas possible. Les enfants sont toujours là, et la maîtresse aussi. Il regarde dehors, et une nouvelle fois à l'intérieur. La même scène. L'angoisse lui serre la gorge. Il ferme les yeux, les rouvre. Il est désespéré. Si c'est ça, la réalité, alors il a seulement imaginé que sa mère l'appelait pour le goûter (pendant des semaines ? des mois ? des années ?) au cours d'un long et chaud après-midi sans fin. Et le problème annexe, c'est que le ciel, derrière les fenêtres de la salle de classe, n'a aucune intention de s'ouvrir comme l'autre ciel l'avait fait. Un bleu obtus, métallique. Un mécanisme entier qui s'est inversé. Ma mère n'existe pas. Je ne l'ai jamais vue, et je ne la verrai jamais. La voilà, la réalité. Le monde sans nuances.

La chatte sauta en bas de l'armoire. Michele aspira une bouffée de cigarette. Les oreilles pointues apparurent derrière le bord du drap. S'il essayait de l'attraper, elle s'enfuirait. Alors, il se tourna de l'autre côté. Dès qu'il cessa de la regarder, elle traça une demi-lune sur le lit et s'approcha en silence. Quelques secondes après, elle lui effleura le dos. Avant même de la caresser, au moment où il pensait qu'il allait le faire puis quand il le fit vraiment, ramenant son bras en arrière dans le poil noir et brillant de l'animal, il sentit que son père et Annamaria demeuraient sur un territoire plus brutal qu'obscène, muet, froid et dépouillé. Il se souvint de *ce qui était arrivé après*.

Ce qui s'est passé dans les mois suivants reste enveloppé dans les brumes de l'incertitude. On dirait que Vittorio, tout à coup, le déteste. Qu'il supporte de moins en moins la maladresse de son fils. Sa timidité le remplit de rage. On a toujours l'impression que Michele va dire quelque chose, mais ensuite il ne dit rien, et ce mutisme semble les rendre tous coupables de son silence. Sans parler de son indolence, de ce manque palpable d'une forme quelconque d'ambition, ou même de respect de soi. À croire qu'il élabore différentes versions, sur différentes échelles, d'un acte d'accusation imprécis qui appelle sans cesse tous les regards sur lui.

Tous les soirs, à l'heure du dîner, Vittorio est obligé de le réprimander à cause de son retard à table. Quand il arrive enfin, Ruggero et Clara sont devant leur assiette depuis un bon moment.

« Je ne t'avais pas entendu. »

Cet enfant ment. Son père l'a appelé deux fois à voix haute, avant d'être obligé d'aller hurler son nom en bas de l'escalier. Lorsque enfin il prend place avec les autres autour de la table, il mange les yeux baissés, plongeant ainsi tout le monde dans l'embarras par son attitude, sa soumission absurde face à laquelle personne ne sait quoi faire. Gioia, sur sa chaise haute, bat des mains et rit.

Ses résultats scolaires, en revanche, offrent un appui solide aux reproches. On peut en discuter. Michele passe de très bon à moyen. Puis à médiocre, insuffisant, gravement insuffisant.

Alors, un jour, Vittorio le prend dans sa voiture et l'emmène dans la campagne. Il éteint le moteur et lui demande de lui dire ce qui ne va pas.

« Vas-y, crache le morceau.

— Quel morceau ? »

Il s'imagine peut-être avoir trouvé une façon originale de les défier, dit Vittorio. Ou bien il a des problèmes avec Annamaria ou avec son frère, ou bien il y a quelque chose qu'il n'arrive pas à intégrer, quelque chose qui le dérange, dans cette famille qui, pourtant, fait preuve d'une patience à toute épreuve envers lui.

« Non, répond Michele.

— Tu sais que tu peux être franc avec moi.

— Papa, je t'assure. Il n'y a… rien », dit-il en fixant le tapis de sol.

Vittorio a souvent envie de le gifler, dans ces moments-là. Son fils évoque le fantôme de la femme qui l'a mis au monde, la bifurcation où sa vie aurait pris une autre direction. Personne n'en parle jamais. Des lignes entières effacées. Même en tête à tête avec lui-même, Vittorio ne peut pas y penser. Mais puisqu'il y a quelqu'un qui ne semble exister que pour lui rappeler tout ça, il faudrait aller au bout de la démarche. Voilà pourquoi Vittorio aimerait que son fils lui dise que quelque chose ne va pas. Il voudrait qu'il le mette au pied du mur, qu'il lui montre – de manière implacable – la longue séquence d'erreurs qui constitue leurs vies, si tel est bien le cas.

Mais Michele se tait.

« D'accord. » Submergé par une fatigue insurmontable, Vittorio redémarre. « D'accord, dit-il, on rentre à la maison. »

Vie quotidienne. Quand il regarde ses frère et sœurs, le matin, Michele éprouve de l'admiration. Il les observe dans la salle de bains, aux prises avec le fil dentaire. La désinvolture avec laquelle ils occupent l'espace, leur maîtrise absolue, quand ils vont et viennent d'un étage à l'autre de la villa, l'amènent à réfléchir à sa propre incapacité à faire comme eux. Il n'a pas le même naturel.

Les dimanches de beau temps, Clara emprunte le vieux vélo de son père et part se promener. Chaque fois, Michele se dit que lui doit demander la permission. Il sait aussi que, s'il le fait, il s'expose à une humiliation pire encore que tout le reste (en voilà une question, bien sûr que tu peux le prendre, répondrait Vittorio), et il préfère donc s'abstenir.

Circonspection, prudence. Un après-midi, peut-être à la fin du printemps, Annamaria prend un thé au salon avec ses nouvelles amies. L'une d'elles est l'épouse d'un magistrat. Une autre appartient à une famille qui possède le monopole de la distribution du café dans les Pouilles. Ce sont des femmes solides, instruites, assez spirituelles pour pouvoir, au choix, vous accorder une certaine familiarité ou au contraire couper les ponts. Parfois, Annamaria est un peu gênée lorsqu'elles parlent d'art, ou des livres qu'elles lisent. Elle sait que leur argent est plus brillant que le sien, même si elles sont moins riches qu'elle. Ces femmes sont les fréquentations qui lui permettent de se voir telle qu'elle s'est toujours imaginée. Et puis, cette crème de la crème ne discute pas seulement d'expositions ou d'auteurs classiques. Là, par exemple, elles parlent cinéma, un sujet qu'Annamaria connaît bien.

« Ces sandales de cuir et tout ce lin blanc. Milena Canonero a fait un travail incroyable sur son look, dit-elle à propos de Meryl Streep dans *Out of Africa*.

— Tous ces gilets couverts de poches…

— Il paraît que Karen Blixen en avait une vraie collection », dit l'épouse du magistrat.

On entend le bruit d'une voiture sur l'allée. À travers les rideaux, Annamaria voit le break du géomètre Ranieri. Elle fronce les sourcils. Elle ne peut pas savoir que l'heure de catéchisme de Michele a été supprimée à la dernière minute. La voiture s'éloigne et, peu après, l'enfant fait son entrée dans le salon.

« Bonjour… »

Tout le monde se tourne vers lui. Annamaria pâlit. Les autres s'efforcent de paraître désinvoltes. Il y en a une qui ne le quitte pas des yeux. Quelque chose ne va pas, chez cet enfant. D'abord, il ne devrait pas être aussi mal habillé. Et ses lunettes ? Où diable les ont-ils achetées ? Et ses bourrelets. Il ne fait pas de sport. Il ne va même pas chez le dentiste. Ses incisives se chevauchent. Et son sourire. Même son sourire n'est pas ce qu'il devrait être. Il se passe des choses très étranges, dans cette maison.

Michele voit un voile de désapprobation se poser sur la femme de son père. Annamaria a commis une grave erreur, c'est évident. Michele la soupçonne même d'être allée jusqu'à cacher son existence. Mais a-t-elle vraiment pu se montrer imprudente, sotte et naïve, au point de ne pas parler de cet enfant né hors mariage ?

« Je monte », marmonne Michele.

Les dames sourient, pétrifiées. Annamaria le salue de la main : « À tout à l'heure, Michele. » Il monte l'escalier à toute vitesse. Ce qui vient de se passer lui donne envie de fondre en larmes. De rire comme un fou. Son cœur s'accélère. Pour se soulager, il serait prêt à frapper le mur de ses poings, de sa tête aussi. Il allonge le pas. Puis, une ombre grise. Avant qu'il n'atteigne le bout du couloir, le malaise reflue, l'anxiété recule, ils sont aspirés par un rectangle noir et frémissant, la porte ouverte de la chambre de sa sœur. Clara a les yeux fixés sur lui.

La période comprise entre son neuvième et son dixième anniversaire est un mystère que même l'adulte de trente ans ne sera pas en mesure de percer. Il a gardé peu de sensations intactes, avec le passage du temps. Comme les géologues avec le centre de la Terre, il reconstruira cette année-là à partir de conjectures. Il s'imaginera avoir été au plus profond des choses, d'une manière aussi intense qu'unique. Jamais plus, au cours de sa vie, cela ne pourra lui arriver à nouveau. Écrasé par un noir abyssal, il sera une créature semblable aux mille-pattes et aux termites, ces êtres capables de capter les informations sans avoir besoin de les traduire, ces animaux qui n'ont plus évolué depuis des millions d'années.

L'homme adulte sera peut-être le résultat de l'enfant qu'il a été à sept ou douze ans, mais c'est celui de neuf ans qui dispose du billet aller simple.

Un dimanche matin, sans raison, il fait trébucher une fillette, la fille d'un fournisseur en visite de courtoisie. Un croche-pied. La petite fille se blesse légèrement l'arcade sourcilière. Vittorio ne sait pas comment s'excuser. Michele va être puni une journée entière.

Une autre fois, un mur s'écroule à quelques centimètres de lui sans qu'il s'en aperçoive.

« Le bulldozer entre dans la salle de classe et je ne bouge même pas, racontera-t-il un jour, au lit avec une femme plus âgée que lui. Ils devaient démolir un vieux bâtiment à côté, et ils avaient sans doute mal lu les plans. C'est déjà un détail qui devrait te donner une vague idée du genre d'école que je fréquentais. » Neuf heures du matin. La maîtresse n'a pas encore terminé l'appel. On entend un bruit incroyable. Enfin, les autres l'entendent. La maîtresse hurle. Les enfants, d'instinct, courent vers la sortie. « Et moi... tu sais ce que je suis en train de penser, à ce moment-là ? confiera-t-il à la femme avec laquelle il couche. Moi, je me demande : Ce n'est pas un peu tôt, pour la récréation ? Tout ça pendant que le mur s'écroule derrière moi. Est-ce que tu peux imaginer où j'en étais, à quel point j'étais étranger à ce qui se passait ? En tout cas, je finis par me retourner, et au lieu de la cloison, il y a un tourbillon de poussière. Je suis resté seul dans la salle de classe, et je vois le bulldozer. Un monstre tout jaune, avec la pelleteuse entre deux faisceaux lumineux.

— Et ensuite ? demandera-t-elle. Qu'est-ce qui s'est passé, ensuite ? »

Comme si de rien n'était, l'enfant tourne le dos au bulldozer. Il sort de la salle de classe et marche dans le couloir. Silence tout autour. Les portes sont ouvertes, les classes vides. Michele passe devant la salle des professeurs, se retrouve dans un autre couloir. Il entend quelque chose, sort dans la cour de récré. Tiens, les voilà. Une vaste étendue de petits tabliers bleu et blanc. Il y a des enfants qui pleurent, terrorisés. Les maîtresses font l'appel, registres à la main. Plus loin, madame le proviseur discute avec un type en jeans et t-shirt jaune. Il gesticule, il essaie de se disculper. Quand elle baisse les yeux, elle tressaille. Elle court vers Michele et pose les mains sur sa tête : « Tu n'as rien ? » Il ne répond pas. Soudain, elle semble inquiète :

« Il y avait d'autres enfants ? demande-t-elle.

— Oui, il y en avait un autre. »

Madame le proviseur blêmit.

« J'ai vu sa petite main s'ouvrir et se fermer sous les décombres. »

« Je n'avais aucune conscience d'être en train de mentir.

— Parce qu'il ne s'agissait pas d'un mensonge, dira la femme en se passant les doigts dans les cheveux. Il est clair que cet enfant, c'était toi. »

Elle se tournera sur le lit, montrera ses seins nus, la peau trop tirée d'un corps de quarante-sept ans qu'elle astreint à neuf heures de gymnastique hebdomadaire. La lumière de l'après-midi inondera la pièce d'un rouge saumon, la couleur que prennent les murs des maisons du dix-septième siècle, lorsque le soleil atteint le deuxième étage à travers la pollution de Rome. Michele pensera : c'est vrai, cet enfant, c'était moi. La trace de son sperme, sur le cou de la femme, est composée de la même matière que la tristesse qu'éprouverait son mari, s'il voyait son épouse à cet instant-là.

« Une fois encore, j'ai été puni », dira-t-il, et il lui caressera le menton en tournant le poignet de manière à se toucher la bouche avec la pointe des doigts.

Le soir, l'enfant dîne seul. Vittorio demande à Selam de dresser la table sur un guéridon pas trop loin d'eux, pour qu'il les regarde manger tous ensemble, à l'autre bout du salon. Son père, Annamaria, Clara, Ruggero et Gioia. Le dîner se passe dans le silence. Quelqu'un essaie de parler. Il y a quelque chose de comique, et aussi de pénible et d'embarrassant, dans tout cela. Tandis qu'il mange à part, l'enfant remarque un détail. Assise entre Gioia et Annamaria, elle a l'air triste. Elle tourmente la lunule d'un ongle avec un ongle de son autre main. Elle y ouvre une entaille. Dans cette blessure, il y a une lumière. Quelqu'un souffre pour moi.

Il attrapa la chatte par les pattes de derrière, elle essaya de se libérer puis capitula. Il l'embrassa et se leva du lit.

Trois heures du matin. Tout le monde dormait. Michele ouvrit la fenêtre, le vent lui caressa le visage. La fraîcheur du printemps mêlée à la moiteur de l'été imminent.

Il enfila une chemise, sortit de la chambre, referma la porte pour que la chatte ne s'échappe pas, descendit au rez-de-chaussée. Il avait l'impression d'être un voleur. Dans la salle de séjour, il effleura un plateau en argent posé là pour décorer le centre de la table. Toucher cette chose qui ne m'appartient pas. En voyant une partie de son visage réfléchie par la surface opaque, il eut confirmation du contraire. Une sorte de droit d'usucapion sur ce à quoi on a survécu. Si j'allais réveiller mon père pour lui en parler, il me regarderait sans comprendre. Annamaria serait folle de peur. Ils ne pigeraient pas. Et en même temps, si. Leurs expressions passeraient d'une incrédulité normale à une incrédulité tragique. Cet étranger si intime est de retour parmi nous. Si je leur parlais, s'ils pouvaient prendre conscience que depuis le jour de l'enterrement, une tache verdâtre a fleuri sur la poitrine de Clara, qu'elle a commencé à s'étendre, que son ventre a enflé, que ses bulbes oculaires se désagrègent, que ses chairs pourrissantes dévorées par les germes intestinaux répandent une odeur pestilentielle, s'ils pouvaient imaginer un instant l'obscurité de la tombe, la solitude du tuffeau où elle se décompose. Ils comprendraient que je leur parle depuis là-bas.

Il revint dans sa chambre, s'étendit sur son lit et s'endormit.

Le lendemain, il reçut la visite d'Alberto, qui avait rendez-vous avec Vittorio pour s'occuper de plusieurs démarches administratives. Remplir les obligations du conjoint survivant. Restituer le permis de conduire et le passeport à la préfecture. Clore certains dossiers, retrouver les originaux d'anciens contrats. Plus de dix ans de mariage. Mais tous les documents étaient encore chez le père de la défunte. Comme si on l'avait simplement prêtée à son mari.

Michele vit Alberto entrer, observa la scène depuis l'étage. Lorsqu'il se retrouva devant Vittorio, Alberto alla presque jusqu'à baisser la tête. Annamaria lui réserva un salut hautain, à ce gendre que tout le monde dans cette maison, même s'il comptait parmi les ingénieurs les plus respectés de la ville, traitait comme un coursier. Les deux hommes s'enfermèrent dans le bureau de Vittorio. Une heure après, Michele les entendit parler et il sortit de sa chambre. Alberto et son père étaient là, au rez-de-chaussée. Ils discutaient. Mais Michele avait l'impression que l'un d'eux avait très envie que l'autre s'en aille. Il fit de grands gestes, depuis l'étage.

« Alberto ! »

Alberto leva les yeux, le visage soudain illuminé. Il avait un sourire plein de tristesse. Ses traits n'avaient pas changé au cours des années. Un jeune homme vieilli. Quelqu'un qui, au lieu de prendre les chagrins en pleine figure, se les injectait sous la peau comme du botox.

Michele descendit à sa rencontre. L'expression contrariée de Vittorio lui confirma que c'était la chose à faire.

Alberto lui tendit une main, lui posa l'autre sur l'épaule : « Comment vas-tu ? » Ensuite, il l'attira à lui.

Interpréter les étreintes. L'entraînement de Michele dans ce domaine datait de loin. Il était devenu expert en la matière. Dans l'accolade d'Alberto, il reconnut un élan sincère et, juste après, un peu trop d'emphase. L'ombre d'un dépistage. Le bruit de fond qui essayait de le distraire de la voix de sa sœur. J'ai rêvé d'une biche. Alberto le dévisageait. La dernière fois qu'ils s'étaient parlé, Clara avait vingt-quatre ans. Elle venait de se marier.

Déjà à l'époque, elle le trompait avec tout le monde, pensa Michele.

Alberto laissa retomber ses bras.

« Comme je suis heureux de te revoir. » Sa voix monta d'un demi-ton, retrouva une fluide cordialité. « Tu restes combien de temps à Bari ? »

Annamaria arriva à ce moment-là. Michele sentit qu'elle aussi voulait qu'Alberto parte. Alors, il bougea son pion.

« Et si tu restais pour le thé ? »

Il plongea son regard dans celui d'Annamaria, pour l'obliger à lui rendre son sourire et ne pas lui laisser le temps de trouver une excuse. Son père paraissait pris au dépourvu. Michele le vit baisser les yeux d'un air agacé.

Le thé fut servi dans la véranda. L'atmosphère était étrange. Même si personne ne parlait de Clara, la présence d'Alberto donnait un aspect différent à sa mort. Deux hypocrisies s'opposent, et tracent une vraie piste. Les choses prennent forme. Dans l'obscure forêt du deuil, un sentier se dessine.

« Qu'est-ce que tu fais de beau, à Rome ? » demanda Alberto. Sa question obtint un effet ridicule.

Michele y entrevit une occasion qu'il saisit au bond. Il allait pouvoir gagner une bonne demi-heure. « Je travaille pour des journaux », répondit-il. Il commença à parler de lui-même comme Annamaria parlerait de Gioia, le jour où elle entrerait dans la vie active. Il cita *Il Messaggero* et *la Repubblica* en s'attribuant une importance qu'il n'avait absolument pas, mais sans trop exagérer non plus, car il aurait alors été obligé de découvrir ses cartes. Il sentit que ça marchait. Pendant de longues minutes, il les eut tous en son pouvoir, à force de lieux communs.

Puis Gioia arriva.

« Oh, ciao. »

Elle était habillée d'une jupe courte et d'une blouse serrée. Étonnée de les trouver tous ensemble, elle recula d'un pas.

Michele la prit de court : « Assieds-toi avec nous. »

Gioia s'approcha, circonspecte. Puis elle céda, vaincue par la force de gravité. Elle posa son sac et son portable sur la table. Michele reprit sa conversation avec Alberto. Annamaria n'était pas à l'aise.

Vittorio frappait du pied par terre, d'un geste irrité. La sœur de Michele sursauta, tendit la main puis la rétracta, se mit à taper un message sur son iPhone. Ou à l'effacer. Michele remarqua quelque chose. Alors, il le fit. Il prit la main libre de Gioia sous la table, la serra. Sa sœur eut un sourire nerveux. Il serra plus fort. Gioia réagit en poussant de façon stupide sa paume moite contre la sienne. Une dizaine de minutes après, ils entendirent un moteur dans l'allée.

C'est à ce moment-là que son père bondit de sa chaise et se dirigea vers l'intérieur de la villa. Libéré des liens invisibles que Michele avait tissés autour d'eux, il alla accueillir ses hôtes à l'entrée. Mais ils contournèrent la maison et passèrent par l'autre côté. Avant que Vittorio puisse réagir, ils firent leur apparition près de la véranda. Son frère Ruggero. Et, derrière lui, un vieil homme. Une tête allongée et grise. Une veste noire, une chemise bleue. Il leva la main, lentement. Michele vit un abîme s'ouvrir puis se refermer sur le visage d'Alberto. De toute évidence, ces deux-là n'auraient pas dû se rencontrer.

Le vieil homme dit : « Bonsoir. »

Michele et Annamaria lui répondirent d'un signe de tête. Ruggero le conduisit à l'intérieur. Tandis que l'invité s'éloignait de la table, Michele vit de nouveau la douleur se manifester puis s'éteindre sur le visage d'Alberto. Il ignorait que ces deux messieurs s'étaient rencontrés à l'enterrement, mais il connaissait la raison de leur crispation. Celle-là même qui, des années auparavant, déformait les traits d'Alberto lorsqu'il voyait Clara revenir du club de sport, son sac sur l'épaule.

Plus tard, Michele comprit que cet invité était Valentino Buffante. L'ancien sous-secrétaire d'État à la Justice. Mis dans l'embarras à cause d'une histoire de marchés publics truqués. Acquitté. Aujourd'hui président d'une fondation pour le développement économique du Sud. L'affaire de la mise sous séquestre du village touristique de son père. Cette espèce de désastre annoncé auquel Vittorio était en train de consacrer toutes ses forces. Les jours précédents, Michele avait entendu des portes s'ouvrir et des vociférations ; des voix d'hommes, des voix inconnues. Ce type, Buffante, n'avait pas été le seul à venir en personne.

Après le dîner, Michele sortit fumer dans le jardin, s'approcha de la fontaine, s'en éloigna. Maintenant, il pouvait relâcher la pression. Il pensa à Gioia. Il ne parvenait pas à croire qu'il avait vraiment vu *ça,* sur son écran. Il se balada dans les hautes herbes. La température baissait. Il lui sembla mieux percevoir les bruits de la ville. Les feux de signalisation. Les bâtiments du centre. La courbe illuminée du bord de mer. Tous ces lieux où il n'était pas retourné depuis son arrivée. Une autre image de Clara l'attendait, là-bas. Une forme plus fluide, croyait-il, différente des souvenirs édulcorés qu'il avait ici. Les ampoules allumées d'une enseigne qui ne cesse de changer.

Après l'affaire de l'enfant enseveli sous les décombres, Michele commence à faire de longues promenades à travers les terrains en friche qui s'étendent à proximité de la villa. À peine rentré de l'école, il avale son goûter en vitesse et court dehors, remonte le chemin de terre, escalade le muret en pierre sèche et pénètre dans les champs.

Il piétine les marguerites, puis le rouge des coquelicots. Il se baisse, prend appui sur ses coudes, rampe au ras du sol parmi les feuilles. Un trait un point, un trait un point, un trait un point un trait. Au commencement étaient les fourmis.

Il suit la ligne fragmentée. Les petites créatures

franchissent les cailloux, les feuilles mortes. Chacune d'elles frotte ses antennes en rythme contre celles de sa congénère, elles se transmettent l'information, puis se faufilent dans des directions opposées. Un peu plus loin, la file se transforme en un gros poing noirâtre. Elles grouillent autour d'une carcasse d'hirondelle. Sur la terre comme au ciel. Michele se lève d'un bond, se met à courir, trébuche. Un autre jour. Il hisse la tête par-dessus les mauves, voit la lune striée d'argent. Changement de mise au point. La lune se fait moins distincte, le fil argenté est maintenant sous son nez. Une toile d'araignée. Le voile transparent ondule dans la brise. Au bord de la structure orbiculaire, il découvre les cocons de soie. Il regarde autour de lui, pose prudemment un doigt sur le sol, attend qu'une fourmi lui monte sur l'ongle, soulève le doigt, le porte à hauteur de la toile d'araignée, tapote de son index, par en dessous, la base de son majeur. Après avoir décrit une parabole dans le vide, la fourmi atterrit sur la toile. Les fils ondulent. C'est alors qu'apparaît l'araignée. Elle traverse la toile à toute allure et se jette sur sa proie. Les corps s'agitent frénétiquement. Le prédateur cherche à immobiliser la fourmi avant qu'elle ne le blesse d'un coup de mandibule. Pourtant, il n'y a pas de passion dans cette lutte. À croire que le souffle d'un dieu unique s'est glissé dans deux enveloppes différentes et se divise en poussées contraires. Avant même que Michele ne se remette de sa frayeur, la fourmi est déjà empaquetée.

À la tombée de la nuit, il rentre chez lui, traverse l'allée bordée de rosiers, n'a pas le temps d'aller jusqu'au bout, sent déjà sur sa tête l'empreinte rouge sombre. Elle est en train de l'observer. Elle le suit peut-être des yeux depuis la fenêtre du premier étage. Ou alors, elle s'est cachée derrière les arbres.

Tout est silencieux ; le ciel est peu nuageux. L'été touche à sa fin.

Et encore une autre fois. Michele s'enfonce dans les épis de chiendent. Les effluves d'essence et de produits antimoustiques rendent moins perceptible l'arôme de sorbet aux fruits qui flottait dans l'air, quelques jours plus tôt. Il fait plus froid qu'hier. La route commence derrière la dernière rangée d'arbres. Les faisceaux des phares, au loin. Michele brosse le bas de son pantalon, continue dans la direction opposée. Au bout de quelques mètres, la végétation se fait plus dense. Une libellule. La lune est plus grande que les autres soirs. Une roselière s'étend à droite. Michele s'arrête. Il n'est jamais venu ici, regarde autour de lui, s'accroupit dans cette espèce de tourbière. Protégé par les touffes de joncs, il s'immerge dans l'eau de cette fin d'été. Une sensation de bien-être, de calme. Il sent une pression sur la main. Il a peut-être dormi. Il met l'objectif au point et il la voit.

Une rainette s'est posée sur son poignet. Vert émeraude, avec une bande noire qui va des yeux jusqu'aux membres postérieurs.

Michele contrôle sa respiration. Il a l'impression que la bestiole est prête à bondir. Pourtant, sans qu'il la sente bouger, tellement elle est légère, elle s'installe plus confortablement, fait demi-tour et s'avance de quelques centimètres.

Toujours assis dans l'herbe, Michele plie lentement l'angle de son coude, comme s'il regardait l'heure. Il soulève la grenouille à hauteur d'yeux, l'observe. La grenouille l'observe aussi. Jamais il n'a vu un vert aussi intense. Il y a, dans la gorge du minuscule amphibien, une pulsation permanente. La grenouille continue à le fixer des yeux, imperturbable. Splendide. Un soir, un tigre surgira devant mes yeux.

Quelque chose lui explose sur la main.

Michele sent une brûlure, voit la grenouille bondir. Une violente éclaboussure gris-vert traverse l'air.

« Je l'ai eue ! »

Michele se lève d'un bond. Pendant quelques instants, il ne comprend pas ce qui se passe. Puis il aperçoit les deux garçons, parmi les fougères. Ils ont à peu près le même âge que lui. Il baisse les yeux, voit la grenouille avancer péniblement sur le sol en se poussant d'une seule patte. Non. Non, pas ça.

« T'as pas intérêt à bouger ! » s'exclame l'un des deux garçons.

L'autre garçon le vise de sa fronde.

Sans réfléchir, Michele fonce tête baissée. D'un mouvement d'une précision parfaite, il saisit la grenouille au sol et s'élance en avant.

« Aïe ! »

Il frappe les deux garçons, se glisse à travers la brèche qui s'est ouverte et prend ses jambes à son cou.

« Vite ! Vite ! »

Ils le poursuivent, mais leurs corps sont encore sous le choc de l'impact. Ce garçon est étrange. Michele court vite, à en perdre haleine. Les branches lui fouettent les chevilles. Tout est vert. Il les entend se parler. Donc, ils ont ralenti leur course. Je ne dois pas m'arrêter. Il serre délicatement le poing. S'il te plaît. Je t'en supplie. Si je cours vite, si je cours à m'en faire éclater le cœur, alors elle ne mourra pas.

La façade de la villa apparaît à travers la frondaison des pins. Michele ne sait pas du tout comment il a fait pour retrouver son chemin. Il franchit le portail, s'engage dans l'allée. Une terrible sensation de brûlure au niveau de la rate. C'est seulement à ce moment-là qu'il ralentit. Le poing autour de la grenouille qui est toute molle, trop molle. Il passe devant les lauriers-roses. Des bruits de feuilles piétinées. Près des fougères en pot, une silhouette de femme. Michele sent l'angoisse monter. Annamaria. Une partie de lui-même a compris, et cherche un moyen de convaincre l'autre. Il trébuche sur ses propres pas. La grenouille lui échappe des mains. Il la voit s'écraser sur l'herbe. Une patte s'allonge et se replie sur elle-même. Un réflexe involontaire. Oui mais moi, j'ai couru. J'ai vraiment essayé de me faire éclater le cœur. La nuit va tomber. Le jour se lèvera à nouveau. Les fourmis arriveront. Le jardinier ramassera une chose parmi d'autres. Michele passe devant Annamaria, franchit la porte d'entrée. À travers le clair-obscur du séjour, derrière le divan, il distingue l'escalier. Dans la glace de l'armoire, sa silhouette morte.

Ça se passe comme ça. Il perçoit le mouvement. L'étreinte autour du cou. Comme si un fauve, longtemps tapi dans l'ombre, lui avait sauté dessus. L'espace d'un instant, il s'imagine que les garçons à la fronde l'ont poursuivi jusque dans la maison. Puis ce parfum de fruits mêlé à une odeur plus dense, plus âpre. Sa sœur. Elle a jeté ses bras autour de son cou. Et elle serre, elle serre fort. La tiédeur de son corps brun. Michele a envie de pleurer. Premier rayon de lumière. Les choses, au fond du puits, prennent forme.

Au lit, la chatte immobile sur son ventre. Michele se réveilla encore une fois au cœur de la nuit, descendit au salon, s'arrêta quelques minutes à l'endroit exact où ça s'était passé. Mais pas comme s'il était en prière. Il l'entendit. Elle était encore là. Il retourna dans sa chambre, se souvint que c'était seulement à partir de ce moment-là qu'il avait eu les instruments pour comprendre, chercha les cigarettes à tâtons sur la table de nuit. Il faut avoir reçu l'amour, pour le dissocier de ce qui n'en est pas. Si personne ne t'aime, tu ne sauras jamais par où commencer. Voilà l'origine de tout, même de la haine. Il porta la cigarette à ses lèvres mais ne l'alluma pas, caressa la tête de la chatte.

À partir de ce soir-là, Clara et lui se fréquentent, pour ainsi dire. Une absurdité, puisqu'ils habitent la même maison depuis qu'elle a trois ans. Et pourtant, c'est ce qui se produit. À cinq heures de l'après-midi, avant que le géomètre Ranieri ne passe la chercher, Clara se glisse dans la chambre de son frère. Chaque fois, elle vient avec un petit cadeau. Michele est penché sur ses jouets. Il entend qu'on ouvre grand la porte. La lumière artificielle est affaiblie, puis écrasée par les lueurs du monde extérieur. Clara pose son sac par terre. Amatori Volley. D'un air contrarié, elle traverse la chambre et ouvre grand la fenêtre.

« Qu'est-ce que tu fichais, là, dans le noir ? »

Elle donne à sa question une légère inflexion parodique, comme si elle comprenait bien à quoi sert le noir, qu'elle l'approuvait et qu'elle voulait juste l'en informer.

« Ça y est, tu les as tués », lui dit-il en faisant ostensiblement tomber par terre les deux robots, maintenant plus factices que jamais.

« Regarde ce que je t'ai apporté. »

Clara grimpe sur le lit en dessinant un demi-cercle, croise très vite les jambes sur le matelas, passe les bouquins de droite à gauche, les cache derrière son dos.

Michele s'approche et vient s'asseoir sur le lit, juste devant elle. Clara sourit, amusée.

« Qu'est-ce que tu as derrière le dos ?

— *La Vallée*... Oh, qu'est-ce que ça peut te faire ?

— Montre-moi. »

Elle n'est vraiment pas douée, pour choisir des bandes dessinées, *La Vallée cachée*. Quand Clara a vu la couverture avec le cow-boy à cheval, ça lui a paru une bonne idée. À présent, elle se rend compte qu'il s'agit d'un produit bas de gamme. Elle lui passe l'album du *Petit Ranger*. Ce que j'ai pu être bête. Son frère est doué d'une intelligence peu commune. Rapide comme mille mains qui, toutes en même temps, cherchent une épingle dans une pièce sombre. Il faut être tout à fait stupide pour ne pas voir ce que ce garçon possède de rare, de précieux. Comment ai-je pu lui acheter ce truc débile ?

« Oh, merci », dit-il d'un ton sérieux.

Une ombre lui traverse le visage et modifie le dessin de ses lèvres. Impossible de savoir s'il est en train de se moquer d'elle. Clara voudrait disparaître. Par chance, leur différence d'âge vient à son secours. Les adolescentes de quatorze ans ont des secrets que l'expérience d'un enfant de onze ans ignore.

Clara sourit à nouveau, la bouche en cœur : « Et ce n'est pas tout... »

Toujours assis en face d'elle, immobile, les jambes croisées, il la voit traficoter derrière son dos et lui tendre un petit livre.

Chants d'innocence et d'expérience.

« Je vais le lire en entier, dit-il.

— Il y a une très belle histoire sur un tigre.

— Une chasse au tigre.

— Ti-gre ti-gre..., scande-t-elle. Mais surtout, le poète se demande si celui qui a créé le tigre a aussi créé l'agneau. »

Michele la regarde en silence, observe les orteils de sa sœur qui dépassent des chaussettes de sport. Puis il dit : « Non.

— Quoi, non ?
— L'un a créé l'autre. »
Une petite ride verticale se creuse entre les yeux de Clara.
« Comment ça ?
— L'agneau a créé le tigre en se faisant manger par lui. »
Le signe sur le front a disparu. Clara ouvre grand la bouche et montre ses dents : « Comme ça ? Comme ça ? » Elle lui saute dessus.
« Ahhh ! »
Michele pousse des hurlements et rit en même temps. Clara lui enfonce un genou dans le ventre, appuie l'autre contre la base du cou, soulève les bras, écarte les doigts comme si c'étaient des griffes. Michele joue le jeu et freine le mouvement qui allait repousser l'attaque. Clara est sur lui. Les doigts enfoncés entre ses côtes. Elle le chatouille. Michele lui assène une claque qui frise la vraie gifle. Stupéfaite, Clara écarquille les yeux. Maintenant, pense-t-il. Il l'attrape par les cheveux, et tire juste ce qu'il faut pour qu'elle ait mal. Elle se jette en avant et s'allonge. L'espace d'un instant, ils sont ventre contre ventre. Michele glisse sa jambe entre les siennes, pousse, l'attrape par le bras, donne des coups de pied, avec la dose précise de force nécessaire pour la repousser complètement.
Ils rient. Ils sont sur le point de se jeter à nouveau l'un sur l'autre. Puis il regarde le sac posé au sol. Le géomètre Ranieri ne va pas tarder à passer la chercher. Clara est hors d'haleine. Michele aussi reprend son souffle. Ils ont un ricanement nerveux. Pendant quelques instants, ils restent ainsi, comme s'ils prenaient tout à coup conscience de ce qui les entoure. Une impression désagréable. Clara se recoiffe les cheveux derrière l'oreille. Michele ne bouge pas. Elle

descend du lit avec précaution, d'abord un pied, puis l'autre.

Michele la voit soulever le sac de l'Amatori Volley. Sa sœur lève l'autre main, son buste raidi se détache dans la lumière de septembre.

Elle lui tourne le dos et sort de la chambre.

Ce qui compte vraiment, au cours de cet automne 1989, ce sont les reproductions industrielles d'œuvres d'art sur les couvertures de certains disques, bandes dessinées, livres et catalogues à cinq mille lires l'exemplaire. Le beau paysage à l'huile du fascicule De Agostini que Clara a acheté, convaincue par le ton institutionnel du titre *(Les Maîtres de l'art moderne)*, et que Michele feuillette avec ferveur les après-midi suivants, en son absence.

Il est frappé par ce que lui montrent ces mauvaises reproductions sur papier bon marché. Les tableaux de ce Pierre Bonnard sont magnifiques. Il a l'impression d'arriver à une fête à laquelle il a été convié des années plus tôt. Tout bouge à une vitesse vertigineuse. Il suffit d'ouvrir une fenêtre pour que la partie plongée dans l'ombre d'un intérieur du Midi s'affine, révèle la présence d'un peigne, d'une tasse de thé, jusqu'à une baignoire où une jeune fille se désagrège, frappée par la lumière trop forte. Si Michele n'avait pas passé son été à se perdre dans les champs, il ne serait peut-être pas en mesure d'apprécier ces sensations de manière aussi puissante. Mais si, en observant ces images, il n'expérimentait pas ce passage incroyable d'une réalité sensible à sa réinterprétation, la nature resterait pour lui une force brute sans finalité.

Il referme le catalogue, descend à la cuisine boire un verre d'eau. Gioia joue au Lego sur son tapis. Elle le voit passer, lui tire la langue. Il remonte les escaliers. Annamaria. Ils se frôlent. Puis chacun se retrouve sur une marche différente. La densité de l'air change.

Voilà plusieurs semaines que cette femme lui adresse des regards étranges. Comme s'il était devenu, pour la première fois depuis la mort de sa mère, un danger potentiel caché derrière le virage.

Terrasse à Vernon. Paysage de printemps. Nu dans le bain au petit chien.

Le plaisir aiguise les sens et exige encore davantage de plaisir. Ainsi, au fur et à mesure que Clara passe le plus clair de son temps avec lui, bavarde avec lui, le couvre d'attentions, Michele perçoit mieux sa situation. Seuls ceux qui n'ont jamais rien eu se contentent de ce qu'ils ont.

Certains après-midi, dès qu'elle rentre de son cours d'allemand, Clara se libère de son manteau, enlève ses baskets et fait un effort pour étouffer sa joie. Elle marche d'un pas précautionneux dans le séjour. Mais une fois arrivée à l'étage du dessus, elle se met à courir. Un dernier bout de couloir. Elle se faufile dans la chambre de son frère comme dans une cabane en haut d'un arbre.

Les pupilles de Michele bondissent de droite à gauche, pour accrocher le vers suivant. La porte s'ouvre en grand, une épaisse ombre automnale interrompt sa lecture. « Salut. » La voici blottie de l'autre côté du lit, poings serrés, les jambes repliées jusque sous son cou, imprégnée d'une odeur de pluie.

« Il y avait une fille qui n'arrivait pas à prononcer le mot *Karfreitagskind*. Elle postillonnait partout », dit-elle en ricanant.

Michele ne relève pas. Il lui jette un regard dur, qu'il dissimule ensuite pour empêcher le message d'être trop explicite. Clara est désorientée. C'est elle qui l'a ramené à la vie, mais elle s'expose ainsi à ce qui arrive lorsqu'on brise un sceau. Elle essaie donc de changer de sujet. « Tu as vu la fille improbable que Ruggero nous a ramenée à la maison, l'autre soir ? » Elle tend la main et la pose sur celle de son frère. Michele la retire. Clara se sent blessée. Cette fois-ci, le coup est net. D'ailleurs, elle espère quoi, sa sœur ? Elle s'imagine qu'il suffit de continuer à lui rendre visite, pour qu'il se mette à exister à partir du moment où la porte s'ouvre en grand ? Elle ne regarde donc pas autour d'elle ? Ouvre bien les yeux, Clara. Fais le décompte des différences.

Parce qu'il y en a, des différences, pense Michele, le regard voilé de tristesse, assis sur le lit après le départ de sa sœur. Il sait que la piqûre va lui faire mal, maintenant. Le venin agit peu à peu. Il se l'imagine les jours à venir, alourdie d'une douleur qui n'existait pas auparavant. Il la voit déjà, dans quelques semaines, rentrer de l'école sous une pluie fine. Les yeux de Clara seront brûlants de rage, tout comme les siens en cet instant.

Pourquoi ma grande sœur est-elle en section classique dans un des lycées privés les plus réputés de la ville ? Comment se fait-il que Ruggero, encore tout petit, ait été inscrit dans une école primaire où les frais de scolarité dépassaient largement le montant des chèques que les ouvriers de notre père touchaient, en cas d'accident du travail ? Pourquoi Clara a-t-elle porté un appareil dentaire ? Pourquoi couvrent-ils Gioia de cadeaux ? En plus de jouer au volley, Clara prend des cours de natation et d'allemand. Mon frère aussi nageait dans un club. Championnats juniors nationaux. Gioia sait ce que signifie le mot *Sonnenblume*. École expérimentale. *Sunflower*. Les médailles et les trophées de Ruggero trônent sur la console du séjour. Troisième en dos crawlé. Premier en papillon. Moi, j'ai les épaules tombantes. Je suis presque gros. Levi's, Calvin Klein, Emporio Armani : je n'ai jamais de vêtements de marque sur le dos. Et pourtant, je ne vois que des Levi's, des Calvin Klein et des Emporio Armani, partout dans cette maison.

Au cœur de la nuit. Onze jours après la mort de sa sœur. Debout devant la fenêtre. Ceux qui pleurent n'écoutent pas. Lui, à présent, était à l'écoute. La chatte sauta sur le rebord de la fenêtre, se frotta contre son bras, éternua, dérangée par la fumée, puis secoua la tête, prête à s'en aller. Michele la caressa. Un miaulement. Il la caressa de nouveau, les mains de plus en plus lourdes, et l'obligea à rester.

Le jour de l'Immaculée Conception, allongés l'un à côté de l'autre, ils lisent ensemble les contes d'Oscar Wilde. *Le Rossignol et la Rose*. *Le Prince heureux*. Lors des passages dramatiques, Michele éclate de rire pour empêcher qu'une larme ne roule sur les joues de sa sœur. Lui venir en aide. Augmenter son crédit.

Puis, à l'improviste, faire marche arrière.

Le mercredi suivant, alors qu'ils lisent la biographie de Maradona, on sonne à l'interphone. Le géomètre Ranieri. La voiture, moteur allumé, est en bas dans la cour. Elle n'a pas le temps de descendre du lit.

« Ne va pas au volley aujourd'hui, lui dit Michele à brûle-pourpoint.

— Quoi ? » Clara n'en croit pas ses oreilles.

Il insiste : « Pas d'entraînement, allons faire un tour en ville.

— Mais il m'attend ! répond Clara en pliant les genoux.

— Dis-lui de s'en aller. »

Sa sœur se raidit. Michele demeure imperturbable. Ranieri a beau n'être que l'adjoint du géomètre De Palo, Clara lui reconnaît une certaine importance. Michele la regarde lutter contre un principe d'autorité qui, de toute évidence, compte encore pour elle.

« Descends et dis-lui de débarrasser le plancher.

— Écoute... »

Il la voit hésiter, il perçoit la souffrance qu'elle éprouve, avant de se reprendre : « Écoute, répète sa sœur, on se voit plus tard. »

Michele lui jette un regard de mépris. Clara disparaît timidement derrière la porte, évite de la fermer tout à fait, espère jusqu'au dernier moment qu'il va dire quelque chose. Michele reste silencieux. Quand il entend le break s'éloigner, il se précipite sur son lit. Il sourit, satisfait. Cette part de lui que Clara porte maintenant en elle-même est devenue trop grande pour qu'une certaine chose qui descend à toute allure puisse s'arrêter.

Un 25 décembre, après le repas de Noël. Michele déballe son cadeau. Annamaria est assise sur le divan avec Clara. Vittorio est au téléphone dans la cuisine. Le vert sombre de la boîte avec ses fantassins, ses cavaliers et ses canons disposés les uns à côté des autres en rangs horizontaux. Le Risk qu'il avait demandé ! Michele lève les yeux vers Annamaria : « C'est vraiment super... » Il a un sourire de sincère reconnaissance. Ruggero se tient debout, un verre de vin à la main. Le cadre en acier d'une Rolex Daytona brille à son poignet. Clara a été parcourue d'un frisson, en regardant son frère extraire la montre du coffret où est gravée la petite couronne dorée. Mais Ruggero a presque quinze ans de plus que Michele. Clara cherche des indices dans le trou noir des Noëls précédents. La règle des proportions.

C'est à ce moment-là que Gioia l'appelle. Assise sous l'arbre de Noël aux boules colorées, elle répète le nom écrit sur la petite carte. Clara sourit. Elle se penche en avant, prend le paquet des mains de sa sœur. Annamaria, assise sur le divan, décroise les jambes. Mais c'est Michele que Clara observe, tout en défaisant le ruban de satin. Il est plongé dans la lecture des règles du Risk. Tout d'un coup, elle a l'impression qu'il est à nouveau sans défense, comme si la présence des autres l'intimidait, le ramenait à l'année précédente.

Clara finit de dépaqueter son cadeau. Elle ouvre la boîte avec une lenteur qui – elle le comprendra plus tard – sert à retarder la prise de conscience. Elle extrait la première boucle d'oreille, reste bouche bée. Ce n'est pas de la camelote. Un candélabre en miniature incrusté de diamants et rehaussé de cinq tanzanites. La beauté du bijou la déconcerte. Elle se mord la lèvre. Le bonheur de le tenir entre les doigts lui fait tellement honte. Désirer cet objet, au moment précis où Michele la regarde avec une expression de sereine hébétude qui fait éclater en elle l'autre partie de lui présente dans son cœur.

« Clara ! »

Annamaria a bondi sur son canapé. Ses jambes dessinent un *x*, tandis que ses bras prennent la forme d'une demi-croix gammée, comme lorsqu'un personnage court à perdre haleine dans les bandes dessinées. Elle fait ces gestes juste après que l'écrin des boucles d'oreilles a effleuré sa tête et heurté le mur.

Elle s'effondre sur le coussin, se reprend tout de suite mais n'a pas le temps de lever un doigt avant que Clara se mette à hurler.

« Vous me dégoûtez », dit-elle.

Le visage empourpré, les mains tremblantes. Jamais plus ils ne la verront comme ça. Gioia, assise sous l'arbre, tape deux gros cubes de bois l'un contre l'autre. Michele sort de sa torpeur. Il lui semble voir le corps droit et svelte de sa sœur, envahi par la rage, projeter au-delà de la partie visible du mur une effrayante ombre rougeâtre.

Vous êtes une bande de dégueulasses.

Vittorio apparaît à la porte de la cuisine, le combiné contre l'oreille : « Qui est-ce qui crie comme ça ? »

Clara est maintenant sur le seuil de la porte d'entrée. Elle l'ouvre, la franchit, la claque derrière elle avec une telle violence que, pendant un instant, sa mère serre les poings et ferme les yeux, comme un enfant apeuré.

(Il est minuit passé lorsque, au bout de cinq heures de recherches, le géomètre De Palo la repère sur la nationale 16. Seule. Elle marche le dos tourné à la circulation. Elle ne serre pas ses bras contre sa poitrine. Elle n'est pas courbée en avant. Elle montre une résistance admirable au froid : dans sa hâte de partir, elle n'a en effet même pas pensé à enfiler des collants. Quand le break se range à côté d'elle, elle lève la tête. Elle monte dans la voiture sans dire un mot. « Tu aurais dû voir comment il me regardait, racontera-t-elle à Michele le lendemain. Il attendait que je parle, mais moi, je fixais le pare-brise. Je me concentrais sur la route, je ne voulais pas lui accorder la moindre satisfaction. Il s'attendait peut-être à des protestations, ou à des larmes. » Puis il s'est passé autre chose. Ça se devinait à la contraction de sa mâchoire, pendant qu'il conduisait. Il avait envie de déverser sur elle toute cette immondice qui lui appartenait à lui, une mer de fange dont Clara aurait commis l'erreur de s'imputer l'existence, si seulement elle était tombée dans le piège. « Le géomètre De Palo n'est pas le géomètre Ranieri, reprendra-t-elle en ricanant, le géomètre De Palo est une espèce de maniaque. »)

Quand, à deux heures moins le quart du matin, elle fait son entrée dans la maison accompagnée du géomètre De Palo, la jeune fille qui passe devant Vittorio et Annamaria n'est plus la même que celle de tout à l'heure.

« Salut », dit-elle à ses parents avec un sourire qui semble sur le point de se décomposer.

Le visage fouetté par le froid. Les jambes violettes sous sa jupe en laine. On dirait une de ces photos de l'identité judiciaire qui immortalisent les stars au poste de police, l'air triomphant, juste après leur arrestation. Un sentiment de malaise. Voilà, en réalité, ce que ressent Vittorio, quand sa fille passe à côté de lui. « Je vais me coucher. » Ils devraient la réprimander. Lui flanquer une bonne gifle. Le problème que laisse supposer la faible interaction électrique qui la parcourt, c'est que Clara pourrait maintenant faire ou dire quelque chose d'insoutenable pour eux. Comme si elle avait découvert un terrible secret les concernant, un secret dont Vittorio et Annamaria ont tout oublié – hormis son existence. Puis elle passe devant sa mère et se dirige vers l'escalier, tout en portant les paumes de ses mains à la hauteur de sa bouche. Elle souffle dedans pour les réchauffer.

« Habille-toi. Vite.

— Tous ces grands esprits éparpillés dans le vaste monde...

— ... et aucun pour nous expliquer les mystères du dix-neuf. »

Quand ils ont fini de scander l'absurde comptine qu'ils ont inventée, Clara ramasse son sac et le prend sur son épaule, pour clarifier le message.

Depuis quelques semaines, elle l'emmène à la salle de sport. Avec l'aplomb d'un adulte, elle a fait savoir au géomètre Ranieri qu'elle n'avait plus besoin de ses services.

« Tu as été vraiment très gentil avec moi. Tu m'as accompagnée si souvent que je t'en serai toujours reconnaissante. »

(Le géomètre avait dévisagé la jeune fille, à la recherche d'une éventuelle trace de sarcasme susceptible de lui offrir un appui pour riposter, mais il n'avait rien trouvé.)

Ils vont aux entraînements en bus. Quand ils descendent au rez-de-chaussée de la villa (elle en survêtement, Michele emmitouflé comme s'il devait traverser une forêt enneigée), et même quand il n'y a personne chez eux, ils ont l'impression qu'une petite mer d'habitude s'ouvre devant eux, un espace affranchi de l'ingérence de Vittorio et Annamaria, un point marqué à jamais par leur équipe.

Près de la caserne, sous l'éclairage des lampadaires, ils parient sur les retards du dix-neuf. Dans la brume hivernale, le kiosque à sandwiches, où il n'y a jamais plus de deux clients, accentue l'aspect désert de la rue. Leurs haleines forment des nuages qui se dissipent bien vite. La silhouette rectangulaire et bringuebalante du bus surgit de l'obscurité.

Michele regarde les filles s'entraîner dans la salle de sport. Les services sont beaux. Le synchronisme des joueuses qui échangent leurs positions, dès que le défenseur répond à l'attaque, est fascinant. Mais c'est quand sa sœur smashe que Michele cherche un temps alternatif capable de prolonger de tels instants. Le saut. Puis la gifle. Un cri aigu résonne, couvre le bruit sourd de l'impact de la balle contre le sol.

« Poiiiiint ! »

Il y a beaucoup de violence dans ces coups gagnants, d'autant plus surprenante que Clara semble étrangère à tout élan revendicatif. Avec elle, Michele se sent en paix. Elle n'a rien de ces idiotes qui dédient leur point décisif au petit frère venu les voir jouer. Pendant la fraction de seconde qui sépare le moment où le bras se lève et le smash, Clara et lui sont semblables à ces petits temples qui se font face depuis des millénaires, immobiles, dans certaines vallées de la Méditerranée, et qui se regardent sans avoir jamais ressenti le besoin de se rejoindre.

Puis Michele se retrouve dans la voiture d'un type, un grand garçon qui travaille dans un garage, et qui a proposé à sa sœur de les raccompagner chez eux.

Michele est assis à l'arrière, sa sœur et le type ne sont séparés que par le levier du frein à main. Il en prend conscience la deuxième fois qu'ils montent en voiture, ce qui signifie qu'il n'est pas tout à fait guéri. La voiture est une vieille Panda vert militaire, avec un autocollant près de la plaque d'immatriculation, RETE QUATTRO[1] ? OUI, MERCI ! Il s'en rend compte pendant qu'il fixe leurs deux nuques – il se souvient donc tout à coup d'avoir déjà été là. Il est nerveux. Mais cette nervosité-là, il avait réussi à la vaincre, la fois précédente, quand sa sœur lui avait souri dans l'obscurité, quand elle l'avait exhorté à prendre conscience de l'inutilité d'un sentiment aussi stupide que la jalousie.

Alors, pourquoi confond-il tout ? Comment se fait-il qu'il ressente à nouveau ce trouble qu'il avait archivé, quelques jours plus tôt ? Sa tête ne fonctionne pas comme elle devrait. Les progrès accomplis ne suffisent pas à éviter les rechutes. Les filles

1. Chaîne de télévision privée du groupe Mediaset, inaugurée en 1982. *(N.d.T.)*

disparaissent dans les douches, après l'entraînement. Il pourrait y repenser, dans la Panda. Ou alors, il est vraiment dans la salle de sport. Michele est désorienté. L'axe du temps lui échappe. Parfois, il se retrouve en des lieux où Clara et lui ne sont pas du tout en paix. Ils sont malheureux. Ils sont vraiment dans le pétrin. Elle pleure. Il monte les marches de la Galleria Nazionale d'Arte Moderna. Il signe des papiers chez le notaire. Il entre dans le corps d'une femme, et cette femme lui dit, plus tard, en lui passant une main dans les cheveux : « C'est évident : l'enfant enseveli sous les décombres, c'était toi. » Il part faire son service militaire, et au bout de cinq jours, il a envie de se suicider. Il observe un tigre sur un tableau. Il est à Avellino, assis sur une pile de vieux bottins, courbé sur une machine à écrire, dans une pièce exiguë que frappe une lumière pareille à celle du soleil sur le carrelage de certaines latrines publiques, tac tac tac tac, si le poète, quand il nous parle de corbeaux et de branches d'arbres, décrit la Grande Guerre sans jamais la nommer, et si nous, en voyant des corbeaux et des arbres réels, nous tirons de ses vers non pas le soulagement de l'avoir échappé belle, mais la douleur d'une occasion perdue, tac tac tac tac, si nous pouvions comprendre, avant de l'oublier, si nous pouvions saisir dans ces vers dédiés à Grete quelque chose qui est tout à la fois arbres et corbeaux et guerre, quelque chose de plus grand que la guerre, de plus lumineux et noir que le passage du temps, tac tac tac tac. Michele voit le futur dans le passé, il enverra les feuillets à sa sœur, qui lui a promis de les apporter au journal. Il sombre dans la folie. Il est hospitalisé. C'est à Rome qu'il recouvre la santé. Il se penche au-dessus de la gare Roma San Lorenzo, tire sur sa cigarette jusqu'au filtre, observe la circulation et sent en lui la trace d'un mouvement opposé. De but en blanc. L'espace surpeuplé s'est complètement vidé. Le vacarme a cessé. L'orchestre s'est arrêté de jouer. Il est guéri. Il en prend conscience tout d'un coup. En se retirant, la marée a emporté avec elle quelque chose de précieux. Et voilà qu'il transporte un panier contenant un chat sans nom.

Ainsi, à chaque fois qu'une de ces choses-là se produira pour de vrai, elle lui causera des élancements. Un objet dont il avait, des années auparavant, identifié la forme et la fonction (un aveugle qui dit « couteau » en passant le doigt sur la lame), et qui prendra tout son sens au moment où il trouvera le lieu où s'enfoncer.

Et sa sœur ? Il parvient aussi à voir Clara ? Ivre le jour de son mariage. Survoltée pendant qu'elle drague un éditeur à la soirée de l'Ordre des journalistes. Bourrée de somnifères. Complètement défoncée à la coke, son vieux trench-coat sur le dos, pendant qu'elle contemple la ville du haut du parking. Giflée dans un hôtel. Dévorée du regard sur une photo obscène par ce même médecin légiste qui constatera son décès l'année suivante.

Bien qu'une seule de ces images soit fausse, Michele ne voit rien de tout cela, à douze ans. Il en *perçoit* le sens. Qu'il soit dans la Panda ou dans la salle de sport, ou même à Rome avant sa guérison complète, il devine, il sait qu'il suffit qu'elle sorte de leur monde idéal (la balle smashée sur le terrain, les baskets encore suspendues dans le vide), pour que les ennuis commencent. Ils ont commencé. Des choses pénibles. Des choses terribles, se dit-il en suivant des yeux l'apprenti garagiste qui s'éloigne tête baissée.

Quelques minutes plus tard, sa sœur sort de la douche.

« Viens, on rentre à la maison. »

L'hiver desserre sa morsure, le soleil brille sur les pare-brise des voitures garées.

Michele a commencé à se promener seul dans la ville. Les mois précédents lui ont insufflé un courage qu'il ne mesure pas bien. Les squares. Les salles de jeu. Il parle avec des inconnus, se lie d'une amitié soudaine avec des gens qu'ensuite il ne voit plus pendant des jours, les rencontre à nouveau devant un magasin de disques. Clara, il la retrouve à la maison, quand il rentre. Il l'accompagne aux entraînements. Et puis, il ne l'accompagne plus. Il la croise dans la rue le samedi après-midi, quand elle fait la queue devant le Stravinski.

À la maison, Gioia s'est mise à les dévisager de façon étrange. Annamaria, depuis quelque temps, traite Clara avec méfiance. Vittorio s'envole pour Berlin. Pour Séville. On dirait que la Salvemini Edilizia connaît un nouvel âge d'or. Son père revient électrisé de ses voyages. Michele ne parierait pas sur l'existence possible d'une volonté autonome des affaires. Et si elles en ont une, Clara et lui n'en tirent aucun bénéfice. Certains après-midi, elle déboule dans sa chambre et le surprend à fumer une de ses premières cigarettes. Michele tire avec volupté sur sa Lucky Strike. Avant de l'avoir finie, il l'écrase contre le globe céleste posé sur la table de nuit.

« Alioth ! lui dit-il. À notre mort, nous nous retrouverons là. »

Sa sœur lui sourit. « Le plus tôt sera le mieux. »

Je ne me suis pas suicidée.

Je suis encore vivante.

Cette nuit-là, les comprimés d'Inagist permettent à Michele de retrouver cette séquence de mots démentielle, délirante. Pas sur Twitter, où les messages ont été effacés bien que le compte soit encore actif. La photo, en revanche, a été changée. Le dos nu de Clara. Lorsque, l'autre jour, il lui avait semblé le voir sur l'écran – avant que Gioia ne remette la main sur son iPhone – il s'était accordé une marge d'erreur. J'ai dû rêver. Ce n'est pas possible. Il se souvenait de l'original de la photo, prise par Giannelli sur la plage de Monopoli – elle était en train de changer le haut de son bikini – et rangée avec d'autres dans une boîte à biscuits. Mais à présent, il fallait se rendre à l'évidence. De sa chaise, la chatte le regardait.

@ClaraSalvemini.

La nouvelle image représentait deux papillons dont les ailes superposées formaient un petit cœur. Ce procédé graphique le mit hors de lui. Une telle superficialité portait à son comble l'indécence qu'il y avait à créer un compte au nom d'une morte. Il glissa ses doigts sur l'écran. Le faux profil ne suivait personne. Il ouvrit la liste des *followers*. @guillaman. @sestessa. @max1084. Il nota chaque nom sur un bout de papier. Puis il en reconnut un. @giuseppegreco. Il cliqua sur la photo. C'était bien lui, vieilli de dix ans. Il se demanda pourquoi le journaliste comptait parmi les *followers* de cette ignoble farce. Il repensa à Gioia. La présence de la chatte, qui le fixait des yeux, immobile, sous l'éclairage arrondi de l'abat-jour, l'aida à se calmer. Il réfléchissait, plongé dans la pénombre. Je pourrais sortir de ma chambre, la tirer de son lit à coups de pied dans le derrière, et fini la plaisanterie. Elle pousserait des cris, demanderait pardon. Ça lui couperait sûrement l'envie de recommencer ce genre de blagues. Le compte serait fermé. Les traces effacées.

Mais non, laissons cette sinistre plaisanterie atteindre son but.

Michele éteignit l'abat-jour. Il n'arrivait pas à trouver le sommeil. Et pourtant, pensa-t-il, aussi absurde que cela paraisse, il fallait bien reconnaître qu'il y avait quelque chose de vrai dans ce mensonge. À croire que ces messages écrits et effacés, ces images postées par les *followers* (un hibou, un nu de Beardsley, des chaussons rouges), ces échanges de messages incessants, anarchiques, indécents, qui se poursuivaient derrière la plateforme télématique, étaient tous – à différents niveaux – la plus fidèle imitation de Clara que l'on puisse imaginer.

Le lendemain matin, pendant qu'il se rasait, il écouta son père parler au téléphone, à l'étage du dessous.

« Il a dit qu'il voulait un ascenseur ? »

Vittorio arpentait le séjour.

« On devrait le réexpédier illico à Tarente, dans son vieux logement pourri ! »

Michele sortit de la salle de bains et colla son oreille contre le mur. Puis il épia la conversation, comme autrefois.

« Essayez, s'il vous plaît, de le raison... » Vittorio baissa la voix. « ... trouvez-lui un accompagnateur, une infirmière... » Cinq minutes plus tard, il mit fin à l'entretien.

Après le déjeuner, le petit ami de Gioia la rejoignit. Michele le croisa dans la véranda. Ils se serrèrent la main. Sa sensation fut identique à celle de leur précédente rencontre. En le dévisageant, il eut la certitude qu'il lui aurait suffi de porter son regard ailleurs, pour que l'expression de ce garçon se détende.

« Bonjour, monsieur Salvemini. »

Vittorio entra dans la véranda, le téléphone sans fil à la main. Il fit un geste hâtif à l'intention du petit ami de sa fille, versa quelques gouttes de café dans une petite tasse. Toujours pendu au téléphone, il s'éloigna dans le couloir. Le petit ami de Gioia se volatilisa vers l'étage du dessus.

Vingt minutes plus tard, Michele n'avait toujours pas quitté la véranda. Il écoutait toujours. Son père, à quelques mètres de lui, enchaînait les coups de fil. Au ton de sa voix, Michele essayait de deviner l'identité de son interlocuteur. Coléreux (le géomètre Ranieri). Exaspéré, puis conciliant et résolu (Ruggero). Il parlait de Buffante, l'ancien sous-secrétaire d'État. Puis à nouveau de ce type de Tarente (« D'accord, avec une jam... d'accord, d'accord, mais tu te rends compte du nombre de pattes qu'il va falloir graisser, pour faire installer un ascenseur dans ce genre d'immeuble ? »). Il entendit son père s'éloigner, puis se rapprocher encore une fois. Prononcer encore le nom de Buffante. Les mots Porto Allegro. D'une voix traînante. Rauque. Opaque et dégoûtée. Il lui sembla qu'il parlait avec le géomètre De Palo. « Le président de la cour d'appel de Bari », dit-il. Selon toute apparence, ce magistrat jouait un rôle fondamental vis-à-vis du juge d'instruction. Et le recteur de l'université pouvait à son tour en jouer un vis-à-vis de lui. La voix de Vittorio semblait se tuméfier, chaque fois qu'il n'arrivait pas à bien prendre ses distances envers lui-même. Il a du mal à avaler la pilule, pensa Michele en entendant son père se diriger vers la porte d'entrée.

Michele se fit un café, monta à l'étage du dessus, serra la poignée de la porte de sa chambre et la relâcha. Un couinement. Il retourna sur ses pas, intrigué. La chambre de Gioia. Absurde mais vrai : ils avaient laissé la porte entrebâillée. Il y vit moins une provocation qu'une négligence, comme s'il s'était agi d'un comportement habituel, de construire une maison à l'intérieur de celle qui s'était écroulée depuis longtemps : et ils prospéraient dans ce désordre, dans cette absence d'autorité. Gioia chuchotait quelque chose, gémissait, gloussait. Il ne put s'empêcher de la regarder.

Michele retourna dans sa chambre. Il allait s'allonger sur son lit lorsque quelque chose l'arrêta. Il balaya la chambre du regard. La table de nuit. L'armoire. Il regarda autour de lui d'un air inquiet. La fenêtre entrouverte. Son rythme cardiaque s'accéléra. Restons calme. Elle n'a pas pu sauter par la fenêtre. Il s'assit sur le rebord du lit, se déchaussa sans faire de bruit, ramassa l'une des chaussures, attrapa le lacet par un bout, le retira, se pencha en avant, se mit à agiter le poignet pour faire ondoyer le lacet sur le sol, à la manière d'un serpent. Au bout de deux secondes, la chatte bondit de derrière l'une des portes de l'armoire, se jeta sur le lacet et commença à jouer.

Quatre taches de lumière. Elles glissèrent sur le rebord de la fontaine, remontèrent sur les feuilles, puis disparurent. Il était cinq heures de l'après-midi.

Michele redescendit au rez-de-chaussée, s'achemina vers la véranda, aperçut les joues rosées de sa sœur qui buvait du lait en tenant sa tasse des deux mains, comme quand elle était petite. Elle était seule. Il vit qu'elle avait remarqué sa présence. Elle posa la tasse sur la table. À la fixité de son regard (puis à l'expression distraite, évanescente, que prend le visage de ceux qui font comme si de rien n'était), il comprit qu'elle espérait qu'il ne l'approcherait pas.

Il s'approcha et s'assit juste en face d'elle.

« Salut, Gioia. »

Elle portait un chemisier en coton et un pantalon de pyjama bleu parsemé de petits nuages blancs. Impossible de savoir si elle s'était habillée comme ça pour sortir ou pour se coucher. La lumière de l'après-midi arrondissait l'astre de ses vingt-cinq ans. Sur la table, un gros livre fermé. *Introduction à la philosophie du langage*. Michele sourit, désigna le bouquin.

« J'ai repris mes études. » Gioia poussa un soupir. Lui continua à la regarder. Elle ajouta : « Il fallait bien que je le fasse, tôt ou tard. Retourner à la normalité. Le matin, je l'ouvre, et j'ai l'impression de lire du chinois. Je n'y comprends rien. Merde... » Elle hocha la tête.

C'était toujours troublant, de parler avec quelqu'un qui venait tout juste de baiser. On percevait, chez la personne qui se tenait en face de vous, une sorte de porte grande ouverte et, en même temps, une interdiction d'entrer, tandis que son corps, chaud et alangui peu de temps avant, était pressé de retrouver son équilibre, pour ainsi dire, entre une porte fermée et une porte ouverte. Mais te retrouver devant ta sœur cadette en sachant qu'elle vient de baiser et, de surcroît, en étant conscient qu'elle sait que tu sais (puisqu'elle a tout fait pour que tu sois témoin de la scène), voilà qui transformait une vague séduction intellectuelle en un plaisir lié à la putréfaction, à l'étranglement. Parce que tout se passait comme si ce même corps, abandonné au milieu des draps l'instant d'avant et maintenant occupé à disserter sur les examens universitaires et le travail du deuil, était encore en train de se trémousser, de te harceler (c'est-à-dire de t'obliger à imaginer son sexe tout en feignant de ne rien te laisser imaginer, puisque c'était toi, maintenant, qui étais obligé de créer le lien entre le moment où il t'avait permis de voir la scène et le moment actuel), de manière à ce que tu puisses aussi sentir son odeur (même si ce corps-là était bien incapable d'en produire une assez forte pour être perceptible), revoir ses gestes, ses contractions. À ce que tu sois, en somme, soumis à sa volonté.

Une volonté qui, en l'occurrence, exigeait que Michele s'abstienne de poser des questions importunes.

Mais Michele n'avait aucune intention de céder. Il fit un effort pour prendre ses distances, sourit sans baisser les yeux.

« Ils n'ont pas arrêté un seul instant », dit-il en espérant qu'elle morde à l'hameçon. Il faisait allusion à Vittorio et Annamaria.

Gioia comprit aussitôt. « Ils sont toujours pressés, dit-elle, ils sont tout le temps occupés, depuis que… » Elle marqua une pause. « Cette histoire de Porto Allegro… je ne dis pas que ce n'est pas important…

— Chacun réagit comme il peut.

— Tu dis ça parce que pendant toutes ces années, tu n'as pas eu à les supporter. Tu n'étais pas sans cesse avec eux. Ils réagissent exactement comme un père et une mère ayant encore des enfants *ne devraient pas* réagir. »

Il y a vraiment quelque chose de diabolique qui palpite au fond de cet océan de stupidité, pensa Michele en la regardant. Gioia parvenait à protester sans pour autant quitter son ornière, elle faisait semblant d'être du côté de Michele tout en soulevant contre lui une petite objection, alors qu'en réalité, elle n'était pas dans son camp.

« Chaque fois que l'un de nous avait un problème, ils étaient toujours occupés, continua-t-elle, ils avaient autre chose à faire, même quand c'étaient *eux* qui avaient des problèmes, de gros problèmes. Je veux dire par là des problèmes d'ordre privé, peut-être même sentimentaux. Ils n'arrivent pas à se montrer vulnérables. Ils n'arrivent même pas à être affectueux. C'est plus fort qu'eux. Si seulement ils avaient été…

— Elle te manque ?

— Putain, Michele ! » Sa sœur pâlit, ses yeux étincelèrent. « Quand je bois un verre d'eau ou que je me regarde dans un miroir, le matin. Quoi que je fasse, je vois toujours son image devant moi.

— Elle était belle, dit-il avec la tentation de lui flanquer une baffe.

— Elle était incroyable. Elle avait quelque chose qui manque à quatre-vingt-dix-neuf personnes sur cent. Elle entrait dans une pièce, et tout le monde la remarquait, sans qu'elle fasse quoi que ce soit pour attirer l'attention. Et entre autres qualités, c'était la personne la plus disponible du mon...

— À ton avis, pourquoi elle s'est tuée ?

— Pourquoi elle s'est... Oh, merci, vraiment ! » Une larme glissa rapidement le long d'une joue. « Merci de me poser une pareille question. Merci d'être revenu. »

Michele tendit une main vers la sienne. Elle la saisit.

« Tu trouves ça normal ? demanda Gioia tout en pleurant encore. Tu trouves... putain, Michele ! » Elle s'interrompit, sanglota, se moucha. « T'arrives à y croire, toi, qu'elle soit morte depuis vingt jours et que personne n'en parle, dans cette maison ? Clara est décédée, et tout le monde fait comme si elle était allée faire un tour à Rome. » Michele fut parcouru d'un frisson, l'étreinte de Gioia était une lumière artificielle qui éclipsait la splendeur de la lune. « Il y a des jours où j'ai l'impression de devenir folle, reprit-elle. Je me rends bien compte que personne ne réagit comme il le devrait. On n'est pas censé faire comme dans les films, d'accord. Mais là, c'est tout le contraire. Regarde Maman. » *Annamaria*, rectifia-t-il in petto. « Est-ce que tu l'as entendue prononcer le nom de Clara, depuis que tu es revenu à la maison ? Papa, lui, est dans la merde jusqu'au cou avec cette foutue histoire de villas dans la région de Foggia. Et Ruggero. Tu sais ce qu'on dit de certains médecins, non ? Ils s'occupent de sauver les gens dans les hôpitaux, comme ça, ils ont une bonne excuse pour s'en foutre royalement, le reste du temps. Et regarde-nous, nous deux. » Ses larmes donnaient désormais l'impression de se solidifier sur son visage. « Comment ça se fait qu'on n'en parle que maintenant ? »

Elle est incroyable, pensa Michele. Elle te colle sous les yeux une partie du problème, et comme ça elle peut le neutraliser, le dissimuler, tout en te le jetant à la figure.

« À ton avis, pourquoi elle s'est tuée ? demanda-t-il à nouveau.

— Ah, Michele, pourquoi est-ce que les gens se tuent ? » Elle montrait les dents en même temps qu'elle parlait. « La solitude. Le sentiment de vide. Tu te rends compte de la vie qu'on mène ?

— Son mariage, dit-il.

— Alberto l'aimait. D'ailleurs, il est encore amoureux d'elle. Il me fait une de ces pei…

— Ce n'était pas un mariage heureux.

— Même les mariages heureux ne le sont pas, dit-elle, et surtout pas ceux qui misent tout sur l'amour. Pour Clara, c'était important, l'amour. Elle le cherchait de la même manière absurde que lorsqu'on part à la chasse de choses qui n'existent pas. On le sait bien, qu'elles n'existent pas. Mais on y va quand même. Droit dans le mur. Tu sais, comme quand tu attends la rencontre de ta vie, cet événement qui changera ta façon de voir les choses, qui fera passer ton travail au second plan, qui t'amènera à te marier, et peut-être même à avoir des enfants ? Qu'est-ce qui se passe, si tu l'attends et qu'elle ne se produit pas ? Peut-être qu'elle ne se produit pas tout simplement parce qu'elle n'existe pas ; ce genre d'amour a été inventé par un publicitaire, pour vendre des parfums. »

Voilà qu'elle parlait comme un personnage de série télé. Tu vas la lâcher, ma main ? pensa-t-il. Il la retira.

Après le dîner, Michele alla faire un tour au jardin. La lune était presque pleine, dans le ciel de mai. Il resta là à la contempler, comme pour nettoyer en lui la voix de Clara. Le vent entre les feuilles. Puis il se dirigea vers la villa. Il aperçut une ombre sur le perron. Haute et pâle. Annamaria. Elle m'observe, pensa-t-il, elle m'attend. Il la regarda d'un air circonspect.

« Excuse-moi, dit-elle, je voulais te demander quelque chose. »

C'est elle toute crachée. Dès qu'il s'agit de quelque chose d'important, elle se jette aussitôt à l'eau, pensa Michele avec admiration.

« Je voulais savoir si tu avais des engagements pour samedi. Si tu pensais rester à la maison. Ou bien... »

Vingt jours. Cela faisait vingt jours qu'il restait à la villa sans mettre le nez dehors. Pourquoi aurait-il dû sortir juste ce samedi-là ?

« *Ou bien quoi ?* demanda Michele avec cette touche de perfidie qui pousse votre interlocuteur à exprimer sa pensée sans lui laisser le temps de la camoufler.

— Non, rien, dit Annamaria, à peine gênée, je me demandais si tu serais encore... ou alors si tu restes, je voulais te dire... »

Ça lui avait échappé. Elle avait vite rattrapé ce qui aurait pu être perçu comme une impolitesse, mais Michele vit clair dans son jeu. L'attente. Le désir qu'il s'en aille, qu'il retourne chez lui, à Rome.

« Je voulais te dire qu'il y aura un dîner important et que ce serait bien que tu y assistes, voilà, reprit-elle après avoir lu sur le visage de Michele son intention de rester.

— Quel dîner ?

— Oh, c'est *lui* qui l'a organisé. » La conversation suivait à nouveau les rails de leur code de communication habituel. « Il a invité le président de la cour d'appel à dîner. Il veut y voir plus clair dans cette affaire du village touristique. Tu sais comment est ton père. Il est convaincu d'être victime d'un complot, et de fait, si j'ai bien compris, nous risquons gros. Il en a bien entendu déjà parlé avec le président. Le dîner est un petit plus. Une touche de chaleur humaine. Ton père est convaincu que ça aussi, c'est utile. Ça me ferait plaisir qu'on y assiste tous ensemble », conclut-elle.

SEP – Student Exchange Program.

Cet été-là, son père et Annamaria ont décidé que Clara participerait à un séjour scolaire en Angleterre. Trois mois à Eastbourne, hébergée dans une famille. Chemisiers et pull-overs gris en laine vierge. *Light lunch, cream tea*. Histoire de perfectionner sa connaissance de la langue, de fréquenter des adolescents venus des quatre coins du monde.

Clara essaie un manteau dans une boutique du centre-ville. Elle lui demande d'un air inquiet : « Comment tu me trouves ? »

Les photos d'identité, la valise neuve. Tout va si vite que Michele, au début, ne réalise pas ce qui est en train de se passer. Il confond le danger et l'enthousiasme, qu'il laisse l'envahir. Lorsqu'il faut renouveler le visa, sur le passeport de Clara, c'est lui qui se propose pour aller acheter les timbres fiscaux. Les semaines suivantes, on a l'impression que tout ça lui est sorti de la tête. Quand ils sont ensemble, Clara n'en parle pas. Ils font comme si de rien n'était. Les jours passent.

La veille du départ est un dimanche. Michele se réveille tôt. Il s'attable devant son petit déjeuner. Puis il sort de la maison, prend le bus, passe quelques heures dans le centre-ville avec ses amis. Ils vont dans un bar, bavardent, fument des cigarettes. À un moment donné, il s'arrête de parler et pose sa tasse de café sur la table. C'est un désastre. Une horrible catastrophe préméditée. Soudain, tout est clair. Il se lève, s'en va sans dire un mot.

Une heure plus tard, il franchit le portail de la villa en courant. Il est essoufflé, il a sauté d'un bus à l'autre. Il entre dans la maison, trouve Gioia dans l'entrée qui pleurniche toute seule. Son père hurle d'énervement : « Je ne le trouve pas ! » en s'adressant à l'étage du dessus. « Tu m'aides, pour mon puzzle ? » Gioia de nouveau. Michele l'ignore. En revanche, il remarque sur le divan une longue rangée de vêtements disposés les uns à côté des autres dans des housses en cellophane. Alors, il monte rageusement les escaliers, traverse le couloir, serre la poignée d'un geste résolu, mais le ventre noué.

« Eh ! Attends ! »

Il referme aussitôt la porte. Il a entraperçu la tache blanche de la culotte, sur sa silhouette élancée. L'image reste imprimée quelques secondes sur sa rétine. La pointe rosée du sein projetée sur le plafond, comme dans un tableau cubiste. Il craint qu'elle ne l'ait fait exprès. Qu'elle soit restée là, à l'attendre à moitié nue, pour pouvoir le repousser de cette manière. Michele reprend son souffle, ouvre à nouveau la porte, entre dans la chambre de sa sœur.

À présent, Clara est en short, le dos tourné à la fenêtre. Elle porte le même t-shirt à rayures que sur la photo d'identité. La tête baissée. Michele regarde autour de lui. Sur le lit, la valise ouverte. La poignée d'un sèche-cheveux qui dépasse. Il serre les dents pour ne pas pleurer.

« Tu pars.

— Michele... » Clara avance vers lui, on dirait une autre personne.

Au moment où elle va pour le prendre dans ses bras, elle s'arrête, comme si, au-delà d'une certaine limite, la comédie risquait de devenir injouable.

Elle fait une nouvelle tentative : « Michele, on ne s'en rendra même pas compte. Je serai de retour avant Noël. »

Sa sœur s'assied sur le lit. Il a l'impression qu'elle est au bord des larmes, elle aussi. Il ne comprend pas comment c'est possible. Comment ils ont fait pour ne pas s'en apercevoir. Non seulement l'embuscade avait été annoncée, mais elle avait même requis leur participation. Le formulaire d'inscription était déjà classé quelque part dans les archives de la St Giles International School of Eastbourne. Les lires changées en livres sterling. Le tuteur d'ici s'était déjà mis d'accord avec celui de là-bas. Ils avaient tout prévu.

« Allez, aide-moi à faire ma valise. »

Clara se relève. La lumière oblique qui pénètre dans la chambre semble la transpercer, et Michele a l'impression que sa sœur est sur le point de se désagréger ou de mourir, frappée par une douleur moins pénible que l'effort qu'elle doit fournir pour ne pas la lui montrer, tout en la lui montrant.

« Tu vas réussir à faire entrer tous les vêtements que j'ai vus en bas dans cette valise ? demande Michele, qui s'inflige le même traitement.

— C'est ce que nous allons découvrir. Allez, va vite les chercher. »

Au bout de quelques minutes, Michele revient dans la chambre avec les housses, empilées les unes sur les autres. « Attention, tout va tomber ! » Clara lui donne un coup de main. Des jupes. Des sweat-shirts. Des vestes légères. L'un prend un vêtement. L'autre le range dans la valise en faisant attention à ne pas le froisser. Buckingham Palace. La conduite à droite. Tout l'après-midi, leurs doubles parlent de ces sottises. Et même des Beatles. Ils en discutent encore au dîner. Ils se souhaitent bonne nuit sans oser se regarder.

Mais lorsque, le lendemain, Michele se réveille – le puits de lumière projeté sur le sol témoigne d'un sommeil long de dix heures – ce n'est pas son double qui se trouve dans son lit, les tempes en feu. Le corps qui émerge des draps est un corps éberlué. Elle n'est pas là. Ils ont dû l'accompagner à l'aéroport.

Michele s'extrait de son lit, descend à la cuisine. Trois tasses vides. La table de cuisson scintille dans la lumière de cette fin août.

Les mois sans Clara sont une sorte de cauchemar imaginaire. Comme si ce cauchemar était rêvé par une photocopieuse. Ce qui est encore pire. Michele va à l'école. Il rentre à la maison, fait ses devoirs, mais tout se passe dans un silence vibrant, sans lequel il ne resterait plus que le monde matériel mis à nu. Dans son enfance, il lui arrivait de tomber au fond d'un puits, où il touchait quelque chose de si puissant qu'il en perdait la mémoire ; mais à présent, c'est tout le contraire. Il pourrait mémoriser tous les graffitis sur les murs, toutes les plaques des voitures qu'il voit dans la rue. À ceci près que tout est fictif. Des routes sans route. Des arbres sans arbre. Sa sœur lui manque. Elle lui manque de façon lancinante, hallucinée. Le sentiment d'anéantissement est si intense que certains après-midi, il ne se souvient même plus du visage de Clara. De la modification de ses traits, quand elle rit. De l'arrondi de ses lèvres, quand elle dit non. Alors, il se précipite jusqu'au séjour et regarde une photo.

La nuit, il dort mal. Il se réveille en sursaut, couvert du goudron qu'il vient de voir en rêve.

En classe, elle récite des vers de Ben Jonson. Et puis, il y a la chorale. Bien droite dans sa veste aux lions brodés sur la poche, elle entonne en même temps que les autres *Jesu, As Thou Art Our Saviour*.

Le matin, Michele se réveille dans sa chambre, comme tous les jours. À supposer que les jours passent. À supposer qu'il s'agisse bien de sa chambre, et non pas d'un espace aride où lui seul se rend compte que le temps s'est arrêté. Peut-être va-t-il encore à l'école. Peut-être écoute-t-il la prof de maths en comprenant toutes ses explications. Peut-être, quand il rentre chez lui, croise-t-il le regard de cet étrange garçon aux yeux maquillés qu'il a rencontré il y a quelque temps. Le garçon dit : « Je m'appelle Pietro, tu te souviens de moi ? » Peut-être même hurle-t-il : « Eh, c'est à toi que je parle. Tu m'entends ? Eh, arrête-toi ! » Cet après-midi-là, il reste dans sa chambre, la tête enfouie sous l'oreiller, à ruminer. Quelque chose devrait avoir lieu quand il est à la maison, mais se produit justement quand il n'y est pas. Clara appelle. Ou alors, ce sont eux qui l'appellent. Comment se fait-il que depuis son départ, ils ne se soient jamais parlé au téléphone ? Peut-être Michele va-t-il à l'école. Peut-être, après le déjeuner, fait-il ses devoirs. Quand il les a finis, il se remet à lire les livres qu'elle lui a donnés. Ça fait longtemps qu'il ne l'a pas fait. Tigre tigre. Die Raben. Là où tu passes, l'automne et le soir tombent. D'un vers à l'autre, il a l'impression que le temps reprend son cours.

Elle sort de la Jaguar par la portière arrière, en reboutonnant son chemisier jusqu'au col. Fouettée par la pluie de l'East Sussex, elle réajuste sa jupe autour de sa taille. Elle s'engage à pied dans Longstone Road, caressée par les lueurs de l'aube.

Michele ouvre les yeux, contrôle sa montre. Quatre heures du matin. Il se tourne de l'autre côté.

Le lendemain est un dimanche. Il se réveille tôt. Vittorio et Annamaria sont sortis. Il saute du lit, se lave en vitesse, va dans la cuisine, allume le gaz sous la cafetière, se saisit du bottin, ouvre et ferme des tiroirs. Le formulaire. Il fait glisser de l'étagère le gros dictionnaire à couverture rouge, verse le café dans la petite tasse. Puis il prend le formulaire, le bottin et le dictionnaire, et les pose juste à côté du téléphone. Il cherche l'indicatif. Comment on dit « urgence ». Il appelle St Giles tout en feuilletant le dictionnaire. Une étrange sonnerie prolongée. Mauvais numéro. C'est l'émotion. Alors, il rappelle. Reste calme. Il faut leur faire croire à tout ce que tu dis.

Quand la voix répond, il explique tout avec sang-froid. La standardiste ne bronche pas.

« *Please, hold on.* »

Pendant l'attente, il a l'impression d'entendre, venu du fond du combiné, un battement d'ailes qui résonne dans une tour. Puis, une autre voix. Toute la douleur imaginaire est emportée par un océan de réalité.

« Clara !

— Michele, nom de... »

La voix de sa sœur est bouleversée, effrayée, gênée, merveilleusement au bord de la crise d'hystérie.

« Mais qu'est-ce qui s'est passé ? Ils m'ont dit que c'était une urgence.

— Laisse tomber. Je l'ai juste dit pour être sûr...

— Tu m'as fait peur. Dis-moi pourquoi tu ne m'as jamais appelée, pendant toutes ces semaines ?

— C'est justement ça. C'est précisément...

— Chaque fois que Maman et Papa m'appelaient, tu n'étais pas là. Et l'autre jour, quand c'est moi qui ai appelé, ils m'ont dit…

— Clara. Écoute-moi. Tu vas monter dans le premier avion et rentrer tout de suite à Bari.

— Qu'est-ce que tu rac…

— Fais tes valises et tire-toi !

— Je ne peux tout de même pas… Tu es devenu fou ?

— Je n'ai jamais été aussi lucide de ma vie, dit-il en haussant la voix, laisse tout tomber et fais-le maintenant. Fous le camp de cette île de merde. Tu n'as pas compris qu'ils sont en train de nous entuber ? Qu'ils l'ont fait exprès ?

— Mais qui, pour l'amour du ciel ? Qui est-ce qui nous a entubés ?

— Ils ont tout intérêt à nous séparer l'un de l'autre. Ils sont… attends ! Tais-toi une seconde !

— …

— Qu'est-ce que c'est que ce bruit ?

— Quel bruit ?

— Des voix. Des voix qui chantent.

— Ah, ça ? C'est la chorale de St Giles.

— Et qu'est-ce qu'ils chantent ?

— Qu'est-ce qu'ils… ils chantent *In Freezing Winter Night*.

— Je le savais ! T'as vu ?

— Vu quoi ?

— Clara, rentre à Bari, tout de suite.

— Michele, même si je le voulais… », dit sa sœur. Il a la sensation de trouver, dans cette hésitation, la confirmation de tous ses soupçons. « Même si je le voulais, je ne peux tout de même pas m'en aller du jour au lendemain. Si je ne termine pas le trimestre, ils ne vont pas me le valider. Je perdrais mon année. Et puis, de quoi j'aurais l'air ? La famille qui m'héberge…

— Les Wilson !

— Ils s'appellent Thompson. Bref, ils sont gentils comme tout. J'aurais l'air de quoi, si je les laissais tomber sans explication ?

— Gentils comme tout ? Mais qu'est-ce que tu racontes, merde ? Clara !

— Écoute. À la mi-décembre, je serai à Bari. Tu dois… nous devons tenir encore un petit mois et… Allô ? Allô, Michele ? »

(D'une certaine manière, j'avais raison, pensera-t-il dix-sept ans plus tard en finissant sa cigarette, près de la gare Roma San Lorenzo, un an avant qu'elle ne meure, quelques secondes après avoir pris acte de sa propre guérison. Il observera les voitures, sur le périphérique, comme s'il les voyait pour la première fois. Bien sûr que son père et Annamaria ne l'avaient pas envoyée en Angleterre avec l'intention précise de les séparer. En revanche, il était manifeste qu'ils l'avaient fait comme s'ils avaient pressenti un danger, une épreuve de force, car nous ne sommes pas ce que nous sommes, pensera-t-il en toussant, nous sommes guidés par des forces dont nous n'avons pas conscience, nous agissons sans savoir pourquoi, nous tenons des propos dont le motif nous échappe… des crimes sans culpabilité, des morts sans cause apparente.)

Lorsque, le 12 décembre, à l'aéroport de Bari Palese, en descendant la rampe de débarquement du Boeing 767 dans son petit manteau bleu – les joues rougies, mais rien à voir avec le froid anglais –, elle voit sa mère et Gioia gesticuler derrière la baie vitrée, Clara n'est pas surprise. Leurs corps correspondent exactement à la silhouette qu'elle avait découpée dans son imagination, en observant les nuages à travers le hublot.

À peine rentrée à la maison, elle lâche la valise et monte rejoindre sa propre image mentale, qui l'attend depuis longtemps devant la porte de Michele. Mais quand elle ouvre cette porte et cherche la silhouette du garçon qu'elle s'attendait à trouver étendu sur le lit, plongé dans la lecture d'une bande dessinée, elle ne la trouve pas.

« Maman, où est Michele ? » demande-t-elle plus tard avec nonchalance, au déjeuner, après que son père est lui aussi rentré à la maison. Vittorio ronchonne quelque chose. Gioia est penchée sur sa Game Boy.

« Ces derniers temps, nous n'arrivons pas à le tenir, ton frère, dit Annamaria, il est toujours en vadrouille.

— Où ça, en vadrouille ?

— Va savoir. Écoute. » Annamaria change de sujet. « Tout à l'heure, avec ta sœur, nous irons faire des courses dans le centre-ville.

— Non merci, maman.

— Alleeez, dit Gioia d'un ton geignard en relevant sa tête de l'écran.

— Non, vraiment, je suis fatiguée. »

Clara reste donc à la maison. Elle donne des prétextes à ses amies, qui l'appellent toutes les demi-heures. Elles sont impatientes de la revoir. Mais elle ne veut pas rater l'arrivée de Michele. Elle surveille l'heure. À un moment donné, elle entend des pas dans l'entrée. Elle retient son souffle. C'est seulement sa mère et Gioia qui rentrent de leur shopping.

Après le dîner, vers onze heures et demie, Michele arrive enfin. Elle entend la porte d'entrée s'ouvrir, se lève en toute hâte. Mais quand elle le voit déboucher du couloir, elle reste bouche bée.

« Salut, Clara.

— Salut, Michele. »

Ils devraient s'embrasser, mais ils gardent leurs distances. Son frère lui fait un signe de la main, monte les marches de l'escalier. Clara le suit en silence jusqu'à sa chambre. Il a maigri. Il porte un étrange blouson vert tout effiloché. Ses cheveux ont poussé. Son visage est pâle. « Tu as du feu ? » La chambre aussi a changé. Elle est très ordonnée. Clara remarque une pile de nouveaux livres. Sur le mur, une affiche représente une forêt vitrifiée.

« Qu'est-ce que c'est ?

— *L'Europe après le déluge*, dit-il, tu ne connais pas ? »

Son visage est plus que pâle, il est livide, se dit Clara en le regardant mieux. Un fantôme. Ou un insomniaque.

« Alors, ce briquet ? »

Il m'aime encore. Mais il est devenu quelqu'un d'autre, pense-t-elle. Celui d'avant, je l'ai perdu pour toujours.

Les jours suivants, Clara étudie la situation. Elle retourne au lycée, passe brillamment son entretien avec son tuteur, laisse ses amies fêter son retour. Mais son regard est ailleurs. Il franchit les murs du lycée, avance le long des routes, pénètre dans les cafés et dans les bars.

En moins d'une semaine, tout lui paraît assez clair. Son frère a une vie sociale. Il fréquente le groupe d'un garçon plus âgé que lui. Un type à l'accoutrement absurde, qui se maquille, qui se drogue peut-être. Pietro Giannelli. On le voit souvent filer à toute allure, le long de la Via Amendola, sur une Suzuki GSX 400. Avec lui, Michele se sent bien. L'école. C'est là, en revanche, que se situe le problème. Pendant deux mois, les résultats de son frère s'étaient améliorés. Ensuite, plus ou moins à partir de son coup de téléphone de novembre, ses notes ont peu à peu dégringolé, comme quelques années plus tôt. Vittorio et Annamaria se disent inquiets. Sa mère insinue que Michele souffre d'on ne sait quel trouble de l'attention. En l'espace de quelques jours, ce trouble se transforme, sans pour autant qu'il se produise quoi que ce soit de notable, comme si l'état mental d'un adolescent pouvait être influencé par les propos de ses parents (de son père et de la femme de son père, précise Clara). Le problème de Michele est devenu un trouble bipolaire, voire une forme légère de schizophrénie.

Clara écoute les bavardages des deux adultes. Elle voit Michele le soir, quand il rentre à la maison. Elle l'observe avec attention. Il a parfois un air vaguement halluciné. Mais, somme toute, il garde le visage d'une personne en pleine possession de ses facultés mentales. Elle le croise un après-midi en centre-ville, où elle est allée acheter un vinyle qu'on lui a fait écouter en Angleterre. Il est devant la boutique de disques, avec ses nouveaux amis. Michele lève la tête, va à sa rencontre, fait les présentations. Nicola. Domenico. Valentina. Pietro Giannelli, pense Clara avant de serrer la main du type aux yeux maquillés. Dans le même temps, elle surveille Michele du coin de l'œil. Elle le voit rire. On dirait même qu'il flirte avec cette Valentina. Mon frère va bien.

« Eux », dit Michele un samedi soir.

Clara et lui sont allés au cinéma ensemble. Après le film, ils vont prendre un pot dans un café. Ils sirotent leur milkshake.

« Eux. Il faut les arrêter, reprend-il. Pas avec des mots, pas avec des protestations. Ils ont l'air inoffensifs, mais en fait ils n'ont rien d'inoffensif, même leurs silences ne le sont pas. Si on leur laisse la moindre latitude, il sera trop tard. »

Clara le regarde sans comprendre. Elle se dit qu'elle ne peut plus le toucher comme avant. Elle ne peut plus le serrer contre elle. Leur nouveau pacte interdit le contact physique.

Michele arrête de jouer avec sa paille : « Il faut que tu saches que ces phrases sont de Hitler. Elles viennent de ses discours. Tu devrais les lire. Des premiers discours dans les brasseries jusqu'aux grands rassemblements. Si on pouvait donner une forme à leur progression, elle serait en entonnoir. La situation prend une tournure de moins en moins révocable. Mais, ajoute-t-il en allumant une cigarette d'un geste rapide, que se passerait-il si on mettait ces mêmes propos dans la bouche d'une de ses victimes ? Les propos de l'homme le plus monstrueux de tous les temps dans la bouche d'un être réellement bon. Pas quelqu'un qui veut se venger, mais un innocent, une personne qui éprouverait de la peine pour lui. Les mots seraient lavés. Transfigurés. Tu ne crois pas que l'Histoire rebrousserait chemin, dans ce cas-là ? Ça ouvrirait une autre dimension, ça éclairerait la voie dont on s'est écarté le jour où l'on s'est engagé sur celle de la catastrophe.

— Ah la vache ! » Clara éclate de rire. Elle donne un grand coup sur la table et risque de renverser son milkshake. « Putain, Michele, mais c'est ça que tu leur racontes, à l'école ? Pas étonnant que tes notes aient baissé !

— Non, répond-il d'un ton sérieux, ces choses-là, je les dis à la maison. »

À la maison, Vittorio et Annamaria continuent à discuter des prétendus problèmes de Michele. Un jour, alors qu'ils sont dans la cuisine – son frère n'est pas à la maison – Vittorio demande à Annamaria si elle trouve que son état a empiré, ces derniers temps. Il parle sur un ton très sérieux.

« Eh bien justement, lui répond Annamaria, j'attendais le premier moment de tranquillité pour t'en parler. »

Elle se lève, disparaît dans le séjour, revient avec une enveloppe à moitié ouverte. C'est la lettre de convocation du proviseur adjoint, adressée aux « parents de Michele Salvemini ». À peine a-t-il fini de lire la convocation, avant même qu'il lui demande : « Tu pourrais t'en occuper ? », Annamaria répond : « Bien sûr, j'irai lui parler. » Clara a l'impression que ses parents montrent le signe d'une soudure, comme si la nouvelle les réconfortait plus qu'elle ne les inquiète.

Eux, pense-t-elle.

Elle recule sur sa chaise, se lève, regarde Vittorio et Annamaria, arrange une mèche de ses cheveux d'un revers de main. « Mais qu'est-ce que vous racontez, dit-elle avec un sourire incrédule, mon frère n'est pas malade. » Elle leur tourne le dos et sort de la pièce. Elle est furieuse. Dans le couloir, elle aperçoit Gioia qui la fixe d'un air stupéfait. Alors, Clara s'approche et se penche sur elle. Elle l'embrasse sur le front, ferme les yeux. *Eux*, pense-t-elle, *et toi aussi*.

(Annamaria ne raconte pas forcément à Vittorio tout ce que les professeurs lui ont dit. L'enseignante d'italien se déclare perplexe. Le professeur d'histoire parle de « rendement invérifiable ». « Pourrait-il s'agir d'un signe de dépression ? » demande Annamaria. Son interlocuteur écarte les bras. Pour l'enseignante d'anglais, Michele « est un mystère ». Pour celle de latin, « une sorte de fantôme ». En revanche, la remplaçante de mathématiques tient un autre discours. Michele a bien commencé l'année, puis ses notes ont dégringolé. Mais il y a une chose que la remplaçante a remarquée. Le devoir auquel la titulaire avait mis une note bien en dessous de la moyenne – devoir que la jeune femme de vingt-quatre ans a eu l'opiniâtreté d'aller repêcher dans les archives de la salle des professeurs –, à y regarder de plus près, pouvait se prêter à une autre interprétation. Le problème – calculer le périmètre et la surface d'un carré dont le côté est congruent à la hauteur d'un rectangle dont on connaît la surface et les proportions entre la base et la hauteur – semble à première vue avoir été traité de manière incohérente.

« Vous voyez ? »

La remplaçante montre à Annamaria une feuille couverte de signes incompréhensibles.

« Michele a d'abord essayé de définir une équation, puis il a laissé tomber et s'est mis à diviser la base du rectangle en sept parties égales. Mais en réalité, dit la remplaçante avec un haussement de sourcils qui déplaît à Annamaria, c'est un système alternatif pour parvenir aux mêmes conclusions. À la résolution du problème. Je crois qu'il n'a tout simplement pas eu le temps de terminer. Ce qui est surprenant, c'est que les élèves n'ont pas encore étudié ce système alternatif. Vous vous rendez compte de l'esprit d'initiative dont il a fait preuve ? Dans les exercices suivants aussi, ajoute la remplaçante, il s'est produit quelque chose d'analogue. C'est à ne pas y croire. Moi-même, j'ai eu du mal, au début. Michele n'a pas réussi à résoudre le problème parce qu'il était trop impatient de l'aborder de plusieurs façons, toutes aussi justes les unes que les autres.

— Vous voulez dire qu'il souffre de confusion mentale ? lui demande Annamaria en l'interrompant.

— Non, je ne dirais pas ça, lui répond la remplaçante en haussant les épaules, disons plutôt qu'il est suspicieux. Si vous voulez vraiment voir dans tout ça un état d'esprit, je parlerais plutôt de méfiance envers notre enseignement. Il ne tient pas compte, en quelque sorte, de la vérité officielle. Il la trouve suspecte. Ou dangereuse. Alors, il va chercher une méthode par lui-même. Et l'incroyable, c'est qu'il y est presque arrivé. »

La remplaçante rit maintenant à gorge déployée.

« J'exagère peut-être, mais j'ai l'impression qu'il découvre par lui-même les lois mathématiques, au fur et à mesure de ses progrès. Or, même s'il s'agit de théorèmes assez simples, cela représente chaque fois un énorme effort. C'est pour ça qu'aucun de ses devoirs n'est achevé.

— Un énorme effort, répète Annamaria, comme quand quelqu'un est au bord de la dépression nerveuse.

— Non, je ne dirais pas ça, madame. Ce n'est pas mentir que de se taire, si ce qu'on passe sous silence risque de compliquer les choses pour rien. » Annamaria ne rapportera pas un mot de l'entretien qu'elle a eu avec cette jeune prof un peu fumeuse qui, de toute façon, ne sera plus là dans quelques semaines.)

« À ton avis, qu'est-ce qu'on devrait faire ? » demande Vittorio quand sa femme a fini de parler.

« Il n'y a plus aucune magie, depuis qu'ils ont rouvert. Ils peuvent passer toute la putain de musique qu'ils veulent, ça ne marchera pas. Les divans noirs. C'était ça, le secret », dit Pietro Giannelli.

Clara se baisse en pliant les genoux, se redresse après avoir ramassé un prospectus sale par terre, puis le déchire lentement en mille morceaux. Le vent fait bruisser les feuilles du saule qui donne du jardin sur la rue, déployant des taches lumineuses. Giannelli les voit tourner dans le sens des aiguilles d'une montre, mais c'est juste un effet de la descente de l'acide.

C'est à ce moment-là que la fille lui dit : « T'en penses quoi, des psychiatres ? »

Aujourd'hui, elle porte un haut en coton bleu, un jean et des vieilles All Star. S'il pouvait être sûr que son sentiment de bonheur était partagé, il l'embrasserait tout de suite.

« Rien qu'une bande de crétins.

— Je m'en doutais. C'est aussi mon avis. »

Bien entendu, Clara n'a rien dit à Pietro. Elle ne saurait pas indiquer le moment précis où Michele et elle ont pris leur décision. C'était peut-être quand ils ont entendu la chanson qui incite à mettre le feu à une discothèque. Un jeu de sous-entendus. Un Scrabble où chacun aurait inséré une lettre de manière à ce que le mot se compose tout seul.

Vittorio et Annamaria ont décidé de lui faire passer une visite psychiatrique.

Ils ne sont quand même pas bêtes au point de lui jouer un tour pareil, pense Clara alors que Giannelli, sur le point de lui effleurer la joue, recule d'un pas en arrière et dit : « À demain. »

On ne sait pas très bien comment le bidon d'essence a fait son apparition dans la maison.

Il est caché dans mon armoire depuis une semaine, se dit Clara. Elle revient dans la salle de séjour. Le temps de prendre une douche avant de sortir. Elle n'est jamais à la maison. Son père peut toujours essayer de la réprimander, elle sait comment l'obliger à battre en retraite. Mais le lendemain après-midi, quand elle descend, elle trouve Giannelli assis sur le divan à côté de son père. Vittorio l'a invité à entrer. Les mains de Clara se crispent sur le dernier bout de rampe. Son père ramasse un journal sur la table basse en verre et fait semblant de lire. « On va être en retard au cinéma. » En attendant, elle réfléchit. De toute évidence, il s'est passé quelque chose. Ça se voit à l'expression de Giannelli. Clara dévisage un instant son père, qui évite de lever les yeux. Alors, dans un élan de reconnaissance, elle bénit ce bidon d'essence surgi de nulle part, matérialisé à partir de rien, comme les tableaux des saints thaumaturges apparus du jour au lendemain dans les puits des églises.

« Tu ne peux pas faire ça. »

Assise par terre, Clara boit une autre gorgée à la bouteille et ricane. Ils sont à moitié ivres. Ruggero vient d'obtenir une bourse très importante. S'ils ont bien compris, il va partir pour Amsterdam, afin d'y achever ses études. Vittorio, Annamaria, Gioia et lui sont allés au restaurant pour fêter ça. Clara et Michele sont restés seuls à la maison. Au départ, elle avait eu l'intention de faire la cuisine. Puis elle avait mis la main sur une bouteille de Barbaresco.

« Faire quoi ? » répond-il en clignant des paupières. Il se tient assis, le dos appuyé contre le meuble du téléviseur.

Clara s'allonge sur le tapis, comme un chat qui s'étire. Elle le fixe, cheveux en bataille, étendue sur le dos. Elle boit encore une gorgée, tourne la tête de côté et ouvre grand la bouche, les dents bleues, tachées par le vin.

« Faire quoi ? » dit-elle les yeux fermés, en reprenant les mots de son frère.

Une semaine plus tard, Vittorio la voit émerger de l'obscurité dans le couloir. Avec sa chemise à carreaux et son Wrangler noir, elle ressemble à un fantôme, à une présence surgie d'un désastre à venir. Elle se dresse devant lui et l'empêche de passer.

« C'est vrai que maman a l'intention d'emmener Michele chez le psychiatre ? Je vous le déconseille vivement », ajoute-t-elle sans lui laisser le temps de répondre.

Le soir même, au cinéma avec Giannelli, pendant qu'elle l'embrasse avec férocité, elle réalise que ça va lui arriver une nouvelle fois. Bientôt. Après l'homme qu'elle a rencontré en Angleterre, c'est avec ce garçon-là qu'elle fera l'amour.

Mais quand Giannelli la raccompagne chez elle, son plan change à nouveau. Il est deux heures du matin. Clara voit le nuage de fumée noire s'élever au-dessus de la villa. Comment est-ce que ça a bien pu lui sortir de la tête ? Elle franchit le portail d'un pas rapide, puis elle ralentit. Son père vient à sa rencontre. « On peut savoir où tu étais ? » Une voix sombre, tout à fait crédible. Comme si la gravité des faits la rendait complice d'insinuations qui, avant cette nuit-là, ne l'avaient jamais effleurée (dans ses profondeurs inatteignables, c'est sans doute ce que Vittorio veut se sentir autorisé à penser d'elle). Clara soutient le regard de son père. Elle se demande ce qu'elle aurait vraiment espéré voir se produire. Que la maison s'écroule, dévorée par les flammes ? Que Vittorio et Annamaria meurent ?

Il sortit de la salle de bains, la serviette nouée autour de la taille. Un miaulement. La chatte tourbillonna en demi-cercles cajoleurs autour de ses jambes. Après lui avoir extorqué une caresse, elle sauta sur le lit. À huit heures moins le quart, le crépuscule qu'il apercevait derrière la fenêtre ressemblait à un verre d'eau où l'on aurait versé quelques gouttes de vin. Dans vingt jours, le début de l'été. La chatte tendit les muscles de ses pattes arrière et s'élança sur l'armoire. L'amour qu'il éprouvait pour cette bête, si différent de celui qu'elle ressentait pour lui. Michele se regarda dans le miroir, chercha sur son visage des traces de changement. La douleur creuse ses sillons par des chemins étranges, et lui, juste une heure plus tôt, dans le jardin, avait cru mourir quand il avait reconnu l'entaille sur le rebord de la fontaine, à l'endroit où Clara, tombée par accident, s'était ébréché une dent.

Il se débarrassa de la serviette, ouvrit le tiroir de la commode, prit le caleçon, l'enfila, mit ses chaussettes, déplia la chemise à rayures. En bas, on entendait des bruits de grandes manœuvres. Des tables qu'on déplace, des couverts qu'on rassemble. On attendait le président de la cour d'appel. Les assiettes étaient disposées sur la table de manière à former une fleur aux pétales déployés. Michele sourit au miroir. Il y vit les signes du dégoût, qui se manifestent plus vite que d'autres. Il se demanda si, avec son ouïe prodigieuse, la chatte entendait le bruit du mécanisme chauffé au rouge qui, dans le four, cuisait les bars au sel.

Un vent impétueux jetait une pluie de feuilles contre les vitrines du magasin de disques. Comme mes problèmes me paraissaient lointains, à l'époque. Les nuages couraient le long du bord de mer et mon frère avait le sourire indéchiffrable du plomb sur le papier journal.

Même lorsqu'elle trompera Alberto avec le propriétaire de la salle de gym, même lorsqu'elle ira au Palace pour la soirée de l'Ordre des journalistes, même lorsqu'elle avalera tous ces somnifères, Clara ne pourra pas oublier l'après-midi où elle avait couru jusqu'au kiosque pour acheter le numéro de *La Città* contenant le premier article de Michele.

À l'époque, il se balade toujours avec un horrible

blouson de toile cirée sur le dos. Clara s'est inscrite – sans grande motivation – à la faculté d'architecture. Elle a beau être convaincue depuis toujours que son frère sortirait vainqueur d'une joute oratoire contre un professeur universitaire, lire son nom en bas d'un article la bouleverse. Elle en est à son troisième marchand de journaux. Les autres n'avaient jamais entendu parler de *La Città*.

Elle arrache la page de l'article et jette le reste à la poubelle, puis elle tourne les talons et s'éloigne, son trench serré contre elle à cause du vent.

Depuis la nuit de l'incendie, les choses vont de mal en pis. Non pas que Michele et elle aient délibérément pris leurs distances. Peut-être ont-ils subi un contrecoup dont ils n'arrivent pas à se remettre. La déception. Peut-être méritaient-ils plus que ce qui s'était passé. Peut-être ni l'un ni l'autre n'était-il l'innocent au cœur pur dont Michele avait parlé l'autre jour, à la sortie du cinéma.

Ce soir-là, ils se croisent du côté du Black Drone (ex-Stravinski). Elle a quelques verres de vodka dans le nez. Ces derniers temps, l'alcool semble ne lui faire aucun effet. Michele est avec deux types qu'elle n'a jamais vus, les épaules courbées dans un blouson noir. Le frère et la sœur se sourient. Ils ont du mal à se parler. Elle essaie d'engager la conversation. Lui la regarde, mais ne répond pas. Un trouble violent intermittent. Une légère forme de schizophrénie, avait dit le psychiatre. Clara ferait-elle mieux d'y croire ? Il est vrai que ces derniers temps, elle le trouve bizarre, renfermé sur lui-même. Comme s'il voulait confirmer le diagnostic.

Lorsqu'ils dînent à la maison, Michele se lève et déclare de but en blanc : « Bon, je sors fumer dans le jardin. »

Vittorio et Annamaria ne bronchent pas. Même s'il

fumait à table, ils ne diraient rien. Ils le laisseraient faire. Lui aussi les laisse faire, mais ils ont toujours une longueur d'avance. Clara se torture un doigt avec un ongle. Depuis quelque temps, les choses en sont arrivées à un point où l'inaction entraîne des conséquences inéluctables.

Au bout de quelques minutes, elle le rejoint au jardin.

Michele aspire la fumée de sa cigarette, regarde les étoiles dans le ciel de novembre. La braise rougit. Il en est déjà au moins à sa deuxième clope, se dit Clara.

« Qu'est-ce que tu as, à me fixer comme ça ?

— Je ne te fixe pas.

— Avant ton arrivée, j'avais l'impression d'entendre le jardin bouillonner.

— Qu... quoi donc ? demande-t-elle en se mordant l'index.

— Les plantes. Les fleurs. On aurait cru qu'elles parlaient.

— Pardon ? Et... qu'est-ce qu'elles disaient ?

— Elles crèvent, répond-il en tirant une autre bouffée, elles étaient vivantes, dans le temps. Maintenant, c'est comme si elles étaient délimitées par un carré. Dans la nature, tu ne trouveras jamais deux coccinelles identiques. Le carré est une abstraction. Elles sont assiégées par quelque chose qui n'existe pas. La vérité est trop délicate, trop hautaine pour qu'elles ne se laissent pas mourir face à une offense aussi grave. Mais bon, c'était avant que tu arrives.

— Et maintenant que je suis là ?

— Maintenant, le jardin est mort depuis des siècles.

— Tu veux que je m'en aille ?

— Mais non, reste. »

Depuis quelques semaines, Clara couche avec d'autres garçons. Pietro Giannelli n'en sait rien. De façon plutôt hâtive, il s'est mis en tête qu'il était son petit ami. Si seulement il prenait le temps de réfléchir, se dit-elle, alors il s'en rendrait vite compte. C'était comme si, à un moment donné, les pistes olfactives s'étaient brouillées. Elle trouve pathétiques leurs lieux de rendez-vous habituels. Les blousons de cuir de Giannelli lui donnent envie de lui rire au nez, puis de le prendre dans ses bras à cause de la peine qu'elle éprouve pour lui.

C'est ainsi qu'un après-midi, en sortant tard de l'université, elle tombe sur un inconnu à l'arrêt du bus. Il doit avoir moins de trente ans. Cheveux bouclés, physique d'athlète. Il pose les yeux sur elle. Clara soutient son regard jusqu'à ce qu'il détourne le sien. Le garçon sourit : « Salut. » Sa beauté physique lui paraît encore plus évidente. « Comment va ? » répond Clara. Une demi-heure plus tard, ils sont chez lui. Pendant qu'ils font l'amour, elle tire le plaisir vers elle comme si elle écorchait une bête. Ce soir-là, elle ira au cinéma avec Giannelli. Mais l'après-midi, elle déambule toute seule dans les rues du centre-ville. Ça lui fait de la peine de voir ces étudiants tripoter leurs bouts de haschich près de la Piazza Umberto. L'enseigne lumineuse du Macondo n'acquiert un peu de sens que dans la facture d'électricité qu'elle génère. Les publicités de Prada et Armani affichent un taux moins élevé d'hypocrisie. Les nouveaux parkings en colimaçon. Les immeubles du bord de mer en rénovation. Elle a l'impression de voir des textes qui se chevauchent. Comme si des sous-titres surgissaient à chaque coin de rue. Giannelli l'attend à l'entrée de l'Odéon. Pendant le film, il lui prend la main. Si seulement il prenait conscience de ce qu'est *en réalité* la réalité, pense-t-elle, s'il savait que cette main conserve la chaleur d'un autre homme. Générique de fin. D'un côté, Clara a l'impression de comprendre les choses avec une lucidité qu'elle n'a jamais connue jusqu'alors ; de l'autre, il lui faut bien admettre que la direction que prend sa vie est tout sauf claire. L'université. Depuis qu'elle s'y est inscrite, elle a dû jeter tout au plus un ou deux coups d'œil à ses livres.

Mais à chaque parution d'un article de son frère, elle se précipite au kiosque pour acheter le journal. Elle le lit avidement, y cherche un sens caché. Le dimanche matin, en buvant son cappuccino au bar. Le soir, après s'être disputée avec Giannelli. Son doigt suit la ligne, de gauche à droite. Ce sont des articles obscurs, fascinants. Parfois, quand ça va bien, elle a l'impression de les comprendre sans rien y comprendre. Elle est convaincue que Michele élabore un code pour rester en contact avec elle. Comme si leur relation se poursuivait, incognito. Peut-être a-t-il trouvé un moyen de lui lancer des messages depuis un lieu reculé où il s'est retiré pour parler, pour lui dire des choses qui, hors de ce lieu, sembleraient ridicules ou invraisemblables.

Un après-midi de début décembre, en rentrant à la maison, Clara tombe sur Michele, dans le jardin. Il parle tout seul. Elle est emmitouflée dans un manteau sous lequel elle porte un pull-over en cachemire qui lui tient chaud. Elle franchit le portail, passe devant la fontaine en se dirigeant vers le perron. Je ne suis pas sûre d'avoir bien compris. Clara s'arrête, revient sur ses pas.

Il est appuyé contre un grand vase en terre cuite, penché sur les fougères.

« Michele, ça va ?

— Salut. »

Clara est perplexe. Les yeux de son frère la transpercent. Ses lèvres se détendent et se crispent tour à tour, comme s'il était sur le point de dire « Non », mais qu'il ne le disait pas. Une pièce où tout le contenu des tiroirs aurait été renversé et chaque chose remise à sa place par une main payée pour le faire. Il semble flotter dans ses vêtements.

« Non, vraiment. Ça va ?

— Oui, tout va bien. »

Elle le salue d'un geste, marche vers le perron. À peine a-t-elle tourné le dos que le chuchotement reprend. Alors, elle revient de nouveau sur ses pas. Elle lui met le bras autour du cou. Il se laisse faire avec une docilité qui la rend malade. Elle le serre contre elle. Ils se dirigent ensemble vers la maison. Ils sont toujours l'un contre l'autre, elle le tient par la main comme s'il avait cinq ans, monte les escaliers avec lui.

Lorsqu'ils arrivent au premier étage, Michele se dégage de son étreinte, traverse le couloir, entre dans sa chambre. Clara croit entendre la clef tourner dans la serrure. Alors, elle allonge le pas, s'approche du battant. Au bout de quelques secondes, elle décolle son oreille de la porte. Les pans de son manteau recouvrent ses mollets, avant de se plisser en accordéon. Maintenant, elle est assise par terre. Elle ferme les yeux et retient ses larmes.

« Un général. Ou bien, je ne sais pas moi, un officier des carabiniers. Ou même un médecin, un cardiologue, tiens. On pourrait lui faire diagnostiquer un souffle au cœur.

— Tu es en train de me dire qu'il faut que je trouve une manière de le faire réformer ? »

Clara est dans le bureau de Vittorio, assise devant lui. Il est huit heures du soir. Personne d'autre à la maison. L'hôtel avec terrain de golf, construit dans le Salento au début des années soixante. Une équipe d'ouvriers sur une section de l'autoroute Cadix-Séville. Clara détourne le regard des photos accrochées aux murs et le pose à nouveau sur Vittorio. Ils sont séparés par un agenda et un gros presse-papiers en forme d'aéroplane.

« Mais c'est évident qu'il faut le faire réformer, papa, et vite ! Ce certificat d'aptitude est la chose la plus stupide que j'aie jamais vue. » Elle semble sur le point de bondir de sa chaise. « Tu n'as pas vu son état, après la visite de recrutement ?

— Ça a toujours été un garçon un peu biz...

— Papa, il parlait *tout seul*.

— Il n'a qu'à s'inscrire à l'université.

— Il *ne veut pas* s'inscrire. »

Vittorio prend un air sceptique. Son visage ne trahit aucune volonté de se défendre. Ses mains sur le bureau font de lents mouvements circulaires, comme s'il façonnait une statuette. Le petit dieu des justifications.

« Mais c'est toi qui m'as dit que... »

Elle l'interrompt : « Je ne sais pas ce qui s'est exactement passé, pendant cette visite. Ils l'ont peut-être trouvé bizarre, en effet. Bref... il est si différent de tous ces... pendant la visite de recrutement, à la caserne, il arrive des gens de toutes sortes, non ?

— J'ai fait mon service militaire.

— Ils ont dû le trouver si fermé... peut-être qu'ils se sont ligués contre lui... Oh, allez, on les connaît leurs blagues à la con... » Elle pousse un soupir. « Je ne dis pas qu'ils lui ont fait quelque chose. Peut-être qu'ils se sont limités à lui *dire* quelque chose. Mais, à plus forte raison, si rien que ça, ça a suffi à... Toujours est-il que ce jour-là, il était bouleversé. Je me demande comment on peut seulement penser...

— En ce moment, il m'a l'air d'aller plutôt bien.

— J'ai passé une demi-heure à l'écouter derrière la porte. Il ne tenait pas les propos de quelqu'un qui va bien.

— En ce moment, tu vois, il me semble que ton frère se comporte de façon plutôt normale. Le soir, il sort. À l'école, il a la moyenne partout. Il n'aura apparemment aucun problème pour obtenir son bac. Je n'ai pas l'impression qu'il risque de perdre la boule. Tu dis qu'il parlait tout seul, dis-tu... »

Vittorio hésite, plisse le front, comme saisi d'un regret anticipé, comme s'il se doutait que c'est là sa dernière occasion d'inverser le cours des choses. Michele, la mort de sa mère, faire la paix avec le passé. Agir avant que l'erreur ne devienne irréparable. Un pressentiment. Vittorio décide de l'ignorer.

« Allez, Clara, dit-il en souriant, trouve-moi quelqu'un qui ne parle pas tout seul de temps à autre ! Si tu m'entendais, après la visite du fisc. Une heure à monologuer en fixant ce petit aéroplane. » Il désigne le presse-papiers en forme de bombardier.

« Papa, le fait qu'il *ait l'air* normal ne veut pas dire qu'il le soit. S'il lui arrive, par moments, de trouver un semblant d'équi...

— Mais c'est toi qui m'as dit que ton frère n'était pas malade. »

Vittorio joint les deux mains ; son visage a pris une expression encore plus perplexe. Un lutteur, un rouleau compresseur. Comment un type comme ça peut-il tout d'un coup se montrer aussi inconscient ? Clara est prise d'un léger vertige.

Elle appuie le pouce contre son index, comme si elle cherchait à pulvériser un crayon. « Papa, je te demande juste de faire un effort d'imagination. Pense à Michele dans une caserne. Une année entière loin de la maison. Largué dans un endroit où chaque instant est réglementé selon un code aussi rationnel que peut l'être la volonté des supérieurs. Mais qui est, dans le pire des cas, la volonté du plus fort, du plus violent. Voilà. Je te demande de me dire ce que tu vois. Parce que ce que je vois, moi, ne me plaît pas du tout. Un de tes amis dans l'armée. Un médecin accommodant, peut-être même un collègue de Ruggero. Le type qui a mis sa signature au bas de ce certificat ne savait pas ce qu'il faisait. Tu *dois* le faire réformer. »

Vittorio ramasse un crayon, se met à tracer des cercles sur une feuille blanche. « Le faire réformer… mais dis-toi bien que s'il est réformé, il perdra toute une série de droits. Une fausse myopie l'empêchera de devenir pilote d'avion, au cas où l'envie lui viendrait, un jour. Sans compter que ça n'a rien de facile, de trouver quelqu'un qui aiderait à le faire réformer. »

C'est à ce moment-là que le vertige de Clara se transforme en nausée. Il y a quelque chose d'obscène, dans la mollesse de Vittorio, car sa volonté doit à l'inverse être implacable, lorsqu'il décide d'écraser un adversaire. Il est sans doute incapable de l'obliger à rentrer tôt le soir, si elle n'est pas d'accord. Mais Clara n'a aucun moyen de le convaincre, quand c'est lui qui n'est pas d'accord.

« Qu'est-ce qu'on en a à foutre, qu'il ne puisse pas devenir pilote d'avion, dit-elle d'un air exaspéré, découragé, vidé. Qu'est-ce que ça peut bien nous foutre, s'il n'a plus accès à la fonction publique à cause d'un souffle au cœur imaginaire. Tu ne comprends donc pas ce qui est en jeu… » Sa voix se brise dans sa gorge.

« Je te promets, dit-il d'un ton ferme, je te promets que nous ferons tout notre possible. »

Clara essaie aussi d'en parler à sa mère. Mais la distance qui s'est créée entre elles permet à cette femme de se débarrasser de ses objections avec encore plus de facilité.

Une semaine avant le départ de Michele, elle se contente donc de répondre : « Tu penses vraiment que ton père ne s'en serait pas occupé, s'il y avait un risque objectif ? »

D'ailleurs, ces derniers temps, son frère est introuvable. Il quitte la maison au petit matin. Le soir, on ne sait pas trop ce qu'il fait. Parfois, Clara le croise à l'improviste dans la maison, bien après minuit. Elle est en train de regarder la télévision, une cannette de bière à la main, quand elle entend ses pas dans l'entrée. Une ombre lente, puis lui. Mais à cette heure-là, Michele n'a qu'une envie, celle de dormir. Il la salue en faisant le même geste qu'un agent de la circulation qui vous donne l'ordre de vous arrêter.

La veille du départ, Clara entre dans sa chambre alors qu'il prépare ses valises.

« Salut. »

Elle le trouve debout, occupé à plier un pantalon. Par terre, la valise. Une pile de caleçons sur le lit. Il a l'air plus maigre que d'habitude, moins de consistance. Même la chambre est étrange. Lui, il donne l'impression de perdre du poids au fur et à mesure que les secondes passent. « Salut », répond-il. Son visage a une expression si distante que Clara se sent vaciller. En inversant les rôles, la scène pourrait être la même que lorsqu'elle est partie pour l'Angleterre. Mais il y a maintenant autre chose. Clara ne peut pas savoir que c'est la dernière fois que Michele occupera cette chambre. Elle ignore qu'elle aussi, dans moins d'un an, quittera cette maison. Pourtant, la langue non traduite du futur imminent imprègne les murs.

Clara s'assied au bord du lit. D'un geste dont elle

sent l'assurance lui échapper, elle tend les mains vers Michele. Il la regarde, stupéfait. Elle résiste, garde les bras tendus jusqu'à ce qu'il se sente obligé de lui prendre les mains.

« Si tu ne veux pas partir, tu peux rester ici. »

Michele sourit.

Elle retient les mains de son frère, dès qu'il cherche à les retirer des siennes, et se sent ridicule. « Si tu ne veux pas prendre ce foutu train pour Avellino, eh bien, ne mets pas le réveil demain. Ou alors, va faire un tour et ne rentre pas.

— Tu as bu.

— Quoi ?

— Tu as bu. Ton haleine.

— Oh, rien que deux verres pour faire passer la… Michele, ne pars pas, si tu ne veux pas.

— Mais qu'est-ce que tu racontes ? C'est impossible. » Il la regarde comme si c'était elle, la cadette.

« On n'est pas en guerre. » Clara resserre son étreinte, il la laisse faire. « On n'est quand même pas sous la loi martiale. Si partir maintenant te semble un contresens, et pour moi c'en est un, énorme, ne monte pas dans ce train. Au pire, tu t'en tireras avec une sanction administrative. Et d'ailleurs, si papa te donne un coup de pouce…

— J'ai plutôt l'impression que si je ne pars pas, il m'arrivera quelque chose de bien pire qu'une simple amende. »

Il retire ses mains de celles de sa sœur. Il recule. L'expression de sérénité qu'il porte sur le visage est insoutenable. Il lui tourne le dos. Clara le voit fouiller dans les tiroirs. Il en sort quelque chose, se retourne et s'avance vers elle. Il tient à la main des feuillets agrafés.

« En revanche, j'aurais un service à te demander. »

Il lui confie le nouvel article qu'il a écrit pour

La Città. Une longue réfutation de Joseph Heller et de son roman sur la vie militaire. Il lui dit qu'il l'a envoyé par la poste, deux semaines plus tôt, mais que, bizarrement, l'article n'a pas encore été publié. Il lui demande de l'apporter en personne au rédacteur en chef.

Le premier jour sans Michele, Clara a l'impression qu'elle va devenir folle.

Elle erre dans la maison comme certains animaux domestiques à qui l'on a retiré, à l'improviste, un objet familier. Elle sort avant le déjeuner, ne se rend pas à toute une série de rendez-vous, roule au hasard dans les rues de la ville, seule au volant de sa voiture. Même si, les mois précédents, elle avait peu fréquenté son frère, elle avait néanmoins l'impression d'en capter le signal. Peut-être ignorait-elle l'endroit précis où il se trouvait, mais à chaque instant de la journée, elle sentait l'empreinte d'une balise s'éteindre et s'allumer, résonner dans le vide. À présent, ce signal a disparu.

Le deuxième jour sans Michele, dès son réveil, elle descend au rez-de-chaussée, et il lui suffit de jeter un regard autour d'elle pour se sentir aussitôt désemparée. Les objets. Elle a l'impression qu'ils ne sont plus en relation les uns avec les autres. Une chaise. La théière. La table de cuisson. La cuisine dans son ensemble n'existe plus, il n'y a plus que les objets pris un à un. Elle se cramponne à sa tasse de lait chaud comme au seul point d'appui capable de l'empêcher de tomber dans le vide.

Derrière elle, un bruit. Gioia aussi est entrée dans la cuisine. Clara reprend son souffle, desserre les dents, se rend compte qu'elle vient juste de réprimer l'instinct qui lui suggérait de flanquer le lait bouillant à la figure de sa sœur. Elle lui dit bonjour, abandonne la tasse sur la table, sort de la cuisine, épuisée, monte dans sa chambre, enfile un jean et un t-shirt. Elle fourre son portefeuille, ses lunettes de soleil, les feuillets agrafés et son permis de conduire dans un sac à main.

Dans le centre-ville, elle fait quatre fois à pied le tour du pâté de maisons, sans se décider à franchir le pas. Pour gagner du temps, elle entre chez un disquaire. Puis elle contemple la vitrine d'une bijouterie, mange un croque-monsieur, perd encore du temps. Au bout de quelques heures, elle revient surveiller les environs de la Via Cairoli et de la Via Dante. L'idée d'appeler Giannelli lui traverse l'esprit. Mais c'est une idée désespérée, elle s'en rend bien compte. Alors, elle se dirige enfin vers le numéro 127 de la Via Cairoli. Elle monte l'escalier jusqu'à la rédaction de *La Città*.

Pendant qu'elle parle au rédacteur en chef, ou plutôt qu'elle l'implore de publier l'article de Michele, elle a la sensation de recevoir le signal, l'espace d'un instant. Très faiblement. Mais quand elle se retrouve à nouveau dans la rue, le signal disparaît.

Le lendemain, elle appelle la caserne. Un garçon à la voix de castrat l'informe qu'elle est en communication avec le poste de commandement et qu'il sera impossible de parler aux recrues pendant toute la journée. Mais juste après, comme si c'était la suite logique de ce qu'il vient de lui dire, il lui demande de rappeler deux heures plus tard. Clara rappelle, le téléphone sonne dans le vide. Le soir, elle somme son père de « ne surtout pas manquer de l'avertir », quand ils l'auront au téléphone.

Deux jours plus tard, Annamaria l'appelle d'en bas : « Michele est au téléphone. »

« Non, oui. Tout va bien. Il fait juste un peu froid ici. Surtout le soir. »

Voilà ce que dit la voix de Michele, à l'autre bout du fil, avant même qu'elle ait le temps de lui demander comment il va. Le ton de cette voix est sourd, un peu métallique. Clara répète : « Froid ? » pour défier le regard de ses parents qui l'observent attentivement, sans doute à cause d'une expression bizarre sur son visage. Elle replie sa main en forme de coquille et se la porte devant la bouche.

« Tu préférerais qu'on se parle quand je suis seule ? chuchote-t-elle.

— Oui. Merci de m'avoir appelé.

— Mais dis-moi quand je peux t'appeler à la cas… »

Il a raccroché.

Les jours suivants, Clara appelle à diverses reprises. Elle est inquiète. Le ton de Michele évoque des images d'une tristesse supposée normale, mais elle a l'impression que cette normalité dissimule quelque chose. À la caserne, elle a la voix de la dernière fois au bout du fil. Puis une autre, mais c'est toujours celle de quelqu'un qui semble ne pas avoir la moindre idée de ce qu'il raconte. Deux jours plus tard, une troisième voix lui dit : « Clara Salvemini. La sœur de Michele ?

— Oui, oui, répond-elle.

— Bon, écoutez, votre frère a laissé un message écrit. »

Il dit qu'il faut l'appeler à dix-neuf heures trente, ou plutôt dix-neuf heures vingt-sept. Clara s'apprête à raccrocher, mais elle se ravise.

« Attendez ! dit-elle.

— Je vous écoute.

— Il a écrit trente ou vingt-sept ?

— Vingt-sept… et, dites-moi…, lui demande-t-il à son tour.

— Oui.

— Vous voyez, j'aimerais comprendre. Parce que peut-être que vous, qui êtes sa sœur…

— Oui ! » dit Clara, tout à coup affolée. Elle distingue d'autres voix superposées à celles du jeune homme, qui coupe court :

« Rappelez plus tard. »

À sept heures et quart, au milieu des palmiers de la Piazza Umberto, Clara se tient dans une cabine téléphonique devant le kiosque à boissons et sandwiches. Pour éviter les protestations des deux hommes qui font la queue, elle fait semblant de parler dans le combiné. Quelques minutes après, elle compose le numéro de la caserne, baisse les yeux, fixe la grille métallique. La voix du standardiste dit : « Allô ? » Elle demande à parler à son frère.

« Pas facile de communiquer. En tout cas, hier, j'allais bien, l'entend-elle dire au bout d'un moment.

— Michele !

— Une journée magnifique, hier. Un de ces soleils. Comme si je parvenais, à travers le soleil, à me retrouver dans certains après-midi du passé. Alors, toi aussi tu y étais. Tu comprends. Mais c'est justement ça qui…

— Qu'est-ce que… Mais comment ça va, là-haut ? C'est comment, la vie de caserne ?

— Là-bas. Avellino est légèrement au sud de Bari.

— Oui, bon, d'accord. Je veux dire…

— C'est justement ça qui ne va pas. Hier, je me sentais si bien dans le passé, mais aujourd'hui, j'ai l'impression d'y être pris au piège. Comme si, de là-bas, je regardais le moi d'aujourd'hui. Tu es là avec moi, par ce lointain après-midi, et en même temps moi, ici, dans la caserne, observé par tous les deux. Alors, je me suis demandé si à cette époque-là, quand on avait l'impression que j'étais capable de voyager dans le futur, je n'étais pas, au fond, déjà ici. Comme si tout s'était passé juste hier. Le voilà, le contresens. Et quand ces garçons m'ont demandé de les suivre au magasin d'approvisionnement, parce qu'il n'y avait plus de…

— Quels garçons ? Quel magasin ? Qu'est-ce que tu racontes, Michele !

— Oh, s'il te plaît. Ne t'énerve pas. Ils avaient menti. Ici, nous sommes tous un peu trop nerveux. Parle-moi plutôt (sa voix a changé) de l'article sur Joseph Heller.

— L'article sur Heller, répète Clara en fixant d'un œil furibond les deux types à l'extérieur jusqu'à ce qu'ils arrêtent de la regarder. Je suis allée au journal. J'ai parlé au type. Il m'a dit qu'il ne fallait pas s'inquiéter. D'après ce que j'ai compris, c'est une question de…

— Oublie l'article. Ce n'est plus la peine.

— Comment ça, ce n'est plus la peine ?

— Mais bon Dieu, tu fais exprès de ne pas comprendre ou quoi ? » Ce n'est pas tant la soudaine dureté de sa voix qui est effrayante, mais plutôt la fragilité de ce raidissement. « Si je te dis que ce n'est plus la peine, ça veut dire que ce n'est plus la peine. Il est périmé, dépassé. Kaputt. Apprends à ouvrir les oreilles, quand on te parle. Cet article ne doit pas paraître parce qu'il est déjà paru.

— Déjà paru.

— C'est comme si j'avais écrit un article paru il y a dix ans. Il faut être arrogant pour ne pas s'en rendre compte. Il faut être de pauvres connards de fils à papa. Ces gars, dans le magasin d'approvisionnement, ont essayé de me le faire comprendre. »

Clara ferme les yeux. Elle voudrait se boucher les oreilles. Son frère part d'un grand éclat de rire.

« Michele ! Arrête ! Arrête, putain ! » Elle voudrait frapper à coups de poing la structure en plastique de la cabine téléphonique.

« Non, c'est toi qui vas arrêter ! grogne-t-il. Et tu vas faire exactement ce que je te dis.

— Oui.

— Retourne au journal.

— Oui.

— À ce journal de merde.

— OK.

— Ce bon à rien, Giuseppe Greco. Dis-lui de ne pas publier l'article sur Joseph Heller. Ce serait une grave erreur. Comme s'il arrivait quelque chose qui a déjà eu lieu dans le passé. Un blasphème. Mais écoute-moi plutôt. À la place de l'article sur Heller, tu dois t'arranger pour qu'il en publie un autre. Un article sur un poète. Peut-être le plus grand poète de ces cent dernières années. Je suis encore en train de l'écrire. Chaque fois que j'ajoute quelques lignes, je suis le premier à en rester baba. Comme si je le composais dans quelques années, mais sans que j'y sois pour quoi que ce soit. Tu comprends ? Clara, mais qu'est-ce qui… Allez, allez ! »

Elle s'est mise à pleurer.

« Allez, Clara, on se calme. » Sa voix est redevenue gentille.

« S'il… s'il te plaît, dit-elle sans réussir à retenir ses larmes, je… je t'en prie… dis-moi quand je peux… Voilà. J'ai besoin de te voir.

— Eh, mais tu ne pouvais pas me le dire plus tôt ? » Sa voix est maintenant franchement enjouée… « Je veux dire, je suis vraiment désolé, j'aurais dû te prévenir. Quel idiot je suis. J'ai une permission. Je serai à Bari en fin de semaine prochaine. »

Mais le vendredi suivant, Michele ne vient pas à Bari. Il n'arrive pas le samedi non plus. Quand Clara demande des explications, le visage de son père se rembrunit. Annamaria regarde ailleurs.

« Qu'est-ce qui s'est passé ? demande-t-elle, inquiète.

— Rien, il ne s'est rien passé, répond Vittorio, sa permission a sauté et il n'a pas pu venir. Un problème qu'on est en train de résoudre. »

Il ne reste plus la moindre trace de l'homme qui, quelques mois plus tôt, répondait à ses questions avec une réserve évasive. Le voilà redevenu le patron qui dirige les opérations et ne tolère pas le moindre obstacle.

« Résoudre quoi ?

— Je viens de te le dire. Un problème.

— OK, dis-moi lequel.

— Un problème qui relève du tribunal militaire, si tu tiens absolument à le savoir. » Il donne l'air de l'en tenir en partie pour responsable. « L'autre jour, ton frère a appuyé la main d'une recrue sur une plaque chauffante. La plaque était allumée, et à mon avis, ce n'était pas un hasard. À ce qu'il paraît, il a bousillé la main de ce pauvre type, mais juste parce qu'il n'a pas réussi à lui coller la tête sur la plaque chauffante...

— S'il a fait une chose pareille, c'est qu'il avait sans doute ses... » dit Clara sans bien réfléchir. Elle est épouvantée, bouleversée.

« Il s'agit d'un délit. D'un délit commis dans une caserne. Et pour ta gouverne, ce n'est pas une situation où l'on peut convaincre la victime de retirer sa plainte. Impossible de s'en tirer avec quelques excuses et un chèque. Pas besoin de plainte, d'ailleurs. Ils procèdent d'office. Pour s'en sortir, il faudrait presque espérer que ton frère soit fou à lier. Et voilà ce qu'on obtient, dit Vittorio de manière complètement illogique, à vouloir s'occuper de toute cette affaire à votre manière.

— Je voudrais lui parler.

— Tu veux faire quoi ?

— Lui parler au téléphone. Je veux parler à Michele.

— Mais oui, bien sûr. Ton frère a failli envoyer un pauvre bougre dans l'au-delà, et toi, tu veux lui passer un coup de fil. Très bien. Allez, vas-y. Va discuter avec le juge d'application des peines. »

Les jours suivants, Clara ne fait qu'appeler la caserne et déambuler dans les rues de la ville.

Un ancien camarade de lycée lui envoie une invitation à une fête de jeunes avocats au Cercle nautique – une invitation qu'elle aurait jetée à la poubelle, quelques mois plus tôt – et elle s'y rend seule. Elle erre en robe du soir parmi les seaux en argent remplis de bouteilles de vin frappées. « Clara ! Quelle surprise ! » Le lendemain matin, elle appelle la caserne. Plus tard, elle achète un billet pour *La Tempête*, mise en scène de Peter Brook, au théâtre Piccinni. L'après-midi, elle téléphone de nouveau à la caserne. La voix habituelle l'informe qu'il n'est pas possible de parler à Michele. « Bon, je rappellerai », répond-elle. Le soir, coincée entre deux dames couvertes de bijoux, elle suit sur scène les faits et gestes de Caliban. Elle s'aperçoit qu'on l'observe. Trois rangées devant elle. Un homme d'une quarantaine d'années. On pourrait trouver agréable son visage maig[illegible]lisse, s'il n'y avait ce manque absolu d'expressi[illegible]. Clara trouve ses œillades d'une telle impude[illegible]'elle ne se sent même pas offensée. Le lend[illegible] après-midi, elle se faufile chez le meilleur c[illegible] de la ville. « Vous êtes sûre ? » Quand elle r[illegible] la maison, sa mère lui dit qu'elle ressembl[illegible]ueline Kennedy. Elles vont ensemble dans [illegible]re-ville, dépensent cinq millions de lires e[illegible]nts. Le soir même, Clara accompagne se[illegible] au restaurant. Ils dînent avec le direc[illegible] Banca di Credito Pugliese, accompagné de sa femme et de sa fille de trente-cinq ans. À la sortie du restaurant, Clara les salue et s'éloigne. Elle passe quelques heures au Blue Velvet, rentre chez elle ivre. Le lendemain après-midi, elle appelle la caserne. « C'est quand même incroyable que vous soyez incapables de me dire où est passé mon frère ! » hurle-t-elle au garçon à la voix de castrat. Il lui dit de rappeler. Plus tard, Clara prend l'apéritif avec la fille du directeur de banque : on parle des vacances, du mariage d'une connaissance commune. Elle est quelque peu éméchée. Le lendemain soir, elle accompagne sa nouvelle amie à une fête organisée en l'honneur d'un universitaire. Elle s'ennuie à mourir et ne boit pas une goutte d'alcool. Le matin, elle appelle la caserne. Le soir, elle s'entretient avec son père.

Vittorio la voit entrer dans son bureau ; elle porte une robe courte en soie sans manches et de hautes bottes noires. Aux oreilles, les boucles incrustées de diamants et de tanzanites que sa mère lui avait offertes pour Noël, bien des années plus tôt.

« Comment se fait-il que je n'arrive pas à parler à Michele ? » demande-t-elle sans même le saluer.

Vittorio pose son stylo sur son agenda et lève la tête.

« Eh bie figure-toi que…, dit-il en s'efforçant de dissimuler l atisfaction que lui procure son nouveau look, qu pprouve d'instinct, c'est justement ce à quoi je tra e ces jours-ci. Tout va s'arranger.

— Peut-être, s en attendant, j'appelle la caserne tous les j et on ne me le passe jamais. Où est-il ?

— Bonne questio nd Vittorio avec un soupir. Il se trouve à l'he uelle dans un vide juridique, en quelque sorte à où il ne devrait pas être. En d'autres termes, pas là où il devrait être. Il n'est pas en cellule d'isolement et il n'est pas non plus en prison, Dieu merci. »

Vittorio se lève, s'approche de la bibliothèque vitrée, en sort un classeur, retourne à son bureau. Il occupe en cet instant la position précise où il se retrouvera quinze ans plus tard, quand on lui annoncera au téléphone que sa fille est morte. D'un coup sec, il ouvre les anneaux du classeur, puis il extrait un papier de sa pochette en cellophane.

« La requête pour le juge d'application des peines, dit-il, un maximum d'efficacité dans un minimum d'espace. Grâce à ça, ton frère sera bientôt libéré. »

Le lendemain matin, Clara téléphone à la caserne. On lui dit de rappeler dans l'après-midi. L'après-midi, personne ne répond. Le soir, elle se rend seule au Cercle nautique. Musique dansante. Un cinquantenaire, tout de blanc vêtu, cherche à la baratiner et lui fait de vagues compliments. Clara le dévisage. Il sourit. Elle le plante là, à la table du buffet. *Giannelli*, pense-t-elle une dernière fois en rentrant chez elle. Le lendemain matin, elle téléphone à la caserne. On lui dit de rappeler. Elle retient ses larmes. Le soir, elle reste dans sa chambre, les yeux fixés au plafond. Elle a pris un tranquillisant. À neuf heures et demie, elle décide de se secouer, quitte son lit, enfile sans avoir pris de douche la robe du soir qu'elle a portée la veille, sort de la villa, monte dans sa voiture et se rend au centre-ville. Une demi-heure plus tard, elle fait son entrée sur le *roof garden* de l'Hôtel Oriente. Une fête pour les quatre-vingt-dix ans d'un ancien maire de la ville. D'après ce qu'elle comprend au moment de son arrivée, le héros de la fête a déjà soufflé ses bougies et fait un bref discours avant de souhaiter à tout le monde une bonne continuation et de rentrer se coucher. Clara va d'un buffet à un autre. Elle se sert à boire : un premier puis un deuxième verre de vin frappé. Elle salue une connaissance, s'apprête à attraper la bouteille pour se resservir, mais un serveur la devance et lui ôte la bouteille des mains. « Laissez-moi faire », lui dit-il avec un sourire. C'est un gros garçon aux cheveux roux coupés court, qui doit avoir à peine plus de vingt ans. Elle fait exprès de reculer son verre pour que le vin se répande sur la nappe, fixe le garçon des yeux jusqu'au moment où elle voit la rougeur se dilater sur son visage. Le vin est ensuite versé au bon endroit. Le bras tendu de Clara ne bouge pas. Elle a remarqué quelque chose du coin de l'œil, attend que le serveur ait fini, se retourne, arbore un sourire sardonique.

« Ça vous arrive souvent de fixer les gens comme ça ? »

Costume gris, chaussures noires, chemise blanche. Les yeux, petits et bleus. Cravate unie. Il ne sourit pas, même en la regardant s'avancer vers lui d'un air bravache.

« L'autre soir, au théâtre, vous ne m'avez pas quittée des yeux. Et ce soir aussi, alors même que je vous tournais le dos.

— Il faut croire que dans les deux cas, je profitais du spectacle, dit-il sans la moindre nuance d'ironie.

— Ah oui ? Et j'offre quoi, comme spectacle ?

— Je vous regardais tout simplement parce que je connais votre frère.

— Michele ? demande Clara en écarquillant les yeux.

— Non, l'oncologue. Ruggero. »

Le regard de cet homme est si immobile et inexpressif que Clara se sent transpercée de part en part, comme l'autre soir. Aucune douleur. Aucune attirance. Rien.

« Silvio Reginato, je suis chirurgien. » Il lui serre

la main. « Et à mon avis, ce soir, vous avez un peu forcé sur le vin. »

Clara éclate de rire : « Ah ça, c'est bien une remarque de…

— Vous avez raison, c'est de très mauvais goût. » Il lui pose une main sur le dos. « Et que diriez-vous d'aller boire un café ? »

Il la pousse légèrement en avant. Elle fait quelques pas. Ils passent devant les tables à desserts. Elle a un léger vertige. Il la talonne. Elle se raidit, juste ce qu'il faut pour qu'il retire la main de son dos. Il ne la retire pas. Et c'est ainsi qu'ils passent devant la table où se trouve la machine à café. La scène semble briller en son centre, et s'obscurcir tout autour. Un rideau, tendu sur les côtés. Ils quittent la salle, traversent le hall, s'arrêtent devant une porte noire. Il retire enfin la main de son dos, ouvre la porte et la fait entrer. Tout est blanc, à présent. Un long plan de toilette en marbre veiné de bleu. Trois robinets, l'un à côté de l'autre.

Clara constate une évidence : « Mais ce sont les toilettes. »

Elle entend la clef tourner dans la serrure, n'a pas le temps de se retourner qu'il est de nouveau devant elle. Il glisse une main dans la poche de sa veste, se penche sur la surface en marbre, essuie l'espace entre les robinets, commence à étaler la coke. Tout va très vite. Mais en même temps, le type ne semble pas pressé.

« Je vous en prie. »

Clara prend le billet de banque qu'il lui tend, se penche sur le plan en marbre, ferme l'œil droit, place le billet enroulé juste en face de la petite ligne blanche et sniffe. Une larme glacée brille dans l'œil resté ouvert. Elle sent la main du type se faufiler sans hésiter sous sa jupe, se glisser dans sa culotte, se frayer un espace, s'enfoncer.

Le lendemain matin, Clara se réveille avec une épouvantable migraine. Elle est convaincue qu'il est midi passé, ouvre grand les fenêtres, plisse les yeux, ramasse le réveil qui traîne dans un coin, n'a pas la moindre idée de la façon dont l'objet a pu atterrir là. Neuf heures et demie. Elle peste contre elle-même, titube jusqu'à la salle de bains, se lave, retourne dans sa chambre et commence à s'habiller. Au moment de sortir, elle sent une sueur glacée lui couvrir les tempes, se tient le ventre à deux mains, court de nouveau jusqu'à la salle de bains. Dix minutes plus tard, elle est de retour dans sa chambre, ramasse son sac à main et sort.

Elle roule jusqu'au bout de la Via Fanelli, se gare dès qu'elle aperçoit une cabine téléphonique, appelle la caserne, demande à parler à Michele. « Vous êtes sa sœur, n'est-ce pas ? » Clara répond oui d'une intonation traînante. La voix est celle qu'elle a entendue bien des appels plus tôt. Pas la même que d'habitude. « Oui, en effet, c'est bien moi », confirme-t-elle. Ses jambes flageolent. « Écoutez, fait la voix, je ne devrais même pas vous passer ce genre d'information. » Il lui dit que Michele n'est pas à la caserne. Qu'il est à l'Alma Mater de Salerne. Clara raccroche. Sa tête continue de lui faire mal. Elle remonte en voiture, rentre chez elle, déjeune rapidement et monte dans sa chambre. Épuisée. Elle s'écroule sur son lit.

Elle rouvre les yeux tard dans l'après-midi. Elle a dû dormir deux heures. Elle bâille, tout en se massant la nuque. Puis c'est comme si elle écarquillait les yeux, même si elle ne le fait pas. Je n'ai pas rêvé. Dix minutes plus tard, elle est de nouveau au volant de sa voiture, appuie sur l'accélérateur, ralentit, descend, entre dans la cabine téléphonique, compose le numéro des renseignements et pose des questions sur l'Alma Mater de Salerne. On lui dit que c'est une clinique psychiatrique. Elle se fait donner le numéro et raccroche. Sa respiration ralentit. À travers la vitre, elle regarde sa voiture garée là. Les autres véhicules passent à toute allure dans la rue. Clara ouvre et ferme la main droite, comme si on lui faisait une prise de sang. Elle soulève le combiné, appelle l'Alma Mater, demande à parler à son frère. On la met en attente. Puis la standardiste lui dit de rappeler dans une demi-heure.

Une demi-heure plus tard, Clara rappelle. Elle demande à parler à Michele. On lui demande de ne pas quitter. Une petite musique se met en route. Au bout de cinq minutes, elle s'arrête.

« Clara.

— Michele ! Dieu soit loué ! » Elle donne un léger coup de poing contre la cabine. « Mais qu'est-ce que tu as fait ? Mais bon sang… Et comment se fait-il… Comment vas-tu ? » Elle reprend haleine.

« J'ai déconné. Je le comprends bien. »

Il comprend quoi ? La voix lui semble encore plus bizarre que celle d'il y a quelques semaines, beaucoup trop calme.

« Mais quand est-ce que tu sors ? Quand est-ce que tu rentres à la maison ?

— Calme-toi, attendons la suite des événements. Il faut rester calme. Tu sais… »

Clara pourrait trouver un terrain d'entente dans son sommeil, avec cette voix épuisée, mais pas maintenant.

« Tu sais, reprend-il, je me suis même cassé une dent.

— Une dent ?

— Je pensais être le seul, mais heureusement, ce n'est pas le cas. Ça arrive à plein de gens. Le mors en caoutchouc. À un moment donné, tu serres tellement fort que tu risques de te faire sauter les dents. Au début, c'est dur.

— Oui. » Clara porte à nouveau son attention sur la circulation ; elle craint d'avoir compris.

« Le premier jour, par moments, tu ne te rappelles plus qui tu es. Qui sont tes parents, tes amis. Je ne me souvenais même plus de toi, tu te rends compte ? Le vide total.

— Oui », acquiesce-t-elle encore. Elle pense qu'elle va mourir à l'instant, mais pour pouvoir lui tenir la main en pensée, elle est obligée de plonger dans une autre dimension, où écouter ces choses-là vous laisse indifférent. « Oui. » Elle contemple les arbres, le ciel bleu.

« C'est comme ça, dit Michele, et c'est justement pour avoir quelque chose à quoi me raccrocher que j'ai tout de suite demandé de la lecture. Ils m'ont donné un exemplaire du *Mattino*. Au bout de quelques phrases, j'avais déjà oublié de quoi parlait l'article. Il fallait recommencer.

— Et maintenant ? demande-t-elle.

— De ce côté-là, ça va mieux. » La voix est encore plus calme qu'avant, gonflée d'air chaud. « Au bout de quelques jours, même le reste te revient en mémoire. D'abord lentement, puis de plus en plus vite, et avant même que tu aies le temps de te demander ce qui t'arrive, tu te souviens très bien de tout. Le temps d'absorber l'électrochoc.

— Quand est-ce qu'ils vont te laisser sortir ?

— Il faut être patient. De toute manière, ici, c'est mieux qu'on se l'imagine. Il y a le ping-pong. Il y a les chats. Les chats sont fantastiques.

— Je vais venir te voir. J'ai tellement envie de te voir ! » Son ton de voix n'est pas du tout le bon.

« Oh non. Non, ma chérie. Ça n'est pas possible. »

Il ne lui avait jamais dit « ma chérie » comme ça.

« Mais comment ça ? Pourquoi ? Depuis quand est-ce que la famille n'est pas autorisée à...

— Oh non, non, non, dit-il avec un rire gêné, ce n'est pas ce que je voulais dire... les gens de la clinique n'y sont pour rien. Ils sont très bien. Bien sûr que la famille peut venir. Il ne manquerait plus que ça. Mais si tu tiens vraiment à me ramollir le cerveau, alors je te donne carte blanche.

— Tu ne veux pas me voir.

— Il vaut mieux pas, Clara, dit-il sur le même ton que pendant toute leur conversation, comme s'il s'agissait d'un moyen de rester fidèle à l'obligation de ne pas mentir. C'est beaucoup mieux, si on ne se voit pas. Maintenant, je devrais peut-être ajouter que je suis désolé. Mais je serais désolé si on se voyait, tu comprends ? On se verra plus tard, ne t'inquiète pas. Il faut rester calme. » Clara l'écoute en contemplant le ciel d'été. « En somme, cette époque-là, j'ai bien peur qu'elle ne soit révolue », conclut-il.

Ce soir-là, Clara se trouve sur la terrasse du Sheraton. À l'intérieur, les gens mangent et se déchaînent sur la piste de danse. Elle tourne le dos aux éclairs de lumière blanche. La musique lui arrive par intermittence. Puis la porte vitrée se referme, cédant à nouveau la place au bruit de la circulation qui monte de la rue. Un peu plus tôt, son père est passé, lui aussi. Il y avait le directeur de la Banca di Credito Pugliese. Le maire, l'adjoint délégué aux travaux publics. Un groupe d'ingénieurs. Elle boit son premier verre. Derrière les géraniums du dernier étage, elle observe tout autour d'elle les lumières du quartier. La tonnelle avec les plantes grimpantes. Sauter. Elle essuie ses larmes ; elle n'a même pas la force de se redonner une contenance, lorsque le type vient se mettre juste devant elle. Costume bleu, chemise blanche entrouverte. De belles mains, longues et noueuses. Tout bien considéré, il a une bonne tête. Au début, il communique l'impression de devoir faire un effort pour vaincre son embarras ; puis quelque chose lui donne du courage et il tend la main vers la sienne. Il la serre. Il lui dit qu'il s'appelle Alberto.

Trois semaines plus tard, ils seront fiancés.

Clara reverra Michele bien des mois plus tard. Les psychiatres déconseilleront tout contact avec les membres de la famille. Apparemment, il avait menacé de se tuer ou de tuer quelqu'un, si on le mettait en présence de l'un d'entre eux, même en photo. Alors, son père lui a loué un appartement à Rome. Une décision intelligente. En l'espace de quelques mois, la situation s'est améliorée. Michele est même venu les voir à Pâques. Ils ont déjeuné tous ensemble dans le jardin. Un dimanche après-midi. Il y avait les ouvriers. Les corbeaux dans le ciel. Il y avait même maître Valsecchi, le notaire.

Mais elle, elle couchait avec ce type de la salle de gym, et moi, de toute façon, j'étais malade comme un chien, pensa Michele en fumant une cigarette à la fenêtre.

La chatte sauta sur le rebord de la fenêtre et miaula. Michele éteignit sa cigarette. Ça l'attristait, de la voir éternuer chaque fois que la fumée lui chatouillait les moustaches. Il lui caressa la tête, la chatte ouvrit grand la bouche, décuplant ainsi son plaisir. Extase et abêtissement. Puis le fil invisible se rompit, et l'animal se sauva d'un bond. Une voix l'appela du rez-de-chaussée.

« Michele ! »

La grosse Audi métallisée. Il l'avait vue de la fenêtre. L'obscurité du soir, à travers les branches des arbres que le faisceau des phares traversait. Le chauffeur avait contourné la voiture pour aller ouvrir le portail. Michele avait vu l'homme s'avancer d'un pas tranquille dans l'allée.

Il fit attention à bien refermer la porte de sa chambre derrière lui, descendit à l'étage du dessous.

« Eh, attends-moi ! »

Des pas en accéléré. Michele s'arrêta, Gioia le rejoignit. « Attends, on y va ensemble. » Elle portait une robe de satin couleur pêche qui aurait été parfaite pour le bal des débutantes. Permanente et coloration. Elle est même passée chez le coiffeur, pensa-t-il avec dégoût. Maintenant, il ne lui restait plus qu'à mettre son bras sous le sien. Et c'est de cette façon un peu ridicule, tels deux tourtereaux, qu'ils entrèrent dans la salle à manger.

Michele vit son père assis dans le fauteuil à côté de la cheminée. Les bûches décoratives. Puis il vit l'autre homme. Dès qu'il s'aperçut de leur présence, le président de la cour d'appel de Bari se leva et vint à leur rencontre. Il se présenta. Sa sœur fit une révérence imperceptible, comme une danseuse qui fléchit les jambes. Le juge tendit la main.

« Mimmo Russo.

— Michele.

— Michele. Ton père m'a parlé de toi. Tu t'es installé à Rome. La capitale. Enchanté, enchanté », bredouilla-t-il.

Michele dut attendre qu'il relâche sa poignée de main pour réaliser qu'il s'agissait bien de lui. Aussi peu plausible que cela puisse paraître, il l'avait d'abord pris pour le chauffeur.

« Allons, allons, ne restons pas debout comme ça. Asseyons-nous, asseyons-nous », dit le magistrat en se substituant, l'espace d'un instant, aux maîtres de maison.

Michele alla s'asseoir sur le canapé. Le juge reprit sa place dans le fauteuil placé à côté de celui de Vittorio. Michele était mal à l'aise. La poignée de main de l'invité lui avait laissé une sensation désagréable. Il essaya de l'observer d'un peu plus près.

Robuste et un peu voûté, il devait avoir dans les soixante-cinq ans. Malgré les touffes de poils blancs qui hérissaient ses sourcils et lui sortaient des oreilles, ses cheveux étaient noirs et rabattus sur le côté droit ; cela n'empêchait pourtant pas d'apercevoir un bout de crâne dégarni, comme si une vanité pathologique l'avait poussé à se faire teindre les cheveux, mais pas à s'en faire greffer. Ses dents semblaient avoir un problème de tartre. Il parlait à toute vitesse, avalait la moitié des mots et témoignait ainsi d'une fougue que Michele n'aurait jamais crue possible à de tels sommets de la hiérarchie judiciaire. Mais c'étaient ses vêtements qui lui donnaient ses principales caractéristiques. Son costume couleur camel, aux ourlets élimés, aurait déjà été jugé démodé quinze ans plus tôt. L'ensemble faisait penser à un paysan enrichi.

« Bonsoir, monsieur le président ! »

Annamaria entra dans la salle à manger, suivie de la domestique portant un plateau où étaient posés des verres remplis de boissons non alcoolisées et un vaste choix de canapés. Le président de la cour d'appel était tout sourire.

« Madame, comment allez-vous ? »

Il se tapa énergiquement les cuisses, se leva une deuxième fois, alla à la rencontre d'Annamaria, improvisa un baisemain, prit un verre sur le plateau. « Essayons de ne pas tout renverser. » Gioia partit d'un petit rire complice.

Le magistrat retourna à sa place. La domestique passa avec son plateau. Vittorio but une gorgée. « Et il s'agissait donc de dîners de bienfaisance, dit-il à l'attention du juge pour reprendre Dieu sait quelle conversation interrompue.

— De bienfaisance, oui. Mais on ne va quand même pas se mettre à organiser des soirées pour les réfugiés d'Haïti avec l'argent de la région. » Il acheva de mordre un canapé à pleines dents et s'en fourra un autre tout entier dans la bouche. « On n'a pas le droit de contrevenir à certains points de la délibération sur le budget. » Il mangeait bouche ouverte et se passait les mains sur le pantalon pour se débarrasser des miettes.

« Désolé pour le retard. »

Ruggero arriva à son tour. Le juge fut sur le point de se lever encore une fois. Son frère allongea le pas. « Ne vous dérangez pas, monsieur le président. » Il se pencha vers lui et lui serra la main. Sérieux, sans déférence.

« Et si nous passions à table ? » dit Annamaria.

La table, il fallait bien le reconnaître, était superbement dressée. Nappe blanche en lin brodée à la main. Serviettes en toile de Flandres. Des gressins et du pain aux olives étaient disposés dans une corbeille en osier. Le filet or des dessous-de-plat étincelait dans la lumière des bougies, et quand Vittorio prit la bouteille d'Amarone et se mit à servir le vin, sa couleur rouge rubis tournoya dans les prunelles des convives.

« Monsieur le président, ces petites seiches vous fondent littéralement dans la bouche, proclama Vittorio.

— Je peux y aller les yeux fermés ? »

Ruggero fit passer le plat de poisson cru et mordit dans un morceau de fromage. Sur ces entrefaites, Vittorio et le juge s'étaient mis à discuter d'une affaire compliquée de concessions immobilières. Par moments, Ruggero se mêlait à la conversation. Annamaria souriait, le menton sur la main. Gioia les regardait parler, et lorsque les yeux du juge rencontraient les siens, elle acquiesçait d'un signe de tête. Hormis Vittorio et le président, et sans doute, sur certains points, Ruggero, personne n'avait pourtant la moindre idée de ce dont ils parlaient. Mais le ton, les gestes. Ça oui, ça avait beaucoup d'importance. Et ces gestes – même un simple acquiescement de la tête, un simple sourire – avaient pour fonction de rendre la surface compacte et impénétrable, permettant ainsi au fleuve de couler sous terre. On apporta le bar en croûte de sel. Michele regardait d'un air dégoûté les touffes de poils blancs sur les phalanges du vieux juge. Annamaria acquiesça d'un signe de tête. Personne ne fit la moindre allusion à Porto Allegro. Gioia bâilla, posa la tête sur l'épaule de Michele, fit un effort pour rester calme. Puis elle tressaillit et se remit à manger.

Cinq minutes plus tard, Michele dit : « Excusez-moi, il faut que j'aille aux toilettes. »

Il sortit de la salle à manger, traversa le couloir. Même penser à Clara lui semblait impossible, comme si la conversation avait érigé tout autour d'eux une coque en plomb imperméable aux fantômes. Il passa devant la bibliothèque murale et la petite table avec le téléphone, entra dans la salle de bains, ferma la porte à clef, ouvrit le robinet, alla se mettre devant la cuvette des toilettes, souleva le couvercle et la lunette, s'agenouilla, ferma les yeux, vomit, se releva, se pencha à nouveau sur la cuvette, vomit encore, tira la chasse d'eau, nettoya soigneusement la cuvette avec le papier toilette, se passa de l'eau sur le visage, ferma les robinets, sortit de la salle de bains.

Dans le couloir, il entendit sonner le téléphone. Il

était sur le point de continuer son chemin, mais il s'arrêta et souleva le combiné.

« Allô. »

C'était le géomètre Ranieri qui demandait à parler à son père.

« Il ne peut pas vous répondre en ce moment.

— Mais c'est urgent, Michele, urgent, dit-il d'une voix pleurnicharde.

— Je sais bien, fit Michele au comble de l'agacement, de la nausée, sans même savoir de quoi ils parlaient. Mon père a dit que vous pouvez vous en remettre à moi. Où en sommes-nous ? hasarda-t-il.

— Au même point que la semaine dernière, répondit le géomètre après un moment d'hésitation. Le type de Tarente exige une réponse, pour l'histoire de l'ascenseur. J'aurais voulu demander à ton père ce qu'il faut lui dire. »

La fureur, la nausée. Il jeta en l'air une pièce imaginaire.

« La réponse est non », dit Michele.

Il retourna à la salle à manger et reprit sa place à table. Le juge et son père étaient en train de discuter du tourisme dans le Salento.

Vers minuit et demi, après le départ du juge, Michele resta dans le jardin à fumer, comme du temps où il était adolescent. La lune était pleine et pâle. Des essaims de moucherons tourbillonnaient autour des lumières de l'entrée. La sensation de nausée perdurait. Il entendit un bruit parmi les buissons. Il eut une intuition, mais elle restait enfermée à son tour dans quelque chose qu'il aurait fallu déchiffrer. Il ne se retourna donc pas, tira une bouffée de sa cigarette, toussa, se dirigea vers la villa.

Il franchit la porte d'entrée. Annamaria et la domestique étaient occupées à tout ranger. Ruggero était rentré chez lui. Gioia était sortie. Michele commença à monter l'escalier. Aussitôt arrivé en haut, il s'arrêta. Il respirait lentement, comme pour vaincre son sentiment d'incrédulité. La porte de sa chambre était ouverte. Il se mordit l'intérieur de la joue, entra d'un pas rapide dans la pièce, alluma tout de suite la lumière. Le lit. L'armoire. Il crut apercevoir quelque chose du coin de l'œil. Pendant une fraction de seconde, il retrouva son calme. Puis il comprit : ce n'était qu'un coussin jeté dans un angle. Il se mit à siffloter nerveusement, s'allongea par terre, regarda sous le lit, se remit debout, ouvrit l'armoire et se mit à fouiller parmi les vêtements. Il se sentait très agité, tout à coup. Il prit la chaise, la plaça en face de l'armoire, monta dessus, contrôla le haut de l'armoire, descendit de la chaise, sortit de sa chambre, regarda dans la salle de bains puis dans la chambre de Gioia, traversa le couloir jusqu'à la chambre de ses parents, ouvrit grand la porte sans frapper. Son père se retourna dans son lit. « Mais qu'est-ce qui se passe ? » Michele ne répondit pas. Il alluma la lumière (il eut l'impression de voir les orteils de son père se recroqueviller, en éprouva du dégoût), traversa la chambre et ouvrit l'armoire, malgré l'inutilité de ce geste. « Mais enfin, qu'est-ce qui se passe ? » Michele éteignit la lumière, sortit, descendit au rez-de-chaussée en courant. Une sœur, une mère. Il se mit à appeler la chatte à voix haute, siffla à plusieurs reprises. Annamaria sortit la tête de la cuisine.

« Qu'est-ce qui se passe ?

— Il se passe que vous deviez garder cette putain de porte fermée ! » cria Michele en lui lançant un regard ouvertement haineux, et soudain, tout remonta à la surface, tout était clair, limpide, resplendissant.

Il avança vers elle. Annamaria recula. Michele regarda dans la cuisine. Bien entendu, la chatte n'y était pas. Il se précipita dans le jardin, mit les mains en porte-voix, l'appela. « Putain, putain ! » hurla-t-il au bout de cinq minutes en tapant des pieds. Malgré la lune, il était difficile de percer l'obscurité. Alors, il courut à la villa puis revint, une torche électrique déjà allumée en main. Il la braqua en direction des buissons, des plantes, puis dirigea le faisceau de lumière jusqu'aux arbres, tout en continuant à appeler. Une maman. Une sœur. Et maintenant, une chatte.

Au bout d'une heure de recherches infructueuses, il caressa l'idée que la chatte était peut-être revenue d'elle-même sur ses pas. Alors, il retourna à nouveau vers sa chambre, remonta l'escalier tout en couvant l'absurde espoir que tout ça n'était qu'un cauchemar. La chatte n'y était pas. Michele s'assit sur le lit. Il était épuisé. Il se prit la tête dans les mains, puis s'allongea. Deux minutes. Je me repose juste deux minutes, dit-il à voix haute dans l'espoir que le cauchemar prendrait fin.

Il se réveilla en sursaut. Il avait dormi tout habillé. Ses chaussures lui serraient les pieds. Il regarda la fenêtre. La faible lumière granuleuse qui précède l'aube commençait à se répandre. Il se leva, se passa une main dans les cheveux, alla dans la salle de bains pour s'asperger le visage d'eau. La maison était plongée dans le silence.

Il descendit l'escalier, ouvrit la porte d'entrée et sortit dans le jardin. La lumière avait augmenté d'intensité. Les brins d'herbe et les arbres et les rosiers. Il regarda à droite et à gauche, hocha la tête. Deux pies voleuses atterrirent sur la pelouse. La pensée de la chatte sur une route goudronnée l'étourdit. Ignorer tout du mal, et s'y retrouver soudain confronté.

On finissait toujours par en revenir à ça. Il traversa l'allée. Ses vêtements étaient tout froissés, ses cheveux en désordre. Il arriva devant le portail, qu'il déverrouilla. D'un geste énergique, il ouvrit en grand l'un des battants, resta là à regarder. Puis, comme si on l'avait poussé, il avança d'un pas. Un autre, et encore un autre.

Et c'est ainsi qu'à six heures quarante-cinq un matin de juin, trente-deux jours après être revenu à Bari, Michele se mit en marche vers une ville où il n'avait pas remis les pieds depuis dix ans.

Troisième partie

L'été, toutes les villes sentent mauvais

Une armée de ventilateurs déplaçait l'air chaud d'une pièce à l'autre, vaincue par la majesté de ce mois de juin adriatique. Trente-cinq degrés à l'ombre. Les palmiers frémissaient dans le vent étouffant. Cette année encore, c'était tombé d'un coup. Hier, on grimpait les marches quatre à quatre ; aujourd'hui, on était épuisé rien qu'à mettre le pied dehors. La traînée d'un avion fendait le bleu profond du ciel. Et du reste, même ceux qui, bénéficiant de l'air conditionné, passaient de la nuit au matin sans s'apercevoir des variations de température, subissaient malgré tout, au réveil, les mobylettes vrombissantes des adolescents qui séchaient l'école pour courir vers leurs tout premiers bains de mer. Ils filaient à vive allure sur la nationale, dépassant la marionnette gonflable de la station-service, en direction des plages de Mola et San Vito. Ainsi, pour tous ceux qui étaient arrivés à l'âge adulte, l'idée de l'été était dès sa naissance remplie de regrets, où le souvenir se dissolvait dans l'envie.

Mme Grazioli se réveilla à sept heures et demie du matin. Au petit déjeuner, elle mangea trente grammes de flocons d'avoine dans un yaourt allégé et s'autorisa un café. Ensuite, elle retourna dans sa chambre, alluma son smartphone et attendit, en vain, un message de sa fille. Elle fuma une cigarette. On apercevait, à travers la fenêtre, une piscine qui avait la splendeur de certains tableaux réalistes américains. La jeunesse ne vaut pas grand-chose, sans un bon paquet d'actions. La femme laissa sa robe de chambre glisser sur le parquet, défit son soutien-gorge, se débarrassa de sa culotte, fouilla dans un tiroir, en sortit les deux pièces de son maillot et les enfila. Elle alla dans la salle de bains, glissa ses pieds dans ses chaussons, prit son peignoir, attrapa un paquet de cigarettes et le dernier numéro d'*Astra*, mit ses lunettes de soleil : elle était enfin prête pour sa baignade matinale.

Avant de sortir, elle éteignit l'éclairage extérieur. Les lampes murales. De gros œufs en thermoplastique. Son mari, convaincu que ça découragerait les voleurs, s'obstinait à les laisser allumées toute la nuit. Quelle idiotie. Elle sortit dans le jardin. Au bout de quelques pas, elle remarqua le sac-poubelle déchiqueté, les restes du dîner épars sur la pelouse. Dieu seul sait quelles bestioles rôdaient dans le coin, et lui, il fallait qu'il laisse la poubelle dehors sur le pas de la porte. Comme si l'amoncellement de phalènes mortes sous les spots ne suffisait pas. La domestique s'en chargerait, mais en attendant, elle les avait vues.

Elle avança jusqu'à une chaise longue, affronta un instant le soleil à travers les verres photochromiques de ses lunettes, les retira, fit quelques pas et plongea. Des éclats de lumière scintillaient au fond du bassin bleu azur. Une piscine mal entretenue, c'était le début de la décadence, mais ce matin-là, l'équilibre chimique de l'eau était parfait.

Au bout de vingt longueurs, Mme Grazioli en eut assez. Elle se hissa hors de l'eau en s'aidant de l'échelle. Son corps courbé et fripé, frappé par un astre situé à des millions de kilomètres, était la seule image de vulnérabilité offerte au regard d'un témoin imaginaire.

Elle s'allongea sur la chaise longue, défit le haut de son maillot et se prépara à recevoir le soleil. Puis elle s'abandonna au plaisir d'une Marlboro rouge.

Après avoir lu l'horoscope, elle ferma les pans de son peignoir et se leva de sa chaise. Le moment était venu de passer les roses en revue.

Cherry Brandy. Dame de l'Étoile. L'hybridation faisait des miracles. La preuve en était que les pauvres Albertines (une variété identique à celle que les arrière-grands-parents de ses grands-parents avaient pu admirer) étaient déjà fanées et flétries par la chaleur. Tandis qu'elle les contemplait d'un air songeur, Mme Grazioli entendit une porte claquer, de l'autre côté de la haie. Elle se figea. La villa du voisin. Quelle barbe ! Elle allait devoir le saluer.

Si seulement elle l'avait croisé un mois et demi plus tôt pensa-t-elle, saisie d'un vif regret elle lui aurait reproché son tapage nocturne. Pas difficile d'en imaginer la cause, l'ex-sous-secrétaire étant veuf. Ce n'était pas seulement la musique. Ce n'était pas seulement la lumière filtrant à travers les fenêtres aux rideaux bien tirés. C'étaient les rires de femme. Les beuglements. Mais cela faisait des semaines qu'aucun signe de vie ne venait plus de la villa. Aussi, quand le long visage gris du voisin surgit de derrière les feuilles du lentisque, Mme Grazioli se contraignit à lui faire un beau sourire.

« Bonjour, monsieur Buffante.

— Bonjour, madame Grazioli. »

Elle retourna à la piscine. Le vieil homme franchit le portail du jardin, monta dans sa Maserati bleu nuit et démarra.

Valentino Buffante prit la nationale 100 en direction du centre-ville. Il avait rendez-vous avec ses collaborateurs de VersoSud, la fondation pour le développement du Mezzogiorno qu'il présidait depuis qu'il avait été relevé de ses fonctions ministérielles. D'une humeur de chien, il transpirait à grosses gouttes sous sa chemise. Les problèmes avaient commencé quand le vieux Salvemini l'avait appelé pour lui parler des funérailles ; l'invitation à participer à la douleur d'un père lui offrait l'occasion de se servir de sa fille, un cadavre, comme d'un argument de persuasion. Buffante avait dû serrer la main de Costantini, mais il avait réussi à éviter l'ingénieur. Quelques semaines plus tard, il avait reçu un coup de téléphone du fils aîné. « Monsieur Buffante, excusez-moi de vous déranger. Étant donné votre expérience en matière d'administration publique, nous souhaiterions avoir votre opinion sur un problème que nous cherchons à résoudre. »

Ils voulaient lui soumettre les rapports hydrogéologiques censés convaincre le juge de rejeter la requête de mise sous séquestre. Pour sauver le complexe touristique qui massacrait une partie du Gargano.

Des tampons. Des délibérations. Voire quelques actes antidatés. Une opinion ? Tu parles ! C'était bel et bien du chantage.

« Je vous en mets combien ?

— Le plein, merci. »

Ou peut-être avaient-ils deviné quelque chose ? se demanda-t-il en s'éloignant de la station-service. Il vit la marionnette gonflable disparaître du rétroviseur. La dernière fois aussi, ils l'avaient soupçonné d'y être pour quelque chose quand il avait été question de faire approuver des modifications aux règles sur la dangerosité géomorphologique dans le Val di Noto, une délibération taillée sur mesure pour la résidence dont la Salvemini Edilizia achevait la construction, plus au sud. À l'époque, Buffante était encore sous-secrétaire d'État. Mais surtout, elle était vivante.

Il se souvenait très bien du moment où Clara lui avait parlé de la résidence : c'était quand elle avait exigé qu'il l'emmène en voiture jusqu'à Avellino. Elle était montée dans le véhicule enveloppée d'un voile transparent de pensées. Immobile et silencieuse pendant deux cents kilomètres. Puis elle s'était mise à parler. Et, toujours à sa demande, ils avaient dormi à Salerne.

La villa de Buffante était disponible, mais elle avait préféré se réfugier dans des hôtels, voire de petites pensions situées en dehors de la ville. Les hôtels offraient la bonne dose d'anonymat. Les chambres nues. Le papier peint piqueté d'affreux emblèmes héraldiques. Clara s'asseyait au bord du lit, croisait les jambes pour retirer d'un geste tranquille sa première chaussure ; quand elle se relevait le plus souvent en combinaison, ou nue sous l'éclairage électrique, il avait l'impression de tenir entre ses bras un corps vidé de ses souvenirs. Blanche comme la cire, semblable à certains vieux tableaux auxquels il suffit de jeter un deuxième regard pour que le comble de la banalité se transforme en comble de l'étrangeté.

Qu'elle lui demande de donner un coup de main à son père pour la résidence, soit, ça avait du sens. Mais pourquoi diable l'obligeait-elle à traverser l'Italie d'est en ouest ? Buffante n'arrivait pas à comprendre si c'était un caprice. Il la connaissait peu, à l'époque. C'était l'autre là, le chirurgien, qui lui avait présenté Clara. Une femme mariée qui, à la première tentative, se laissait séduire par un homme deux fois plus âgé qu'elle. Il n'avait pas eu à lutter pour l'avoir. Et lorsque, moins de vingt-quatre heures après l'avoir vue disparaître parmi la foule, il s'était cru audacieux en lui envoyant un SMS (« J'aimerais beaucoup vous revoir »), il avait suffi de quelques minutes pour obtenir la réponse : « Oui, ce soir. »

Une fille qui n'avait même pas trente ans. L'habitude du pouvoir avait certes pu nourrir en lui des illusions quant à la capacité de l'âge mûr à exercer une certaine fascination ; mais Buffante se doutait bien de ce que cela signifiait, de sentir sur soi l'odeur d'un vieux qui, selon les lois de la nature, pouvait très bien mourir d'ici dix ans. Pourtant, c'était ce qui se passait. Il lui lançait un signal, Clara accourait. Quand il la retrouvait à l'endroit où ils s'étaient donné rendez-vous, le plus souvent entre la Via Fresa et la Via Lenoci, elle avait un air sérieux et bien élevé, dans ses tailleurs qui recouvraient la seule justification valable des heures qu'ils allaient passer ensemble, l'élan qui la poussait vers la Maserati rendait vaine toute rhétorique sur la nécessité de lui faire la cour. Clara montait dans la voiture, demandait aussitôt dans quel hôtel il avait réservé une chambre. On aurait dit que cette donnée technique était d'une importance cruciale, à moins qu'elle ne trouvât son véritable plaisir à imaginer l'endroit où elle n'aurait plus d'histoire personnelle.

Buffante l'emmenait au restaurant. Parfois, directement à l'hôtel. Le manque total d'obstacles constituait le seul véritable frein à sa pleine compréhension de ce qui se passait. Clara parlait peu. Jamais de son mari. Et au moment de s'allonger sur un lit, elle complétait l'opération en devenant une parfaite inconnue. Une fille rencontrée par hasard. Une call-girl, ou une passante.

Il leur était arrivé, une fois, de rouler sans but jusqu'à quatre heures du matin. La tranquillité avec laquelle elle faisait semblant de ne pas avoir de chez-soi en devenait presque gênante. Et maintenant, voilà qu'elle lui demandait de l'emmener à Avellino.

Tandis qu'il affrontait les routes en lacet de l'Irpinia, le visage inspiré et attentif de Clara l'avait convaincu qu'il valait mieux ne plus se poser de questions. Elle observait avec obstination les reliefs sombres et denses à travers le pare-brise, comme s'il y avait eu, au-delà de ces montagnes, un aimant d'une force épouvantable.

Une fois arrivés à Avellino, ils avaient déjeuné du côté de la Villa Comunale. Après le repas, elle était allée se promener toute seule. C'était une belle journée de février. Buffante l'avait vue s'éloigner dans la rue, parmi les vilains immeubles du quartier. Il s'était dit qu'elle voulait un moment d'intimité pour appeler son mari ; il était allé s'acheter le journal. Mais Clara n'avait aucune intention d'appeler Alberto. Elle s'était dirigée tout droit vers la caserne. Même s'il l'avait prise en filature, Buffante n'aurait pas compris.

Les murs rouges de l'enceinte où Michele avait été enfermé pendant son service militaire. Immobile et silencieuse, Clara était restée plusieurs minutes à les fixer. Alors, le spectre filiforme s'était à nouveau rempli de chair et de sang. Les mains fragiles. Le torse si maigre. Il passait l'après-midi à taper sur la machine à écrire, enfermé dans une pièce exiguë, assis sur une pile de vieux bottins. Son article, il était en train de l'écrire demain, *demain*. Eh bien, ce jour-là était arrivé. Elle ne cherchait pas un souvenir, mais un début. Elle avait récemment eu Michele au téléphone, pour les vœux de Noël. Elle l'avait appelé chez lui, à Rome. Mais elle ne cherchait pas ce Michele-là. Elle attendait l'autre. De même que, de toute évidence, elle aurait dû elle aussi se trouver ailleurs : car sinon, comment expliquer la présence de celle qui couchait avec ce vieux dégoûtant ? Elle avait aperçu un éclair provenant d'une fenêtre ouverte et refermée, sur la tour de guet. À présent, Clara le sentait. Elle était convaincue que le démon lumineux de Michele – cette trace que l'on perçoit après avoir beaucoup fréquenté quelqu'un, assez pour que ses traits fondamentaux se recomposent d'une façon de plus en plus complexe, jusqu'au moment où ils acquièrent une vie propre – brillait chez ceux qui l'avaient connu quand ce n'était encore qu'un petit garçon. Il brillait donc aussi chez l'autre Michele, celui qui était à Rome. Celui qui devenait adulte, qui s'efforçait de guérir, d'oublier peut-être. Mais maintenant, sa sœur le rappelait à elle. *Michele*. Un petit point. Une petite tache sombre plantée dans le jeune homme qui, tous les vendredis, se rendait plein d'espoir à la Galleria Nazionale pour y voir son tigre, et ne savait rien de la petite fleur qu'elle avait fait éclore en lui.

Clara avait tourné le dos à la caserne. Elle était allée retrouver Buffante.

Quelques minutes plus tard, elle lui avait demandé de l'emmener à Salerne. Il était maintenant quatre heures de l'après-midi. Son exigence avait beau être dénuée de sens, Buffante avait pris la direction du Sud. Impossible de la contrarier, ils n'avaient pas encore fait l'amour, ce jour-là. Coucher avec elle une fois de plus équivalait à diviser en unités supplémentaires le temps qui lui restait à vivre (et que Buffante avait maintenant l'impression de saisir dans son intégralité), de telle sorte qu'une seconde, réduite en dixièmes puis en centièmes, puis en millièmes de seconde, pouvait durer à l'infini.

Si Avellino était l'endroit où Michele avait fait son service militaire, c'était à Salerne que se trouvait la clinique psychiatrique. Dès leur arrivée en ville,

Clara avait insisté pour qu'ils s'arrêtent dans le premier hôtel venu. « Là », avait-elle dit en indiquant une affreuse pension au toit recouvert de bardeaux de bois gris. La caricature d'un chalet de montagne. Il avait essayé de l'en dissuader. Mais le mors qui la serrait était si fort, d'une puissance si indiscutable, que Buffante avait dû céder. Ils étaient entrés dans l'hôtel, avaient remis leurs papiers d'identité à la réception, étaient montés dans la chambre. Sec, rapide. Puis elle s'était rhabillée, elle avait enfilé ses collants, sa jupe, ses chaussures, son chandail et son manteau ; pendant ce temps, encore nu dans le lit, il tentait de récupérer des forces.

« Je vais faire un tour », avait-elle dit.

Elle était descendue au rez-de-chaussée et était sortie de l'hôtel. Dix minutes plus tard, elle avait déjà quitté le centre-ville. Le soir tombait sur les immeubles de la banlieue. Peu à peu, la mer perdait de son éclat ; les lumières de la ville étaient encore éteintes. En l'espace de quelques minutes, la longue avenue qui montait vers la clinique psychiatrique était devenue une piste déserte, infestée d'ombres qui devenaient plus denses là où l'entrelacs des branches débordait sur la route. Clara avait hâté le pas. Les phares des voitures ne l'éclairaient qu'au dernier moment. Un automobiliste lui avait fait des appels. D'autres avaient sifflé. Un utilitaire qui allait dans la même direction qu'elle avait ralenti, juste avant de la dépasser. Clara avait serré son manteau contre son corps. Une vitre s'était baissée ; on lui avait chuchoté une phrase obscène. Puis la voiture avait accéléré et disparu. On aurait pu la violer sans que personne ne s'en aperçoive. De son point de vue à elle, pas la moindre différence avec ce qui venait de se passer dans la chambre d'hôtel, une demi-heure plus tôt.

Elle avait aperçu les lumières de l'Alma Mater

après un énième virage. Elle avait atteint le bout de l'avenue, puis une grande esplanade qui servait de parking. Les dernières lueurs du ciel, minces traînées ensanglantées, descendaient à la verticale sur les deux édifices symétriques que séparait une longue allée gravillonnée. Michele se trouvait dans un de ces parallélépipèdes, le jour où il lui avait dit qu'il valait mieux ne pas venir le voir. Eh bien, sa sœur était venue malgré tout. Elle s'approcha du portail, glissa une main à travers les volutes florales en fer forgé. Michele était là-dedans. Le Michele persuadé qu'il allait refaire sa vie était parti. Mais le garçon qui avait eu l'intention de brûler sa famille, qui éteignait ses cigarettes sur la mappemonde bleue en évoquant leurs retrouvailles dans un lieu situé au-delà de la mort et que Clara percevait aujourd'hui seulement dans toute sa plénitude, ce garçon-là était toujours ici. Il se déplaçait tout autour, dans le souffle du soir. Sur les toits de la clinique. Parmi les branches des arbres. Dans les pièces obscures où elle l'attendait. Clara lui avait mis une monnaie d'argent entre les mains, en signe d'une sorte d'engagement à tenir. Elle rentrerait à l'hôtel. Buffante. Le chirurgien. Puis, quelqu'un d'autre. Elle savait que c'était la piste à suivre. Jusqu'au plus profond de la forêt sombre où l'attendait la longue silhouette de Michele, blanche et silencieuse dans la brume du matin. C'est l'autre Michele, celui qui était à Rome, qui le lui rendrait.

Clara était rentrée à l'hôtel. Elle avait laissé le sous-secrétaire la déshabiller, la caresser. Maintenant, il devait être en elle. Il donnait des coups de reins, se démenait. Un pauvre vieux, tout nu, plongé dans un océan dont il ignorait l'étendue. Et lorsque Clara avait fermé les yeux, elle lui avait permis d'interpréter son sourire comme une réponse au zèle dont il faisait preuve. Pauvres idiots. C'était seulement quand ils donnaient des coups de reins dans un cadavre qu'ils étaient convaincus de valoir quelque chose.

Une nuit magnifique, se souvint Buffante.

Et qui ne se reproduira plus jamais. Il doubla un camion, puis une BMW. La tour Ikea se dressait sur sa droite. Écouter les experts de la Commission pour l'évaluation de l'impact environnemental. Les convaincre de l'excellence de ces études techniques. Puis faire en sorte que le responsable du bureau départemental antidate la délibération de la Commission. Ça n'allait pas être facile, et ce n'était qu'un problème parmi d'autres. Car il y avait aussi celui des délais à respecter, et il fallait glisser la délibération parmi les dossiers d'une procédure en cours. Mais le vieux Salvemini se chargerait de ça. Buffante passa sous un viaduc couvert d'affiches collées les unes sur les autres, laissa derrière lui les terrains de football à cinq. Deux minutes après, il avait rejoint le flot du trafic de Bari. Les poissonneries. Les boulangeries. Les livreurs qui déchargeaient la marchandise des gros camions garés en double file. Le cinéma Odéon. Le bar Gardenia. Buffante évita de le regarder. Mais la circulation était lente.

C'était une autre fois. Un soir de la fin avril. Clara et lui étaient assis en terrasse. Elle s'envoyait un Negroni après l'autre. Ils parlaient du journaliste qu'elle avait fait licencier. Cinq ans s'étaient écoulés, depuis le jour où il l'avait emmenée à Salerne. Une éternité. Comme si leur fréquentation avait fait peser le temps deux fois plus sur Buffante et dix fois plus sur Clara, qui était l'épicentre du séisme.

« Il y a des gens qui ne savent pas se tenir », avait-elle dit en hochant la tête. Elle s'était fait couper les cheveux et les avait décolorés : l'ensemble lui donnait un aspect quelque peu sauvage.

« Le journaliste ? avait demandé Buffante.

— Et qui veux-tu que ce soit d'autre ? » avait-elle répondu en traînant sur les mots. Ensuite, elle avait baissé les yeux. « Après avoir été licencié, il a continué à nous diffamer. Dans *Puglia Oggi*. Il a accusé mon père d'avoir poussé le maire à nommer je ne sais lequel de nos collaborateurs à je ne sais quel poste d'adjoint. Mais tu sais quoi ?

— Non. » Buffante faisait attention à ne pas vider son verre trop vite.

« J'ai même réussi à le faire virer de *Puglia Oggi* ! » Elle était partie d'un éclat de rire caverneux. Sa voix remontait du fond d'un puits.

« Devine ce que j'ai là-dedans ? » avait-elle demandé en tapotant son sac à main de son ongle vernis de rouge.

Quelle perfection ! avait pensé Buffante en la regardant. À trente-cinq ans, elle en paraissait soixante. Ou seize. Quand il l'avait connue, le vice n'était chez elle qu'un locataire peu exigeant. Intacte à vingt-neuf ans. Intègre à trente et un. Mais aujourd'hui, le poids de l'habitude l'avait marquée. Les cernes sous les yeux. Ce sourire fuyant. Une ombre de dégringolade qui la rendait encore plus désirable. La cocaïne. La cocaïne était une bénédiction.

C'est à ce moment-là que Clara avait remarqué quelque chose. Elle s'était levée, elle avait vacillé, elle avait tourné le dos à Buffante et s'était avancée vers la foule qui se pressait dans la Via Re David. L'instant d'après, Buffante l'avait vue dans les bras d'un homme. Elle s'enfonçait littéralement dans le costume sombre de cet inconnu. Le sous-secrétaire ne comprenait pas. Clara s'était retournée. Sans avoir besoin de le prendre par la main, elle s'était arrangée pour que ce monsieur vienne jusqu'à leur table. On aurait dit qu'elle riait et qu'elle pleurait, qu'elle était joyeuse et qu'elle voulait mourir. Une partie d'elle-même avait survécu à un lent travail de destruction. Elle l'avait aussi écrasée.

« Mon mari », avait-elle dit.

L'ingénieur avait fait un signe hésitant de la tête, un geste vague de la main. Puis il avait disparu parmi les piétons qui continuaient à passer dans la rue. C'est alors que Buffante s'était levé, lui aussi. Grisé à son tour par la force qu'il avait perçue quand elle avait éclaté de rire, il avait saisi les bras de Clara. « Allons aux toilettes. » Il ne comprenait même pas s'il était soûl ou pas.

Il avait laissé un pourboire de cent euros au serveur du bar, pour que personne ne les dérange.

Aux toilettes, le vieux avait plongé les mains dans les cheveux de Clara et l'avait prise par les hanches. Le décor était étroit et dépouillé. La cuvette, un autel blanc. Tout se déroulait de manière absurde, chaotique. Clara avait ouvert son sac à main et pris un sachet en plastique que Buffante lui avait arraché des mains. Puis, après l'avoir embrassée sur la bouche comme s'il s'était emparé du sachet uniquement pour pouvoir le lui rendre moyennant paiement, il l'avait fait osciller dans le vide. Elle avait tendu les mains, dégagé son bras en ricanant, glissé. Elle s'était retrouvée à genoux sur le sol crasseux. « Putain ! » C'était comme de se retrouver dans le ventre d'un bateau en pleine tempête. Buffante lui avait montré le sachet de cocaïne. « Donne-la-moi ! » avait-elle dit. Poussé par la puissance de la musique qu'il entendait résonner tout autour, l'ex-sous-secrétaire avait reculé, soulevé le couvercle des toilettes, étalé la coke sur le rebord. Il ne savait même pas ce qu'il faisait. Il avait vu Clara se jeter sur la cuvette, sniffé la came avec voracité. Mais, en son for intérieur, elle se sentait tranquille. Dans une partie d'elle-même qui n'avait plus besoin de contact avec le monde extérieur, elle savait que le processus était irréversible. Elle était heureuse d'y être parvenue. La promesse qu'un caillou lancé vers un étang fasse jaillir une gerbe d'eau. Le caillou était en l'air. Dieu seul aurait pu le retenir. Tout au fond, dans les courants froids, lorsque son corps toucherait la superficie verte et limoneuse, l'œil de Michele s'ouvrirait en grand, se refléterait dans le sien.

Une fois sorti de l'embouteillage de la Via Amendola, Buffante tourna à gauche dans la Via Capruzzi et conduisit sa voiture au garage souterrain. Il était dix heures moins le quart quand il fit son entrée au siège de VersoSud.

À midi un quart, sa secrétaire le prévint que le géomètre De Palo était arrivé. Buffante referma le classeur du dossier Salvemini et alla accueillir son hôte.

« Je vous offre un café. »

Ils descendirent dans la rue, prirent la Via Carulli, tournèrent dans la Via Melo, entrèrent au Riviera.

« *Dottore*, bonjour ! »

Le patron était un robuste cinquantenaire au front emperlé de sueur. Un homme âgé de dix ans de moins que lui, en survêtement et le visage grêlé par l'acné, se tenait près de lui.

Buffante et le géomètre prirent un café. Le géomètre mangea une glace. Le patron et son camarade se plaignaient de la chaleur. « Au revoir, *dottore* ! »

Ils ressortirent dans la rue, marchèrent en silence le long de la Via Melo, retournèrent dans le bâtiment de la fondation. Buffante précéda De Palo jusqu'à son bureau, ferma la porte, attendit que son hôte prenne place, s'assit en face de lui, ouvrit le classeur, en sortit les rapports techniques et dit : « Alors… »

« Ils sont comme cul et chemise ces deux-là, dit le grêlé après que les deux hommes se furent éloignés.

— Ferme-la, dit le patron.

— Tu le connais, le montant de sa retraite ?

— En attendant, il a quand même dû démissionner.

— Il habite une villa de trois étages, roule dans une Maserati qui coûte, rien qu'en frais d'entretien, plus que ce qu'on gagne toi et moi en un an.

— T'as pas idée de ce que ce truc-là me coûte en frais d'entretien », répondit-il en indiquant la machine à café derrière lui.

Le grêlé contrôla quelque chose sur son téléphone portable. Le patron servit d'autres clients. Il continuait à parler tout en s'essuyant le front, à pester contre les ventilateurs qui ne rafraîchissaient pas assez l'air.

Puis le grêlé rentra chez lui. Le patron, resté seul, mangea un sandwich pour son déjeuner, resta assis derrière son tiroir-caisse à lire le journal. Après une heure de creux, quelques étudiants universitaires firent leur entrée. Le bar se remplit à nouveau.

À quatre heures moins le quart, un garçon d'une trentaine d'années se présenta. Un type bizarre. Maigre, anguleux. Il indiqua la vitrine où étaient affichées les petites annonces. Il voulait en coller une, lui aussi. Il ne s'agissait pas d'une publicité, ajouta-t-il. Il faisait preuve d'une gentillesse qui semblait à tout moment sur le point de voler en éclats. Comme chez certains délinquants. Mais, de toute évidence, ce n'en était pas un. Il lui dit qu'il distribuait ces feuilles à tous les commerçants du quartier.

« Un chat ? » demanda le patron comme s'il avait du mal à saisir l'idée. Ou peut-être était-ce le garçon qui parlait trop bas.

Le patron lui dit qu'il pouvait coller l'annonce lui-même, lui donna du ruban adhésif puis retourna derrière son comptoir pour ranger les bouteilles sur l'étagère. Un chat perdu. Comme si les humains n'avaient pas assez de soucis comme ça.

Michele sortit du bar et se dirigea vers la mer, les poings dans ses poches. La chaleur ne laissait aucun répit. Il avait l'impression que les immeubles tremblotaient sous ses yeux. Mais c'était seulement sa détermination. Les dents serrées. Tout se passait comme s'il avait tenu entre les doigts une amulette, une pièce d'argent qui allait lui payer un voyage parmi les ombres. Une rage froide. Cette force le conduisit jusqu'à la rédaction du *Corriere del Mezzogiorno*, où il avait l'intention de demander à Giuseppe Greco pourquoi il suivait le profil d'une morte sur Twitter.

« Il t'a dit *quoi* ?

— Que la réponse était non, monsieur Salvemini. Il m'a assuré que c'était vous qui en aviez décidé ainsi.

— Et quand est-ce qu'il t'aurait communiqué une chose pareille ?

— Au téléphone. L'autre soir. J'ai appelé pour savoir comment vous vouliez qu'on procède, et c'est votre fils qui a répondu. Il a déclaré que vous lui aviez demandé de me faire savoir que nous devions répondre non…

— Mon fils vous a *expressément* indiqué que j'en avais parlé avec lui ?

— Oui. Enfin, non. Monsieur Salvemini, je ne peux tout de même pas me souvenir de chaque détail de la convers… »

C'est à ce moment-là que le géomètre Ranieri porta la main droite à sa tempe, et son état de panique légère, qu'il avait jusque-là réussi à dissimuler avec dignité, fit perler de la sueur sur la fossette de sa lèvre supérieure.

« Michele t'a *expressément* parlé d'un ascenseur à faire construire dans un immeuble de la Via d'Aquino ?

— À vrai dire… voyez-vous, il a été question, à un moment donné de la…

— Il t'en a parlé, oui ou non ?

— Je ne crois pas, mais…

— Il t'a *expressément* parlé d'un camionneur de Tarente ?

— Là aussi, pendant qu'on parl…

— Il t'a *expressément* parlé d'un invalide ?

— Non. Ça, j'en suis sûr. L'histoire de la jambe n'a pas du tout été évoquée.

— Eh bien… » Vittorio respira profondément, comme si emmagasiner plus d'oxygène avait pu servir à effacer la couleur violacée de son visage. « … s'il n'a pas de lui-même mentionné Tarente, s'il ne t'a pas parlé d'un homme avec une jambe amputée, s'il n'a rien dit à propos d'un ascenseur, comment oses-tu… » coup de poing sur la table « … me dire… » deuxième coup de poing « … qu'il t'a informé que *moi* j'avais décidé… » encore un coup de poing « … de ne pas construire ce putain d'ascenseur ?

— Monsieur Salvemini…

— Tu lui as répondu quoi ? lui demanda-t-il, à voix basse cette fois-ci, pour que le géomètre soit obligé de faire un effort de compréhension.

— Ce que j'ai répondu… à quoi ? »

Ranieri avait l'air désorienté.

« Au type de Tarente. Qu'est-ce que tu as répondu au type de Tarente ?

— Que nous n'allions pas construire d'ascenseur.

— Rappelle-le.

— Pardon ?

— Rappelle le type de Tarente. Dis-lui que tu t'es trompé.

— Voyez-vous, je crains que ce ne soit pas possible.

— Et pourquoi donc ?

— Parce qu'il n'a pas de portable. Je sais que ça peut paraître bizarre... C'était toujours lui qui appelait. »

Vittorio marmonna quelque chose.

« Pardon, vous dites, monsieur Salvemini ?

— Tarente, répéta Vittorio en haussant le ton, *tout de suite*.

— Tarente ?

— Tu ne repasses pas par chez toi. Tu ne prends pas de douche. Si tu te concentrais un tant soit peu, tu te rendrais compte que tu n'es même plus en train de me parler. Tu es dans ton break. Tu es en route pour Tarente. »

Si ç'avait été la première fois qu'il mettait le pied dans ce bel appartement avec ses murs fraîchement repeints, ses moulures, son parquet, s'il n'avait pas déjà maîtrisé son sentiment d'incrédulité à l'idée d'en être le propriétaire exclusif (il n'était pas là en tant que déménageur, c'était sa maison), alors l'effort qu'il lui avait fallu déployer pour atteindre le sixième étage n'aurait pas suscité tout ce ressentiment. Il l'éprouva en effet la seconde fois qu'il y entra.

Arrivé sur le palier, il avait mal sous les aisselles. Il ouvrit la porte, la referma d'un coup de béquille, reprit son souffle. À travers les fenêtres du séjour, il voyait les lumières de la ville briller. L'appartement étant exposé à l'ouest – mais ça, il n'avait même pas besoin de le savoir – les lueurs provenaient du château aragonais, puis de l'arc lumineux des grues flottantes et de la lointaine nébuleuse d'éclairs bleus et d'étoiles blanches formée par les feux du complexe pétrochimique et de l'aciérie. Il n'était pas habitué à les voir de si loin.

Il avança de quelques mètres, se laissa tomber sur le canapé, le trouva plus confortable que ce qu'il s'était imaginé, lâcha les béquilles, posa la tête sur le coussin, éprouva une incomparable sensation de bien-être qui l'envahit peu à peu. Aussitôt après, la colère arriva.

Il aurait eu du mal à calculer combien de vies il lui aurait fallu pour acheter un appartement comme celui-là, mais il ne comprenait que trop bien à quel point cela avait dû coûter à celui qui le lui avait procuré. Ainsi, ce qui aurait dû être le soulagement de l'avoir échappé belle, voire le sentiment d'avoir eu une sacrée veine, n'était plus que de l'humiliation. Orazio Basile ne l'aurait pas ressentie, s'il n'avait pas respiré, l'espace d'un instant, l'ivresse du privilégié. Même la dignité naissait de la prévarication. À cause des circonstances de l'accident (se trouver au mauvais endroit les phares braqués sur la mauvaise fille, parmi toutes celles qui avaient l'habitude de se promener nues et maculées de sang sur la nationale), on lui avait offert avec nonchalance ce qui, pour la plupart des gens, était le rêve d'une vie, et il ne leur était même pas venu à l'idée de vérifier s'il y avait un ascenseur.

Dans les quartiers avoisinant l'aciérie, des gens mouraient à trente ans. Des gamines de douze ans tombaient malades. Cancer de l'estomac, du poumon. De robustes pères de famille se pliaient en deux et, au bout de quelques mois, ils étaient morts. Des visages creusés. Des têtes chauves. Un malade pour dix-huit personnes bien portantes : une proportion digne d'un fléau biblique. Et, au fond, c'était ce qu'Orazio Basile avait redouté jusqu'à hier, ce que redoutaient même ceux qui avaient connu les lointaines époques des luttes syndicales. Qu'une puissance surnaturelle y soit pour quelque chose. Un dieu invincible et malfaisant. On ouvrait des enquêtes, qui ensuite s'enlisaient. On ordonnait la mise sous séquestre d'installations entières, qui pourtant continuaient à fonctionner. On gelait des patrimoines gigantesques, qu'on finissait par restituer à leurs détenteurs. Pendant ce temps, les hôpitaux étaient pleins à craquer. Les chirurgiens ouvraient des thorax, sciaient des boîtes crâniennes. Des petits groupes de personnes pleuraient dans des pièces de plus en plus grises et sordides. Si quelque chose en mesure d'inverser ce cycle pouvait survenir, alors peut-être que des dizaines de milliers de personnes prendraient conscience d'être seules sur terre, et s'armeraient de pierres et de bâtons.

Mais voilà qu'on avait donné à Orazio Basile, cinquante-six ans, camionneur à la retraite et invalide civil, un bel appartement en plein centre-ville, et ce n'était pas l'impénétrable malignité d'une entité lointaine qui l'outrageait, mais la mesquinerie des hommes, et celle de leur générosité. L'une rendait l'autre visible. Il se dit qu'il allait exiger un ascenseur.

Celui qui l'informa que sa requête ne serait pas satisfaite était le plus crétin de tous les lèche-culs à qui il avait eu affaire pendant son hospitalisation. Lorsqu'il sortit de la cabine téléphonique, Orazio Basile titubait de rage.

Ce soir-là, l'épreuve fut encore plus dure. Il commençait à s'habituer à l'escalier, réussissait à prévoir chacun de ses mouvements, savait qu'il lui fallait poser la béquille droite sur la marche tout en poussant son corps contre la rampe. Prendre appui d'un côté et retrouver aussitôt son équilibre en se servant du deuxième point d'appui. Devoir y penser à l'avance était tout aussi insupportable que l'effort en soi.

Descendre au rez-de-chaussée n'était pas moins compliqué. Le lendemain matin, en ouvrant la porte cochère, il était déjà trempé de sueur. Au comble de la fureur, il se dirigea vers le pont tournant. À midi, il était dans la vieille ville. Il poussa des jurons, se traîna le long d'une file de voitures garées en faisant bien attention à ce qu'on ne le voie pas devant le centre récréatif. Le soleil de plomb sur l'asphalte défoncé. Les avant-bras et les aisselles endoloris. Il remarqua les deux filles, dans la zone piétonnière. Minijupe rose. Robe moulante bas de gamme. Celle en minijupe était mieux. Ce serait la première fois, depuis l'accident. Mais il se sentirait en devoir de lui fêler quelques côtes à coups de béquilles. Il passa son chemin.

Une heure plus tard, il entra dans la gare. Assis dans la salle d'attente, les mains croisées sur les accoudoirs en plastique, il fixait le sol en faux marbre. Il reprit ses béquilles. Il allait leur faire payer cher, à cette bande de crétins. Y compris pour l'escalier du passage souterrain. Il monta dans le premier train à destination de Bari.

Il termina de corriger les épreuves, puis contrôla sur Internet l'accueil qu'avait reçu l'article de la veille. Une longue réflexion sur le cinéma d'Arthur Penn. Il y avait bossé pendant trois jours. Mais il dut constater, le visage reflété par l'écran, que son papier n'avait pas obtenu plus de trente *likes*.

À cette heure-là, il y avait encore du va-et-vient au journal. Il alla chercher un gobelet au distributeur d'eau et retourna dans son bureau. Il s'attendait à quoi, d'ailleurs ? À ce que ses articles circulent au point d'attirer l'attention des responsables de la rubrique spectacles du *Corriere della Sera* ou de *la Repubblica* ? À ce que la directrice du magazine *Ciak* le repère ? À ce que ses textes tombent sous les yeux de Tornatore ou de Benigni, de quelqu'un qui lui proposerait la direction d'un festival international ?

Eh bien oui, c'était exactement ça qu'il avait espéré.

Giuseppe Greco jeta un coup d'œil sur les bureaux vides de ce jeudi soir. Les choses importantes avaient lieu ailleurs. Certes pas à Bari. Il retourna à son ordinateur, pour préparer un long article sur la délégation de l'assessorat au tourisme en visite à Pékin.

Il entendit discuter dans l'autre pièce. Des couche-tard, comme lui. Après un quart d'heure passé à taper sur le clavier, il commanda une pizza. Au service des suppléments voyages, trois rédacteurs se démenaient autour d'une table de bureau. Giuseppe Greco alla aux toilettes, urina, se lava les mains, retourna dans le couloir.

Il prit conscience seulement après coup qu'il avait dépassé son propre bureau et revint sur ses pas. Il ne s'en était pas rendu compte parce qu'il avait laissé les lumières allumées, et voilà que, tiens donc, elles étaient éteintes. Il entra et se figea.

« Excusez-moi, vous cherchez quelqu'un ? »

La mince silhouette se retourna vers lui. Giuseppe Greco sentit une inexplicable sensation de regret l'envahir. Comme s'il avait touché la carlingue d'une épave oubliée tout au fond de l'océan, un souvenir de jeunesse. Il alluma la lumière.

La silhouette se révéla être un jeune homme en jean et t-shirt noir. Cheveux sombres, pommettes saillantes et une paupière un peu plus basse que l'autre.

« On peut savoir ce que vous faites dans mon bureau ?

— Eh bien, voyez-vous… » L'inconnu sourit. Giuseppe Greco éprouva à nouveau la sensation d'avant. « Excusez-moi pour l'heure tardive, c'est que je voudrais acheter un espace…

— Pour la publicité, adressez-vous au cinquième étage. Et de toute façon, à cette heure-ci, les bureaux sont…

— En fait, dit le garçon en s'asseyant tout à coup sur le rebord du bureau, j'ai perdu mon chat et je voudrais publier de toute urgence une annonce en bonne et due forme.

— Oui, mais ici, ce n'est pas le bureau des petites annonces. Ici, c'est la page spectacles. »

Il s'étonna de donner toutes ces explications. Comme si son objectif avait consisté non pas à chasser un inconnu qui s'était introduit dans son bureau et qui, par-dessus le marché, prenait la liberté de s'asseoir de cette manière sur sa table de travail, mais à se défendre contre quelque chose.

« Oh, et vous vous occupez aussi de culture ?

— Ça arrive, oui, dit-il sur un ton abrupt, mais maintenant, veuillez m'excuser, je dois finir de m'occuper d'une... »

C'est alors que le garçon fit une autre chose étrange. D'un bond, il redescendit du bureau. Ensuite, il tira vers lui un des fauteuils, s'y installa, appuya du pied contre le sol et glissa *derrière* le bureau.

Ce n'était pas l'insolence de ses gestes mais leur aisance, une aisance en quelque sorte amputée. Comme si se déplacer avec une telle morgue ne lui était pas naturel et que ce garçon était obligé de surmonter des obstacles invisibles même pour aller d'un point à un autre de la pièce, des obstacles qui peut-être avaient lourdement conditionné sa vie par le passé et qui, aujourd'hui, étaient relégués dans un coin de sa topographie intérieure. Giuseppe Greco la connaissait, cette manière d'agir. Ce fut cette insaisissable sensation de familiarité qui le retint d'appeler l'agent de sécurité. En attendant, sa mémoire volontaire travaillait à plein régime pour tenter de retrouver le reste.

Mais le garçon, encore une fois, le devança.

« Que dirais-tu d'un bel article sur Joseph Heller et l'art de la guerre ? »

Mais oui, bien sûr, pensa le chef de service.

« Mes erreurs de jeunesse reviennent me rendre visite. »

Il regretta sa boutade. Il avait prononcé ces mots pour se punir de ne pas l'avoir reconnu, pas pour le mettre à son aise. Les Salvemini, pensa-t-il sans dissimuler sa rancune. Il prit une chaise à son tour et s'assit en face de Michele, qui ne souriait plus. Giuseppe Greco trouva sa façon de le regarder plutôt insolente. Il me regarde avec *arrogance*, avec *mépris*. Il observa son visage plus attentivement. Là où il se rappelait une courbe, il y avait maintenant un angle. Ce garçon avait perdu la désarmante gaucherie de l'adolescence. Après un certain âge, la vraie nature des gens finit par ressortir. Ils se prenaient pour les patrons de la ville. Ils entraient dans votre bureau aux heures les plus incongrues parce qu'ils étaient habitués à ce qu'on leur passe tous leurs caprices.

« Comme je viens de vous l'indiquer, je suis en train de boucler un article important », dit Giuseppe Greco d'une voix sifflante nourrie par l'inimitié qui brûlait dans le regard du garçon. Une hostilité parfaite s'établit entre eux, l'hostilité de ceux qui se détestent pour des motifs différents, chacun ignorant celui de l'autre. « Il y a des gens qui sont obligés de travailler tard, poursuivit-il, et je ne suis même pas sûr que cette histoire de chat soit vraie. Quoi qu'il en soit, si tu as d'autres questions à me poser, tu ferais mieux de te dépêcher.

— Juste une, par curiosité.

— Je t'écoute.

— Pourquoi fais-tu partie des *followers* du profil de ma sœur, sur Twitter ? Ça fait plus d'un mois que Clara est morte. »

À toi de jouer maintenant. Là oui, le temps pesait de tout son poids. Mis à part leurs changements physiques respectifs, il y avait tout ce qui, au cours de la dernière décennie, ne lui était pas arrivé, et qui, Giuseppe Greco en était convaincu, était en revanche arrivé au rejeton des Salvemini. Un fils à papa. Un garçon qui n'avait qu'à claquer des doigts pour dîner avec le directeur d'un gros journal. Et voilà que l'incarnation même de l'injustice sociale avait le culot de venir lui reprocher une petite faiblesse.

« Quant à moi, répondit froidement le chef de service, je serais curieux de savoir comment quelqu'un comme toi a réussi à se hisser à de tels sommets. »

Michele fronça les sourcils. Il n'arrivait pas à savoir si cet homme était sérieux ou pas.

« J'ouvre le *Corriere della Sera*, et je lis un de tes articles sur les dindes de Flannery O'Connor, reprit le chef de service. Puis, toujours dans le *Corriere*, un article sur Ellison. Je feuillette *Ciak* et sur qui je tombe ? Michele Salvemini qui disserte sur Herzog comme si c'était un vieil ami de la famille. "La folie de Fitzcarraldo". Un article par ailleurs truffé d'inexactitudes assez graves. »

Michele était décontenancé, à présent. Il se souvenait à peine de ces articles. Il avait transformé l'habitude de l'échec en un compagnon de voyage fidèle et protecteur. Il préférait oublier les rares fois où son nom était apparu dans des journaux importants, comme si ces repères de sa biographie avaient plutôt été une menace qu'un encouragement. À ce qu'il semblait, quelqu'un se souvenait de tout dans les moindres détails. Le monde était vraiment étrange.

« Pendant toutes ces années, je me suis demandé comment c'était possible. » Le chef de service chercha à faire tourner définitivement le facteur surprise à son propre avantage. « Comment il se pouvait qu'un garçon aussi bourré de problèmes que toi ait fait son chemin. Tout le monde sait à quel point c'est important, dans ce métier, les rapports avec les autres. Il faut savoir se débrouiller. Un garçon carrément atteint de troubles mentaux, poursuivit-il sans manifester le moindre embarras, qui n'a jamais pris la peine de suivre un cours de journalisme et dont la seule expérience, avant d'aller s'installer à Rome, la *grande ville* (il souligna ces mots en donnant libre cours à son ressentiment), a consisté à écrire des articles auxquels j'étais bien le seul à pouvoir accorder de l'importance. Des articles que personne d'autre n'aurait jamais publiés. Alors comment se fait-il que cet inadapté, je le retrouve dans le *Corriere della Sera*, dans *la Repubblica*, dans *Ciak* ?

— Je me pose souvent la question, moi aussi. » Michele tint bon.

« Ton nom de famille, dit Giuseppe Greco avec un sourire méchant. L'importance d'être un Salvemini. Et puis, une fois entré dans la clique des journalistes célèbres, votre habitude de vous protéger les uns les autres.

— Je vois que tu sais tout de moi, dit le garçon en prenant soin de conserver son impassibilité. Alors que moi, je n'ai toujours pas compris pourquoi tu t'intéresses au faux profil d'une morte sur Twitter. »

Le chef de service le surprit une fois de plus : « Pour mettre mes collègues sur leurs gardes. Parce que ta sœur, vivante ou morte, avait coutume de se débarrasser des journalistes qui lui déplaisaient. »

Giuseppe Greco baissa les yeux. C'était le bruit qui courait, mais en réalité, il n'avait rien à reprocher à cette pauvre fille. C'était son frère qu'il trouvait insupportable.

« Qu'est-ce que tu racontes ?

— Ah non ? *Ah non* ? » Giuseppe Greco réagit comme si Michele avait nié quelque chose. « Ah non ! » s'exclama-t-il en haussant le ton. Dans son excitation, il arracha une feuille de son bloc-notes, attrapa un stylo et traça un nom, sur cette même feuille, avec la fureur de ceux qui portent un maléfice à son terme, comme si la succession précise des lettres avait été capable de détruire Michele, de le foudroyer à l'instant.

Mais Michele ne fut pas foudroyé. Sa partie la plus cachée, qui était aussi la plus dangereuse, le protégea cette fois-ci. Elle respirait en lui, tel un monstre marin dans l'estomac duquel gît, endormi, le petit homme des rêves. L'espace d'un instant, Michele se revit à l'âge de seize ans. Il vit également Clara. Il eut peur. Puis cette sensation s'évanouit.

Giuseppe Greco lui passa la feuille.

« Tu n'as qu'à le lui demander, si c'est vrai ou pas. »

« Oser venir me demander ça, à moi. T'en as du cran… »

L'après-midi était magnifique. Voilà une heure qu'ils étaient assis dans la vieille Ford Fiesta garée sous un noyer. Les champs en friche. La terre rougeâtre entre les arbres. Et puis la mer, sa ligne bleue. De l'autre côté, les premiers immeubles de Mola. Des loyers en chute libre et de la bonne cuisine. C'était ici que l'Histoire ralentissait. C'était ici que quelqu'un comme Daniele Sangirardi pouvait trouver refuge pour panser ses blessures, entre deux enquêtes.

« Mais j'apprécie ce genre de choses, poursuivit le journaliste, j'adore les fils ingrats. »

Il parlait par rafales. Depuis qu'ils s'étaient installés dans la voiture, il n'avait pas arrêté un seul instant. Il faisait et défaisait. Un gros gaillard d'une quarantaine d'années. Les cheveux bouclés menacés par un début de calvitie. Son physique imposant transmettait une sensation d'infini, comme si sa surcharge pondérale avait mis à sa disposition de nombreuses réserves à brûler.

« Il m'a surtout fallu du courage pour arriver à obtenir tes coordonnées », dit Michele.

Mais l'autre ne l'écoutait même pas. Il était occupé à parler d'un container bourré de déchets toxiques.

« Tout un système de falsification des bons de livraison. Les codes sont modifiés sur le formulaire, et à partir de là, les déchets industriels se transforment en déchets d'origine agricole. De l'Allemagne à Foggia, puis tout droit en Campanie et en Albanie. Mais ici aussi, il reste un peu de cette merde, tu peux me croire. Le mois dernier, il y a eu un article dans le *Frankfurter*. Et devine qui en a parlé en Italie, à part moi ? Personne. Tu le savais, ça ? Mais comment pourrais-tu le savoir, se répondit-il à lui-même. Mon article a été publié dans *Daunia Oggi*. En gros, le bulletin paroissial. Aussitôt après, le laboratoire d'analyses a porté plainte. Et de toute façon, oui, si je pense à celui qui t'a donné mes coordonnées, je me sens mal. »

Il écoutait donc tout, sans en avoir l'air. Il emmagasinait chaque information. « Giuseppe Greco est un imbécile, ajouta-t-il, un de ceux qui vont interviewer Peter Gabriel quand il donne un concert à Melpignano, et qui croient que ça suffit pour se mettre en règle avec leur conscience. »

Un camion passa, chargé de pastèques, souleva un nuage de poussière et disparut.

Giuseppe Greco, continua Sangirardi, n'avait pas eu le courage de le défendre, quand la société Mangimi Mediterranei avait porté plainte contre lui, et il n'avait pas non plus informé ses lecteurs que cette plainte avait été rejetée. Quant à le laisser, lui Sangirardi, écrire dans son journal… D'ailleurs, il lui avait sans doute transmis ses coordonnées uniquement parce qu'il avait un compte à régler avec sa famille.

« Mais qui n'a pas de comptes à régler avec les Salvemini ? dit-il en s'allumant une cigarette. Les gens vous craignent ou vous haïssent. Quand ils ne sont pas à vos ordres. Moi, je ne vous hais pas. Je trouve beaucoup plus intéressant de vous étudier. Vous êtes l'une des conséquences physiologiques de la nature de ce territoire. Quand on ne défriche pas bien un champ, alors il y pousse des mauvaises herbes, cela va de soi. Si ça n'avait pas été vous, ç'aurait été une autre famille d'entrepreneurs. »

Michele alluma lui aussi une cigarette. Il regardait Sangirardi, l'admirait. Il avait l'impression que chez lui, la quête de la vérité allait de pair avec l'exaltation personnelle. Comme si l'urgence de sa découverte ne provenait pas d'une blessure mais d'un défi, d'une compétition désespérée avec lui-même.

« Voilà, justement, dit Michele, revenons à ma sœur. »

Sangirardi fit tomber la cendre par la vitre. Un petit point apparut au loin et se mit à avancer dans leur direction. Lent, bringuebalant. Un objet non identifié, dans la chaleur torride de juin.

« Tu veux savoir si ta sœur m'a vraiment fait virer du journal ? » Sangirardi se tourna vers lui, sourit. « Bien sûr qu'elle l'a fait. Deux fois. D'abord du *Corriere del Sud*, puis de *Puglia Oggi*. Mais ne va pas croire qu'elle ait été la seule. »

Michele crut voir le visage de sa sœur émerger d'une flaque d'eau.

« Mon CV est un bulletin de guerre », continua Sangirardi avec un air de satisfaction macabre. Il énuméra les postes dont on l'avait licencié. Encore une fois, Michele eut la sensation qu'il s'agissait d'une compétition où Sangirardi était rongé par l'impératif d'arriver le premier. Il y avait un calendrier et un médaillier, même quand le vainqueur était le vaincu.

« S'ils m'avaient laissé les mains libres, je n'aurais eu aucun mal à prouver que les coûts de l'extension du port de Manfredonia, ton père les avait gonflés bien au-delà des limites de la décence. J'aurais pu démontrer que l'adjoint délégué aux travaux publics de la municipalité était de fait votre employé, et que le complexe résidentiel dans le Val di Noto, vous l'avez construit en manipulant les diagnostics environnementaux. Mais il y a toujours quelque chose qui tombe à pic, au moment crucial. Un document important disparaît. Ou bien, on me licencie. »

L'étrange objet en mouvement se révéla être une charrette chargée de fruits. Elle semblait traînée par un homme à bicyclette. Un scooter le doubla.

« Pourquoi est-ce que ma sœur t'a fait licencier ? »

Le journaliste maintint sa cigarette suspendue en l'air. Sa crinière ondoyait dans le vent.

« Drôle de question ! »

Il s'installa mieux sur son siège, comme s'il avait voulu se rapprocher de Michele. Peut-être éprouvait-il de la peine pour ce garçon qui n'arrivait pas bien à saisir le mécanisme. De son côté, Michele enregistra la façon dont la voiture ondoyait sous le poids de son propriétaire, amortisseurs de merde, vieille guimbarde en bouts de ferraille lancée à l'assaut d'un monde cuirassé et prouvant à elle seule que le journaliste avait raison.

« La vraie question serait plutôt de savoir comment elle a pu me faire virer aussi vite, reprit le journaliste sans perdre son sourire. Costantini, dit-il, ta sœur était la maîtresse de Renato Costantini. Le recteur de l'université. Un des gros bonnets d'EdiPuglia. J'écrivais un article contre ton père, Clara allait trouver Costantini, Costantini tirait de son lit le directeur du journal. »

Maintenant, on distinguait mieux l'objet en mouvement. C'était, en effet, un homme à bicyclette.

« Je suis désolé qu'elle se soit suicidée, dit Sangirardi sur un ton fataliste qui déplut à Michele. De temps en temps, je les voyais ensemble à Bari, elle et Costantini. »

Il se gratta le menton.

« Je dois dire qu'ils faisaient une certaine impression. Ce n'était pas seulement la différence d'âge, ou l'histoire de la coke. Le fait est que... Voilà... Les croiser lorsqu'ils paradaient sur la Via Sparano, ou alors les voir apparaître sous les arcades de la Via Capruzzi et disparaître aussitôt dans la voiture de Costantini : on aurait cru qu'ils sortaient tout droit du plus profond des égouts. Ne le prends pas mal. C'était comme s'ils étaient nimbés d'une lumière effroyable. Je ne saurais pas comment mieux te l'expliquer. Et quand *La Gazzetta del Mezzogiorno* s'est mise à publier des articles qui remettaient en cause la légalité des chantiers de l'aéroport, il paraît que le directeur des travaux est allé aussitôt chez Costantini pour protester. Si tu vois ce que je veux dire.

— Alberto. » Michele était sidéré.

« Tout à fait, confirma Sangirardi. Tu comprends dans quel merdier ta sœur s'était fourrée ? Son mari allait, tranquille, demander des faveurs à son amant. Peut-être qu'à un moment donné, elle n'a plus tenu le coup. »

Michele acquiesça. Il savait que ce n'était pas la vraie raison.

Sangirardi cessa de parler, regarda à travers le pare-brise. Michele fit de même. L'ombre des nuages courait sur la route, et la grosse charrette vacillait entre les ombres et le soleil. Des abricots, des bananes. Une pyramide verte de pastèques, traînée par un vieillard à bicyclette. Maintenant qu'il était tout près d'eux, ils se rendirent compte qu'il pouvait être assez âgé. Un de ces très vieux cinquantenaires, tels qu'il en existait quatre ou cinq siècles plus tôt. Tout en muscles et en nerfs. Pantalon de toile, sandales en plastique tressé. Les os d'un torse tanné par le soleil dépassaient de sa chemise ouverte. Son crâne était chauve. Sa bouche, une blessure horizontale. Il avait toutes les peines du monde à pédaler, mais jamais il ne perdait le rythme, poussé par une force plus ancienne que la volonté. Sur le siège d'à côté, le journaliste retint son souffle et Michele sentit la présence d'un petit sillon profond où tous les deux aimaient le Sud de la même manière. Puis ce vieillard décharné qui traînait une charge pesant vingt fois son poids, ils commencèrent à le traduire chacun avec son propre dictionnaire. Sangirardi et lui n'auraient jamais pu se comprendre tout à fait. Des modèles opposés d'orphelinisme. Ils avaient plus de chances de s'entendre avec leurs adversaires respectifs.

En tout cas, le journaliste se montra aimable.

Après leur conversation, il accompagna le frère de Clara en voiture jusqu'à la gare. Dans le train régional, Michele s'endormit. À dix heures du soir, il était de retour à Bari. Il sortit du passage souterrain et s'engagea sur la Via Capruzzi. Il ne pouvait pas s'empêcher d'imaginer la scène que le journaliste lui avait décrite. Sa sœur et Costantini descendant de voiture et disparaissant dans une bouche d'égout. Il vit une ombre se déplacer sous une Fiat Punto garée là, et il pensa à sa chatte. Mais quand il commençait à prendre conscience qu'il se rendait chez son père, il se sentait encore plus mal. Il emprunta la Via Giulio Petroni, se dirigea vers l'arrêt du dix-neuf. Au-dessus de sa tête, le ciel s'était obscurci. Il sentait bouger les mille morceaux de la discussion de l'après-midi. De la limaille de fer sur une feuille recouvrant un aimant.

Lorsque, bien des années plus tard, Gennaro Lopez, ancien médecin à la retraite de l'Agence sanitaire locale de Bari, devait se retrouver à extraire le plus épouvantable de ses souvenirs nombreux mais confus, à savoir celui qui pourrait lui causer le plus de tort, il choisirait le soir où un garçon d'une trentaine d'années avait sonné à sa porte et s'était mis à le bombarder de questions sur le certificat de décès de sa sœur.

Il composa le numéro de Mme Rosaria Nardoni. Son portable était éteint. Il chercha le deuxième numéro qu'on lui avait donné. Le téléphone sonna dans le vide. Alors, il appela directement le tribunal de Foggia et demanda qu'on lui passe le bureau du greffe. Quelques minutes après, un deuxième standardiste répondit. Vittorio demanda à parler à Mme Nardoni. « Allô ? dit-elle deux minutes plus tard. — Madame, mes hommages. » Il y eut une pause embarrassée. « Vous m'appelez... je veux dire, vous appelez... — Non, non, s'empressa de répondre Vittorio, je vous appelle depuis le portable de mon épouse. — Excusez-moi, répondit-elle d'une voix soulagée, j'aurais dû m'en douter. Nous avons des journées épuisantes. » Vittorio se dit que c'était bien sa veine, d'avoir appelé pendant la fameuse semaine noire où il leur arrivait, au tribunal, de travailler jusqu'à trois heures d'affilée. « Et quoi qu'il en soit, je vous réponds des bureaux du greffe. » Le vieux comprit le message et communiqua le numéro de sa femme à Mme Nardoni, qui raccrocha. Dix minutes plus tard, le portable sonna. Cette fois-ci, la voix avait la circulation urbaine pour bruit de fond. Vittorio informa son interlocutrice que les rapports techniques sur l'impact hydrogéologique des villas de Porto Allegro étaient prêts. Contresignés par les services administratifs de l'Institut supérieur pour la protection et la recherche en environnement. Mme Nardoni répondit : « Bien. » Puis elle ajouta : « Monsieur Salvemini, nous faisons ça uniquement parce que nous avons cette garantie de la part d'un organe du ministère de l'Environnement. – Cela va de soi », rétorqua Vittorio. Il la méprisa.

Il téléphona au géomètre De Palo, et ensuite à Ruggero. Il lui parla de ses brûlures d'estomac. Ruggero lui dit qu'elles étaient dues au stress et lui conseilla de prendre du Maalox. Vittorio poussa un soupir : « Tu penses bien que c'est déjà fait. » Puis il se plaignit de la lenteur de sa digestion et de ses enflures aux chevilles. « Papa, fit Ruggero, tu as soixante-quinze ans. » Il lui précisa que s'il voulait faire un contrôle médical, il pouvait passer à la clinique à n'importe quel moment. Vittorio l'interrompit avant qu'il ne raccroche : « Dis-moi… Le nouveau directeur technique de l'Agence régionale pour la protection de l'environnement… » Le silence de Ruggero s'intensifia, pour ainsi dire. « Ce nouveau directeur technique, continua Vittorio, il était en charge, jusqu'à il y a deux ans, du service pharmaceutique de l'Agence sanitaire locale de Bari. Tu le connais ? » Ruggero ne put que confirmer. « Eh bien voilà… », reprit Vittorio d'une voix dolente, car la défiance de son fils augmentait. Juste au moment où l'affaire de Porto Allegro était en train de s'arranger, l'Agence régionale pour la protection de l'environnement s'apprêtait à lancer sa mission de contrôle semestrielle dans le Gargano. « Et alors ? dit Ruggero. Tu n'as rien à cacher. » Quand il se conduisait comme ça, il était insupportable. « Bien sûr que nous n'avons rien à cacher, répondit

lâchement Vittorio, mais étant donné qu'ils ont ouvert un dossier sur Porto Allegro, je ne voudrais pas que les techniciens de l'Agence fassent du zèle.
— En somme, tu veux que j'aille leur parler. » Vittorio répondit que le contexte de crise économique était effroyable : si le chantier du village touristique s'arrêtait, ce serait une catastrophe. « Les banques nous saigneraient vite fait. » Mais il était certain que son fils se souvenait de toutes les lettres de garantie qu'il avait signées au fil des ans.

Après le déjeuner, Vittorio chercha un prétexte pour parler à Michele. Ça faisait un mois et demi que son fils était revenu à Bari. Le vieux n'aurait jamais parié sur un séjour aussi long. En réalité, une fois passé le malaise initial, la situation lui faisait grand plaisir. Ces derniers jours, il s'était surpris à éprouver de la tendresse, alors qu'autrefois, il n'y avait eu que de l'incompréhension. Pendant les rares moments de répit que lui laissait son travail, il envisageait la possibilité de reconstruire leur relation. Avec certains enfants, la compréhension réciproque arrive sur le tard. Il était sincèrement désolé qu'il ait perdu son chat. C'était tout à fait dommage qu'il n'ait pas d'emploi stable. Grandir sans une vraie mère avait dû être compliqué. Mais peut-être Michele était-il sur le point de trouver sa vraie voie. Vittorio avait un bon pressentiment. D'ailleurs, Michele était le seul à ne jamais rien lui demander. Pas la moindre faveur, pas le moindre cadeau. Le seul qui soit réellement désintéressé, pensa Vittorio avec reconnaissance en allant du séjour à la cuisine. Il entra dans la véranda, où il le trouva enfin.

« Bonjour papa », dit Michele.

Ils prirent leur café ensemble, parlèrent de l'été qui était maintenant bien arrivé. Michele dit que chaque année à cette période, rien qu'en Europe, plus de vingt mille personnes mouraient à cause de la chaleur. « Tu as lu ça sur Internet », fit Vittorio pour souligner sa propre maîtrise approximative de cet outil de communication. Mais il se sentit en devoir d'ajouter : « À mon âge... » Il prononça ces mots comme si son aveu de faiblesse avait été un hommage à celle de son fils, convaincu comme il l'était que Michele ne saisissait pas cette nuance, puisque lui-même ne la saisissait pas tout à fait. Puis il demanda à son fils s'il avait récemment parlé avec le géomètre Ranieri. « Oui », répondit le jeune homme sans hésiter. Vittorio se sentit plus tranquille. Dans le pot de cyclamens, à leurs pieds, une lutte sauvage opposait deux insectes. « La semaine dernière, ajouta Michele, le soir où le président de la cour d'appel est venu dîner à la maison. » Vittorio lui demanda s'il avait donné des consignes particulières au géomètre. Le jeune homme évita le piège : « À quel propos ? Il m'a parlé d'une histoire d'ascenseur à faire installer à Tarente. Je n'y ai rien compris. Je lui ai dit de voir ça avec toi. — C'est bien ce que je pensais », répondit le vieux en hochant la tête. Sur ces entrefaites, l'un des deux insectes était mort.

Une demi-heure plus tard, Vittorio monta dans sa chambre pour faire la sieste.

Il se réveilla à quatre heures, descendit au rez-de-chaussée, se fit un autre café et téléphona au géomètre Ranieri, qui lui apprit qu'il n'avait pas trouvé le type. Cela faisait trois jours qu'il sillonnait les rues de la ville, il avait même monté la garde devant l'immeuble de la Via d'Aquino. Bien entendu, il avait sonné à l'interphone et il était allé au centre récréatif. Rien. Volatilisé. Vittorio lui demanda s'il était bien certain de se trouver à Tarente. Le géomètre Ranieri dit : « Comment ça, monsieur Salvemini ? » Vittorio acquit la conviction définitive que le cerveau du géomètre Ranieri s'était ramolli. Il aima son troisième enfant comme jamais auparavant.

« Ah parce que tu crois vraiment qu'à Porto Allegro, c'est juste un problème de pins maritimes abattus ?

— Le maquis, répondit le grêlé, on ne plaisante pas avec le maquis. Une fois, à Castellaneta Marina, ma belle-mère a arraché deux plants de romarin, les a entassés au fond de son jardin et les a brûlés. Les gardes forestiers sont arrivés illico. Deux mille euros d'amende. Et puis, de toute façon, il y a aussi le problème du littoral. Tu ne peux pas construire un complexe touristique à vingt mètres de la mer.

— Tu te souviens de la pub dans les journaux ?

— Les propriétaires entraient directement dans leur villa à bord de leur bateau. Mais je crois aussi me souvenir que le commissariat à la concurrence, ou un truc du genre, était intervenu.

— Il n'y a pas que ça. Et Rodi Garganico, t'en fais quoi ? Là-bas, il y a bien des villas avec ponton privé. »

Deux clients entrèrent. Le patron du bar s'interrompit, servit des *cappuccini* et des croissants. Les clients consommèrent, puis s'en allèrent. Le patron reprit ses explications.

« La protection du maquis... la distance par rapport à la mer... tu parles ! Dans cette zone-là, ils ont fait des saloperies dont t'as même pas idée. Toute la partie nord du Gargano. Si tu habitais là-bas, tu te casserais vite fait, avec toute ta famille. »

Un étudiant arriva. Le patron lui servit un café. L'étudiant le but et s'en alla.

« Quel genre de saloperies ? demanda le grêlé.

— Des déchets, répondit le patron, des déchets pas ordinaires enterrés sous les décharges de produits agricoles. Et d'ailleurs, ces déchets-là aussi sont supposés se conformer à une autre procédure d'élimination. Tout le monde le dit. Et on sait entre quelles mains est tombée la région, depuis un certain temps. Une affaire qui risque d'exploser comme une bombe, d'ici quelques années.

— Genre les aciéries de Tarente fermées pour cause de catastrophe écologique ?

— Pire encore. »

« Tu n'aurais pas eu le géomètre Ranieri au téléphone, par hasard ? » demanda l'homme plus âgé au plus jeune, dans la fraîcheur de la véranda.

Mais pour le minuscule acarien accroché à l'abdomen de la guêpe, il s'agissait d'ombres que la distance ne transformait pas encore en menaces réelles. La guêpe avait beau mesurer dix fois sa taille une de ses piqûres aurait pu provoquer un choc anaphylactique chez un chien de petite taille, la force impersonnelle qui animait l'acarien l'avait poussé à l'agresser dès qu'il l'avait localisée dans le pot de cyclamens. La guêpe avait tenté de réagir, mais elle était lente. L'acarien avait pu lui percer l'abdomen de ses petites dents pointues, puis il y avait planté ses puissants appendices tubulaires. Il ne pouvait pas savoir que la vieillesse et la mauvaise santé de la guêpe étaient les seules raisons de sa victoire imminente. Sa propre force le savait, et cela suffisait.

En sa qualité d'homme cultivé, Renato Costantini connaissait l'efficacité de certains procédés répétés à l'identique, après la perpétration d'un délit. Les voix qui remontent du sous-sol. Les fantômes que le suspect est le seul à percevoir. Il savait aussi que dans le monde réel, toutes ces choses-là étaient le fait de personnes malintentionnées, prêtes à en tirer profit. En général, des maîtres chanteurs.

Elles conservaient néanmoins leur pouvoir angoissant, comme il en avait eu confirmation une semaine plus tôt. Alors qu'il franchissait d'un pas rapide l'entrée monumentale de l'université, il l'avait vu. Assis tout seul sur un banc de la Piazza Cesare Battisti. Il avait remarqué l'étrange foulard noué autour de son cou, et il avait cru reconnaître quelque chose dont les conséquences émotives (une douleur, le sinistre déroulement d'un vendredi saint) l'avaient cependant empêché de retrouver le souvenir. Il avait passé son chemin.

Deux jours plus tard, il y avait eu l'assemblée des actionnaires d'EdiPuglia. La chaleur était terrible, le débat s'éternisait. À un moment donné, Renato Costantini avait ressenti le besoin d'aller fumer une cigarette sur le balcon. Au loin, par-delà les brise-lames, la mer de cet après-midi d'été était calme et métallique. Des éclats de voix familiers parvenaient de la salle de réunion. Costantini avait tiré une bouffée de sa cigarette, puis penché la tête en avant pour faire table rase de ses pensées et les reconstruire selon un ordre différent. Avant d'y arriver, son cerveau était une brèche provisoirement ouverte, il l'avait vu de nouveau. À une vingtaine de mètres. Assis à la terrasse du bar de la Piazza Diaz. En jean et t-shirt noir, penché sur les pages d'un quotidien devant une tasse de café.

Costantini avait failli se trouver mal. L'image du jeune homme était tombée de tout son poids dans les replis enveloppants des archives photographiques de sa mémoire et elle était allée se souder à une autre, presque identique. La façon dont Michele se tortillait en avant, jambes croisées. Une inquiétante forme géométrique – le triangle vide d'un grillage métallique gonflé par un vent impétueux en rase campagne – calquait trait pour trait la posture de Clara. Quelle étrange similitude. À croire que Michele était venu jusque-là pour le narguer, mais qu'après être entré de manière provocatrice dans la peau de sa sœur, il s'était retrouvé à son tour subjugué. Costantini reconnut aussi le foulard, que le jeune homme arborait maintenant autour du cou. C'était le même que l'autre jour, le même que celui qu'elle portait le soir où, quelques mois plus tôt, Costantini l'avait récupérée au plus profond de la nuit : dans la voiture, lèvre tuméfiée, elle avait posé sur lui un regard exempt de toute gravité, et transformé une page par ailleurs riche de significations en un simple miroir.

Costantini fut saisi d'angoisse. Il lui semblait à présent que Michele, penché sur son journal à la table du bar, le doigt suspendu au-dessus du papier poreux comme un pendule au-dessus d'une grille alphabétique, était justement en train de lire cette page-là. Comme s'il se parlait à lui-même un chuchotement que personne ne pouvait entendre, mais bien réel, formulant des pensées horribles à l'encontre de Costantini, des choses que lui-même n'aurait pas osé s'avouer. *Clara*. Puis Costantini retrouva ses esprits. Mais le jeune homme était toujours là, dans la rue.

Par chance, on réclama sa présence en salle de réunion. Quelques minutes plus tard, il discutait avec les autres associés. Ils se disputèrent à propos de la pertinence d'un transfert en banlieue du siège fort onéreux du *Corriere del Sud*.

Le vendredi soir, troisième apparition.

Cette fois-ci, Costantini était au supermarché. N'ayant pas eu le temps de s'arrêter dans une charcuterie, il avait dû se replier sur le magasin Conad du Viale Unità d'Italia, qui restait ouvert assez tard. Il se sentait perdu, dans ces longues allées inondées par la lumière des néons. Le plus difficile, c'était d'éviter les produits de mauvaise qualité qui lui auraient valu les reproches de sa femme. Et puis, les gens tout autour. Les visages. Le réflexe fulgurant de leur attention capturée par le jaune phosphorescent de la promo hebdomadaire. Quand on avait le bonheur de mener une vie agréable, la dernière chose qu'on avait envie de voir autour de soi, c'étaient les pauvres.

Il regarda avec appréhension les tranches de jambon qu'on coupait pour lui, prit du pain, se dirigea vers le rayon des produits réfrigérés. Le long bac métallique regorgeait de yaourts et de fromages industriels bas de gamme. Alors qu'il détournait les yeux d'un improbable emballage de croquettes surgelées, il le vit. Maigre, pâle. Il poussait devant lui un caddie vide. Le regard perdu dans quelque chose que Costantini ne parvint pas tout à fait à extirper de lui-même.

Michele fit semblant de ne pas le voir, passa juste à côté de lui et disparut derrière les réfrigérateurs. Costantini sentit les poils de ses bras se hérisser et dut se tenir le ventre, tellement il avait mal. Ils l'avaient obligé à se rendre aux funérailles. Puis le sous-fifre du patron était venu le voir, sous cet absurde prétexte du pardessus. Le faire chanter pour tirer profit de lui. Et voilà que le frère lui avait tendu une énième embuscade. Il portait sur son visage la pâleur de sa sœur morte (avec, dans le rictus grotesque de ses lèvres, la tranquillité de Clara) et se comportait d'une manière dénuée de toute logique. À moins qu'il n'ait voulu lui dire autre chose. L'hypothèse consistait en l'existence éventuelle de certains aspects de Clara qu'il n'avait même pas effleurés. Des univers entiers. Une histoire qui flottait autour, réduite en poussière, sans que Costantini puisse davantage la reconstituer qu'on ne peut sauver un livre du bûcher en se contentant de recoller les morceaux de cendre.

Cette nuit-là, allongé dans son lit à côté de sa femme, il n'arrivait pas à fermer l'œil. Une plaisanterie idiote. Le jeune homme avait juste voulu lui faire peur. D'un commun accord avec le reste de la famille. Pourtant, depuis son entretien avec le géomètre De Palo, Costantini n'avait pas chômé. Lui seul connaissait les efforts que ça lui avait coûtés. Est-ce que le *Corriere del Sud* avait publié de nouveaux articles hostiles à la Salvemini Edilizia ? Y en avait-il eu dans *Puglia Oggi*, dans la *Gazzetta del Levante* ou dans tout autre journal où il comptait des amis ? Non. Mais alors, quel message voulaient-ils lui délivrer, à travers les apparitions du frère ? Ils exigeaient peut-être la parution d'articles *favorables* à la Salvemini Edilizia ? Ça, impossible. Ils étaient tout de même en train de ravager un des plus beaux coins de la région ! En certaines circonstances, le silence était le plus beau cadeau que la presse locale pouvait offrir à une entreprise de ce genre.

Costantini se retourna dans son lit. Sa femme dormait toujours, la bouche entrouverte et les traits relâchés comme un masque de caoutchouc. Il ferma les yeux pour ne pas pénétrer plus avant dans cette brèche laissée sans surveillance. Mais à peine la nuit l'avait-elle enveloppé, transformant les silhouettes des objets de la chambre en squelettes de lumière, qu'il la revit tout à coup. Un dessin refermé sur lui-même. Exactement comme lorsque Clara, après l'amour, commençait à se rhabiller, et qu'il sentait bien qu'il n'avait même pas réussi à modifier d'un iota son humeur de la minute suivante.

La première fois qu'il avait observé sa sombre désinvolture, à la soirée des journalistes, il lui avait semblé qu'elle l'appelait à remplir un vide. Cette sensation de pièce manquante (une invitation qui provoquait un serrement au cœur et, aussitôt après, de l'agressivité), Clara la répandait autour d'elle, même en l'absence de Costantini. C'était d'une clarté diabolique. Alors même qu'ils venaient de se voir la veille. Alors même qu'en caressant sa peau, en serrant ses poignets, il cherchait à insuffler au corps de Clara un élan durable.

Mais rien de tout cela ne durait, chez elle.

Lors de ses promenades en ville, Costantini l'apercevait parfois en compagnie d'autres hommes. Jamais de son mari. À la sortie d'un restaurant avec Valentino Buffante. Dans les magasins avec le directeur de la Banca di Credito Pugliese. Puis, un soir où elle lui avait demandé de passer la chercher à la sortie d'un bar pour aller dîner ensemble, il l'avait surprise à discuter dans la pénombre avec une espèce de vieux singe en manteau et souliers noirs. Costantini avait cru reconnaître (mais comme dans un cauchemar, avec l'intermittence d'un présage) le vieux président de la cour d'appel. Pour arriver à museler sa jalousie, il aurait eu besoin qu'ils soient à l'hôtel, leurs corps enfoncés dans un lit. La honte et la rage l'avaient empêché de proposer un changement de programme. Après l'avoir fait monter à bord de sa voiture, il s'était donc contenté de rouler en direction du restaurant. Lorsqu'ils avaient débouché sur la Via Crisanzio, il en était même venu à se demander si elle n'avait pas couché avec le juge, ce soir-là. Juste une heure avant, peut-être. À supposer que ce soit bien le juge. Pendant qu'il se posait toutes ces questions, elle était assise à ses côtés et un léger parfum de fleurs, mêlé à une discrète odeur de transpiration, parvenait jusqu'à lui. Et puis, il s'était dit que même si elle ne l'avait pas fait, elle en était bien capable. Par conséquent, elle l'avait fait. La nonchalance de certaines jolies filles. Cette arme dévastatrice. Pour lui, laisser sur des charbons ardents deux ou trois maîtresses en même temps aurait tenu de l'exploit, il n'y serait parvenu qu'à force de volonté. Une volonté brutale et instinctive. Voilà pourquoi il n'aurait jamais pu s'y prendre aussi bien qu'elle. Clara, elle, n'y mettait aucune volonté. Elle ne possédait même pas la détermination stratégique nécessaire à s'en passer, de cette volonté. Aux yeux de Costantini, elle représentait une espèce de casse-tête chinois qui le rendait dingue.

Ce soir-là, ils avaient dîné du côté de la Via Amendola et fait l'amour dans un hôtel de Torre a Mare. Mais tandis qu'il la regardait se lever du lit et se diriger nue vers la salle de bains, il avait eu l'impression qu'après avoir été un corps bien réel entre ses mains, Clara redevenait un composé insaisissable de pensées appartenant à d'autres. Dans son imagination, elle était formée d'énergie pure, elle était une créature dont l'intensité immatérielle était rendue possible par ce qu'elle faisait avec d'autres hommes. À savoir exactement ce qu'elle faisait avec lui. S'il avait pu regarder par le trou de la serrure, il n'aurait vu personne d'autre que lui-même.

Appartenir à cette logique équivalait à ne pas la comprendre.

Pour s'attaquer à grand-peine ne serait-ce qu'à la surface du problème, il lui aurait fallu inverser son schéma de raisonnement. Changer de perspective. La voir plongée dans sa douleur la plus tangible. L'herbe qui lui arrivait jusqu'aux mollets, les soirs d'été. Lorsque, après avoir dîné chez ses parents, elle se levait de table d'une manière absolument pathétique et allait se promener dans les champs éclairés par la lune.

Laissant derrière elle les mûriers, elle s'enfonçait parmi les épis de chiendent. Puis, la tourbière. Elle y cherchait Michele. Il y avait eu, dans leur vie, une longue période de bonheur. Chaque fois qu'elle se rendait dans son ancienne maison, Clara comprenait mieux ce qui, sans cela, n'aurait été qu'une force muette régissant ses journées. C'est donc ça, se disait-elle après avoir monté les marches jusqu'au premier étage. Voir la chambre de Michele reléguée au statut de débarras la rendait malade, mais ce n'était que le signe palpable de l'offense. *C'est ça, c'est clairement ça*. Clara le repêchait juste avant que la goutte noire ne se dilue dans la mer où il serait devenu un sentiment de malaise indistinct, sans origine et sans but. Oui, il y avait une origine à tout ça. Un outrage avait eu lieu, un crime qui réclamait une compensation. Clara s'imaginait répétant la phrase du bout des lèvres sous les constellations du ciel d'été. Non qu'elle rêvât de se venger. Mais elle aimait l'ordre. Un petit pot en faïence dont il fallait recoller les morceaux. Elle dépassait les touffes de joncs, puis les arbres, sous le ciel radieux de onze heures du soir. Elle savait que le nommer de manière trop évidente inversait ses chances de le retrouver. Se promener là où il aimait se perdre, avant le début de cette année merveilleuse, ne suffisait pas. Retrouver les vieilles bandes dessinées qu'elle lui avait offertes ne suffisait pas. Il y avait quelque chose d'écœurant et de trop évident, dans ces tentatives. En même temps, elles étaient nécessaires, pour que la vraie douleur la surprenne à l'improviste. Ça lui tombait dessus sans crier gare. Clara se sentait lacérée par cette même émotion qu'elle éprouvait quand son frère et elle chahutaient sur le lit. La splendide quiétude de ces moments où Michele la regardait lorsque, suspendue en l'air, elle frappait la balle. La confirmation que le monde n'était pas composé de simples objets matériels la rendait folle de joie. D'ailleurs, il n'était pas non plus fait de personnes, mais de présences. *Lui et moi, nous dégagions l'énergie des morts*. Dans un futur inaccessible, mais tout aussi certain que l'épi à naître d'une graine déjà semée, Clara sentait que Michele déroulerait mentalement la missive, lui donnerait une voix. Alors, elle y voyait clair. Elle se souvenait qu'elle était un fantôme, et tant que les choses ne retrouveraient pas leur place, elle n'aurait pas un moment de paix.

Elle retournait enfin à la villa, prête à prendre congé de ses parents, à monter dans sa voiture et à rejoindre Alberto. Elle pensait un instant à ses amants, vagues bandes d'un billard dont elle ne connaissait le mode de fonctionnement précis qu'à travers les suggestions de son instinct. Elle se déplaçait dans un océan de brume, convaincue que la bonne chose à faire consistait à avancer. En dépit du brouillard qui s'épaississait, du sol qui devenait froid et humide sous ses pieds. Des exhalaisons de marécage et de feuilles putréfiées, avant que les eaux ne fassent sentir leur présence, ne lui entourent la taille, ne gonflent sa robe comme un parachute.

C'est ainsi qu'avaient commencé les appels nocturnes.

Costantini se mit de l'autre côté, pour tourner le dos à sa femme ; il craignait que le sommeil de ce corps, à côté du sien, ne s'empare de ses secrets. Il se recroquevilla dans son lit, se souvint que la première fois, son portable avait sonné peu après minuit. Il était dans un restaurant du centre-ville, en compagnie du directeur de *Puglia Oggi*. Il avait répondu au téléphone, levé la main en geste d'excuse devant la table recouverte de verres remplis et vidés maintes fois. Une demi-heure plus tard, tout seul au volant de sa voiture, il roulait en direction du Viale Europa. Le quartier était, à cette heure-là, complètement désert, cerné par la campagne, des discounters de meubles et d'horribles villas construites sans permis. Il l'avait trouvée à l'endroit qu'elle lui avait indiqué, où la chaussée désolée s'élargissait après la station-service Q8. Immobile dans la nuit, comme la sentinelle d'un monde auquel il n'avait pas accès. Costantini avait ralenti. Clara était dans la voiture. En la dévisageant, il avait sursauté. Elle lui dit d'un ton ferme : « Allons-nous-en d'ici. » Par prudence, il avait roulé encore quelques kilomètres, puis il s'était rangé à nouveau sur le bas-côté. Il avait éteint le moteur, allumé le plafonnier. Il s'était tourné vers elle pour la regarder.

« Mais peut-on savoir ce qui se passe, à la fin ? »

Clara portait un blouson en cuir, un t-shirt blanc, un foulard en soie noué autour du cou. Et elle avait la lèvre supérieure tuméfiée. Le vent électrique des corps qui ont tout juste fini de lutter l'enveloppait. Costantini avait imaginé que quelqu'un l'avait jetée d'une voiture après un événement qu'il n'arrivait pas à se représenter. Il s'était efforcé de contenir sa rage.

« Qu'est-ce qui t'est arrivé ? avait-il répété.

— Mais rien. » Clara avait haussé les épaules, avec une espèce de demi-sourire qui l'avait rendue inaccessible : « Ramène-moi à la maison, va. »

Il s'était remis en route, avait essayé de dire quelque chose. Il était nerveux, troublé. Il avait ouvert deux fois les mains dans le vide avant de les reposer, d'un geste responsable, sur le volant. Il n'arrivait pas à comprendre si on l'avait vraiment frappée. Et encore moins ce qu'elle pouvait bien faire dans ce trou perdu. D'une voix fatiguée, Clara lui avait répondu qu'il ne devait pas s'inquiéter, qu'elle maîtrisait la situation. « C'est ton mari qui t'a fait ça ? » Il y avait là autre chose qu'une question. Costantini s'était surpris à admettre qu'il s'agissait surtout d'un espoir. Elle avait allumé une cigarette. « Mais non, voyons. Alberto m'attend à la maison. » Elle avait le ton d'une mère qui voudrait rassurer son enfant à propos de quelque chose dont il aurait intérêt à ne rien savoir. Costantini continuait à rouler. Il suivait la route. Il n'avait plus posé de questions, car il commençait à se sentir gêné. Il craignait qu'elle ne puisse deviner ses pensées. Il avait évité de la regarder. Pourquoi quelqu'un pouvait-il lui faire ça, et pas lui ?

Ce que Costantini aurait dû et ne pouvait pas savoir – la vue de la scène lui étant interdite – n'avait pas de rapport avec les événements de cette nuit-là. Ceux-là, il aurait pu les connaître, tôt ou tard. En revanche, impossible pour lui de la voir le lendemain après-midi, chez elle, lorsque, après un bain chaud, elle était sortie tout à coup de la baignoire avec la ferme intention d'appeler son frère. Cela faisait un mois qu'ils ne s'étaient pas parlé au téléphone. Elle avait enroulé une serviette autour de sa tête et enfilé un peignoir, elle avait baissé l'abattant des toilettes, s'était assise dessus, avait allongé les jambes devant elle, croisé les chevilles sur le bidet, allumé une cigarette et composé le numéro de Michele.

« Allô ? » avait-il répondu après quelques sonneries.

Dix minutes de conversation où ils ne s'étaient rien dit. Cela faisait des années qu'ils se parlaient ainsi. Mais, tout en fumant et en bavardant, tout en faisant des plaisanteries insignifiantes, elle se caressait la lèvre d'un air satisfait, là où on l'avait frappée à coups de poing. Elle cherchait, chez ce Michele qu'elle avait au bout du fil, l'écho inconscient de l'autre. Il lui avait semblé l'entendre. Beaucoup plus fort que les autres fois. Un souffle furieux grondait sous le ton calme, prudent.

Alors, Clara avait souri. Elle était si heureuse que personne ne la voie. Elle attendait la moisson. Elle avait la confirmation que le voyage à travers les brumes se passait très bien.

Costantini avait reçu le deuxième appel quelques semaines plus tard.

Il était sur le point de se coucher, quand l'écran de son portable s'était éclairé. Il était allé sur le balcon, pour ne pas se faire entendre. Sa femme tolérait ses infidélités, s'il faisait preuve d'un minimum de courtoisie. « Allô, Clara ? » La voix de la jeune femme semblait provenir d'un autre monde. Elle pleurnichait. Elle avait prononcé deux ou trois phrases décousues. À travers les bribes de ses propos, Costantini avait cru comprendre qu'elle lui demandait de venir la chercher au même endroit que la dernière fois. Il n'avait pas saisi le reste. Elle avait raccroché.

Peu après, tandis qu'il filait à toute allure en direction du Viale Europa, il avait essayé de la rappeler. Son téléphone sonnait dans le vide. Il avait laissé derrière lui le cimetière et le parc de stationnement du Viale Buozzi. Cinq minutes plus tard, il avait aperçu la station-service. Il s'était arrêté, était descendu de voiture et avait fait quelques pas. Elle n'était pas là. Dans le vide désolé, les buissons tremblaient au bord de la route. Alors il était retourné à sa voiture, avait pris son portable et avait essayé de la rappeler encore une fois ; il avait entendu le téléphone sonner derrière lui et l'avait vue surgir de la nuit noire, chancelante. Elle était vêtue d'une drôle de robe en jean sans manches, boutonnée sur le devant. Il ne l'avait jamais vue avec. Cela avait suffi à le désorienter un peu plus. Il était allé à sa rencontre, lui avait passé un bras autour d'une épaule et l'autre autour de la taille. Il avait eu l'impression qu'elle était brûlante, l'avait traînée avec peine jusqu'à la voiture, l'avait installée sur le siège passager. Clara avait fermé les yeux. Elle avait une vilaine marque sur la lèvre et une autre sur le front. Ses bras étaient couverts d'égratignures. Elle gémissait comme dans un mauvais rêve. Costantini se demandait s'ils ne rêvaient pas tous les deux. Il avait commencé à déboutonner sa robe. Elle avait des égratignures sur le cou aussi. « Clara », avait-il dit. Après avoir constaté l'absence de réponse, il était resté là à la regarder. Une telle inertie. Ce n'était plus l'insaisissable éclair qu'il ne pouvait même pas envisager de poursuivre, mais un corps jeune, abandonné sur le siège de sa voiture. Il avait défait d'autres boutons de sa robe, avait mis à nu son sternum, ses seins d'un blanc immaculé et son ventre. Ce qu'il découvrait au fur et à mesure le stupéfiait. Elle était couverte de bleus. De marques profondes. Costantini l'avait touchée. Il s'était senti mal et avait défait les tout derniers boutons. Il produisait un effort désespéré pour ne pas profiter de la situation.

Il se retourna dans son lit, essaya de garder son calme, de raisonner froidement. Il lui semblait impossible de s'être laissé entraîner de la sorte. Comment, à un moment donné, avait-il pu pénétrer dans la villa de Buffante ? Et pourtant, c'est bien ce qui s'était passé. Il avait permis au couteau de tourner à cent quatre-vingts degrés. Il percevait le contact de la lame sur sa gorge. On pouvait l'obliger à tout ce qu'on voulait.

Il scruta encore une fois son épouse endormie, ferma les yeux, s'endormit à son tour.

Le lendemain matin, il se traîna jusqu'à l'université. L'après-midi, il s'enferma dans son bureau. Il se sentait troublé, déboussolé. Il travailla mal. Au téléphone, il était distrait. Il retrouvait sa concentration par à-coups, puis la perdait de nouveau.

À huit heures du soir, il quitta le siège d'EdiPuglia, où il s'était rendu après. Au moment de récupérer sa voiture, il le vit pour la quatrième fois. À l'autre bout de la rue. Éclairé d'une lumière blanche, debout devant l'Apple Store du Corso Vittorio Emanuele. Costantini ferma les yeux pour éviter de se mettre à cogner le capot de sa voiture. Ils voulaient le rendre fou. Il regarda à nouveau la vitrine du magasin. Michele était toujours là. Alors, il se précipita en avant et traversa la rue. Le jeune homme ne bougea pas d'un pouce, évitant ainsi que l'autre ne le bouscule. Arrivé à un mètre de lui, Costantini leva l'index pour réduire encore plus la distance, chercha chez le frère la posture de la sœur, ne la trouva pas. Rien ne se passait jamais comme prévu. Alors, il lui dit que ça suffisait maintenant. Qu'il fallait arrêter leur chantage. Que c'était dégueulasse. Puis il baissa la voix, essaya de s'expliquer, lui assura qu'il faisait déjà tout son possible, qu'il ne voyait pas ce qu'il aurait pu faire de plus.

Michele fronça les sourcils.

Peu après, il hocha la tête, comme si, bien au contraire, il avait tout compris.

Ils passaient au-dessus des châtaigneraies, des dolines de roche calcaire. Ils sentaient en dessous d'eux la verte puissance de la baie de Manfredonia, qui n'était rien en comparaison de l'aimant couleur émeraude qui les attirait vers le Sud. Les côtes de la Libye, puis le cœur de l'Afrique.

Ils donnaient l'impression d'une grande main noire traversant le vide, se désagrégeant en mille points pour ensuite se resserrer en une forme similaire mais jamais identique, changeante comme la stupeur d'un homme qui les observerait de loin. Des pluviers. En vol au-dessus du Gargano. En avance de deux mois par rapport à la période où, après avoir nidifié, ils auraient dû commencer leur traversée, comme s'ils n'avaient pas senti, mêlée au vent chaud, l'approche d'un hiver précoce.

Ils survolaient la plage de Siponto. Puis, le canal Cervaro, près de Zapponeta. Venaient ensuite le Lido San Giuseppe et un petit amas de gîtes ruraux et de villages touristiques. Baia Serena. Porto Allegro. Des formes grises intermittentes sur une carte vert et bleu. Les enfants pointaient le doigt vers le ciel. Comment les éléments d'une si grande formation faisaient-ils pour savoir, à chaque coup d'aile, quelle direction prendre ? Qu'est-ce qui assurait leur cohésion ?

Les explications des adultes étaient toujours fausses. Le chef, disaient-ils. Ils suivent le chef.

Ils ne savaient pas que les bandes d'oiseaux n'ont pas de chef. Chaque créature règle ses gestes sur ceux de ses semblables qui volent à côté d'elle, une sorte de prodige où la vie et le mouvement surgiraient du néant. Un jeu de miroirs n'ayant rien en son centre, pareil à celui d'où naît la conscience. Voilà pourquoi, en observant les groupes d'oiseaux, les hommes avaient l'impression de retrouver quelque chose d'eux-mêmes qui remontait à la nuit des temps.

Puis les pluviers arrivaient aux salines. En virant vers la droite, tandis que leur plumage gris et or étincelait au soleil, nombre d'entre eux commençaient à perdre de l'altitude. Ils descendaient et remontaient, de manière à ce que la grande main noire se recompose encore une fois, juste avant de n'être plus rien. C'était la zone des petits étangs et des canaux d'eau saumâtre. L'étendue spectaculaire de bassins, qui se succédaient sans cesse, en faisait une région d'une beauté suprême. Pour les oiseaux migrateurs, c'étaient de petites oasis, l'équivalent des ports de transit où font halte les navires voyageant d'un continent à l'autre. Ici, les pluviers buvaient, se restauraient, se mêlaient aux sarcelles, aux bécassines, aux délicats flamants roses qui, tous, se livraient aux mêmes activités. Ensuite, ils reprenaient leur vol.

Une demi-heure plus tard, la formation s'approcha de San Ferdinando di Puglia. Leurs sens étant des radars de surface, ils reconnaissaient la forme des torrents et des étangs, mais pas ce qu'il y avait de complètement différent caché en dessous. Ici comme à Castel Volturno et à Mondragone, leurs escales des jours précédents. De même, ils n'étaient pas faits pour associer aux brins d'herbe, et aux eaux limoneuses nourrissantes, des substances comme le cobalt, le plomb, le manganèse.

Bon nombre de pluviers se mirent soudain à tomber. Ils mouraient en plein vol. L'un après l'autre. La grande main noire, avant de devenir plus petite, prit des formes absurdes que les lois de la nature ne prévoyaient pas.

Alberto sortit du supermarché, les bras raides tendus par les sacs de courses, et prit le chemin de sa maison. Il comptait les pas, regardant tout autour de lui dans l'espoir de ne pas rencontrer de visages connus. On avait essayé de le joindre par téléphone. On lui avait envoyé des mails et des SMS qui exprimaient une sympathie affectée (signe qu'il s'agissait de phrases récrites parce que jugées trop originales au départ). Sans parler des messages de condoléances. Il n'avait répondu à personne.

On avait glissé le cercueil dans une niche placée à cinq mètres au-dessus du sol, et passé du ciment sur une plaque où avaient été collés des caractères en bronze et une vilaine photo ovale. Ça n'avait rien d'une vraie sépulture. On aurait plutôt dit le sous-produit d'une entreprise de travaux publics. Si le but poursuivi consistait à déposer les morts dans cette zone invisible où l'esprit des vivants pénétrait de temps à autre, c'était raté. Chaud et rouge, le soleil se couchait entre les immeubles. Ainsi, c'était Alberto, le véritable gardien de sa femme. Pour cela, il lui fallait la paix, la solitude. À toute heure du jour et de la nuit, il jetait une poignée de terre dans la fosse.

La concentration de points noirs, au-dessus du centre commercial, s'enflamma de vermeil et se dissipa. Un éclair déforma les nuages en plexiglas. Puis, de nouveau, la réalité.

« Oh putain ! » dit Pietro Giannelli.

Michele, sonné, hocha la tête.

Ils étaient assis sur l'asphalte, le dos appuyé contre le rideau de fer d'un garage.

« C'est dingue, dit Giannelli en se massant la nuque, c'est comme à l'époque des acides, Piazza Cesare Battisti. Il suffit que tu sois là pour que l'effet de la DMT dure deux fois moins. »

Michele sentait sur son visage la brise de cette fin de matinée. D'un blanc laiteux, les rares nuages étaient sur le point de se désagréger sous l'effet de la chaleur torride. Le ciel. Quand Michele était petit, même les champs qui se trouvaient derrière sa maison lui paraissaient immenses. Sans parler de la plaine salentine rouge et vert qu'il traversait, à bord d'un train des Chemins de fer du Sud-Est, pour rejoindre la plage de Leuca. Comme la fois où il avait fait du camping avec sa sœur.

Voilà à quoi ça servait de respirer cet air-là : on y retrouvait des souvenirs qui se situaient pour ainsi dire hors contexte. Jusqu'en début de soirée, Clara et lui avaient essayé de monter la tente. Clara, qui ne voulait pas s'avouer vaincue, frappait à gros coups de marteau sur les piquets. Elle portait un débardeur en tissu éponge à rayures orange et blanc. Le Sud, c'est aussi cette duperie, pensa Michele, blessé par l'éclat du soleil : un élément bien plus grand que l'ensemble censé le contenir.

Il regarda Giannelli, dans son costume de grenouille. Autrefois, il se baladait les yeux maquillés, un blouson clouté sur le dos. Aujourd'hui, le monde abordait une nouvelle ère.

Une heure plus tôt, Pietro Giannelli distribuait des prospectus du Toys Center en se tenant à distance de l'Homme Poulet. Surtout, il évitait le Grand Cochon, qui offrait des bons de réduction. Ce Cochon était une machine. Le nombre de coupons qu'il distribuait diminuait de moitié les clients potentiels situés à proximité, et Giannelli avait prévu d'épuiser son stock avant dix heures.

Il faisait une chaleur atroce. Les gens qui n'étaient pas partis à la mer se déversaient par vagues dans le centre commercial. À dix heures et demie, Giannelli eut un léger malaise. Il agrippa la fermeture éclair de la grosse tête amphibie. On étouffait, dans cette cage en mousse. Seulement, la fermeture éclair était coincée. Alors, il tira plus fort, mais voilà que la fente n'était plus à la hauteur des yeux. Du vert. Voilà ce qu'il voyait, maintenant. Il sentit son cœur s'emballer, chancela, aperçut deux ombres noires qui grossissaient, de chaque côté du déguisement, et ressentit une pression au niveau des oreilles. Embrasse la grenouille. Tout de suite après, il vit les mains qui le libéraient de son harnachement.

Lorsque la tête de la grenouille fut complètement

détachée, il se retrouva nez à nez avec le visage maigre et souriant de Michele Salvemini.

« Ça fait au moins un mois que je t'attends », fit Giannelli sans que l'autre comprenne.

Il dégagea ses bras du déguisement, serra son ami contre lui. Puis mi-homme, mi-grenouille, il le conduisit jusqu'au distributeur de boissons.

Il but un Gatorade, offrit à Michele une petite bouteille d'eau, épongea son front couvert de sueur et sautilla, sans mot dire, vers le secteur H du parking. Michele le suivit.

Ils s'engagèrent sur la rampe qui descendait vers les garages. Giannelli s'assit dans la zone d'ombre. Michele fit de même. Giannelli glissa la main dans son sac banane, en sortit une pipe et du papier aluminium. Michele prit peur. Ça faisait si longtemps que ses problèmes ne se manifestaient plus que sous forme de légères rechutes. Il craignait qu'une drogue comme la DMT ne puisse réveiller les monstres de son trouble permanent.

Giannelli forma un capuchon avec le papier aluminium, le glissa dans la pipe, retira les cristaux et les posa sur le réchaud, qu'il alluma. Il aspira. Avant de basculer en avant, il passa la pipe à Michele, qui l'observa d'un air inquiet. Il la porta à ses lèvres, ferma les yeux, aspira.

Le monde se désagrégea en un milliard de petits points. Michele n'éprouva aucun malaise. Il perçut bien au contraire, au plus profond de lui-même, une énorme paire d'yeux qui s'ouvraient en grand et le fixaient, l'observaient, le caressaient avec amour. Il les reconnut, s'en émut. Puis le monde redevint exactement comme avant.

« C'est dingue, dit Giannelli en se massant la nuque, c'est comme à l'époque des acides, Piazza Cesare Battisti. »

Mais en réalité, ils parlaient de Clara. C'était comme s'ils en avaient parlé avant même que Giannelli ne sorte sa pipe. Comme s'ils avaient encore été assis l'un à côté de l'autre, sur les bancs de la place, à se raconter ce qu'ils se seraient dit, une fois adultes, si les choses s'étaient déroulées précisément comme elles s'étaient passées par la suite.

« Après la mort de mon père, ça a été le coup le plus difficile à encaisser de toute mon adolescence, lui disait Giannelli avec un sourire encore meurtri. À un moment donné, elle a disparu. Juste avant que tu partes faire ton service militaire. Elle m'a quitté sans un mot. Tu sais comment c'est, quand on est ado. On sort ensemble, ça peut même durer des années, et brusquement, tout est fini. Tu souffres, tu as l'impression d'être une merde, mais l'alphabet complet supposé t'aider à déchiffrer ton malaise n'existe pas encore. Du jour au lendemain, ta sœur n'était plus là, et moi, j'étais trop bouleversé pour aller lui demander ce qui se passait. Nous n'en avons jamais parlé.

— Je ne me souviens pas bien de cette époque-là. »

Michele baissa les yeux, prit une inspiration et essaya de lui raconter ce qui s'était passé au cours du dernier mois. Il parla de l'atmosphère absurde qui régnait chez son père, de Gioia et de la façon tout à fait incompréhensible dont elle pilotait le faux compte Twitter de sa sœur. Ruggero était absorbé par la clinique. Et puis, Annamaria. Si elle souffrait de la mort de Clara, elle n'en laissait rien paraître. Michele fit allusion au va-et-vient incessant. Il y avait quelque chose de malsain dans tous ces appels téléphoniques reçus et passés. « Je n'arrive pas à te l'expliquer mieux que ça. » Il écarta les mains, comme pour mimer la forme d'un gros ver souterrain, raconta le dîner avec le président de la cour d'appel.

« Ce soir-là, j'ai vomi. »

Mais Giannelli continuait à parler du passé. Une petite musique provenant du secteur habillement flottait au-dessus de leurs têtes. Portée et décomposée par le vent, elle évoquait *A Change Is Gonna Come*. Giannelli dit que les premiers temps sans Clara, il avait vécu dans une sorte de transe. « J'ai réalisé que je l'avais perdue plusieurs mois après qu'on s'était vu pour la dernière fois. » Aveuglé par un délire solipsiste, il s'était convaincu qu'il s'agissait juste d'une pause, qu'un jour ou l'autre, Clara l'appellerait pour en discuter. Il en était arrivé à *s'entraîner*, dans l'attente de cette rencontre fatidique.

« Je me suis inscrit à la salle de sport. Je me suis fait couper les cheveux chez un coiffeur décent. Je me suis acheté des *vêtements décents*. Bref, je voulais l'épater. »

Mais au lieu de la rencontre, il y avait eu cette terrifiante partie de foot à cinq.

« De foot à cinq ? » Michele crut qu'il avait raté un épisode.

« Oui, oui, après le match », confirma Giannelli.

Pour ne pas devenir fou, il ne se contentait pas d'aller tous les jours à la salle de sport. Le soir, il se glissait dans le premier cinéma venu. Ou alors, il faisait de longues promenades en bord de mer. Puis il y avait eu la drogue du foot à cinq joueurs. Une, deux, jusqu'à six rencontres par semaine. À la fin de chaque partie, quelqu'un demandait toujours qui était partant pour en faire une autre le lendemain. Même avec une autre équipe, qui fréquentait un autre établissement sportif.

« En Italie, pour peu qu'on s'y mette sérieusement, le foot à cinq permet toutes sortes d'ascensions sociales. »

Giannelli en était venu à jouer partout. Aussi bien sur les petits terrains délabrés de la zone industrielle que sous l'élégante structure en toile tendue de la Via Camillo Rosalba. À Poggiofranco. À Carbonara. Dans un centre sportif sur la route de Valenzano. Parfois, quand son contact lui faisait faux bond au dernier moment, il lui arrivait de se démener pendant une heure au milieu de parfaits inconnus. Et voilà comment, un soir, il s'était retrouvé dans une équipe d'avocats où il y avait aussi un notaire. Des gens plutôt haut placés. Le match avait été tout ce qu'il y a de plus normal, entre hommes d'âge mûr : peu d'esprit de compétition, des rires et des hurlements d'encouragement quand un joueur ratait un but facile. Mais après, ça avait été épouvantable. Sous la douche, un des avocats s'était mis à parler d'une pute mineure qu'il avait l'habitude de retrouver dans un appartement de la Via Libertà. Un autre avait déclaré qu'il lui était impossible de commencer sa journée sans se faire tailler une pipe par sa secrétaire. « La pipe de la secrétaire ! » avait hurlé le notaire – on aurait dit un slogan tout juste pondu par une réunion de publicitaires. Les rires avaient retenti dans les vestiaires. Pietro Giannelli, couvert de savon, avait commencé à se sentir mal à l'aise. À un moment donné, les autres ne parlaient plus que de salopes et de putes. « Un de ces jours, je vais foutre de l'arsenic dans son Valium, à cette vieille salope ! » Les « vieilles salopes » en question étaient leurs épouses, alors que les « putes » étaient des femmes (en général très jeunes) avec qui ils entretenaient des liaisons extraconjugales. Ils avaient lancé le jeu du « Et celle-là, tu la baiserais ? ». Au bout de quelques secondes, son nom avait été prononcé.

Giannelli, qui massait sa tête couverte de mousse, s'était figé.

Il était sûr d'avoir mal entendu. Mais on avait répété le nom. Un des avocats les plus jeunes avait demandé : « La fille de Vittorio Salvemini, une chaudasse ? Une *chaudasse* ? C'est la plus bandante de toutes les putes de la Via Sparano. Une suceuse de compétition. » Dans la vapeur des douches, l'une des voix avait dit qu'elle était tellement chaude qu'il s'imaginait bien la baiser tout en lui donnant des coups de pied au cul. Un autre (peut-être encore le notaire) avait ajouté : « Tu la cognes jusqu'à ce qu'elle tombe dans les pommes. Après, tu l'encules. À mort ! » Encore des rires. « Comme ça ? Comme çaaaa ? » Un corps blanchâtre, à moitié en érection, avait émergé de la vapeur. Le type avait fait semblant de sodomiser son voisin de douche. « Arrête, connard ! » Ensuite, les voix s'étaient remises à décrire le genre d'attentions qu'ils auraient réservées à Clara.

Paralysé sous le jet d'eau chaude, Giannelli avait eu envie de mourir. L'espace d'un instant, un instinct absurde lui avait suggéré de brandir le poing et de hurler : « Moi, bande de crétins ! Moi, je l'ai baisée ! » Mais la pathétique réalité, c'était qu'il l'avait perdue. Eux, ils savaient qui elle était, mais lui, avant ce soir-là, n'avait jamais rencontré aucun de ces inconnus. Clara ne l'appellerait plus jamais. Cette fille dont il avait ciselé les détails avec tant de patience dans son imagination, au cours des derniers mois, n'existait pas. Dans les faits, c'était une autre personne, et elle n'avait plus aucun lien avec lui.

« J'en ai eu la confirmation le jour où je l'ai croisée dans la rue », dit-il à Michele.

Un soir, moins d'un an plus tard, Giannelli venait juste d'accompagner sa nouvelle petite amie chez elle. Lorsqu'il était passé en voiture par la Via Putignani, il l'avait vue. Debout, occupée à fumer une cigarette devant un restaurant. Nouvelle coupe de cheveux et robe en lamé. Elle riait, entre deux hommes en costume gris. Cent mètres plus loin, elle avait disparu de son rétroviseur.

Michele l'interrompit, lui colla son portable sous le nez.

« Regarde ça. Tu te rends compte ? »

Sur l'écran, deux papillons entrelacés formaient un cœur. Sur le compte Twitter, il y avait des phrases qu'ils auraient trouvées ridicules, s'ils les avaient lues sur une papillote à chocolat, mais qui créaient en l'occurrence un effet macabre et insensé.

« Je lutte pour la vie. »

« La vérité blesse tout le monde, sauf moi. »

« Tout le monde t'aime, quand tu es six pieds sous terre. »

« Il en apparaît une nouvelle de temps à autre. Le plus terrible, c'est que le nombre de *followers* augmente de jour en jour. »

Michele parla à Giannelli de sa rencontre avec le journaliste, à Mola. Des absurdités que l'autre type lui avait débitées dans la rue, quelques jours plus tôt. Renato Costantini. *But I know a change is gonna come. Yes, it will,* fredonna-t-il dans sa tête tout en demeurant bien conscient que la musique d'ambiance du secteur habillement n'était pas celle-là.

Pour la première fois, Giannelli sembla renoncer à parler tout seul. Il retrouva les rails de la conversation. Après cette histoire de foot, dit-il en soupirant, il n'avait fait que tomber sur des gens qui lui donnaient de ses nouvelles. Il en allait peut-être toujours ainsi. Des commérages, des ragots lui parvenaient sans cesse. Un jour, il avait croisé Vanessa Lovecchio, tout à fait par hasard.

« Tu dois sûrement la connaître. Son père est un ami du tien.

— Comment s'appelle-t-il ?

— Saverio Lovecchio. Il est directeur de la Banca di Credito Pugliese. »

Michele sentit les battements de son cœur redoubler.

Giannelli l'informa que cette Vanessa et lui-même avaient été camarades de lycée. Dès qu'elle l'avait aperçu, elle s'était littéralement jetée sur lui et l'avait traîné de force jusqu'au bar le plus proche. « Elle était surexcitée. » À peine assise à table, elle avait soulevé un doigt accusateur. « Toi, avait-elle dit, tu as eu une histoire avec Clara Salvemini. » Il avait acquiescé. Elle avait hurlé que cette pouffiasse avait détruit sa famille. « Comment ça ? » avait demandé Giannelli. « Putain, elle baise avec mon père, voilà comment ! » s'était exclamée Vanessa en se retenant de ne pas casser le premier objet qui lui serait tombé sous la main.

Elle avait fait la connaissance de Clara un soir, quelques mois plus tôt. Ils étaient tous allés dîner ensemble au restaurant : Vittorio et Annamaria, Clara, le père et la mère de Vanessa. Les jours suivants, Vanessa et Clara étaient devenues amies. Elles se retrouvaient pour l'apéro, se racontaient des potins, allaient toutes les deux à des soirées. Et quelques mois plus tard, le père de Vanessa se la tapait.

Michele eut l'impression que deux des nombreuses pièces de puzzle qui tournoyaient dans sa tête s'emboîtaient enfin.

« Et puis, fit Giannelli en se rapprochant de lui parce que l'ombre où ils se trouvaient raccourcissait, Vanessa m'a dit qu'à un moment donné, sa mère avait sombré dans la dépression, et qu'elle-même en avait ras le bol de tout : une fois, en passant devant le siège central de la banque, elle avait même surpris son père en train de bavarder avec Alberto. Ce qui, bien entendu, était le comble.

— Alberto », répéta Michele avec tristesse, en sentant que deux autres pièces s'encastraient. Il contemplait le ciel d'été.

« Je ne sais pas ce qu'il y avait de vrai, là-dedans. La nana était dans tous ses états.

— On les fait chanter.

— Qui ?

— On les fait chanter parce qu'elle couchait avec eux, et qu'ils sont tous mariés. »

Michele secoua la tête, comme lorsque la satisfaction d'avoir compris quelque chose est gâchée par une évidence : la demi-vérité obtenue, en plus d'être inutile, restera totalement illogique aussi longtemps que rien ne viendra la compléter.

Puis Giannelli lui confia ce qui s'était passé, la dernière fois qu'il l'avait vue. L'heure du déjeuner approchait. Le bourdonnement, au-dessus de leurs têtes, avait augmenté. La musique était remplacée par des bruits de caddies, de voitures.

« Une nuit, il y a moins de deux ans. »

Il l'avait croisée par hasard, dans une rôtisserie qui restait ouverte tard le soir. D'horribles murs en faux marbre, des néons partout. Il s'était arrêté là pour manger un morceau avant d'aller se coucher ; il était assis sur un tabouret, un sandwich rustique dans les mains, quand elle était entrée. Cheveux très courts. Jupe en cuir et t-shirt blanc. Bras nus. Plus maigre que dans son souvenir. Et seule. En tout cas, c'était Clara qui avait pris l'initiative. Elle lui avait tapé sur l'épaule. Ils s'étaient salués avec une affection en quelque sorte congelée, mais encore perceptible. Giannelli lui avait offert une bière. « Et, dit-il à Michele, elle était camée à mort. Tu peux me croire sur parole, j'ai une certaine expérience en la matière.

— J'imagine.

— Elle tenait debout, malgré ça, elle avait toute sa tête. Nous nous sommes raconté des trucs.

— Vous avez parlé de moi ?

— On a dû bavarder pas plus d'une vingtaine de minutes », répondit Giannelli.

Elle n'avait plus rien de la diva qu'on regarde en feuilletant un magazine. C'était la diva qu'on croise dans la rue bien des années après son dernier succès, et dont on remarque les différences par rapport aux photos des journaux. Alors, on a confirmation des pires ragots. On comprend que si l'envie vous en prenait, on pourrait sortir un couteau et l'étriper sur-le-champ. Aller dans le sens de l'air du temps. Voilà pourquoi, malgré toute son envie de rentrer se coucher, Giannelli n'avait pas fait le premier pas. Il avait attendu que ce soit elle qui lui dise au revoir : « Pour ne pas la laisser seule dans cette rôtisserie, à deux heures du matin. »

Michele répéta sa question : il demanda à Giannelli s'ils avaient parlé de lui. Puis il fut plus précis : il lui demanda si Clara avait parlé de lui. Enfin, sans laisser à son interlocuteur le temps de répondre, il modifia encore sa question : il lui demanda si Clara, même dans d'autres circonstances, lui avait jamais parlé de lui.

« Parlé de quoi ?

— De quelque chose en particulier, quelque chose qui t'aurait marqué », dit-il en retenant ses larmes.

Dans son costume de grenouille, Giannelli prit le temps de réfléchir. Lui aussi regardait le ciel immense.

« Pour être tout à fait honnête, non. »

Quand son train entra en gare, il sentit la même odeur que celle qu'il respirait à l'hôpital, lorsque l'infirmière ouvrait les fenêtres. Il eut un haut-le-cœur, empoigna ses béquilles, refusa la main tendue d'un garçon qui l'observait à travers l'élégante monture de ses lunettes de soleil, descendit du train. Une fois sur le quai, il suivit le rai de lumière qui menait à la Piazza Aldo Moro.

Il avança parmi des groupes d'étudiants et de femmes bien habillées. À compter les boutiques de prêt-à-porter, on aurait pu croire qu'il y avait à Bari deux fois plus d'habitants qu'en réalité, et les salaires moyens d'une ville du Nord. Il vit le ciel s'élargir un peu plus sur sa droite, par-delà les immeubles de l'époque d'Humbert Ier, et prit cette direction. Laisser derrière soi un échiquier truffé de symboles et de pions tout à fait inutiles.

Après une église réduite à l'état de parallélépipède gris dressé tout en hauteur, le paysage devenait familier. Des pompes à essence solitaires. Des vieux assis sur des blocs de ciment. C'étaient des gens avec qui on pouvait causer. Il demanda des renseignements à un réparateur de pneus qui fumait devant son hangar, suivit la Via Ballestrero. La ville était grande, et les gens qu'il cherchait ne seraient sans doute pas faciles à trouver. Il avança la béquille droite et, prenant appui sur les deux en même temps, se jeta en avant.

Une heure plus tard, il longeait la promenade en bord de mer de Cagno Abbrescia. À sa droite, une longue bande d'herbes folles. Il passa devant une décharge. Au pied d'un immeuble en ruines, où l'on avait accroché sur la terrasse une enseigne incompréhensiblement neuve (MARINA SPORT), il aperçut des silhouettes qu'il n'eut aucun mal à identifier.

L'une était en blouson de cuir et en caleçon noir. L'autre portait des cuissardes en plastique.

Il était trop fatigué et contrarié pour ne pas s'octroyer une pause.

La fille en cuissardes leva la tête et comprit aussitôt. Comme il n'avait qu'une seule jambe, elle se dit qu'il lui restait encore le temps de fumer une cigarette.

La BMW décapotable quitta la route après avoir raté le virage. Ruggero serra les dents. Il ne commit pas la bêtise de contre-braquer. D'une manœuvre peu intuitive mais parfaite, il accéléra jusqu'à ce que la voiture se retrouve sur la nouvelle trajectoire que son erreur avait tracée. La portière effleura la bordure de protection. C'est seulement alors, après avoir rétrogradé, qu'il braqua enfin à gauche. La BMW revint sur la chaussée.

« Bordel de merde ! » hurla-t-il. Il aurait été incapable de dire s'il était furieux ou soulagé de s'en être sorti indemne.

Il continua à longer la mer. Il approchait de la plage de Pane e Pomodoro. Il était presque arrivé. Il n'avait pas eu le temps de préparer son argumentation. Il maudit son père, improvisa mentalement ce qu'il dirait au directeur technique de l'Agence régionale pour la protection de l'environnement, dépassa deux feux. Au bout d'une centaine de mètres, il vit se dresser devant lui le grand immeuble de l'Agence. Ruggero se gara.

Il entra dans le bâtiment, indiqua à la réceptionniste qu'il avait rendez-vous avec le directeur technique. La jeune femme le pria d'attendre. Ruggero alla s'asseoir sur le canapé qui se trouvait en face. Il vit la jeune femme parler au téléphone, acquiescer de la tête. Elle nota à son tour que ce monsieur n'arrêtait pas de taper du pied droit sur le revêtement du sol. Elle raccrocha, lui dit que M. Paparella l'attendait dans son bureau. « Douzième étage. » Elle le vit disparaître dans l'ascenseur.

« Écoutez, je ne voudrais surtout pas que cette vilaine histoire porte préjudice à votre mission de contrôle dans le Gargano. »

Il acheva de prononcer la phrase, regarda le directeur technique dans les yeux et se demanda si c'était la bonne approche.

Le bureau était une pièce de trente mètres carrés au sol en grès. Deux tables de travail. Un canapé en cuir installé dos aux baies vitrées. De grandes affiches plastifiées représentant les beautés naturelles de la région accrochées aux murs. Les récifs de Mattinata. Les grottes de Castellana.

« Mon père a beaucoup investi dans cette région, ajouta-t-il, et après ce qui vient de se passer, nous sommes inquiets. »

Il ne savait pas s'il avait bien fait de vouvoyer son interlocuteur. Il était nerveux. Il sentait que chacun de ses actes, ce matin-là, était quelque peu en avance sur le raisonnement censé le mesurer.

« Dans les zones que nous devons examiner, nous

menons notre travail abstraction faite des procédures en cours, répondit le directeur technique d'un ton beaucoup trop officiel. Sinon, nous serions sans cesse contraints de modifier nos objectifs et nos stratégies d'intervention. Rassurez-vous, ajouta-t-il en s'efforçant à la fois de prendre ses distances et d'apparaître protecteur, quand l'Agence mène ses enquêtes, rien ne peut l'influencer, hormis ses propres scrupules et son sens des responsabilités.

— En tout cas, je peux vous assurer que la demande de mise sous séquestre sera rejetée. » Il prit conscience de son excès de ferveur et tenta de la réfréner. « Ce n'est plus qu'une question de jours maintenant, dit-il en retrouvant un peu de son calme.

— Cela n'a aucune incidence sur notre travail », réaffirma le type en souriant.

Impossible de ne pas remarquer le cendrier sur pied placé à côté du bureau. Ruggero nota aussi la forme de la lampe. L'ensemble évoquait un élégant bureau ministériel des années soixante-dix, déprimant à souhait, à moins de le voir exposé dans un musée de Londres ou de New York.

Ruggero essaya encore une fois de brouiller les cartes : « Vous savez, il est difficile, en Italie, de prévoir la tournure que peuvent prendre les choses. Quand je pense à tous les emplois que mon père... »

Le directeur technique l'interrompit en baissant les yeux : « J'en suis convaincu. Votre père a très certainement respecté la totalité du cahier des charges, et les villas ne seront pas mises sous séquestre. Quoi qu'il en soit, nous procéderons comme à notre habitude. D'ailleurs, il n'est pas dit que l'espace occupé par le village touristique se situe sur le territoire que nous allons inspecter. Mis à part les zones sensibles par définition, les camps de base des missions de contrôle sont systématiquement installés dans des endroits chaque fois différents. D'ailleurs, je n'ai même pas vérifié si en l'occurrence…

— Ces villas sont très belles, croyez-moi. »

Le directeur s'interrompit, leva la tête, regarda Ruggero droit dans les yeux.

« Je n'en doute pas », répondit-il enfin.

Ruggero vit que le type avait compris. Il put donc arrêter de jouer la comédie.

« C'est Gae Aulenti qui l'a dessinée », déclara-t-il en indiquant la lampe en forme de chauve-souris.

Le directeur technique acquiesça de la tête et précisa que l'ameublement était la seule chose que la crise avait épargnée, dans leurs bureaux. Il ajouta ensuite : « D'ailleurs, à ce propos, notre cafétéria est une horreur. On pourrait peut-être aller boire un café dehors ? »

Le vent chaud leur souffla dessus comme l'évacuation d'un gros climatiseur. Une fois dans la rue, au lieu de se diriger vers le café, le directeur technique prit la direction de la mer. Ruggero le suivit. Au-delà du trottoir, il y avait des plates-bandes de plantes grasses et un parking sans surveillance, qu'ils laissèrent derrière eux. Les bruits de la ville faiblirent. Le directeur technique s'engagea dans un sentier étroit qui menait à la plage.

Cinq minutes plus tard, les deux hommes marchaient au milieu des cailloux noirs et des papiers virevoltants dans la brise. Face à eux, l'Adriatique, bleue et agitée. La plage, ou ce qui en tenait lieu, n'était pas plus grande qu'un terrain de basket. À une vingtaine de mètres, un homme muni d'une canne à pêche et de bottes en caoutchouc se tenait debout, dans l'eau qui lui arrivait aux chevilles. Les vagues couvraient tous les bruits qui n'étaient pas leurs voix.

« Écoute, fit le directeur technique, je vais être très franc avec toi. Les villas ne m'intéressent pas. »

Ruggero ne parla pas. Il pensa que son père l'avait entraîné dans une erreur colossale.

« Si tu es venu me parler, cela signifie que l'affaire de la mise sous séquestre n'est qu'une broutille, comparée à ce qui pourrait éclater au grand jour si jamais nous inspections Porto Allegro avec nos appareils. Je me trompe ? »

Ruggero garda le silence.

« De toute façon, ce n'était pas difficile à imaginer, continua le directeur technique sur un ton plus amical, vous n'êtes pas les seuls. D'ailleurs, vous n'avez sans doute pas pu faire marche arrière. On sait ce qui se passe dans cette région, depuis quelque temps. Notre mission de contrôle va faire sauter le couvercle de la marmite. L'autre jour, nous avons reçu le rapport trimestriel de la Ligue italienne pour la protection des oiseaux. Notre directeur général s'est démené comme un beau diable pour les convaincre d'attendre. Il y aura une publication conjointe des documents. Bien entendu, nous ne pouvons pas passer cette zone du Gargano au peigne fin. Et pour cette même raison, un assainissement complet sera impossible. Nous manquons d'effectifs, sans même parler des fonds. L'essentiel de la zone est toujours laissé de côté...

— Écoute, je ne vois vraiment pas de quoi tu parles...

— Oui, bien sûr, l'interrompit à son tour le directeur technique. Toi, tu es oncologue, comment pourrais-tu savoir ? Ton père, en revanche, est au courant de certaines choses. Pose des questions, et tu obtiendras des réponses. Quoi qu'il en soit, je te le répète, les villas ne feraient que compliquer les choses pour moi. » Il marqua une pause. « J'ai besoin de cent cinquante mille euros. Et, désolé de le dire, j'en ai besoin assez vite. Je m'en excuse. Si payer comptant vous pose problème, il est possible de se mettre d'accord sur un emploi fictif de consultant. Je peux vous indiquer une personne de confiance. À toi, à ton père. À qui bon vous semblera. »

Il rentra chez lui en roulant à trente à l'heure. Mais qu'est-ce que j'ai à voir avec tout ça, moi ? Il n'arrêtait pas de se le répéter. Il se sentait déboussolé, déprimé.

Une demi-heure plus tard, il avait dépassé la station-service Texaco. Les entrepôts des Officine Calabrese. Le vieux bowling fermé depuis des années, avec son énorme quille rouillée qui penchait sur la route. C'est alors qu'il se rendit compte qu'il s'était trompé de direction.

Lorsque, bien des années plus tard, Gennaro Lopez, ancien médecin à la retraite de l'Agence sanitaire locale de Bari, devait se retrouver à extraire le plus épouvantable de ses souvenirs nombreux mais confus, à savoir celui qui pourrait lui causer le plus de tort, il choisirait le soir où un garçon d'une trentaine d'années avait sonné à sa porte et s'était mis à le bombarder de questions sur le certificat de décès de sa sœur.

À l'époque, Lopez était criblé de dettes et consommait deux grammes de cocaïne par jour. Il avait échappé de justesse à l'ouverture d'une procédure disciplinaire à son encontre. Il prenait du Diamet, de l'Ipnolor, du Depamag en gouttes. Il fréquentait assidûment les putes. Tout cela contribuait à le faire souffrir d'un insaisissable effet de redoublement – la sensation d'avoir lu la même page de journal, d'avoir vécu une scène la veille, au moment où les mêmes détails synesthésiques s'organisaient sous ses yeux.

@ClaraSalvemini :
Tout le monde t'aime, quand tu es six pieds sous terre.
4 *retweets*, 2 *likes*

@pablito82 :
@ClaraSalvemini Tout dépend des conditions de conservation du cadavre.

@ClaraSalvemini :
@pablito82 Je peux t'assurer qu'elles sont excellentes.
9 *retweets*, 4 *likes*

@lemoralisateur :
@pablito82 @ClaraSalvemini Une photo pour le prouver.

@ClaraSalvemini :
@lemoralisateur @pablito82 30#rt et je mets 3 photos d'affilée. Mais la solitude, ça ne peut pas se prendre en photo.

Elle éloigna l'iPhone du bout de son nez, le posa sur sa table de nuit, finit son jus de pamplemousse, qu'elle posa aussi sur la table de nuit, se leva de son lit, alla dans la salle de bains, s'enferma à clef, urina, remonta son pantalon de pyjama, se regarda dans le miroir, se trouva belle, retourna dans sa chambre, reprit son iPhone, compta les *retweets*. Il y en avait *tellement*.

Alors, Gioia se laissa tomber sur son lit, gagnée par un sentiment qui était le comble du bonheur et le comble de la tristesse. Tout et tout le monde lui manquait. Son petit copain du lycée. L'été d'il y a dix ans. Certains dessins animés qu'une chaîne de télé locale diffusait autrefois. Sa sœur lui manquait. Et même la rage qu'elle ressentait, quand elle voyait Clara et Michele chuchoter dans un coin et exclure tous les autres de leur conversation.

« Clara, Clara... », murmura-t-elle en serrant son portable comme si elle lui caressait la tête, comme si elle la grondait avec amour.

Ensuite, Clara rentrait chez elle au cœur de la nuit et son mari faisait semblant de l'ignorer. Alberto se retournait dans son lit, fermait les yeux dès que le filet de lumière s'allongeait sous la porte, entendait les pas dans le séjour. Les talons, puis le bruit feutré des pieds nus. Un effort d'imagination (la reconstitution fidèle de ce qui se passe quand la glissière finit sa course le long de la fermeture éclair) lui permettait d'entendre l'impalpable bruissement de la robe, au moment où elle se détachait du corps et tombait mollement sur le parquet.

Elle était allée avec un autre homme. C'était plus qu'évident. Ses gestes gardaient la mémoire de la rencontre qui venait de s'achever. Au fil des ans, Alberto avait appris à reconnaître les signes, à les dompter, à les maîtriser. Et même si leur ombre persistait, le lendemain matin, au petit déjeuner, Alberto parvenait à ramener le signe invisible de l'offense sur un terrain de leur vie conjugale où Clara redevenait sienne. Alors, ils bavardaient. Ils se souriaient. Une épreuve de force inversée. Mais plus maintenant. Impossible, depuis quelque temps.

S'il l'avait vue, là, à trois heures du matin, la lèvre fendue, des bleus partout, les bras couverts de griffures, toute sa maîtrise de soi, toutes les stratégies épuisantes qu'il déployait pour se mettre à l'abri d'une douleur extrême auraient été mises en déroute. Voilà pourquoi il fermait les yeux. Il faisait comme si elle n'était pas rentrée. Et c'est pour cette même raison qu'à un moment donné, Clara faisait irruption dans la chambre à coucher.

La porte battait contre le montant, il sursautait, et c'était le signal d'un incendie prêt à tout dévorer.

Elle n'arrivait plus sur la pointe des pieds. Elle ne se glissait plus en silence sous les draps, pour lui confier la bombe qu'il se chargerait de désamorcer tout seul. Désormais, cette bombe explosait au moment même où Clara ouvrait la porte en grand, et Alberto n'y pouvait rien. Elle laissait la lumière envahir d'un coup la chambre à coucher, traversait la chambre à moitié nue et d'une seule traite pour se rendre dans la salle de bains, se faufilait sous la douche, ouvrait le jet d'eau chaude d'un geste résolu. Féroce, satisfaite. Alors, il était bien obligé de les écarquiller, ses putains d'yeux. Ce n'était plus crédible, qu'il soit endormi. Consciente qu'elle était au cœur de son attention, et qu'un insignifiant mur mitoyen les séparait, Clara laissait l'eau ruisseler sur ses griffures et ses ecchymoses.

À ce stade, Alberto ne pouvait que se réfugier dans la rhétorique d'un avant et d'un après. Que lui restait-il d'autre, pour défendre l'idée du mariage ? Il pouvait émettre des hypothèses : Clara n'était plus elle-même, elle était devenue folle, la coke l'avait transformée. Sinon, comment expliquer qu'il l'ait entendue rire ? Sous la douche, elle sanglotait. Malgré son état, elle se moquait de la situation.

Les premières années, ses infidélités avaient été la charogne qu'elle déposait avec amour sur le paillasson de la maison, afin qu'Alberto l'accepte et la tienne serrée tout contre lui. Alors, ils pouvaient sortir dîner, partir en vacances ensemble, faire l'amour. La vie conjugale se réorganisait et, malgré tout, les gestes de tendresse qu'ils réussissaient à échanger étaient sincères, leur attention était réelle, tout comme leurs tentatives de se protéger l'un l'autre, et même un certain type de complicité.

Il n'y avait pas d'hypocrisie, dans le travail pénible et méticuleux par lequel Alberto se retenait de la détester, ou simplement de moins l'aimer. Il l'étreignait avec une patience et une obstination capables d'atténuer la déchirure. Mais dans certains cas, cette disposition d'esprit pouvait se révéler bien pire que l'hypocrisie. Lorsque, brisant la coquille de la quotidienneté, Clara sombrait dans l'épicentre de sa vie, ça ne fonctionnait plus. Jadis, les femmes toléraient les frasques de leurs maris pour préserver la paix du ménage. Le despotisme des hommes était si grossier et si stupide qu'il ne les affectait pas outre mesure. Mais chez un homme qui tolérait les infidélités de son épouse comme le faisait Alberto, il pouvait y avoir une arrogance encore plus grande et, dans cette inversion apparente des rôles, une tentative de prévarication qui visait l'absolu. Le politiquement correct de l'abjection. Le visage présentable de la violence. Voilà ce que Clara voyait, quand il lui fallait défendre, non pas sa vie de tous les jours, mais ce qu'elle possédait de plus précieux.

Par conséquent, tandis que, nue sous la douche, blessée et surexposée, elle poussait des sanglots entrecoupés d'éclats de rire si vulgaires, Clara détruisait de manière irréversible les tentatives de la brider. Aucune magnanimité ne pouvait raccommoder une telle déchirure.

L'eau cessait de couler. Clara se passait les mains dans les cheveux. Sans même s'en rendre compte, elle se revoyait adolescente. Une traversée physique. Michele. L'époque heureuse de leur vie ensemble. Ses jambes en tremblaient. Puis la sensation s'évanouissait. Le carrelage de la douche, à nouveau. Il fallait qu'on la baise de cette façon-là, qu'on la tabasse et qu'on la piétine. Ce n'était certes pas pour blesser son mari. Et maintenant qu'Alberto ne pouvait plus la dissimuler sous les couvertures de la raison, il était bien obligé de contempler la totalité du panorama. Alors, lui aussi avait l'impression de voir au fond de Clara un signe opaque et indélébile. Elle avait été heureuse. Au cours d'une période reculée de sa vie, à une époque qu'Alberto n'aurait même pas pu reproduire à petite échelle, sa femme avait été heureuse d'être au monde d'une manière scandaleusement pure, désarmante. Et le pire, se disait Alberto avec une inquiétude croissante, c'était la possibilité que le destinataire des pensées les plus secrètes de sa femme – l'objet d'un chant, d'une prière –, cet imprévu qu'il reconnaissait, de but en blanc, comme son *véritable* ennemi se détache de Clara à la façon d'une idée qui prend forme et se matérialise un jour, odieux, inattendu, dans leur foyer, pensait-il encore en se préparant à la lutte.

Immobile dans son fauteuil, éclairé par la lumière de cette fin d'après-midi qui poussait la maison vers un passé gonflé de nuances chaudes et d'abandon, il l'entendait parler.

Le jeune homme agitait son bras dans tous les sens, il ressemblait à un chef d'orchestre amateur qui ne parviendrait pas à diriger son interprétation vers son point d'équilibre.

C'était vrai qu'il était allé voir Renato Costantini pour se plaindre auprès de lui de certains articles où on les avait attaqués ?

Non.

Les amants de Clara.

Non.

Mais puisqu'il était même allé voir le directeur de la banque. Le père de son amie. Un autre type avec qui Clara sortait régulièrement.

Non, Michele, non. Tu fais encore fausse route.

Le jeune homme ne voulait pas s'avouer vaincu. Il travestissait ses intentions de cambrioleur sous les apparences d'une visite de courtoisie. Un vase regorgeant d'anémones resplendissait sur la table à côté de lui. Bien en vue, le dernier numéro d'un magazine féminin. La danseuse en porcelaine que Clara avait commandée de Londres se profilait sur la console demi-lune. Sur un autre meuble – un petit secrétaire aux bordures dorées – il y avait son sac à main et les échantillons de parfum qu'elle collectionnait avec la ténacité des femmes qui cherchent à fuir la mélancolie, tout en restant conscientes de la fragilité de leur tentative. Chaque objet mijotait à feu doux dans un temps désarticulé. On avait l'impression que Clara allait rentrer de ses courses d'un moment à l'autre, souriante, les bras chargés d'emplettes, comme si la mort avait été le choc capable de renvoyer la réalité dans un monde qu'elle n'aurait jamais dû quitter. Un passé alternatif, auquel il fallait laisser du temps pour lui permettre de les rattraper.

Et voilà que Michele venait troubler ce processus de consolidation, faisait des insinuations, jetait sur le tapis, d'une manière tout à fait déplaisante, les habitudes de son épouse.

« Ces derniers jours, j'ai rencontré un certain nombre de gens, avait-il dit après les politesses d'usage, et au bout d'un moment, je n'ai plus très bien su quoi penser. Alors, je me suis dit que je pouvais venir en parler avec toi. »

Il feignait de ne pas avoir les idées claires. En réalité, il voulait soutirer à Alberto des informations qui, précisément parce qu'elles étaient passées de main en main, finiraient par récrire toute l'histoire.

« Tu as bien fait de venir », lui avait alors répondu Alberto. Il avait posé son coude sur un coussin et plié légèrement le poignet, comme si Michele avait été une apparition tremblotante et qu'en tournant un bouton, on avait pu améliorer la réception du signal, voire le faire disparaître.

Michele l'avait appelé la veille ; il lui avait envoyé sur son portable des messages qu'Alberto avait ignorés. Et c'est ainsi qu'après déjeuner, il l'avait retrouvé sur le pas de sa porte.

Alberto rentrait de la supérette où il avait pris l'habitude d'aller deux fois par semaine, toujours à la même heure. Il était d'abord passé au kiosque à journaux. Le deuil l'avait tenu à distance de son travail, et voilà que le mois d'août arrivait. À l'automne, il pourrait ne pas retourner sur ses chantiers, ou alors le strict minimum, pensait-il. Chaque chose à sa place. Deux packs de bières, trois bouteilles chacun. Du blanc de poulet. De la salade. Du lait frais. Des gestes routiniers. Des habitudes très régulières. Ériger une forteresse où il puisse se murer avec elle.

Après avoir tourné au coin de la rue, il l'avait reconnu de loin. Michele avait souri. Alberto avait plissé les yeux, comme pour écraser les œufs que cette apparition prétendait avoir déposés en lui par sa seule présence, dans le souffle torride de l'été.

Alberto l'avait salué et invité à monter. Michele avait proposé de l'aider à porter ses courses.

« Je t'en prie, assieds-toi », avait dit Alberto cinq minutes plus tard en notant avec satisfaction que Michele avait changé d'expression. Un corps qui accuse la différence de densité de la pièce où il entre, désorienté par une atmosphère d'attente plus que de contrition. Un lieu où l'absence de sa sœur n'était que provisoire.

« Une bière ?

— Oui, merci. »

Alberto était allé à la cuisine. Il y avait remplacé les bouteilles qui étaient dans le frigo par celles qu'il avait achetées au supermarché. D'un geste calme, très calme, afin de mettre son hôte encore plus à la merci des objets qui l'entouraient. Le nid conjugal. Leur maison, à lui et à Clara. Il était revenu avec les bières et un bol de pop-corn posés sur un plateau.

Il s'était assis devant Michele, et voilà qu'ils parlaient.

« Ma sœur et moi, nous nous sommes éloignés quelque temps, dit le jeune homme. À la maison, on ne parle pas d'elle. C'est bizarre. Je voulais y voir plus clair, avant de rentrer à Rome. Même si certaines choses ne peuvent s'expliquer que jusqu'à un certain point.

— Tu n'es pas venu à l'enterrement. »

Dur, rapide. Premier coup.

« Pardon ?

— Tu n'es pas venu à l'enterrement. C'est pour ça qu'ils ne te parlent pas. »

Alberto souleva sa bouteille de manière à en faire l'axe lui permettant de clouer son interlocuteur du regard et but une gorgée. Il percevait bien la stratégie de Michele, sa façon d'exposer une vérité pour dissimuler les nuances que cette même affirmation aurait eues, considérée d'un autre point de vue.

Mais Michele ne releva pas la provocation :

« Je ne pense pas que ce soit pour ça, c'est plutôt qu'ils ont vraiment du mal à comprendre ce qui s'est passé. Comme je te l'ai déjà dit, ces dernières semaines, j'ai eu l'occasion de recueillir les témoignages de plusieurs personnes. D'après ce que j'ai compris, ma sœur avait un tas d'ennuis, ces temps-ci.

— Tu n'es pas venu non plus à notre mariage. »

Cette fois, ce fut au tour de Michele de boire une gorgée : « Tu sais, répondit-il, à cette époque-là, je fréquentais surtout les hôpitaux psychiatriques. »

Alberto tressaillit. La façon dont ce garçon croisait les jambes faisait apparaître un dessin – aussi durable qu'un cercle tracé à la surface de l'eau – qui rappelait Clara. Le sourire par lequel, ces derniers temps, elle s'absolvait de quelque chose qui devenait moins grave que la blessure qu'elle ouvrait avec son regard. Une autre Clara, peu semblable à la jeune femme qu'évoquait l'ordre régnant dans l'appartement. Une créature qui revenait non pas des boutiques mais de la tombe, pour broyer l'autre.

« Bien sûr que ma femme avait des ennuis. Sinon, elle ne se serait pas suicidée. »

Alberto corrigea le tir, se réappropria le souvenir. Immobile dans son fauteuil, il respirait avec une certaine maîtrise l'air chaud qui stagnait entre les murs. Il continuait à tirer profit de l'appartement, de ce lieu que Clara avait partagé avec lui, et pas avec son demi-frère, pour faire disparaître l'interférence de la même manière qu'elle était apparue, et c'est bien ce qui se passa. « Elle avait des ennuis, répéta-t-il en hochant la tête, en se roulant dans la fange d'une douleur qu'il avait cultivée avec un tel dévouement qu'elle était devenue inaccessible à qui que ce soit d'autre. Aucun de nous ne s'est rendu compte de la gravité de la chose. Je veux dire, nous qui étions proches d'elle. » Il leva les yeux d'un air froid.

« La cocaïne, dit Michele.

— Bien sûr, la cocaïne. » Alberto devina que le jeune homme se servait de la drogue comme d'un prétexte pour aborder un autre sujet. Il en parla donc le premier, en prit aussitôt possession. « Et aussi ses fréquentations récentes, dit-il en gardant une voix ferme, mais c'était l'effet, pas la cause. Clara traversait une période compliquée. Ta sœur était très sensible. Elle ne supportait pas l'hypocrisie. Elle ne se protégeait pas.

— Justement, dit Michele. Se pourrait-il qu'une des personnes qu'elle fréquentait lui ait créé des ennuis ? Elle s'était peut-être fâchée avec quelqu'un ? »

Pour la deuxième fois, Alberto leva sa main vers le jeune homme et referma ses doigts lentement, comme pour l'écraser. Ce n'est pas toi qui l'as épousée. Tu ne sais pas de quoi est fait le goût de ses lèvres, tu n'as pas vu la façon dont elle pleurait sur la terrasse du Sheraton. Tu as beau être le fils du même père, et avoir passé ton enfance dans la maison où elle aussi a grandi, moi, j'ai eu sa partie incomparable. Il aurait fallu que tu lui passes l'alliance au doigt. Il aurait fallu que tu l'attendes, que tu veilles tard dans la nuit, le cœur serré par la peur d'un accident, puis que tu espères un banal contretemps, parce que maintenant, ta peur, c'était qu'elle soit entre les bras d'un autre homme. Il aurait fallu que tu trouves quand même la force de l'enlacer le lendemain, de laisser planer le sous-entendu, d'occuper une position dont elle non plus n'aurait pas pu te déloger.

« Ce n'était pas ça, répondit Alberto, elle ne s'était fâchée avec personne. Si elle avait eu ce genre d'ennuis, je l'aurais su. Comme je le disais, elle traversait une période difficile. Elle était déprimée. J'ai essayé de l'aider. On en parlait tout le temps. Il n'y avait pas de secrets entre nous. »

Un éclair. Le dernier sursaut de ceux qui se retrouvent au pied du mur. Alors, Michele parla.

« Écoute, Alberto, ne le prends pas mal. Je ne voudrais surtout pas être désagréable. Mais enfin quand même, aller parler aux hommes que Clara fréquentait ! Faire des affaires avec eux ! Je ne vois vraiment pas en quoi c'était une façon d'aider ma sœur.

— Pour ça, il aurait fallu que tu la connaisses un peu mieux », répondit Alberto sans perdre contenance. Tu finiras par en avoir marre, pensa-t-il en le regardant. Tu te lèveras de cette chaise. Tu disparaîtras derrière la porte d'entrée. Désintégré par ta bêtise. Ta curiosité anéantie par la force de mon amour désintéressé. Il aurait fallu que tu l'accueilles à moitié ivre devant l'autel, le jour du mariage. Que tu la traînes jusqu'à l'hôpital après son overdose de somnifères, moins d'un an après qu'elle avait décidé de t'épouser. Pour savoir ce qu'on ressent, assis, tête baissée, dans la salle d'attente des urgences. Te heurter à la barrière obstinée de ton orgueil, de ton amour-propre. Et ce n'était bien entendu que le début. Découvrir sa liaison avec le propriétaire de la salle de gym. Un homme à qui tu avais plusieurs fois serré la main. Rabattre ton orgueil. Tête baissée. Éviter que la rage ne prenne le dessus.

Il y avait eu la période du directeur de banque. Puis Renato Costantini. Le sous-secrétaire Buffante. Comment faisait-il pour le supporter ? Encore une mauvaise question. Il n'avait pas à se demander pourquoi il ne divorçait pas, mais plutôt pourquoi il n'avait même pas imaginé faire une chose pareille, jamais. Que cherchait-il donc ? Ou plutôt, qu'avait-il trouvé de fondamental, pour en arriver à accepter ce genre d'humiliation comme un mal nécessaire ?

Et puis, un soir – Alberto s'en souvint en observant la réaction du jeune homme, qui continuait à remuer les bras dans tous les sens, au ralenti – les choses s'étaient clarifiées.

C'était au mois de mars. Alberto était rentré chez lui après une journée passée sur l'un des chantiers de Vittorio. Il avait eu Clara au téléphone. Elle lui avait dit de ne pas l'attendre à dîner : elle allait au cinéma avec une amie.

« *Une histoire vraie,* à l'Odéon. »

Voilà ce qu'elle avait répondu.

Poussé par le désir de la prendre en faute, il lui avait posé la question. C'était seulement après avoir fini de parler, quand la voix de Clara était remontée à la surface du silence, légèrement fêlée, qu'il s'en était rendu compte. Ils avaient raccroché. Alberto avait aussitôt été pris de vertige. Serrer le mensonge entre ses mains. Un cœur nu palpitant. Jusqu'alors, il avait maintenu une distance de sécurité. Il était au courant de ses infidélités comme on est sûr que le soleil se couche tous les soirs sur les villes que l'on n'habite pas. Il n'avait jamais cherché à souiller cette connaissance théorique en la soumettant à un contrôle. Tout de suite après avoir raccroché, il était donc passé à l'action et il était allé récupérer le journal dans la poubelle, sans la moindre pudeur. Famélique. Excité. Un rat qui farfouille dans les ordures. Il avait aplati les pages spectacles sur la table de la cuisine. Son estomac s'était serré. La joie atroce de voir les choses de ses propres yeux. Alberto s'était laissé tomber sur sa chaise. Cette jeune femme était incroyable ! Elle n'avait même pas pris la peine de vérifier. Mais c'était dans ces instants-là que Clara brillait de toute sa splendeur. *Costantini*. Il n'était pas rare qu'Alberto connaisse les noms de ses amants du moment. Mais c'était différent, maintenant. Pour la première fois, il était en droit de supposer qu'elle le trahissait le soir même où il était presque sûr qu'elle allait le faire. Il s'était levé de la chaise pour rejoindre la salle de bains, avait ouvert le robinet. Il avait l'impression qu'on lui avait enfoncé un poignard dans le crâne. Il s'était passé la nuque sous le jet d'eau froide, avait relevé la tête et s'était regardé dans le miroir. Ravagé, ruisselant. Il avait serré les dents, et c'était arrivé. Il avait senti la tension s'enrouler sur elle-même et en même temps, sans comprendre comment, il était de l'autre côté du miroir. Tout à coup, la paix s'était installée autour de lui ; un silence minéral. Incroyable. De ce côté-là du miroir, tout devenait clair. Il avait vu les doigts de Clara déboutonner la chemise de Costantini, les avait reconnus comme étant *ses propres doigts*. C'était sa bouche qui se faisait embrasser par le vieux. Et au moment où Clara avait commencé à lui faire l'amour, Alberto était présent, enfoncé en un point si profond de son corps que Costantini devenait un simple véhicule de chair morte.

Voilà pourquoi il ne l'avait jamais quittée.

Sa deuxième naissance. À partir de cette nuit-là, Alberto avait cessé de s'inquiéter. Se trouver de l'autre côté, cela revenait à voir le monde tel qu'il était. À admettre que son humiliation avait été une erreur de perspective. Que la rage était l'arme de ceux qui désirent la défaite. Maintenant, il se sentait fort, enfin. Sous sa nouvelle apparence, il pourrait *sciemment* serrer la main de Costantini, tout comme il avait *inconsciemment* serré celle du propriétaire de la salle de gym. Il réussirait peut-être même à leur parler. Pourquoi pas ? À Costantini. Au directeur de la banque. Se délecter de l'expression stupéfaite des amants de sa femme.

Bien entendu, ça n'allait pas sans douleur. Il fallait savoir souffrir, pour mériter une telle récompense. Mais c'était un *autre* genre de douleur. Un mur qu'il devait heurter violemment, afin de se retrouver, comme par magie, avec elle. Unis à jamais.

« Moi je la connais, Clara », répondit Michele en laissant retomber son bras.

Rien de plus. Puis il sourit. En regardant Alberto, encore une fois, comme elle l'avait fait quelques semaines avant sa mort.

Alberto sentit son visage s'empourprer. Les derniers temps avec Clara. Quand la cocaïne avait tourné à l'obsession et que son épouse était devenue méconnaissable. Quand elle rentrait à la maison couverte de bleus. Pâle. D'une maigreur scandaleuse, presque comme si un squelette narquois avait percé la peau de ses trente-six ans. Une présence maléfique qui voulait tout mettre sens dessus dessous. Obsédée par un projet d'où Alberto était exclu. Comme si cette terrifiante déchéance avait été le dernier acte d'une stratégie très précise, dont elle-même – nue dans sa baignoire, le dimanche matin, les yeux cernés et une expression de triomphe délirant entre les os lacrymaux – ne se rendait compte qu'à l'instant même. Réinterpréter les années passées ensemble. Le convaincre, par sa seule présence, qu'elle avait toujours suivi une autre piste. Quelque chose d'antérieur à lui, de bien plus important. La maison qui, depuis des années, brûlait nuit après nuit dans ses rêves.

Mais la femme des derniers mois n'était plus sa femme. Elle était ce à quoi une superbe fille peut se réduire, lorsqu'elle s'éparpille dans tous les sens et que les erreurs accumulées commencent à être trop nombreuses. C'était un spectre. Un imposteur. Une présence macabre qui, aujourd'hui, émergeait de la chair même de Michele.

« Disons plutôt que tu l'as abandonnée, répondit Alberto pour se débarrasser de l'apparition et tout en savourant le regard meurtri du jeune homme, disons que tu es parti au pire moment. Que derrière l'excuse de tes prétendus problèmes, tu as surtout accentué ton absence. Absence à notre mariage. Absence à son enterrement. Où étais-tu, quand elle a pris les somnifères ? » Michele souffrait, Alberto le voyait bien, mais le rictus, le sourire narquois de Clara restait à sa place. « C'est *moi* qui l'ai emmenée à l'hôpital, s'écria Alberto d'une voix tonitruante, c'est ton père qui a identifié le cadavre. Tu n'étais pas là, quand elle a sombré dans la dépression. Tu as laissé au géomètre Ranieri et au géomètre De Palo le soin de soulever un cadavre que tu n'as même pas vu. » Michele eut la sensation qu'on lui avait mis quelque chose sous les yeux par erreur, son effort pour comprendre le fit grincer des dents ; alors

Alberto, effrayé, enfonça le clou et mentit, fou de rage : « Tu crois qu'elle ne m'en a jamais parlé ? Eh bien si. On parlait de tout. Même de toi. Tu sais ce qu'elle me disait ? » demanda-t-il en poussant le jeune homme au comble du désarroi. Michele était assis sur le canapé, le visage contracté, comme si toutes ses angoisses les plus secrètes s'étaient mises à danser ensemble, ces voix qui lui parlaient de l'intérieur, cette folie jamais morte, tandis que l'ombre de son regard, pensa Alberto, résistait encore dans sa féroce féminité, indépendante du jeune homme mais ancrée en lui, comme si l'autre Clara avait eu pour mission de traîner son frère jusque-là. « Elle me disait qu'elle en souffrait, qu'elle n'arrivait pas à comprendre, reprit Alberto d'une voix sifflante, un frère qu'elle avait aidé tant de fois et qui la récompensait par l'indifférence la plus totale. D'ailleurs, comment lui donner tort ? Réfléchis un peu. Depuis que tu habites à Rome, combien de fois es-tu venu la voir ? » Il leva l'index de la main gauche. « Ne va pas croire que ça ait été facile, pour elle, d'accepter tout ça. »

Puis Alberto poussa un long soupir exténué en se frappant deux fois les cuisses, ferma les yeux, les rouvrit. L'enchantement était rompu. On aurait dit qu'un typhon était passé dans la pièce. Des toits arrachés. Des branches cassées. Michele l'observait en silence. L'atmosphère revint peu à peu à la normale. Alberto commença à se sentir mal à l'aise. Comme lorsque, après une dispute où on ne s'est pas bien maîtrisé, on se demande comment on a bien pu se déchaîner ainsi. On regrette. On pèse les conséquences. On se persuade, après avoir retrouvé son sang-froid, que l'erreur vient d'une mauvaise formulation de ce qu'on pense pour de bon. Dès lors, on ne réfléchit jamais assez – hors du gouffre mystique de son accès de rage – au fait qu'on a peut-être laissé échapper une information qu'on aurait mieux fait de garder pour soi. Alberto vit les mains du jeune homme se crisper sur les accoudoirs. Michele se leva.

« Je suis désolé, dit Alberto, je me suis laissé emporter. »

Le jeune homme baissa les yeux : « OK, c'est bon. On est tous secoués, ces temps-ci. »

Alberto l'accompagna jusqu'à l'entrée. Ils parlèrent encore un peu. Des phrases de circonstance qui s'annulaient toutes seules, au fur et à mesure qu'elles étaient prononcées. Alberto ouvrit la porte. Puis, à son grand soulagement, il vit Michele disparaître.

Après la banlieue, c'était de nouveau la ville.

Il venait de parcourir un long bout de côte désert. Des hangars et des immeubles dont la construction n'avait jamais été achevée. Ensuite, il avait bifurqué vers l'intérieur des terres.

Les buissons se faisaient rares. Maintenant, le sol était rouge sous le soleil. Orazio Basile transpirait, sur ses béquilles. Il traversait un no man's land, semblable à celui qu'il aurait trouvé en sortant de Tarente, ou en s'enfonçant dans la plaine calabraise. Même en Palestine, ç'aurait été la même chose.

Il rencontra un type bizarre, une espèce de demeuré qui se tenait tout seul dans l'herbe, un sac en plastique à la main.

Puis une femme habillée de noir, pliée en deux sur le bord de la route. Elle coupait de la chicorée sauvage avec une petite faucille.

Il arrêta un homme à vélo, qui n'avait pas l'air de pédaler pour faire du sport.

Personne n'avait de réponse à lui fournir.

À deux heures, il était à Japigia. D'énormes immeubles blancs, tous identiques, se profilèrent après un virage et l'entourèrent. Il demanda des informations dans une petite pension de la Via

Gentile, obtint l'adresse et sortit. L'idée de prendre un taxi ou de monter dans un bus lui était encore plus insupportable que la fatigue qui pesait sur lui. À cinq heures de l'après-midi, il se traînait dans la banlieue sud de la ville. Ici, les enfants jouaient au foot, bien protégés derrière les grilles des lotissements, leurs voix couvertes par le bruit des arroseurs automatiques. Même le soleil était plus doux. La chaleur était filtrée par les arbres bien soignés. Des voitures de grosse cylindrée, aux capots rutilants, étaient garées sur les bords de la route. Un avion volait bas. Le bruit du moteur s'affaiblit. Puis, de nouveau, les jets des arroseurs.

Orazio Basile reprit sa marche et dépassa la station-service IP. Il avait compris depuis un petit moment qu'il s'approchait du but. Maintenant, il le voyait.

Je le fais pour eux. Ce sont eux qui m'en donnent la force.

Vittorio Salvemini était assis parmi les patients, près de la réception de l'Institut oncologique de la Méditerranée. Il attendait Ruggero, sous le prétexte d'une visite causée par ses brûlures d'estomac, désormais proverbiales. Il apprendrait ainsi de la voix même de son fils comment ça s'était passé, avec le directeur technique de l'Agence régionale pour la protection de l'environnement.

Les écrans de la salle – quatre Samsung accrochés à une barre en métal – montraient en boucle les séquences d'un dessin animé sponsorisé par une firme pharmaceutique. Un chat, laissé seul dans une maison, poursuivait une mouche dans le séjour. Lorsque son maître rentrait, il trouvait la maison à moitié dévastée, tandis que le chat se roulait sur le tapis de l'entrée.

Vittorio se demanda en quoi de telles images pouvaient réconforter un malade du cancer. Cela faisait partie du nouveau monde. Les téléphones portables. Les Pokémon. Des trucs de gamins apparaissaient sur le web et valaient des millions, quelques mois plus tard. Autrefois, on construisait des automobiles. Des téléviseurs, des grille-pain, des calculateurs électroniques. De nos jours, on construisait des objets qui n'existaient même pas. On pouvait les concevoir, on pouvait même, à la rigueur, les voir. De grandes constellations qui tournaient dans le ciel, la nuit, affranchies des phénomènes physiques qui les avaient créées. Tout cela générait de l'argent. De l'avenir. Vittorio avait craint d'être écarté du processus en cours. Il avait eu peur qu'une attaque cardiaque ne soit la conséquence logique de la fatigue de ces derniers mois. Mais après bien des tergiversations, Valentino Buffante avait fait préparer les rapports techniques. Mme Nardoni les avait ajoutés au dossier destiné au juge d'instruction. Ensuite, il y avait eu le coup de fil. Mimmo Russo, le président de la cour d'appel de Bari, avait contacté le tribunal de Foggia. Que Dieu le bénisse. L'invitation à dîner avait été déterminante. C'était ça qui avait débloqué la situation. Lui faire sentir la chaleur du foyer domestique.

« Monsieur Salvemini. »

La fille de l'accueil souriait. Vittorio se leva. Un infirmier sortit par la porte réservée au personnel. Derrière lui, Ruggero. Blouse blanche. Visage sombre. « Dépêchons-nous. » Vittorio redouta que l'irréparable ne se soit produit, entre son fils et le directeur technique.

Il marchait dans le sillage de Ruggero, le long du couloir qui conduisait au service de radiologie. On allait lui faire une prise de sang. Une gastroscopie.

Amylase et gastrine. En tout cas, il y perdrait sa journée. Vittorio était sûr de ne plus en avoir besoin. Tous ses malaises avaient cessé à l'instant même où il avait su que le président de la cour d'appel s'était mis en contact avec le secrétariat du tribunal de Foggia.

Il attendit que Ruggero salue ses collègues, le regarda discuter avec un infirmier. Ou peut-être était-ce un médecin ? Ils se remirent en marche. À la hauteur du dispensaire, Vittorio accéléra, prit le bras de son fils, baissa la voix.

« Alors ? Comment ça s'est passé ?

— Putain, papa, tu ne peux pas attendre ? Nous avons rendez-vous à neuf heures et demie au laboratoire d'analyses. »

Du Ruggero pur jus. Fâché pour telle ou telle raison, il en trouvait une autre qui rendait les reproches plus simples et plus efficaces. Le secret consistait à le mettre encore plus en colère. Vittorio ne pouvait pas faire ses analyses sans savoir ce qui s'était passé à l'Agence, les résultats auraient été faussés.

« Allons donc, tu es le directeur adjoint, insista Vittorio sans lui lâcher le bras, qui est-ce qui va protester, si tu te présentes avec un quart d'heure de retard en compagnie de ton vieux père venu passer des analyses. Tu n'as qu'à rejeter la faute sur moi. » Il ricana. « Tu peux toujours dire qu'à cause de ma prostate, je me suis arrêté toutes les deux minutes pour pisser.

— Mais comment est-ce que tu ne… c'est une question de principe, merde ! » Ruggero ralentit le pas à la hauteur d'un panneau où on pouvait lire CENTRE ANTITABAC.

Deux minutes plus tard, il lui avait tout dit. Le petit bureau contenait une table, un lit pour les visites, une armoire vitrée remplie de papiers. Aux murs, des diagrammes exposaient les indicateurs de substitution des cellules précancéreuses, en fonction du temps écoulé depuis la dernière cigarette. Douze mois. Deux ans. Dix ans. « Cent cinquante mille euros », dit Ruggero avec une moue de dégoût. Un emploi fictif de consultant serait plus que suffisant. Il crevait de rage.

« Cent cinquante...

— Non mais tu te rends compte ? Est-ce que tu t'imagines seulement à quelle humiliation tu m'as exposé ? »

Vittorio n'en croyait pas ses oreilles. Il avait craint une très mauvaise nouvelle. Or, ce n'était même pas une bonne nouvelle. C'était une excellente nouvelle. Un homme qui te donne son prix, c'est un problème résolu avant même d'avoir été posé. Cent cinquante mille euros... une somme ridicule, compte tenu de l'enjeu. Et Ruggero, au lieu d'être satisfait, avait peur. Mieux encore, il était dans une colère noire. Il se sentait mortifié, insulté, et il en rejetait la faute sur lui.

Pourtant, c'est pour eux que je l'ai fait, pensa Vittorio tout en gardant son sérieux, pour ne pas vexer son fils. Pour eux, j'ai pris des risques, je me suis battu. Pour Ruggero. Et pour Gioia. Pour Clara, qui n'est plus parmi nous. Pour Michele aussi. Vittorio faillit alors verser une larme. Ces derniers temps, lorsqu'il pensait à Michele, il avait l'impression de pouvoir revenir en arrière. D'être à nouveau jeune et plein d'énergie, penché sur la panne de la vie qui ne demandait pas mieux que d'être réparée.

Riccardo Terlizzi, assistant en chef du corps forestier « Marguerite de Savoie », arrêta sa Jeep parmi les éblouissantes pyramides blanches. La saline s'étirait sur quatre mille hectares vers le sud. Même ceux qui y travaillaient tous les jours soupçonnaient qu'il s'agissait là d'une beauté excessive. Les bassins de dimensions inégales se succédaient, changeant de couleur tous les cent mètres. Un miroir brisé, un kaléidoscope qui, l'été, pouvait donner le vertige.

Riccardo Terlizzi sortit de sa Jeep. Il n'était pas certain de ce qu'il avait vu en longeant le littoral, son hypothèse lui paraissait très improbable. Mais après la découverte dans les eaux saumâtres, la semaine précédente, d'un nombre considérable de pluviers morts, on pouvait s'attendre à d'autres mauvaises surprises.

Il dépassa la grille, poursuivit sa marche dans les prés humides. Il essayait de calculer les coordonnées de l'extrémité de la trajectoire. Il voyait l'eau s'écouler dans les canaux. Plus loin, les étangs ressemblaient à de vibrantes lignes horizontales. Il entendit des sarcelles passer au-dessus de sa tête, leurs battements d'ailes. C'est là que commençaient les roselières. L'eau rougissait entre les îlots émergés. Le pigment des micro-organismes prospérait, au contact du sel.

La vue était incroyable. La lumière, qui rebondissait entre les bassins et les montagnes de sel, prenait des tonalités cobalt et vert cendre.

Il avança entre les joncs. Et lorsque la végétation s'ouvrit, se transforma en un cadre autour de l'eau, il les vit. Une vingtaine de spécimens. Des nuages sur de longues tiges droites. Les flamants roses. Des créatures d'une beauté presque dérangeante. Ils trempaient leur bec dans l'eau, renversaient leur long cou en arrière et mordillaient leurs plumes. Les guides s'arrêtaient là, pour raconter aux enfants l'arrivée mystérieuse de ces oiseaux, vers le milieu des années quatre-vingt-dix. Il vit bouger les roseaux, à proximité. À l'endroit précis où la trajectoire était censée aboutir, si ses yeux ne l'avaient pas trompé.

L'assistant en chef des gardes forestiers continua d'avancer. L'eau lui monta aux chevilles, puis aux cuisses. Il bougeait lentement, sentait la boue sous la semelle de ses bottes. Des iris et des renoncules flottaient tout autour de lui. Il émergea de l'autre côté, trempé. De la vase et des feuillages. Après un buisson de sagittaires, il s'arrêta. Le grand corps rose se contorsionnait dans le marais. C'était donc arrivé. Un flamant tombé en plein vol. Les mouvements de l'oiseau étaient convulsifs, désespérés. De temps à autre, son bec s'ouvrait, et une grosse langue râpeuse et blanche surgissait de l'extrémité recourbée. Un sentiment de pitié envahit l'assistant en chef, qui fit deux pas vers l'oiseau. Le flamant dressa le cou. Aveuglé par la chose qui était en train de le dévorer de l'intérieur, il se retourna contre l'intrus, se traîna dans la vase, se rebella contre sa propre nature, qui n'était pas celle d'un prédateur. L'homme était paralysé. Le flamant poussa un grand cri rauque qu'aucun éthologue n'avait jamais entendu. Puis il retomba sur la terre humide et mourut.

Vittorio Salvemini était chez lui lorsque le téléphone sonna. De sa voix basse et sentencieuse, son avocat fiscaliste lui annonça que la requête de mise sous séquestre à titre conservatoire du complexe touristique de Porto Allegro avait été rejetée par le juge d'instruction.

L'ombre des magnolias et de la station-service IP l'emportait peu à peu sur la chaleur, déjà mise à mal par les irrigateurs. Ainsi, dans ce bout de rue, on pouvait voir le soir descendre, quand les riches résidents allumaient leurs appareils anti-moustiques et leurs barbecues, qui laissaient planer dans l'air des odeurs de viande grillée à peine voilées par le fumet et le parfum capiteux qu'exhalaient les vins laissés à décanter. En se promenant par là, Michele vit les halos des téléviseurs, dans les patios des petites villas entourées de haies qui, la nuit, atténuaient le boucan des discothèques installées autour d'Otrante, d'Ostuni, de Leuca. Une sorte de préfiguration du mois d'août, quand la ville se viderait et que ces mêmes habitants seraient loin d'ici.

Pour le reste, il ne ressentait absolument rien, pensa-t-il avec tristesse tandis qu'il se dirigeait vers la maison de son père. Après sa rencontre avec Alberto, il avait décidé de rentrer à Rome. Et il l'avait annoncé à sa famille deux jours plus tôt.

Il lui avait semblé qu'Annamaria en était presque chagrinée. Vittorio avait dit : « Reste encore un peu. Jusqu'à début août. Ensuite, nous irons tous à la mer. » Dans le regard de son père, il y avait une grimace qui était davantage qu'un vœu. Il voulait qu'il reste. Il le désirait honnêtement, sincèrement. Si le jeune homme lui en avait laissé la possibilité, il aurait pris son visage entre ses vieilles mains.

Michele y vit une scène monstrueuse. Un film d'horreur qui, au lieu de s'achever, avait la prétention de recommencer presque à l'identique, sans les scènes de sang ou de suspense, comme si le premier film n'avait jamais existé.

« Reste. Trois semaines. Qu'est-ce que c'est, trois semaines ? » avait répété Vittorio.

Michele avait répondu : « Je vais voir », mais sans conviction. Les propos de son beau-frère lui trottaient toujours dans la tête. Il était attristé, fatigué, il aurait pu dormir des mois entiers. Un sentiment de solitude différent de celui à travers lequel il s'était construit.

Et puis, la nouvelle était tombée. Les téléphones de la maison avaient commencé à sonner. Il y avait eu des bruits de couverts et de casseroles au rez-de-chaussée, comme si les assiettes et les verres s'étaient mis à bouger tout seuls en préparation d'une fête. Dans sa chambre, Gioia était un vrai moulin à paroles. Michele avait écouté à sa porte. Une voix claire, gonflée d'orgueil – une famille sur laquelle l'astre de la sérénité n'avait jamais cessé de briller. Michele était descendu, dégoûté, à l'étage du bas. Son père était sorti. Il était revenu une demi-heure après, un grand bouquet de roses à la main. Michele l'avait vu se diriger vers la cuisine. Vittorio avait rempli un vase d'eau, qu'il avait ensuite installé dans le séjour et rempli de fleurs.

Puis il avait même vu Annamaria éclater de rire.

Persuadée qu'on ne la verrait pas, elle était allée sur le petit balcon du séjour, elle avait renversé la tête en arrière et elle avait ri comme les stars du cinéma muet, lorsque, enveloppées d'une lumière froide, elles montraient leurs dents éblouissantes, exposaient leur visage à une lueur qui pouvait aussi bien être l'éternité qu'une guerre pas encore déclarée.

La requête de mise sous séquestre avait été rejetée. Ils étaient sauvés. Gioia avait essayé une robe après l'autre. Ils étaient allés dîner tous ensemble au restaurant.

Et maintenant, deux jours plus tard, Michele se promenait dans le quartier. La douleur d'avoir perdu une sœur, et auparavant une mère, et même une chatte, pour finir. Tout cela n'allait pas au-delà de ce qu'un corps humain peut endurer. Voilà la punition. Après sa rencontre avec Alberto, Michele comprenait qu'il n'avait même plus de contact avec la profondeur de son mal-être. Comme s'il ne pouvait que l'observer de l'extérieur. La chatte lui avait tenu compagnie pendant quatre longues années. Affectueuse, patiente. Une gentille chatte. Mais lui, dans son incapacité à rester seul, il l'avait emmenée à Bari. Il l'avait emportée dans son panier, elle lui avait fait confiance. Au cours du voyage en train, elle avait été parfaite. Elle s'était vite adaptée, dans cette maison qu'elle ne connaissait pas, cette maison remplie d'énergies négatives que la bestiole avait feint d'ignorer, par amour pour lui. Elle avait même commencé ce petit jeu, le plongeon du haut de l'armoire. Michele était supposé la protéger. Et voilà le résultat. Il laissa la station-service derrière lui, se promena sous les feuillages des platanes, le long des voitures garées. Une BMW semblable à un projectile en argent. Des traces sombres sur le pare-chocs. Du sang. Ou peut-être seulement de la boue, des rayures.

Il avait l'impression de la voir, sa chatte, pétrifiée

au milieu de la route, avec, dans les yeux, les phares d'une voiture lancée à cent à l'heure. Une créature habituée à recevoir uniquement des caresses. Le mal, pour un être qui n'en concevait même pas l'existence. Il repensa aux articles de journaux sur les rats. De gros rats d'égout qui sortaient des canalisations et terrorisaient les gens. Ça s'était vu à Poggiofranco, à Carrassi. Ils ne feraient qu'une bouchée de la chatte. Des rats aux yeux couleur rubis, nés dans la violence.

Mais ma douleur est amputée.

Michele se mit à longer le boulevard bordé de cyprès. Il entrevit, à travers les frondaisons, la terrasse de la villa. Dans le temps, il ne se serait pas contenté d'imaginer sa chatte mise en pièces par une bande de rats d'égout. Il l'aurait *sentie*. Ç'aurait été elle. Clara. Quelque chose s'était déplacé, en lui, sans qu'il s'en rende compte. Une chambre qui aurait subi un mouvement de rotation. Les fenêtres à la place des cloisons, les murs dans la lumière plutôt qu'envahis par l'obscurité, provoquant la fuite du spectre face à l'imprévu.

Il franchit le portail de la villa. De toute évidence, Alberto avait menti. Il avait opposé la partie obtuse de lui-même aux propos de Michele. Sa partie fermée, morte. Il laissa derrière lui les lauriers-roses. La fontaine en pierre que la mousse striait de ses bandes humides. Il gravit le grand escalier. Sa sœur et ces hommes. C'était une explication plausible. Il prit les clefs, ouvrit la porte, entra dans la maison. Mais c'était clairement cousu de fil blanc. Il y avait, dans ce segment de la vie de Clara (Michele l'avait vu dans sa totalité, à l'époque lointaine de son service militaire, quand il était plongé dans son délire), quelque chose de différent de ce qu'on voulait lui faire croire, et qu'il ne connaîtrait jamais.

Il traversa le séjour, dit « Salut » à haute voix. La

maison était vide. Il alla dans la cuisine, but un verre d'eau, monta dans sa chambre, s'allongea sur son lit sans retirer ses chaussures, alluma une cigarette, regarda le haut de l'armoire, se concentra. (Fixer le vide pour faire éclore la forme du petit animal.) Il n'y parvint pas. Ça suffit, pensa-t-il. Rome. Autant dire Paris ou Buenos Aires. Disparaître au milieu des gens.

Il sortit du lit, alla à la fenêtre, l'ouvrit, entendit le grondement, aperçut dans le ciel l'avion qui volait à basse altitude.

Une dernière bouffée. Il referma la fenêtre. À présent, le son d'un signal se répétait. Michele retint son souffle, observa attentivement la table de nuit, le lit, l'armoire. Des craquements. Ça arrivait parfois aux meubles en bois. Puis, un espoir. Son cœur s'accéléra. Mais quand le bruit se fit réentendre, Michele se rendit compte qu'il provenait de l'étage en dessous. Quelqu'un frappait à la porte. L'espace d'un instant, il transféra l'espoir de la retrouver dans l'armoire vers l'espoir qu'on la lui avait ramenée. *Il est à vous, ce chat ?* En descendant l'escalier, il se dit que ça devait plutôt être Vittorio, sorti sans prendre ses clefs. On frappa encore à la porte. Il avait beau savoir que c'était absurde, l'espoir survivait. Il ouvrit la porte. Ce n'était pas son père. Quelque chose, en lui, se mit à s'agiter. Un mouvement confus, violent, qu'il ne maîtrisait plus.

« Bonjour », dit Michele, impressionné par ce qu'il voyait.

Le type ne bougea pas. Un homme entre deux âges. La jambe droite recousue à la hauteur du genou. Soutenu par deux béquilles. Le visage large et épais. Les yeux humides. Les lèvres entrouvertes, comme s'il avait été sur le point de jurer, ou de se mettre à hurler.

Il se contenta de se présenter : « Orazio Basile. » Michele le fit entrer.

« Un ascenseur ? » demanda-t-il, stupéfait, un quart d'heure plus tard.

Pour lui faire comprendre qu'il ne plaisantait pas, le type lui dit que s'ils ne respectaient pas leurs engagements, lui non plus ne les respecterait pas. Il raconterait l'histoire à tous ceux qui voudraient l'entendre. Une fille. Nue et couverte de sang, au milieu de la route. Voilà ce qu'il irait crier sur les toits.

Puis Vittorio arriva. Il vit son fils et Orazio Basile assis sur le canapé. Il pâlit. Michele se tourna vers lui et se fit violence pour transformer sa haine en un regard complice.

@ClaraSalvemini :
Les sages sont heureux quand ils découvrent le mensonge. Les imbéciles, quand ils découvrent la vérité.
10 *retweets*, 2 *likes*

@pablito82 :
@ClaraSalvemini Ça devrait être le contraire.

@ClaraSalvemini :
@pablito82 Cette nuit, tout est possible.
19 retweets, 10 likes

« Le médecin légiste s'appelle Gennaro Lopez, et il a très mauvaise réputation », dit Danilo Sangirardi.

De nouveau serrés dans la vieille Fiesta garée sur la route de Mola, tandis que, tout autour, resplendissait un après-midi encore plus ensoleillé que la fois précédente. Juste avant la mer, l'herbe se défaisait en une longue ombre rougeâtre.

Puis le journaliste ajouta : « C'est étonnant, ce que tu fais. En Italie, la famille est sacrée. En général, les gens préfèrent la laisser les détruire. »

Michele remarqua le ton emprunté de la dernière phrase. Comme si Sangirardi voulait lui dire autre chose, mais qu'il avait besoin pour cela d'une plus grande complicité.

Il ne lui avait pas parlé de sa rencontre avec le type de Tarente. Il n'avait pas mentionné la présence d'une fille nue et couverte de sang sur la nationale, la nuit où Clara était morte. Il l'avait appelé pour lui dire qu'il n'était plus si sûr qu'elle se soit tuée. Ou, du moins, pas de cette façon-là. Selon toute vraisemblance, son père, la femme de son père, son frère et sa sœur s'étaient trompés. Il lui avait demandé si on pouvait retrouver le nom du médecin qui avait examiné le cadavre. À chaque mot qu'il prononçait, il s'était efforcé de garder son calme et de réfréner la fureur qui l'envahissait depuis quelques jours.

« Un débauché », avait répondu Sangirardi.

Cocaïnomane. Client habituel des putes. Criblé de dettes, plein d'amis douteux. « Il a fait l'objet d'une enquête », avait ajouté le journaliste en allumant la première cigarette délicieuse de la conversation. Puis il avait plissé les yeux. Bien que Michele n'eût rien dit à ce propos, l'intuition de Sangirardi avait vu la brèche. Michele cherchait-il vraiment à agir contre sa propre famille ? Était-ce bien pour ça qu'il lui demandait son aide ? Parce que si c'était le cas, lâcha le journaliste, un autre bruit courait, à propos d'un versement d'argent en faveur d'un fonctionnaire de l'Agence régionale pour la protection de l'environnement. Peut-être par personne interposée. Une belle somme. Si Michele avait la possibilité de pénétrer dans les bureaux de l'entreprise, il y trouverait peut-être des documents ou des reçus susceptibles de préciser les choses.

« Écoute, dit Michele en tirant à son tour sur sa Marlboro et en regardant le journaliste bien en face, je comprends que tu aies une dent contre ma famille. Je peux aussi comprendre que ma sœur ne te soit pas sympathique, dit-il en prenant sur lui, même après sa mort. Mais je ne veux mettre personne dans le pétrin, je veux comprendre. » La dernière phrase était un mensonge.

Sangirardi, les yeux baissés, eut un sourire fataliste.

« Si je voulais me venger de tous ceux qui ont cherché à me faire taire, trois vies ne me suffiraient pas. » Michele le vit rayonner. « Pour bien faire mon métier, il faut accorder autant d'importance à la rancune qu'à la peur. »

L'ardeur du soleil, qu'intensifiaient artificiellement

les murs des immeubles, se réverbérait en mille cercles lumineux à travers le pare-brise. Sangirardi ne mentait pas. Aucun ressentiment de sa part. La vérité comme un numéro manquant. La vérité, et la représentation humaine de ce dieu qu'était le respect de la loi. Voilà ce qui l'intéressait, et il présumait que Michele était mû par les mêmes besoins. Mais Michele ne cherchait pas la vérité. Quelque chose de plus subtil. La noire membrane de celluloïd où est emprisonné un fantôme qui disparaît au moment du développement. Ce n'était pas non plus le mensonge, mais un geste. Quelque chose qui brise la chaîne des significations, de manière à ce que la soif de vérité n'apparaisse jamais.

« Merci, pour le médecin légiste.

— Michele, écoute-moi... » Danilo Sangirardi eut pour la première fois un sourire vulnérable. Indécis. Michele l'associa aux compliments voilés d'avant, comme s'il avait cherché à obtenir enfin l'alliance qu'il avait essayé de tisser, une sorte d'accord qu'il jugeait humain, alors que Sangirardi devait certainement le trouver gênant.

« En somme..., reprit Sangirardi après avoir vaincu l'obstacle, si tu trouves quelque chose d'intéressant, j'aimerais être le premier à le savoir. Voilà. Pour en faire un article.

— C'est tout naturel. Tu m'as donné le contact, à toi la primeur de l'info. Je te le promets », répondit Michele en entendant la mer bouillonner à droite.

Maintenant, pensa Ruggero enfermé dans son bureau, la vie allait reprendre son cours normal. Maintenant que la requête de mise sous séquestre avait été réduite en miettes par le tribunal. Maintenant que son père avait baratiné l'autre pauvre bougre et l'avait réexpédié à Tarente avec la promesse qu'il aurait son ascenseur. La tempête s'éloignait à vue d'œil. Elle avait éclaté dans toute sa violence deux mois plus tôt, mais il lui semblait désormais la voir reculer vers des terres lointaines. La mer était de nouveau calme. Tout était fini.

Ruggero regarda le classeur. La liste de ses patients sur son agenda. Encadrée au mur, l'attestation du Swiss Cancer Robert Wenner Prize. La lumière qui émanait de chaque objet n'était pas ce qu'elle aurait dû être. Il avait presque cinquante ans. Il s'enlisait dans son poste de directeur adjoint de la clinique oncologique la plus renommée du sud de l'Italie, comme un insecte dans la confiture. Il repensa à son face-à-face avec le directeur technique de l'Agence. Un jour, il serait nommé directeur. Entre les consultations et les financements, il gagnerait le double. Il décrocha sa blouse de son portemanteau, l'endossa. Mais les prix internationaux. L'ouverture des congrès à la Federation of European Cancer Societies. Les articles dans *The Lancet* ou le *British Medical Journal*. Il n'obtiendrait rien de tout ça.

D'ailleurs, dès sa prise de fonction à l'Institut oncologique de la Méditerranée, il s'était laissé convaincre par son père de lui remettre les documents des Archives sanitaires régionales.

La magie des prédestinés. La force pure qui jaillit de certains hommes, avant même qu'ils ouvrent la bouche. Il les avait perdues. Dans sa jeunesse, il les avait eues à l'état naissant. Il avait permis qu'on le détruise. D'autres élèves du professeur Helmerhorst n'avaient pas connu le même sort. Ruggero observait leurs carrières de loin. Il lisait les journaux, s'intéressait aux statistiques. Mario Capecchi, prix Nobel de médecine, s'était retrouvé orphelin à l'âge de quatre ans. Le père de Christiaan Barnard était un missionnaire de l'Église protestante hollandaise. Le père de Blaise Pascal était un passionné de mathématiques, pas un spéculateur immobilier. Chaque fois que Ruggero trouvait un nouvel exemple, il mémorisait aussitôt l'information. Descartes. Voltaire. Gandhi. Érasme. Michel-Ange. Tous orphelins dès leur plus jeune âge. Et lui, il avait écopé d'un lutteur plus violent qu'un adversaire qu'on pouvait se fabriquer en imagination. Neuf heures pile. Il souleva le combiné du téléphone, composa le numéro interne, dit à la réceptionniste de lui envoyer son premier patient.

Après cinq heures de visites, il commença à s'organiser pour le lendemain.

Il cocha des noms dans son agenda, confirma des rendez-vous, essaya d'en annuler d'autres, se concentra sur les dossiers médicaux, passa aux examens, prit deux heures supplémentaires pour lire les rapports. Patience et concentration. Tout à coup, il eut un haussement étrange du sourcil droit. Anémie ferriprive. Saignement gastrique dû à l'altération de l'absorption du fer. Il saisit le bras de la lampe de table, l'orienta vers ses fiches. L'albumine avait chuté en dessous de la cote d'alerte. La progression de la muqueuse vers la sous-muqueuse gastrique paraissait incontestable. Trois indices de ce genre équivalaient presque à une preuve accablante. Son père était condamné. Ruggero ferma les yeux, poussa un soupir, frappa le bureau des deux poings. Il resta quelques secondes la tête basse, les mains endolories.

« Putain ! »

Après avoir évacué la décharge de pure joie, il essaya de retrouver sa contenance des minutes précédentes.

Il contemplait le plateau, savourait à l'avance le repentir de ceux qui ont trop de sucre dans le sang. Il empoigna directement une profiterole au chocolat, se la fourra dans la bouche.

Puis Mimmo Russo, président de la cour d'appel de Bari, alla se mettre devant la baie vitrée. La villa donnait sur la mer, qu'un paquebot et de nombreuses voiles blanches sillonnaient en ce moment. Sa femme était dans le Salento à se rôtir au soleil. Ses enfants étaient loin. La ville se vidait de plus en plus. Et lui – ce vieux monument relégué dans la solitude estivale – il avait fini par céder. Par téléphoner à Foggia. Une heure d'explications, de mises au point. Chaque fois qu'il avait insisté, auprès du juge d'instruction, sur un aspect de l'affaire qui clochait, Mimmo Russo avait senti s'effriter un fragment de son autorité – sa monnaie d'échange – au cours de la conversation. Tout ça pour une traînée qui, par-dessus le marché, était morte.

D'ailleurs, je l'ai bien cherché, pensa-t-il en éloignant sa lourde masse de la baie vitrée du séjour. C'était chez Valentino Buffante qu'il s'était fourré dans le pétrin. Il avait accepté l'invitation. Il n'avait pas sous-estimé la docilité de la fille. On les connaissait bien, ces garces-là : prêtes à tout subir, du moment qu'elles n'avaient pas à prendre la responsabilité de la mauvaise tournure de certaines soirées. Aucune inquiétude sur la bassesse de la fille, il en aurait mis sa main au feu. C'est le degré d'idiotie des autres, qu'il n'avait pas pris en compte. Ce Costantini. La façon dont il avait perdu toute maîtrise de soi. Elle les avait provoqués, et il était tombé dans le panneau. L'imbécile. Pour ces choses-là, il faut avoir les nerfs solides. Il suffit d'un rien pour qu'une situation tout à fait consensuelle, bien délimitée par les règles du jeu, bascule.

Le vieux magistrat retourna au plateau. Un jour, il avait été appelé à juger l'affaire d'un garçon roué de coups, à la sortie d'un bar à vins. Ça avait commencé à deux contre un. Une dispute banale. Mais dès que la victime était tombée à terre, elle avait commis l'erreur de se recroqueviller, les mains sur la nuque, avant même qu'on la touche. C'est ça qui avait déchaîné la violence. Les deux autres s'étaient jetés sur lui, avaient commencé à le frapper. Alors un troisième, qui n'avait rien à voir avec la dispute, s'était joint à eux. Puis un quatrième, un cinquième. Ils l'avaient achevé à coups de pied dans la tête, sans raison, excités par l'alcool et par une haine qui n'appartenait à personne. Une énergie brutale qui se propageait dans le vide, une fièvre collective. Sans doute les vestiges d'une époque antérieure aux premières lois gravées dans la pierre, une ère lointaine et féroce, toujours prête à s'ouvrir en grand sous nos pieds.

Il empoigna une deuxième profiterole, se la fourra dans la bouche. Il continuait à trouver à la fois méprisable et compréhensible ce que le vieux Salvemini lui avait laissé entrevoir, quand il était allé dîner chez eux. L'ombre du chantage. Lui faire comprendre qu'il savait. Le lui montrer en présence de toute la famille. Un courage remarquable en soi. Mais, au fond, c'était toujours la même histoire. Le président de la cour d'appel retourna devant la baie vitrée, resta immobile à contempler la mer. Comme elle était belle et stupide, la Création.

Vittorio se réveilla à cinq heures du matin, téléphona en Turquie, s'habilla, prit son petit déjeuner, sortit de chez lui, monta dans sa voiture. Comme à son habitude, il commença sa journée par une tournée des chantiers. Au volant, il continua à passer des coups de fil. Il joignit Turin et Cagliari, se fit donner des renseignements par ses associés espagnols. Il essayait de renforcer certains fronts laissés à découvert, ces dernières semaines. À la seule pensée de tout ce qui restait à faire avant le mois d'août, il se sentait mal. Mais il se sentait par ailleurs à peu près en forme. Fragilisé, et pourtant muni d'une sérénité d'un nouveau genre. Cette force que même la vieillesse possédait.

Juste avant midi, après avoir terminé sa tournée des chantiers, il se rendit dans les services administratifs. Là aussi, il avait pas mal de choses à faire. Michele le rejoindrait pour déjeuner. Son fils venait le retrouver au travail.

Il l'emmena dans un restaurant à quelques pas du bureau. Michele prit une entrée et un plat. Un bifteck saignant. Vittorio se contenta d'une salade et d'une assiette de légumes grillés. Il souffrait encore de maux d'estomac. Mais c'était un plaisir de voir manger son fils. De l'écouter parler, d'entrer dans son monde. *Une semaine*. À un moment donné, sans bien savoir comment, Vittorio réussit à la lui extorquer, cette semaine de plus. « D'accord, papa », dit Michele en se remettant à piquer de sa fourchette ce qui restait du bifteck. Il resterait à Bari jusqu'à la mi-juillet. Bien. Très bien. Il s'était peut-être déjà décidé depuis quelques jours, il était peut-être venu là pour laisser croire à son vieux père qu'il avait su le convaincre de rester. Ils commandèrent une salade de fruits. Michele prit aussi un café. Le vieux régla l'addition.

Avant de quitter le restaurant, Michele lui demanda s'il pouvait l'accompagner au bureau. Il avait des photocopies à faire. Et puis, il avait besoin d'un ordinateur. Pour consulter ses mails, écrire un article. Le boulot, quoi.

« À condition qu'il y ait un bureau de libre, papa. Je ne veux surtout pas déranger.

— Michele ! Mais qu'est-ce que tu racontes ? »

Vittorio se rembrunit. Il eut l'impression que le chagrin lui tordait les boyaux et se demanda quelle vie ce garçon avait bien pu mener si, après tant d'années, il ressentait encore le besoin de lui demander la permission, pour quelques photocopies. Lui-même avait donc commis des erreurs ? Comme presque tous les pères. Et, comme c'était le cas pour bon nombre de ceux qui s'étaient trompés, le temps lui donnait l'occasion de se rattraper.

« Martina ! hurla Vittorio cinq minutes plus tard en franchissant le seuil des bureaux. Mon fils a besoin d'un endroit pour travailler. Un bureau avec un téléphone et un ordinateur. »

Il adopta un ton si solennel que cela en devenait presque gênant. Il ne s'en rendit pas compte, mais il baissa la voix pour s'adresser à Michele.

« Je t'en prie. Ici, c'est toi le patron. Fais tout ce que tu as besoin de faire. »

À huit heures du soir, les employés commencèrent à partir les uns après les autres.

À neuf heures et quart, Vittorio passa un dernier coup de fil et sortit dans le couloir. Les autres bureaux étaient éteints, les pièces vides. Mais Michele, immobile dans son coin devant son ordinateur, était encore au travail. L'image même de la discrétion, de la bonne volonté.

Vittorio revint dans son bureau, prit son attaché-case, éteignit la lumière, retourna dans le couloir, rejoignit son fils.

Michele cessa de taper sur son clavier et tourna les yeux vers son père.

« Je suis fatigué, je rentre à la maison. Tu viens avec moi ?

— À vrai dire, je n'ai pas encore fini, répondit le jeune homme, je peux rester encore un peu ? »

Vittorio ouvrit les bras en signe de désespoir. Mais il souriait.

« Arrête avec tous ces *je peux*, dit-il. Sinon, je vais finir par croire que tu te fous de moi. Fais comme tu veux. On t'attend pour dîner ?

— Pas la peine. Quand j'aurai fini, j'irai retrouver des amis.

— Tu revois des copains du lycée ?

— Un truc dans le genre. »

Michele sourit d'un air entendu à quelque chose de vague que son père persuadé de pouvoir briller dans le reflet de la lumière qu'il avait lui-même produite associa orgueilleusement à des ex-copines tout aussi vagues.

Il sourit à son tour. « Bien. » Il fouilla dans ses poches, fit glisser les clefs du bureau sur la table avec une affectation imperceptible, dit au revoir à son fils et s'en alla.

À trois heures moins le quart du matin, Michele quitta les services administratifs de la Salvemini Edilizia, les yeux rouges de fatigue. Pendant cinq longues heures, il n'avait fait qu'ouvrir et refermer des tiroirs, feuilleter des registres et des livres de comptes, consulter des documents couverts de chiffres et de paraphes incompréhensibles. Puis il avait enfin trouvé ce qu'il cherchait. En serrant les feuilles contre lui, il avait senti une obscure énergie régénératrice envahir tout son corps. Une froide lumière verte. Il avait fait les photocopies.

Lorsque, bien des années plus tard, Gennaro Lopez, ancien médecin à la retraite de l'Agence sanitaire locale de Bari, devait se retrouver à extraire le plus épouvantable de ses souvenirs nombreux mais confus, à savoir celui qui pourrait lui causer le plus de tort, il choisirait le soir où un garçon d'une trentaine d'années avait sonné à sa porte et s'était mis à le bombarder de questions sur le certificat de décès de sa sœur. À l'époque, Lopez était criblé de dettes et consommait deux grammes de cocaïne par jour. Il avait échappé de justesse à l'ouverture d'une procédure disciplinaire à son encontre. Il prenait du Diamet, de l'Ipnolor, du Depamag en gouttes. Il fréquentait assidûment les putes. Tout cela contribuait à le faire souffrir d'un insaisissable effet de redoublement – la sensation d'avoir lu la même page de journal, d'avoir vécu une scène la veille, au moment où les mêmes détails synesthésiques s'organisaient sous ses yeux.

Le problème, c'était que le jeune homme s'était mis à lui faire du chantage.

Le problème, c'était aussi que juste au moment où il avait entendu le coup de sonnette, Gennaro Lopez s'apprêtait à se pencher au-dessus du quatrième rail aligné sur la table de nuit, après avoir consacré son après-midi à un triptyque à base de kétamine, de speed et de MD, auxquels il avait rajouté un acide léger. Le tout en compagnie de Rocco, un ancien compagnon de bringue qui s'était jeté du sixième étage de l'hôtel Parco dei Principi après une overdose au LSD et dont la forme blanche revenait de temps à autre lui rendre visite, quand il retombait dans un état pareil.

« J'arrive ! »

Bien qu'on ait déjà sonné deux fois, il sniffa la coke jusqu'au moment où il sentit la goutte glacée. Il respectait le vieux principe selon lequel, en cas d'imprévu, il était toujours opportun de terminer le rail laissé à moitié. Si c'étaient des voisins casse-pieds, tu te l'étais fait. Si on venait pour te tabasser au coup-de-poing américain, au moins, tu te l'étais fait.

Gennaro Lopez se leva du lit en jurant, glissa les pieds dans ses pantoufles, enfila une chemise à toute allure, fit quelques pas puis s'immobilisa. C'était entre l'armoire et le miroir en pied que les meilleures idées lui venaient. Il tourna lentement la tête vers son visiteur fantôme.

« Allez, va ouvrir. »

Immobile au pied du lit, le fantôme le regarda d'un air sévère. Sa silhouette devint une urne de lumière tracée par le faisceau de la lampe de sol. *C'est ta maison, alors c'est toi qui l'ouvres, ta porte*, dit une voix où le médecin légiste reconnut le banal prolongement de sa propre solitude.

Gennaro Lopez sortit de sa chambre. Troisième coup de sonnette. Il traversa le couloir. En passant devant la porte de la salle de bains, il ferma les yeux et hâta le pas. Mieux valait l'éviter, la salle de bains, quand on était dans cet état-là. On risquait de s'y retrouver enfermé à clef, blotti contre le radiateur, les mains sur les oreilles pour ne pas entendre les voix. Des voix qui demandaient à être remboursées. Qui le menaçaient, le couvraient d'insultes. Mais le pire, c'était que derrière les hurlements de ses créanciers, Gennaro Lopez parvenait à discerner autre chose. Un flux lent et chaud : des sanglots, des plaintes. La petite fille étranglée dont on avait attribué la mort à un simple arrêt cardiaque. Le délinquant achevé d'un coup de massue cloutée qui, dans le rapport d'autopsie, devenait un « traumatisme crânien causé par une chute accidentelle ».

Gennaro Lopez fit un bond en avant, dépassa indemne la porte de la salle de bains, traversa à grand-peine le dernier bout du couloir, se planta devant la porte d'entrée et demanda : « Qui est-ce ? »

Pour toute réponse, un autre coup de sonnette.

« J'ai dit : qui est-ce ?

— Vous ne me connaissez pas. Il faut que je vous parle. Je vous conseille d'ouvrir. »

Ne l'avait-il pas déjà entendue, cette voix ? En tout cas, il fut rassuré par le vouvoiement. Pas de coup-de-poing américain. L'injonction finale était par ailleurs un expédient qui visait à rattraper l'erreur commise en s'étant montré trop aimable. Et pourtant... Voilà où il l'avait entendue ! *L'effet de redoublement*. Le décalage temporel s'ouvrit à nouveau dans son esprit. Gennaro Lopez eut l'impression de revivre le film du soir précédent, une scène où il se trouvait dans sa cuisine, assis en face du propriétaire de la voix, qui le mettait sur la sellette. Un garçon qui, de toute évidence, n'était pas armé, et qui n'aurait donc jamais réussi à entrer chez lui s'il n'avait pas commis la sottise d'ouvrir la porte. Gennaro Lopez n'eut par conséquent aucun scrupule à répondre : « Va-t'en ! »

La sonnette retentit encore.

« Va-t'en, je te dis !

— Ouvrez. Ou j'appelle la police. »

Il n'était pas armé, c'était clair. Mais il était tout aussi clair que, précisément pour cette raison, il n'aurait aucun mal à mettre sa menace à exécution. Et si la police entrait chez lui, eh bien, ce qu'elle y trouverait suffirait à le fourrer dans un sacré pétrin.

Déprimé, humilié par la façon dont les choses se liguaient contre lui, Gennaro Lopez saisit la poignée, tira le loquet de l'autre main, ouvrit la porte.

« Bonsoir », dit le propriétaire de la voix.

Gennaro Lopez pâlit.

Un garçon d'une trentaine d'années se trouvait bien devant lui. Seulement voilà, ce n'était pas celui dont l'effet de redoublement lui avait suggéré l'image. Il avait certes le même physique brun, émacié, pommettes hautes, la paupière droite un peu plus basse que la gauche mais le résultat d'ensemble n'avait pas grand-chose à voir avec la somme des parties : il émanait de lui une vibration obscure dont le médecin légiste se sentit aussitôt envahi. Une impression de perte et d'abattement que le devoir de vengeance qui en découlait (dernier hommage à quelque chose que l'on sait irréversible) ne rendait pas moins triste pour autant.

Le jeune homme leva la main droite d'un geste lent et lugubre qui effraya encore plus le médecin, une force que la modification de son état de conscience amplifiait, une force dont le pouvoir ne vous laissait presque aucune chance de lui échapper. Et c'est ainsi que Gennaro Lopez se retrouva assis en face de ce garçon, dans sa cuisine, exactement comme il l'avait redouté quand il avait entendu sa voix pour la première fois.

Le visiteur baissa la tête. Un regard sans appel mais indulgent émergea de ses traits, pareil à celui de certaines madones qui trônaient au bout des couloirs d'hôpitaux enfouis dans les souvenirs d'enfance. Il joignit les mains. Puis il parla. Il demanda au légiste de lui raconter ce qu'il savait sur la mort de sa sœur.

« Quelle sœur ? » demanda Gennaro Lopez. Une lumière verte traversa les tomettes et disparut aussitôt.

« Clara Salvemini.

— Qui est-ce ? » Cette fois-ci, le médecin mentait. La première chose qui lui revint en mémoire, ce fut le spot de la chambre mortuaire. Il réglait l'éclairage, se penchait en avant pour examiner le cadavre, et voilà que le spot recommençait à lui chauffer la nuque, à lui hérisser les poils du cou, tant la chaleur était puissante.

Le jeune homme dit qu'il y avait sa signature, sur le rapport.

« Comment pourrais-je m'en souvenir ? Ces dernières années, j'ai vu des centaines de cadavres. » Le médecin toucha sa chemise : il avait froid, tout à coup. Puis, tout de suite après, il eut chaud.

Alors, le garçon écarta les mains et, toujours avec une lenteur exaspérante, leur donna la forme d'une coupe, comme s'il soutenait sans effort l'invisible fardeau qui pesait sur la conscience de l'homme assis devant lui. Il dit qu'il allait alerter l'autorité judiciaire. Si on le poussait à bout, il serait prêt à le faire. Il leva le doigt, au prix d'un effort douloureux, et traça dans l'air les stations d'un chemin de croix inversé. On exhumerait le cadavre. On confronterait les résultats du nouvel examen au document que Lopez avait rédigé. Mais Michele ne voulait pas que le cadavre soit exhumé. L'ultime outrage au corps de sa sœur aurait consisté à en faire l'objet d'une enquête, dit-il d'un air de plus en plus contrit. Il parlait comme derrière un voile ensanglanté, avec une tristesse sincère pour celui qui, en le contraignant à le déchirer, se souillerait lui aussi de la même substance. Le médecin comprit qu'il ne plaisantait pas.

« Impossible de faire autrement.

— Et pour quelle raison ?

— On m'a forcé.

— Qui t'a forcé ? »

Le médecin eut de nouveau froid. Il n'y avait pas que la voix de ce garçon. Sous le timbre masculin, quelque chose d'autre. Dans la voix du vivant, celle du mort. La fille. Les deux voix se tenaient par la main. Ça, c'était impressionnant. En le regardant parler, Gennaro Lopez avait l'impression que par intermittence, le visiteur perdait de son énergie. Il était en train d'épuiser toute sa douleur, qui était aussi sa force, pour extraire des profondeurs les plus enfouies la forme vivante de sa sœur, à savoir le plus beau souvenir qu'il avait d'elle et qui survivait grâce au plus beau souvenir qu'il avait de lui-même : ce n'était donc pas un mais deux morts qui parlaient par sa bouche. Le petit frère et la petite sœur. Ça, c'était déroutant. Les voir tous les deux avancer sur la courbe du temps. Précipités dans un futur qu'ils n'avaient pas prévu.

« Qui t'a obligé ? dit Michele.

— Je ne sais pas, répondit le médecin légiste en pleurnichant, submergé par une brusque remontée de came.

— Tu ne peux pas ne pas le savoir.

— Ils m'appellent et j'y vais. » Il n'était plus victime du garçon mais de lui-même. « Il s'agit de travailler sur les causes du décès, dit-il. Parfois, c'est un dirigeant de l'Agence sanitaire. Ou encore le responsable de la gestion technique. Mais, en général, je ne les connais pas. Ils appellent. Je sais qu'ils parlent pour le compte de quelqu'un d'autre, mais je n'ai aucune idée de leur identité. En tout cas, on me demande d'aller examiner un cadavre. »

Autrefois, Gennaro Lopez avait bien en tête la liste, sans cesse remise à jour, qui lui permettait de comprendre quelles requêtes refuser sans encourir de graves conséquences. Mais le nombre de personnes susceptibles de le faire chanter augmentait tous les ans de manière effrayante. La liste, à un moment donné, lui avait explosé dans la tête.

« J'ai compris. Mais pour ce qui est de ma sœur, qui est-ce qui t'aurait appelé, précisément ?

— Un dirigeant de l'Agence sanitaire locale.

— Son nom.

— Je pourrais te le dire, mais ça ne servirait à rien. »

Le garçon fixa sur lui un regard dur.

Le médecin soutint ce regard. Il n'avait aucun mal à le faire, quand il ne mentait pas.

Michele hocha la tête. Le médecin eut l'impression de deviner dans quel labyrinthe le conduirait le nom du dirigeant, les anneaux d'une chaîne interminable qu'il lui faudrait briser l'un après l'autre pour en extraire un peu de sens. Le jeune homme posa sa tête sur sa main, sans doute à bout de forces, et cela suffit à suggérer au médecin que la tempête portait au comble de la prostration, la proximité d'un autre point d'accostage. L'empathie. Méthylènedioxyméthamphétamine. Le principe actif de l'ecstasy regagna du terrain.

« Fais-moi confiance, dit alors le légiste, entraîné malgré lui par le feu de la solidarité, même moi, je sais qu'on n'arriverait à rien en partant de ce type-là. Je peux te dire quelque chose de plus utile. Le problème... » Il se pencha prudemment vers Michele. « ... c'est qu'au moment d'effectuer l'examen du cadavre de ta sœur, là, à la morgue du cimetière, eh bien... je me suis rendu compte que ce corps, je le connaissais déjà. »

Le garçon le regarda sans rien dire.

« Les photos, reprit le médecin. Au moins un an plus tôt. J'avais vu des photos d'elle.

— Quelles photos ?

— Des photos de ta sœur. Elles circulaient dans certains milieux, si tu vois ce que je veux dire. »

Il vit la tristesse envahir le visage de Michele. La force de son terrible chagrin revenait le menacer.

« Qui est censé les avoir prises, ces photos ? » demanda le jeune homme après une pause. Il avait l'impression que le simple fait de prononcer ces mots lui brûlait les lèvres.

« Un chirurgien. » Gennaro Lopez essayait de supporter, avec la force qu'il n'avait pas, le malheur pathologique de ce garçon, pour les empêcher tous deux de sombrer l'un sur l'autre au plus profond d'une mer obscure et silencieuse. « Mais lui non plus n'est pas la solution au problème.

— Et donc ? » Michele se croisa les bras sur la poitrine. Impossible de savoir si c'était pour intimider son interlocuteur ou pour trouver un peu de réconfort.

Le médecin soupira.

« Je ne sais pas ce qui est arrivé à ta sœur, dit-il enfin. La fracture que j'ai relevée, quand je l'ai examinée, pourrait avoir été causée par une chute. Il n'est pas exclu qu'elle se soit vraiment jetée du haut du parking aérien. Mais ça pourrait aussi être autre chose. Par exemple, qu'elle ait été rouée de coups. L'examen externe ne permettait pas de l'établir. Il aurait fallu une autopsie. Ce qui est sûr, c'est que ta sœur avait de mauvaises fréquentations. Les photos. Je n'ai jamais rien vu de pareil, dit-il en éprouvant soudain cette sensation que l'on ressent lorsqu'on traverse, la nuit, un pont très long et très étroit à bord d'un camion. Il y a peut-être un moyen pour tenter d'y comprendre quelque chose. Une fille. Une amie de ta sœur. Enfin, pas tout à fait une amie. Disons qu'elle fréquentait les mêmes milieux. Je peux te donner son nom, son numéro de téléphone et son adresse. Comme ça, tu pourras aller lui parler.

— Allons-y ensemble, dit le jeune homme.

— Quoi ?

— Allons chez elle. Maintenant. On y va maintenant. »

Le médecin le regarda.

Michele baissa de nouveau la tête. Le médecin eut l'impression qu'il aurait pu garder cette position pour l'éternité, compte tenu de la profondeur, non pas de son impatience, mais de sa douleur ; et lorsque ce corps finirait nécessairement par se lever, la douleur resterait, énième fantôme incrusté entre les quatre murs de la maison.

« Mais il est tard », dit Gennaro Lopez tout en sachant très bien qu'il avait perdu la partie.

Le ciel répandait une clarté blanche et transparente, sans pour autant laisser deviner où était la lune. Ils avaient débouché sur la Via Corridoni, au milieu des immeubles qui faisaient office de ceinture protectrice de la vieille ville. Le médecin se faufila dans les ruelles de la cité médiévale ; Michele le suivit. La grande façade de l'ancien couvent dominicain se profilait derrière eux, à demi cachée par le donjon de l'horloge. Ils franchirent un arc en tuf, dépassèrent un petit autel votif. Leurs pas résonnaient dans l'enchevêtrement des rues désertes. Quelques ruelles plus loin, ils se retrouvèrent hors les murs, à l'opposé du passage par lequel ils étaient entrés. Devant eux, le noir de l'Adriatique. Les lampadaires du bord de mer, les lumières des hôtels et des édifices monumentaux. Ils les observaient comme depuis une colline escarpée.

Le médecin s'engagea sur la côte qui montait vers le point culminant des bastions. Michele le suivait toujours. Au bout d'une vingtaine de mètres, Gennaro Lopez s'arrêta. Un couinement. Les deux hommes se retournèrent pour regarder. Ils étaient pressés les uns contre les autres, dans l'angle du belvédère. L'un d'eux était dressé sur ses pattes, son long museau flairant l'air autour de lui. Les autres rats allaient et venaient à toute allure. En état d'alerte. Surgis des égouts. Le médecin resserra le col de sa veste autour de sa gorge. Les drogues étaient maintenant une lame froide horizontale, une fente qui cherchait à l'engloutir, comme si l'éclat de la lune qu'il ne trouvait pas dans le ciel rapetissait en lui, le laissait s'enfoncer dans les eaux d'un océan au fond duquel il perdrait jusqu'à son nom. Des courants noirs et métalliques. Les carcasses pulvérisées de petits animaux qui tournoyaient sur eux-mêmes en retournant à l'eau.

« Voilà, on est arrivés », dit le médecin en émergeant de son trip.

Une petite porte laquée de blanc. Au-dessus, le halo vert d'une enseigne à moitié grillée transformait les lettres d'une marque de bière en un sigle (H K E) qui renvoyait à quelque chose de plus intime et de moins familier. Gennaro Lopez appuya sur le bouton de la sonnette. Ils entendirent le déclic de la serrure, entrèrent, refermèrent la porte derrière eux. La chaleur frappa Michele de plein fouet. Le médecin salua les videurs, franchit le rideau de velours qui séparait le vestibule du bar proprement dit.

Ils se retrouvèrent dans un espace en forme d'ellipse. Deux panneaux lumineux plongeaient les lieux dans une ambiance torride d'aquarium tropical. Au centre, le comptoir était surmonté d'une pyramide de bouteilles qui, sous l'effet des spots, paraissait suspendue dans le vide. De rares couples mal assortis assis aux tables. Des hommes à la cravate desserrée, des filles dont la chevelure vaporeuse s'accordait mal au fond sonore. Ils buvaient, ils fumaient. Les mains épaisses étaient, sur le corps des hommes, la partie que les filles regardaient le plus.

Les nouveaux venus pénétrèrent dans le rayon d'action des voix, et une membrane invisible leur opposa une force de résistance avant de les laisser glisser à l'intérieur. Le médecin s'avança vers le comptoir, fit signe au barman, qui préparait des cocktails. Un garçon d'une trentaine d'années au visage anonyme. Petit bouc et bandana. Ils échangèrent quelques mots à voix basse. Le médecin se tourna vers Michele. Ils s'assirent à une table. Un serveur arriva avec deux vodkas frappées. Le médecin but la sienne d'un seul trait. Michele but, lui aussi. Puis la fille arriva.

« Enchantée, Bianca », dit-elle en tendant la main à Michele. Il allait pour se lever mais elle le prit de vitesse, se pencha en avant, l'embrassa sur la joue. De la poudre et de la sueur. Un geste à la fois gauche et péremptoire. Michele la regarda. Blonde, même pas trente ans, bottes et robe courte moulante.

« Assieds-toi », dit le médecin légiste.

La fille s'installa sur la banquette. D'un geste négligent, elle se passa la main dans les cheveux. Elle les scrutait tous les deux ; elle cherchait à transformer une animosité naturelle en un canal de communication privé de sens. Le serveur apporta une caïpirinha. La fille prit le verre, le porta à ses lèvres peintes d'un vilain rouge à lèvres rose pâle qui ne faisait ni enfant ni pute, et qui était le signe d'une ample marge de choix qu'elle gâchait totalement, comme si, au fond, ce gâchis lui-même avait été sa prison.

Elle but une gorgée, éloigna le verre de sa bouche, fit attention à ne pas le poser sur la table et le maintint en l'air. « Tu es de Bari ? Je ne t'ai jamais vu », dit-elle en s'adressant à Michele avec le sourire de quelqu'un qui se laisse séduire par métier.

Le médecin l'interrompit, tuant ainsi dans l'œuf le type de conversation qu'elle cherchait à engager : « Écoute, Bianca, il voudrait surtout en savoir un peu plus sur ce que vous foutiez, Clara Salvemini et toi. Tu te souviens d'elle, non ? De ce que vous faisiez, quand vous sortiez ensemble. » Puis il appela le serveur.

La fille arrondit à peine les yeux, posa le verre sur la table, ricana. « Vous voulez me foutre dans la merde », dit-elle avec une expression qui montrait qu'elle y était déjà. Elle ouvrit son sac à main, dont elle sortit un paquet de cigarettes.

« Non, vraiment, dit-elle en secouant la tête avec le fatalisme de ceux qui arborent l'expression de la malchance face à ceux qui en sont la énième démonstration, ne me mettez pas dans la merde. »

Michele comprit que le médecin l'avait dans la poche. Pour une raison obscure qu'il ne connaîtrait jamais, la fille était obligée de répondre à ses questions.

« Ne t'inquiète pas. » Le médecin légiste tendit la main vers elle, qui le laissa prendre la sienne. « On veut juste que tu nous dises ce qui lui est arrivé, exactement.

— Elle n'aurait pas dû devenir l'unique attraction de la fête, un point c'est tout », dit-elle avec mépris. Elle retira sa main.

Michele intervint : « Quelle fête ? »

Le serveur arriva. Le médecin légiste commanda deux autres vodkas et une caïpirinha.

« C'est une façon de parler : les fêtes, les partouzes, quoi. Elle aurait mieux fait de continuer comme ça.

— Elle se prostituait ? » demanda Michele.

La fille grimaça.

Michele la regardait.

« Non, ce n'était pas ça. » Elle recracha la fumée, outrée, sans que l'on sache si c'était pour défendre l'honorabilité de Clara ou celle de la profession. « Ce n'était pas une pute. Pas du tout.

— Alors quoi ? fit Michele, soulagé, perdu, la gorge nouée.

— Elle avait... des relations particulières, répondit la fille avec un sourire sournois. Elle était avec des types et puis, de temps en temps, elle venait chez nous. Nos fêtes, c'est le chirurgien qui les organisait. »

Le légiste agita la main dans le sens des aiguilles d'une montre, comme pour lui suggérer de sauter les passages intermédiaires.

« Elle couchait avec un type des journaux, continua la fille, mais elle sortait aussi avec Buffante, celui qui s'était lancé dans la politique. Et puis, il y avait le juge. Le problème, c'est qu'à un moment donné, ils ont commencé à se voir à part. Je veux dire, Clara et les trois autres imbéciles. Chez Buffante. Et c'est là que la situation a dégénéré. En tout cas, c'est le bruit qui circule. » Elle tira une autre bouffée de cigarette avant de protester : « Putain, tout le monde le sait, ça, et c'est à moi que vous venez le demander. »

Le serveur revint avec le plateau.

Le légiste but en rejetant ostensiblement la tête en arrière. Puis il regarda Michele. Il essayait de comprendre s'il en avait assez entendu.

Mais le jeune homme insista :

« Comment ça, la situation a dégénéré ?

— Oh, disons que si elle avait continué à participer aux soirées avec nous, dit-elle en tournant un doigt dans le vide, absorbée par la construction d'un raisonnement, ces types-là ne se seraient pas déchaînés d'une façon aussi stupide. Quand on est nombreux, ça diminue la tension. » Elle éteignit la cigarette, elle semblait agacée par l'obstination de Michele à ne pas lui permettre de couper court à la discussion.

« De quoi tu parles ? Je ne comprends pas. »

Un énième sourire scandalisé. Mais cette fois-ci, entre la surprise et l'irritation, une brèche s'ouvrait.

« Enfin quoi… ne fais pas semblant de tomber des nues, dit-elle en écrasant dans le cendrier le mégot déjà éteint, on sait que ça leur plaît, aux mecs, de tabasser les nanas. »

Michele ne répondit rien. Plus la douleur est violente, plus les sens ont besoin de temps pour l'assimiler. Même le médecin se taisait.

« Mais le pire, dans tout ça, c'est sa famille, ajouta la fille pour combler le silence. Le fait que… ça aussi, c'est un bruit qui court, dit-elle en détournant d'elle le sujet de manière à ce que, quand elle y reviendrait, il lui appartienne de moins en moins. Ces trois crétins se sont mis en position de subir un chantage… »

Michele l'interrompit : « Écoute, encore une chose. » Il avait compris tout ce qu'il y avait à comprendre, il l'avait compris avant d'entrer, seulement il fallait aussi le comprendre de cette manière-là, il comprenait même ce qui devait rester une énigme, aussi visible que le visage d'une femme à travers une fenêtre fouettée par la pluie, les mots qu'Alberto avait laissé échapper sur les deux géomètres, des détails, des éléments qui ne seraient jamais d'une parfaite clarté, il en avait assez compris, et pourtant ce n'était plus de sa douleur qu'il s'agissait, mais de sa sœur elle-même, un fantôme ou ce qui subsistait d'elle, l'empreinte vivante que ceux que nous avons aimés laissent en nous afin de continuer à nous conditionner, à nous guider, à nous obséder avec leur voix inépuisable, cet héritage, la différence entre un corps mort et ce qui survit, oui, sa sœur était en colère, il le sentait, mais il avait besoin de confronter les différentes versions.

« Oui », dit la fille en se frottant les yeux.

Michele s'efforçait de rester concentré, comme si la réponse en dépendait : « Les fois où tu la voyais, vous parliez, toutes les deux ? »

La fille haussa les épaules, but une gorgée de son verre. « Eh bien, dit-elle avec une lassitude contrôlée, il nous arrivait de repartir ensemble, à la fin des soirées. Elle me raccompagnait en voiture. On s'arrêtait dans un bar. On prenait le petit déjeuner avant de rentrer se coucher.

— Vous preniez le petit déjeuner ensemble.

— Oui, le petit déjeuner.

— Et vous parliez.

— Je te l'ai dit. On mangeait un croissant et…

— Vous parliez de quoi ? »

La fille baissa les yeux, affectant une timidité qu'elle n'avait pas. « Ben, de tout et de rien.

— De quoi parlait-elle ? fit Michele. Elle ne t'a jamais parlé de son frère ?

— Elle avait un frère, oui. » La fille le regarda droit dans les yeux. « Un oncologue, je crois. Un type assez…

— Je veux dire un *autre* frère », murmura Michele d'un ton énervé. La voix disait que ça suffisait, il disposait de tous les éléments, il ne restait plus qu'à agir. Mais il insista : « Un frère plus jeune, à Rome, elle t'en a parlé ?

— Un frère ? À Rome ? Pas que je sache. Je ne

crois pas qu'il y avait un autre frère à Rome », répondit la fille, qui commençait à s'ennuyer.

Quelques minutes plus tard, Michele se leva de la banquette, tourna le dos aux deux autres, se dirigea vers la sortie. Il devait être environ trois heures du matin.

La porte-fenêtre s'ouvrit d'un coup, coulissa violemment sur son rail et se bloqua. Dans le vent nocturne, une silhouette émergea du puits de lumière provenant du séjour. C'était un vieillard d'environ soixante-cinq ans, les yeux écarquillés dans l'obscurité, débraillé, la chemise sortie du pantalon. Il regarda autour de lui. Une pluie de petites taches rouges parsemait sa chemise, du col jusqu'aux manchettes. Il fit quelques pas mal assurés, pareil à ceux qui cherchent une issue au cauchemar que leur propre corps a engendré, et vit la nuée de phalènes qui flottaient dans le vide, attirées par les lumières de la villa voisine. Ce n'était pas ce qu'il cherchait. Il descendit le perron, marcha sur la pelouse. L'affolement se lisait sur son long visage gris. Il entendit des pas derrière lui. Un deuxième type, plus grand et plus robuste, sortit de la villa. Il chancelait, luttant de toutes ses forces pour sortir de son état confusionnel. Il rejoignit le vieillard et posa à grand-peine ses mains sur le dossier de la chaise longue en plastique.

« Alors ?

— Et merde, je ne la vois pas », chuchota l'autre.

Le troisième était à l'intérieur, assis dans un

fauteuil au salon du sous-sol. Il n'arrêtait pas de sangloter et de regarder ses mains ensanglantées.

Au premier étage de la villa voisine, Mme Grazioli se retourna dans son lit, irritée. Ce n'était pas la première fois qu'ils faisaient la bringue. Elle ferma les yeux, essaya de se rendormir.

Quelques minutes après l'accident de camion, mais avant l'arrivée des secours, ils retrouvèrent le corps. Il était à vingt mètres de la route, abandonné dans l'herbe sèche. Une chance. Ils l'avaient vue nue à sa naissance, et maintenant, il leur fallait rectifier leur point de vue. Ils se regardèrent. Ils la soulevèrent sans trop d'efforts, l'un par les épaules, l'autre par les pieds. En silence, à pas rapides, éclairés par la lune presque pleine, le géomètre De Palo et le géomètre Ranieri portèrent le cadavre de Clara vers le break.

Cette nuit-là, ils se retrouvent dans la villa du sous-secrétaire. Ils sont ivres morts, à moitié camés. Ou alors c'est tout le contraire, ils ne boivent et ne fument rien, ils n'ont jamais consommé de drogue de leur vie. Ils cognent de toutes leurs forces, la frappent jusqu'au sang. Mais les choses se passent peut-être autrement. *Ils doivent* être bourrés. *Ils doivent* être drogués. Sinon, comment comprendre qu'elle puisse sortir de la villa ? Nue. Elle traverse la route dans cet état, puis provoque l'accident. À ce moment-là, ils la rattrapent. Ils lui font peut-être encore autre chose. Que peuvent-ils bien lui avoir fait de plus ? Que faisaient-ils, précisément, là-dedans ? En tout cas, ils la retrouvent morte. Lui, à ce moment-là, il le sait. Il le sait depuis toujours. Il fait semblant de ne pas le savoir. Il arrive à se convaincre qu'il l'ignore. Au fond de lui-même, il ne le sait plus. Il y a tout intérêt. On organise les choses de manière à ce qu'elle soit retrouvée au pied du parking aérien. Il passe la nuit au téléphone. Il doit harceler un tas de gens. Il leur fait du chantage, à tous les trois, mais jamais de manière explicite. Une invitation à dîner, des funérailles. Il envoie ses salutations. Il suffit de savoir qu'il y a une raison pour le faire. Oublier la raison. L'espace d'un instant, il le sait. Puis il ne le sait plus, c'est comme s'il ne l'avait jamais su. Personne n'a la conscience exacte de ses actes les plus abjects. Autrefois, c'était possible. Plus maintenant. On souffre. On rejette la faute sur le mécanisme. Autant accuser la nature. S'il n'y a pas de choix, il n'y a pas non plus de culpabilité. Faire une chose au lieu de ne pas la faire. La faire.

Michele n'arrêtait pas d'y penser, tout en revenant à pied vers la maison de son père. Il était sorti du night-club et avait parcouru en entier la Via della Repubblica. Maintenant, il avançait le long de la Via Giulio Petroni. Fatigué, engourdi, pris dans les derniers moulinets du vent nocturne. Une action concrète, volontaire. Il dépassa la station-service IP, observa les jardins des villas encore plongés dans l'ombre. Le silence des arrosoirs automatiques. Le vieil arrêt du dix-neuf. Il sentit un nœud à l'estomac. Même le kiosque à sandwiches n'était plus là. Tout au long du chemin, depuis le centre-ville jusqu'à la banlieue résidentielle, il avait inspecté du regard les deux côtés de la chaussée. Sous les voitures garées. Les trottoirs. La chatte. Morte, elle aussi. Les cimes des cyprès. Il aperçut la façade de la villa. Le faire au lieu de ne pas le faire. Il entendait sa voix. Il était maintenant dans le jardin. Il dépassa la fontaine, gravit les marches du grand escalier. Derrière lui, le chant des premiers oiseaux. Il ouvrit la porte, enleva ses chaussures, monta à l'étage en prenant bien soin de ne pas faire de bruit, afin d'éviter que le réveil intempestif d'un des membres de sa famille ne puisse détruire la perfection de ce moment. Un univers de miroirs qui s'emboîtent les uns dans les autres, le rêve lucide où l'assassin se fond dans l'action. Il longea la salle de bains. La chambre de Gioia. Il avança encore. À travers la fenêtre de sa chambre, il observa le ciel qui commençait à se teindre de rose. Il commença à se déshabiller. L'air était chaud, mais des frissons lui parcouraient le corps. Il se pencha sur le pantalon jeté par terre, en sortit une cigarette, s'allongea sur le lit. Les draps frais sentaient le propre. La tête posée sur l'oreiller, il alluma la cigarette, prit une bouffée. Bientôt, le jour nouveau. Il s'endormit d'un coup, sentit la brûlure, ouvrit les yeux, prit une autre cigarette, chassa d'une main la cendre tombée sur sa poitrine, prit le téléphone portable posé sur la commode, l'approcha de ses yeux, passa son doigt sur l'écran. La surface plastifiée s'illumina. Il toucha l'icône Twitter.

@ClaraSalvemini :
@pablito82 Cette nuit tout est possible.
20 *retweets*, 15 *likes*

@pablito82 :
@ClaraSalvemini Même se rencontrer ?

@ClaraSalvemini :
@pablito82 Essaie de m'imaginer, pour l'instant.
65 *retweets*, 22 *likes*

@le moralisateur :
@ClaraSalvemini @pablito82 Donne-nous quelques pistes.

@ClaraSalvemini :
@le moralisateur @pablito82 J'ai une petite robe courte en coton, décolletée sur le devant et à l'arrière, des chaussures à talon de 12 cm. Une fermeture éclair sur le côté.
70 *retweets*, 25 *likes*

@laziale88 :
@ClaraSalvemini Je te déshabille des yeux.

L'échange s'interrompait ici. Michele allongea le bras dans le vide, laissa tomber la cendre par terre. Son cœur battait la chamade. Certains jours, il n'avait pas besoin de réfléchir pour foutre le feu à la baraque. Il retint sa respiration. Sur l'écran, quelque chose d'autre était apparu.

@ClaraSalvemini :
@laziale88 On dirait que tu y es arrivé. Je n'ai plus que le parfum de mon corps sur moi.

Michele bondit de son lit, s'avança tout droit vers la chambre de sa sœur, les yeux voilés par la rage. Arrivé devant la porte, il s'arrêta net. Jusqu'au dernier instant, il fallait leur laisser à tous un bonheur dont chacun d'eux était destiné à percevoir, pour le restant de ses jours, le caractère illusoire. Michele recula, revint sur ses pas, rentra dans sa chambre. La lumière du jour commençait à envahir tous les recoins. Il alla à la fenêtre, ferma les volets. Une action capable de suivre la musique lointaine de certaines catastrophes naturelles. Des intervalles de fréquence imperceptibles à l'oreille. Il se recoucha, ferma les yeux. Des catastrophes dont on a reconnu le signe avant-coureur au moment où il était trop tard. Il s'endormit.

Le lendemain, ils déjeunèrent tous ensemble. Ruggero était censé passer plus tard. Michele mâchait lentement. Il était tout courbaturé. Le léger vertige de ceux qui se reposent la veille d'un match très important, après s'être beaucoup entraînés. Dans les arbres, les oiseaux chantaient. Vittorio l'observait avec une pointe de regret. Encore quelques jours, et il partirait. Le vieux l'observait porter les spaghettis sauce homard à sa bouche et boire du vin blanc. Annamaria portait sur la scène un regard neutre. À la moitié du repas, Gioia annonça qu'elle allait passer le mois d'août à sillonner l'Europe. Elle et deux de ses copines partiraient vers l'est. La Grèce. La Turquie. Michele lui demanda si elles avaient aussi l'intention de visiter Chypre. « Chypre ? » Gioia souriait. « On y pense, oui. – Et vous êtes au courant que l'île est divisée en deux parties ? » La salle à manger était remplie de lumière. La voix d'Annamaria, sur le ton d'une raillerie bon enfant. Dans sa conception du retour à la normale, taquiner sa fille biologique allait rééquilibrer la situation. « Vous irez visiter le sanctuaire d'Aphrodite », ajouta Michele, imperturbable. Avant de répondre, Gioia demanda à son père de lui passer les crudités. Michele devança Vittorio et passa le plat à sa demi-sœur. Il lui versa aussi du vin. Gioia se mit une carotte dans la bouche, la mâcha, puis sourit. « De toute façon, nous, il n'y a que la mer qui nous intéresse », finit-elle par déclarer. Michele sourit à son tour. La Maison des Petits Amours Dorés à Pompéi, pensait-il. Le calme parfait du jour d'avant.

Après le déjeuner, il prit le café dans la véranda avec son père.

« Alors comme ça tu t'en vas ? » demanda Vittorio tout en regardant les herbes folles devant lui, les enchevêtrements du laurier gorgé de soleil.

Michele essaya de le prendre sur le ton de la plaisanterie : « Ça devait bien arriver, tôt ou tard. »

Vittorio fixait le jardin d'un regard insistant. Ses rides autour des yeux lui donnaient une expression de vieux sage. Ils entendirent le bruit d'une voiture. Au bout de quelques instants, Ruggero fit son entrée dans la véranda, embrassa Vittorio sur les deux joues, puis serra Michele dans ses bras. Avec beaucoup de vigueur, de chaleur humaine. Il dit quelque chose à Vittorio à propos de documents comptables qu'il fallait récupérer. Le vieux fit un geste de la main pour signifier qu'il avait compris. Ruggero rentra dans la maison. Vittorio reprit son propos.

« Nous avons traversé une période difficile. » Il reprit sur la table la tasse de café maintenant refroidi, la but. « Une période terrible, poursuivit-il, pourquoi tourner autour du pot ? Ces dix dernières années, tu n'étais revenu à la maison que trois ou quatre fois, et jamais plus qu'un jour ou deux. Et voilà que tu y restes deux mois d'affilée... à cause de toute cette histoire. Je suis sincèrement désolé, je tenais à ce que tu le saches.

— Papa, ne t'inquiète pas. » Il voulait s'en débarrasser au plus vite. Mais Vittorio venait à peine de commencer.

« Ta sœur. » Il prononça ces mots sans hésitation. « Et ensuite, tous ces problèmes qui ont failli nous foutre par terre. J'ai essayé de ne pas vous le faire comprendre trop clairement, je ne voulais pas vous effrayer. » Il le dévisageait. « Par chance, maintenant, tout est rentré dans l'ordre. Mais l'origine des dégâts est bien plus ancienne, j'en suis bien conscient. J'ai beaucoup réfléchi, ces derniers mois. Comment s'en dispenser, quand tout ça vous tombe dessus ? » Il continuait à fixer Michele, qui sentait un poids devenir de plus en plus lourd. « J'ai toujours eu beaucoup de mal à m'ouvrir aux autres, dit Vittorio. Et pourtant, j'en suis arrivé à la conclusion que si tu es toujours revenu ici en traînant les pieds, pendant toutes ces années, ce n'est pas par méchanceté. C'était simplement parce que cet endroit, au fond, de ton point de vue, ce n'est pas chez toi. Dans ta tête, il ne s'agit pas de ta maison. » Sa voix tremblait.

« S'il te plaît, papa… »

Michele se sentait mal à l'aise. Le trouble de son père était sincère. Mais il comprenait son manège. C'était comme entendre la vérité, mais racontée de manière à ce qu'elle soit à jamais défigurée, afin que la voie d'accès à sa source reste condamnée pour toujours.

« Si tel est le cas, poursuivit le vieux, c'est la faute de ton père. Il ne peut pas en être autrement. Je me suis laissé emporter par les problèmes quotidiens, des années durant. » Il cligna des yeux, à cause du soleil. « Toujours tête baissée. Des luttes terribles, sans le moindre répit. Je ne me suis jamais rendu compte de ton état d'esprit. J'ai sous-évalué celui de ta sœur. Je le fais pour mes enfants : voilà ce que je pensais. Seulement, je l'ai fait de la mauvaise manière. Pas de pauses, pas de vacances. Pas d'amis. Quel sens tout cela aurait-il eu, sinon ? »

Il est juste en train de rendre les choses plus difficiles, songeait Michele. « J'ai toujours pensé à vous, conclut Vittorio, je suis désolé s'il y a eu des problèmes. Je t'aime. »

Michele se pencha en avant. Il ne l'aurait pas fait de lui-même, mais c'était elle qui le lui demandait. Il fallait respecter les formes d'une tradition ancienne. Clara était attentive à ce genre de petits détails, et Michele en fut ému. Il prit son père dans ses bras, le serra fort contre lui, l'embrassa. « Moi aussi, je t'aime », dit-il.

Lorsqu'il fut à nouveau à l'intérieur de la villa, il monta dans sa chambre, chercha le numéro de téléphone dans son carnet d'adresses, appela les bureaux administratifs de l'Agence régionale pour la protection de l'environnement. Il l'avait déjà fait dans la matinée. On lui avait dit de rappeler. Il demanda de nouveau à parler au directeur technique. La standardiste le mit en attente. Mozart, symphonie *Jupiter*. Puis, retour au standard. Le rendez-vous avait été fixé.

Dans l'après-midi, avant de repartir, Ruggero prit à son tour un moment pour parler avec lui.

Michele l'accompagna à sa voiture. La situation était bizarre. Pendant deux mois, il n'avait eu pour ainsi dire aucun rapport avec ce frère de dix ans plus âgé que lui. Ses patients, sa carrière, son état d'énervement continuel. Maintenant, en revanche, il sentait son magnétisme et percevait son intention, non formulée mais bien réelle, de l'attirer vers lui. Une fois devant la grille, Ruggero s'arrêta. La BMW décapotable était garée à quelques mètres de là, et pourtant il ne bougeait pas.

« Je sais bien ce que tu penses de lui au fond, dit-il, et je ne peux pas te donner tort. »

Michele s'efforça de garder le silence. Il attendait la suite. Il observait le soleil transformer le pare-brise de la voiture en un rectangle de lumière.

« Tu penses que c'est un salaud, reprit Ruggero, tu es peut-être même convaincu qu'il mérite une punition. » Il marqua une pause. « Je ne sais pas avec qui tu as parlé, ces jours-ci. En tout cas, on ne peut pas t'avoir révélé des choses que tu ne connaissais pas déjà. »

Michele sursauta. Il commença à craindre que Ruggero ne soit au courant de quelque chose. Des responsables de l'Agence régionale pour la protection de l'environnement l'avaient peut-être appelé. Il avait peut-être eu vent de ses agissements de la nuit dernière. Ou peut-être encore les avait-il tout simplement pressentis. Un sixième sens. Sa prétention à l'avoir pour complice était, de la part de son frère, un double signe d'arrogance et de peur.

« Et malgré tout, je ne pense pas qu'il faille s'en prendre à lui, continua-t-il, ce n'est pas à nous de le faire payer.

— Je n'ai pas bien compris, hasarda Michele.

— La punition, dit Ruggero, nous n'avons pas à nous en occuper. Elle est déjà en marche. » Il fit une grimace. « Ça, je peux te le certifier. Et c'est le médecin qui te parle. Le temps est galant homme. » Il marqua une nouvelle pause, capable de contenir dans sa totalité l'événement auquel il faisait allusion. « Et le moment venu, poursuivit-il, compte tenu de tout ce qu'il nous a fait, nous serons remboursés. Ça nous revient de droit. Pas besoin de nous salir les mains.

— Tu veux dire que nous hériterons. » Michele prenait soin de ne pas remuer le moindre muscle de son visage.

« Tu n'as sans doute pas idée de la valeur de l'entreprise, dit Ruggero. D'ici là, il faut qu'elle tienne le coup.

— Oui. Tu as raison.

— Sûr ? demanda Ruggero en clignant des yeux vers sa voiture, par-delà la grille.

— Je suis d'accord avec toi, je viens de te le dire. »

Parler. Mentir. Faire au lieu de ne pas faire. C'est réel. Volontaire. Ça porte à conséquence.

Elle banda ses muscles. Aussitôt après le passage des deux véhicules, elle s'élança en avant. Elle flaira la mort dans le déplacement d'air en suspension sur le macadam, traversa la chaussée, s'avança parmi les buissons de lavande. Derrière elle, d'autres véhicules passaient à toute vitesse. Elle se mit à courir dans l'herbe sèche. Épuisée. Le poil désormais réduit à une masse informe gris foncé. Exhalant une odeur nauséabonde. Et elle était affamée.

Les jours précédents, la chatte avait erré sans but dans les rues de la ville. Elle avait senti, mélangée à l'air et aux effluves familiers, une brutalité si obtuse qu'elle en avait été sonnée. De grands sacs d'immondices. Le métal inerte des voitures garées. Et des voix, un grand vacarme partout.

Au fur et à mesure qu'elle avait franchi les quartiers de banlieue les plus reculés, son sentiment de familiarité s'était réduit en même temps que l'espoir de retrouver le chemin de la maison. Une brutalité d'un autre genre réduisait l'espace disponible pour tout ce qui n'était pas de la pure survie. Mais cela ne la troublait pas, et la maintenait plutôt dans un état de tension permanente. Ses sens s'affinaient. Tout ce qui arrivait jusqu'à ses narines pouvait être décomposé en une myriade de nouvelles suggestions. Effrayantes, enivrantes, toutes chargées de nuances en attente d'être déchiffrées.

Même si elle n'était plus en danger, désormais, la chatte avait continué à courir le long de la courbe que formait le champ éclairé par la lune. De chaque côté, elle voyait défiler les mûriers. Puis les pommiers. De noires présences irradiant de l'énergie. Tout à coup, quelque chose passa comme un éclair sur sa droite. Une masse vivante et sombre qui fit un écart vers la gauche, fut engloutie par la nuit puis recommença à la talonner. La partie d'elle-même qui se souvenait de sa captivité interpréta toutes ces manœuvres comme une invitation au jeu. Mais il y avait aussi l'autre partie. Alors, sans trop savoir pourquoi, elle courut vers un pommier qui trônait seul au milieu des herbes, accéléra et fit demi-tour à l'improviste, de manière à ce que son poursuivant se retrouve dos à l'arbre.

Les deux bêtes se figèrent. Elles se faisaient face, accroupies. Moins de dix mètres les séparaient.

Le rat d'égout la fixa de ses petits yeux. Ses incisives étaient si grosses qu'elles l'obligeaient à garder en permanence la gueule entrouverte. Il se jeta contre elle. Avant qu'il puisse la mordre, la chatte fit un bond, effleura le corps du rat et retomba au sol, toutes griffes dehors. Maintenant, c'était elle qui occupait une position désavantageuse, dos à l'arbre. Elle se hérissa. Le rat se souleva sur ses pattes arrière, mais il était blessé. La chatte porta sa patte droite à son museau, la lécha. Ce geste renversa définitivement la perspective. Le goût du sang la bouleversa. Toute sa partie submergée revint soudain à la surface, ne laissant place à rien d'autre. Elle bondit en avant. Le rat s'élança de son côté, la gueule grande ouverte pour tuer. Avec une précision extrême, les griffes de la chatte traversèrent en diagonale les yeux du rongeur, qui se renversa sur le côté. Le félin plongea sur lui, enfonça ses dents dans la peau dure du cou. Pendant la lutte, elle sut, elle sut et se souvint en même temps. Le rat lançait des couinements désespérés. Quelque chose de dense et profond gicla au fond de la gorge de la chatte. Elle avait trouvé la veine. Excitée, électrisée, elle sentit le rat frémir dans un dernier soubresaut, sous les rayons de la lune.

« Ils seront tous ruinés, dit le directeur technique, j'espère que tu en es bien conscient. »

Ils étaient assis à quelques mètres de la mer, à la terrasse d'un restaurant encore désert à cette heure-là. Derrière eux, à demi caché par des rangées de plantes grasses, le grand immeuble de l'Agence régionale pour la protection de l'environnement. Au-dessus de la ville, le ciel était clair et dégagé.

Lorsque Michele avait commencé à parler, le directeur technique n'était pas encore sûr d'avoir bien saisi le sens des mots. Sa demande d'inclure les environs de Porto Allegro dans la mission de contrôle de l'Agence aurait pu être une provocation. Une façon de lui faire savoir que cent cinquante mille euros, c'était trop. Et ils avaient envoyé le plus effronté de la famille pour le titiller. Mais alors dans quel but, puisque le contrat était déjà signé ? C'était à n'y rien comprendre.

Mais au fur et à mesure de la conversation, il s'était rendu compte que le jeune homme ne plaisantait pas du tout. Il était réellement en train de lui demander de ne pas fermer les yeux sur cette affaire. De les garder, au contraire, bien ouverts tous les deux. De contrôler. De fouiner. De placer des sondes dans les terrains de son père. Des releveurs de plombs, de mercure. Tout l'appareillage nécessaire à évaluer le taux de gaz radon.

« Drôle de requête, tout de même.

— Je ne crois pas qu'il y ait quoi que ce soit d'autre à comprendre, n'est-ce pas ? »

Tout en parlant, Michele pouvait sentir la présence de Clara sur son épiderme, et cela empêchait sa voix de trembler. La natation synchronisée. La gymnastique artistique. Une de ces disciplines sportives où chaque cellule du corps participe du résultat final.

Alors, le directeur technique avait croisé les bras et lui avait jeté un regard de pitié. Les brebis galeuses. Chaque famille avait la sienne. Des individus pleins de rancœur et assoiffés de vengeance. Par chance, il ne s'agissait en général que de pauvres idiots. Ils voulaient faire sauter des ponts sans rien connaître aux explosifs.

« Je n'ai aucune idée de ce dont tu parles. »

Michele sortit de sa poche la photocopie du contrat de consultant et la lui tendit.

Le directeur technique accusa le coup mais n'en montra rien. Le voilà, l'explosif. Le vieux Salvemini était sans doute devenu gaga, pour avoir laissé à ce fou l'accès aux documents.

« Qui me garantit que si l'on inclut le complexe touristique dans la mission de contrôle, tu ne laisseras pas quand même ces feuilles circuler par la suite ? »

Compte tenu de la situation, il fallait d'abord songer à sauver sa propre peau.

« N'incluez pas Porto Allegro dans cette mission, et vous pouvez être certain que ces documents circuleront. »

Michele aurait dû les confier d'abord à Sangirardi. Il les lui avait promis, il avait pris un engagement qu'il n'avait pas respecté. Il sentait le vent chaud sur son visage.

« D'accord, dit le directeur technique, tu as décidé de créer de gros problèmes à ta famille. Je ne sais pas ce qu'ils ont fait pour te pousser à ça. Mais est-ce que tu peux seulement imaginer les conséquences de…

— Je les imagine très bien, les conséquences de mes actions. Si vous tenez tant que ça à le savoir, je n'arrive pas à imaginer autre chose.

— Écoute, Michele. » Le directeur technique dégaina sa dernière réserve d'autorité, celle qui n'existait pas et qui, paradoxalement, serait restée intacte si Michele ne lui avait pas agité sous le nez la photocopie du contrat. « Peut-être que tu n'as pas bien compris quel énorme foutoir l'inspection va provoquer. Ce ne sera pas une mission de contrôle comme les autres. On aurait dû l'effectuer depuis des années. Mais le contexte général ne le permettait pas. On aurait bien voulu faire quelque chose, seulement, on n'obtenait pas l'autorisation. Alors, à force d'insister, on a fini par y arriver. Dans le monde des adultes, ça marche comme ça. Nous allons trouver, dans l'eau que nous allons analyser, une concentration d'arsenic cinq fois supérieure au maximum légal. Les valeurs de la dioxine vont résoudre pendant des semaines la question de savoir ce qu'il faut mettre en une des journaux. Le plomb va remonter à la surface, puis le cuivre. Plein d'animaux sont déjà morts. Un tas de gens vont avoir de graves problèmes de santé. Des enfants pas encore nés vont tomber malades. C'est statistique, poursuivit le directeur technique, l'essentiel du problème se situe de l'autre côté de la mer. Mais une partie de ce même problème a débarqué ici, chez nous. Il sera tout autant impossible de faire évacuer une zone aussi vaste que de l'assainir entièrement. » Il expira un grand coup, comme s'il avait besoin de décharger la tension. « Ton père, reprit-il en regardant Michele dans les yeux, n'a absolument rien à voir avec toute cette histoire de déchets toxiques. La semaine dernière, il a été blanchi de l'accusation d'avoir violé les obligations hydrogéologiques et forestières, lors de la construction de ces maisons. Des obligations si compliquées que leur interprétation nécessiterait l'intervention de toute une équipe de philosophes. Un dédale de lois qui se contredisent les unes les autres. Pourtant, ton père ne les a pas violées. Les respecter à la lettre peut paraître impossible, et pourtant, il y est arrivé. Le juge d'instruction a bien été forcé de le reconnaître. Réfléchis-y. Ton père a respecté les obligations *ordinaires*, il a fait attention à ne même pas arracher un arbrisseau de chêne albinos. Et maintenant, dit le directeur technique en secouant la tête d'un air incrédule, voilà que tu prétends qu'il faut vérifier si quelque part, dans le sous-sol du complexe, il n'y aurait pas par hasard un truc dangereux. Mais bien entendu, poursuivit-il sur un ton rude, qu'on découvrira quelque chose qui ne devrait pas être là. À force de chercher, on finit toujours par trouver. Dommage que ton père, dans toute cette histoire, n'ait pas touché un rond. Tu as réfléchi à ça ? Peut-être qu'on l'a forcé. L'idée qu'il pourrait ne pas avoir eu le choix ne t'a jamais effleuré l'esprit ? Que quelqu'un, pendant la construction de ce putain de village touristique, pourrait lui avoir demandé gentiment d'arrêter les travaux. Juste quelques jours. Le temps d'y entrer avec un bulldozer et deux ou trois camions pour faire ce qu'il avait à faire, puis repartir. Ton père n'a rien gagné dans tout ça, pas un centime. Il a perdu des journées de travail. La solution, c'était qu'on lui fasse gentiment sauter son chantier. Ou qu'on s'en prenne à l'un de ses proches.

— Désolé, mais tu ne m'as pas convaincu », dit Michele.

Il avait l'impression de la tenir par la main, comme dans leur enfance. Elle à côté de lui. Au-dessus de lui. À l'intérieur de lui. Partout.

« En agissant de cette façon, tu ne te contenteras pas de créer des problèmes à ta famille. » Le directeur technique leva les mains, paumes tournées vers le ciel, comme si le jeune homme avait été un phénomène atmosphérique dépourvu de sens et de volonté propre. « Tu leur causeras bien plus qu'un gros préjudice économique. Si on va là-bas et qu'on trouve quelque chose, ils sont foutus. Et je ne parle pas uniquement de la boîte, je parle de délits très graves. Tu risques de ruiner quelqu'un pour toujours, parce qu'il a fait des choses qu'il ne pouvait pas éviter de…

— Ça, ce n'est pas vrai. »

Michele ressentit sa présence, au maximum d'intensité. Puis Clara disparut.

« Ce n'est pas vrai dans un monde idéal, répondit le directeur technique, ce n'est pas vrai au cinéma ou dans les romans. Ce n'était pas tout à fait vrai à l'époque où nous sommes nés. Au vingt et unième siècle, c'est comme ça que ça marche. »

Michele se taisait. Le ciel, au-dessus de leurs têtes, était une dalle turquoise, et Clara l'avait abandonné. De cette manière. Elle avait lâché prise. Elle était partie. Elle l'avait laissé seul au monde. Libre pour toujours. « Tu sais quelle est la discipline qui explique le mieux ce nouveau siècle ? » reprit le directeur technique.

Une légère brise marine ébouriffait leurs cheveux.

Le directeur technique se répondit à lui-même : « L'éthologie. Mets un renard affamé devant un groupe de lapins. Cours sur une place remplie de pigeons, et tu verras comme ils s'envolent. Je te mets au défi d'en trouver un seul qui ne bouge pas.

— Nous ne sommes pas des animaux, nous faisons des choses étranges », rétorqua Michele.

Il se sentait déconcerté. Il avait le vertige. Devant lui, il n'y avait plus Clara, mais les jours à venir. Un espace vide et effrayant, une immense page blanche.

« Nous faisons ce que la nature a décidé pour nous. Les limites sont assez claires », répondit le directeur technique.

Michele le fixa des yeux. Quel sens pouvait-il encore y avoir à tout ça, si elle n'était plus là ? Un frisson lui parcourut les jambes.

« Nous nous comportons de façon absurde. Nous sommes imprévisibles », dit-il alors, et ce fut comme faire ses premiers pas sans que Clara le tienne par la main, avancer tout droit après avoir jeté au loin ses béquilles. « Quelqu'un, par le passé, a fait pour moi quelque chose qu'il ne pouvait pas faire. Des actions contraires aux lois de la nature. On m'a fait du bien sans aucune raison, et me voilà en train de faire cette chose. Contre nature. Absurde même pour moi. Un miracle. Réfléchissez-y. »

Après avoir été longtemps caché, il commença à prendre forme. Michele crut enfin le voir. Le futur. Splendide et féroce, comme la gueule grande ouverte du tigre dont il avait lu l'histoire, quand il était enfant.

Le directeur technique baissa les mains en signe de reddition.

« OK, dit-il, j'ai gaspillé ma salive. »

Épilogue

Les premiers à entrer furent les enfants.

La porte de la villa s'ouvrit en grand pour la première fois depuis deux ans, et ils se mirent à courir dans le couloir. Après avoir soulevé de la poussière et des bouts de plâtre, ils disparurent, laissant dans leur sillage un nuage blanc. Le garçon avait sept ans, la fille cinq. Leurs pas résonnèrent là où il y avait sans doute eu la salle de séjour. Difficile de s'orienter, sans l'ameublement.

Ensuite, ce fut le tour du père. Il passa de la lumière dorée de l'automne à la semi-obscurité de l'entrée, suivi de l'architecte. Il pouvait sentir l'odeur caractéristique des pièces construites par l'homme, quand elles tombent à l'abandon, des pièces où d'autres hommes, pris dans un jeu sans fin, éprouvent la nécessité de remettre de l'ordre.

Le nouveau propriétaire avait la quarantaine. Grand, la peau olivâtre, il s'était marié en 2004. Ses affaires avaient certes commencé à bien marcher, ces derniers temps, mais dans des circonstances normales, il n'aurait jamais pu se permettre d'acheter une villa pareille.

Il vit les enfants sortir de la blanche nébuleuse qu'était devenu le couloir. De petites figures créées par la lumière, riantes. Ils dépassèrent les deux adultes en courant, se lancèrent à l'assaut du premier étage. L'ancienne villa du podestat. Un sénateur l'avait revendue, au début des années soixante-dix. Puis, le coup de chance. Les derniers propriétaires s'étaient retrouvés englués dans un gros scandale, ruinés. Ils avaient été contraints de s'en débarrasser au plus vite.

Ils entrèrent dans une pièce sombre et étouffante, dont les stores étaient restés fermés pendant deux étés consécutifs. Des atomes de vernis séché tournoyaient en suspension dans un filet de lumière. L'architecte était en train de faire son laïus à propos des cloisons qu'il fallait rétablir. Le nouveau propriétaire lui suggéra de faire un tour au premier étage, où les enfants se pourchassaient d'une pièce à l'autre. Jusqu'au moment où la petite tomba sur une porte fermée à clef. Elle tourna la poignée, poussa, tira de toutes ses forces. Rien à faire. La porte refusait de s'ouvrir. Alors, son frère la rejoignit.

L'architecte tourna les talons et s'éloigna vers l'escalier.

Resté seul, le nouveau propriétaire demeura quelques minutes dans la pénombre, comme si cela avait aussi fait partie de ses devoirs. Entendre la symphonie du délabrement, avant d'y remédier. Quelque chose le fascinait, mais il ne savait pas exactement quoi. Alors, il avança d'un pas, ouvrit la porte en grand. La lumière se démultiplia en rayons. La cuisine. Il y entra, enjamba la moustiquaire à moitié défoncée de la porte-fenêtre qui donnait sur l'autre côté du jardin.

Le soleil de septembre lui réchauffa à nouveau le visage, referma ses sens dans le bien-être d'un parcours circulaire. Maintenant, il se trouvait dans la véranda. Une montagne de meubles couverts de poussière était adossée à la grande baie vitrée. Des chaises longues, des tables roulantes, le sommet en tissu d'une vieille balancelle. Les uns sur les autres. Comme si on les avait entassés à la va-vite, ou comme si quelqu'un, pris d'une crise de rage, les avait jetés dans ce coin.

Tout en essayant de ne rien faire tomber, le nouveau propriétaire sortit une chaise longue du tas, l'épousseta sommairement avec un mouchoir en papier, la traîna jusqu'à la pelouse, s'y installa, régla l'inclinaison du dossier, regarda droit devant lui. Des mauvaises herbes. Des buissons de roses sauvages. Il pouvait entendre les cris des enfants, à l'autre bout du jardin. Par-delà les frondaisons luxuriantes des arbres, tout en haut, deux corbeaux se pourchassaient dans le vide. Ils sillonnaient la même surface bleue qui, des millions d'années auparavant, était échue aux reptiles volants. Le nouveau propriétaire aurait dû téléphoner à sa femme. Adouci par le feuillage des eucalyptus, le soleil lui touchait le front. Il ferma les yeux. Il était tellement convaincu d'avoir obtenu sa part de chance qu'il glissa dans le sommeil et le malentendu sans s'en rendre compte.

Note de l'auteur

Toute coïncidence avec des faits, des personnes ou des institutions existants ou ayant existé est fortuite. Par endroits, et pour répondre à des exigences d'ordre dramaturgique, de légères modifications ont été apportées à la topographie des lieux décrits ou à la chronologie d'événements historiques célèbres, de faits divers, de mœurs. Je remercie tous ceux qui m'ont apporté leur soutien, au cours des années difficiles que la rédaction de ce roman a requises. Mes amis de toujours. L'équipe éditoriale. Ceux qui m'ont fourni des informations techniques (en matière de médecine, de droit, d'industrie du bâtiment) que j'ai utilisées ou non selon les cas. Ceux qui m'ont invité à dîner, presque chaque semaine, à quelques pas de chez moi. Giovanna, qui, entre-temps, a eu une petite fille. Le lundi en particulier, ce livre est dédié à Chiara, médium.

DU MÊME AUTEUR

Aux Éditions Flammarion

LA FÉROCE, 2017 (Folio n° 6683). Prix Strega

Aux Éditions Arléa

CASE DÉPART, 2014. Prix Viareggio

COLLECTION FOLIO

Dernières parutions

6457. Philippe Sollers	*Mouvement*
6458. Karine Tuil	*L'insouciance*
6459. Simone de Beauvoir	*L'âge de discrétion*
6460. Charles Dickens	*À lire au crépuscule et autres histoires de fantômes*
6461. Antoine Bello	*Ada*
6462. Caterina Bonvicini	*Le pays que j'aime*
6463. Stefan Brijs	*Courrier des tranchées*
6464. Tracy Chevalier	*À l'orée du verger*
6465. Jean-Baptiste Del Amo	*Règne animal*
6466. Benoît Duteurtre	*Livre pour adultes*
6467. Claire Gallois	*Et si tu n'existais pas*
6468. Martha Gellhorn	*Mes saisons en enfer*
6469. Cédric Gras	*Anthracite*
6470. Rebecca Lighieri	*Les garçons de l'été*
6471. Marie NDiaye	*La Cheffe, roman d'une cuisinière*
6472. Jaroslav Hašek	*Les aventures du brave soldat Švejk*
6473. Morten A. Strøksnes	*L'art de pêcher un requin géant à bord d'un canot pneumatique*
6474. Aristote	*Est-ce tout naturellement qu'on devient heureux ?*
6475. Jonathan Swift	*Résolutions pour quand je vieillirai et autres pensées sur divers sujets*
6476. Yājñavalkya	*Âme et corps*
6477. Anonyme	*Livre de la Sagesse*
6478. Maurice Blanchot	*Mai 68, révolution par l'idée*
6479. Collectif	*Commémorer Mai 68 ?*

6480.	Bruno Le Maire	*À nos enfants*
6481.	Nathacha Appanah	*Tropique de la violence*
6482.	Erri De Luca	*Le plus et le moins*
6483.	Laurent Demoulin	*Robinson*
6484.	Jean-Paul Didierlaurent	*Macadam*
6485.	Witold Gombrowicz	*Kronos*
6486.	Jonathan Coe	*Numéro 11*
6487.	Ernest Hemingway	*Le vieil homme et la mer*
6488.	Joseph Kessel	*Première Guerre mondiale*
6489.	Gilles Leroy	*Dans les westerns*
6490.	Arto Paasilinna	*Le dentier du maréchal, madame Volotinen et autres curiosités*
6491.	Marie Sizun	*La gouvernante suédoise*
6492.	Leïla Slimani	*Chanson douce*
6493.	Jean-Jacques Rousseau	*Lettres sur la botanique*
6494.	Giovanni Verga	*La Louve et autres récits de Sicile*
6495.	Raymond Chandler	*Déniche la fille*
6496.	Jack London	*Une femme de cran* et autres nouvelles
6497.	Vassilis Alexakis	*La clarinette*
6498.	Christian Bobin	*Noireclaire*
6499.	Jessie Burton	*Les filles au lion*
6500.	John Green	*La face cachée de Margo*
6501.	Douglas Coupland	*Toutes les familles sont psychotiques*
6502.	Elitza Gueorguieva	*Les cosmonautes ne font que passer*
6503.	Susan Minot	*Trente filles*
6504.	Pierre-Etienne Musson	*Un si joli mois d'août*
6505.	Amos Oz	*Judas*
6506.	Jean-François Roseau	*La chute d'Icare*
6507.	Jean-Marie Rouart	*Une jeunesse perdue*
6508.	Nina Yargekov	*Double nationalité*
6509.	Fawzia Zouari	*Le corps de ma mère*
6510.	Virginia Woolf	*Orlando*

6511. François Bégaudeau	*Molécules*
6512. Élisa Shua Dusapin	*Hiver à Sokcho*
6513. Hubert Haddad	*Corps désirable*
6514. Nathan Hill	*Les fantômes du vieux pays*
6515. Marcus Malte	*Le garçon*
6516. Yasmina Reza	*Babylone*
6517. Jón Kalman Stefánsson	*À la mesure de l'univers*
6518. Fabienne Thomas	*L'enfant roman*
6519. Aurélien Bellanger	*Le Grand Paris*
6520. Raphaël Haroche	*Retourner à la mer*
6521. Angela Huth	*La vie rêvée de Virginia Fly*
6522. Marco Magini	*Comme si j'étais seul*
6523. Akira Mizubayashi	*Un amour de Mille-Ans*
6524. Valérie Mréjen	*Troisième Personne*
6525. Pascal Quignard	*Les Larmes*
6526. Jean-Christophe Rufin	*Le tour du monde du roi Zibeline*
6527. Zeruya Shalev	*Douleur*
6528. Michel Déon	*Un citron de Limone* suivi d'*Oublie...*
6529. Pierre Raufast	*La baleine thébaïde*
6530. François Garde	*Petit éloge de l'outre-mer*
6531. Didier Pourquery	*Petit éloge du jazz*
6532. Patti Smith	*« Rien que des gamins ». Extraits de Just Kids*
6533. Anthony Trollope	*Le Directeur*
6534. Laura Alcoba	*La danse de l'araignée*
6535. Pierric Bailly	*L'homme des bois*
6536. Michel Canesi et Jamil Rahmani	*Alger sans Mozart*
6537. Philippe Djian	*Marlène*
6538. Nicolas Fargues et Iegor Gran	*Écrire à l'élastique*
6539. Stéphanie Kalfon	*Les parapluies d'Erik Satie*
6540. Vénus Khoury-Ghata	*L'adieu à la femme rouge*
6541. Philippe Labro	*Ma mère, cette inconnue*
6542. Hisham Matar	*La terre qui les sépare*
6543. Ludovic Roubaudi	*Camille et Merveille*
6544. Elena Ferrante	*L'amie prodigieuse (série tv)*

6569. Muriel Barbery — *La vie des elfes*
6570. Camille Laurens — *La petite danseuse de quatorze ans*
6571. Erri De Luca — *La nature exposée*
6572. Elena Ferrante — *L'enfant perdue. L'amie prodigieuse IV*
6573. René Frégni — *Les vivants au prix des morts*
6574. Karl Ove Knausgaard — *Aux confins du monde. Mon combat IV*
6575. Nina Leger — *Mise en pièces*
6576. Christophe Ono-dit-Biot — *Croire au merveilleux*
6577. Graham Swift — *Le dimanche des mères*
6578. Sophie Van der Linden — *De terre et de mer*
6579. Honoré de Balzac — *La Vendetta*
6580. Antoine Bello — *Manikin 100*
6581. Ian McEwan — *Mon roman pourpre aux pages parfumées* et autres nouvelles
6582. Irène Némirovsky — *Film parlé*
6583. Jean-Baptiste Andrea — *Ma reine*
6584. Mikhaïl Boulgakov — *Le Maître et Marguerite*
6585. Georges Bernanos — *Sous le soleil de Satan*
6586. Stefan Zweig — *Nouvelle du jeu d'échecs*
6587. Fédor Dostoïevski — *Le Joueur*
6588. Alexandre Pouchkine — *La Dame de pique*
6589. Edgar Allan Poe — *Le Joueur d'échecs de Maelzel*
6590. Jules Barbey d'Aurevilly — *Le Dessous de cartes d'une partie de whist*
6592. Antoine Bello — *L'homme qui s'envola*
6593. François-Henri Désérable — *Un certain M. Piekielny*
6594. Dario Franceschini — *Ailleurs*
6595. Pascal Quignard — *Dans ce jardin qu'on aimait*
6596. Meir Shalev — *Un fusil, une vache, un arbre et une femme*
6597. Sylvain Tesson — *Sur les chemins noirs*
6598. Frédéric Verger — *Les rêveuses*
6599. John Edgar Wideman — *Écrire pour sauver une vie. Le dossier Louis Till*
6600. John Edgar Wideman — *La trilogie de Homewood*

Impression Maury Imprimeur
45330 Malesherbes
le 20 août 2019
Dépôt légal : août 2019
Numéro d'imprimeur : 238996

ISBN 978-2-07-278711-9 / Imprimé en France.

332953